LES VILLES DE LA PLAINE

Diane Meur, née à Bruxelles, vit à Paris depuis 1987. Ancienne élève de l'École normale supérieure, elle est traductrice littéraire de l'allemand et de l'anglais (prix Halpérine-Kaminsky Consécration 2010). Elle a fait paraître, chez Sabine Wespieser éditeur, *La Vie de Mardochée de Löwenfels écrite par lui-même* (2002 ; Le Livre de Poche, 2010), *Raptus* (2004) et *Les Vivants et les Ombres* (2007 ; Le Livre de Poche, 2009), prix Rossel et prix Rossel des jeunes (Bruxelles, 2007), Prix du roman historique de la ville de Blois (2008) et Prix du meilleur roman adaptable (2008). Diane Meur a par ailleurs publié deux romans jeunesse aux éditions Labor et Mijade.

Paru dans Le Livre de Poche :

La Vie de Mardochée de Löwenfels, écrite par lui-même

Les Vivants et les Ombres

DIANE MEUR

Les Villes de la plaine

ROMAN

SABINE WESPIESER ÉDITEUR

Deux extraits de ce roman ont été préalablement publiés dans la revue électronique *Bon à tirer.*

Les chapitres 16 à 20 ont été écrits à la Villa Marguerite Yourcenar (bourse du Conseil général du Nord).

L'auteur a bénéficié pour l'écriture de ce livre d'une mission Stendhal du ministère des Affaires étrangères.

ISBN : 978-2-253-17921-4 – 1re publication LGF

LISTE DES PERSONNAGES PAR ORDRE D'APPARITION

ORDJÉNEB SHER-DJÉNEBI LALLIT EN-JAÏNEHA, berger
MANASSER, président de la confrérie des potiers
DJILI FILLE DE NÉNETS, blanchisseuse
NASRI ET SHÉRA, ses enfants
ASRAL FILS D'INGDIBAL, maître scribe
NISRIT-AM, cuisinier d'Asral puis général de corps francs
ÉMER, marmiton
ISHMER, préposé au lavoir
AYNID, épileptique
LA JEUNE FILLE DE LA FERME DE L'ACACIA ET SON PÈRE
DJINNET FILS DE TISRI, apprenti vannier
BAAL-SHIMOTH, magicienne
ESDIROS, conseiller privé aux affaires extérieures d'Hénab
BÉCHIRETH, garde palatin
MOUPIM, beau-frère d'Asral, fonctionnaire palatin puis capitaine de l'armée rebelle
DR. WOHLFAHRT, médecin et orientaliste
M. KRAUSS, ingénieur du génie civil
KARL PHILIPP NEUMANN, professeur émérite à l'université de Königsberg

UNE DAME DE LA HAUTE MAISON
NOUBAB, tisserand
ZETMAH FILS D'AZAKHAR, potier
ABIKIM FILS D'AZAKHAR, tanneur
ARBAL, doyen des juges
INNÊDETH, autre juge
LE JUGE ACCUSATEUR
LE DÉFENSEUR DU DÉFUNT
LE DÉFENSEUR DE ZETMAH
SHAÏNATA, grande prêtresse
NÉHÉMER, porte-étendard des juges
ALIOUTA, cinquième épouse d'Esdiros
OUMAR PACHA, gouverneur de la province
M. BOROWSKI, dessinateur
LE CHEF DE LA FACTION DES TISSERANDS
INNÊDOUN, chef de la faction des vanniers
ANDÔ, prêtresse
LE SURCOMMANDANT D'HÉNAB
DEUX DE SES GÉNÉRAUX
UNE COMMÈRE ET ZAPHORA, deux femmes du camp des femmes
LE FRÈRE AÎNÉ D'ORDJÉNEB
LE DOYEN DE JAÏNEH, dit « oncle des oncles »
UNE TANTE D'ORDJÉNEB
LALLIOUT LE FRISÉ ET LALLIOUT LE BÈGUE, cousins d'Ordjéneb
UN NOTABLE DE JAÏNEH
… Et bien sûr ANOUHER

1

Il avait soif, il était fatigué, ses pieds lui faisaient mal dans leurs sandales. À gauche une lanière s'était rompue et la semelle, à chaque pas, traînait. On lui avait dit : pour trouver du travail il fallait aller à la porte des Buffles, au milieu du marché. Oui, mais le marché ici était presque une ville, pleine de cris et de gens, avec des dizaines de vendeurs pour chaque spécialité, les pots de terre, les pots de fer, les tapis, la vannerie… C'était au point qu'il avait vu, côte à côte, un étal d'œufs blancs et un étal d'œufs bruns ! Les deux marchands se tournaient le dos, comme s'ils ne faisaient pas le même métier, et leurs clients ne s'adressaient pas la parole. Une véritable ville, immense, un labyrinthe à ciel ouvert dont il ne voyait pas le bout et trouvait encore moins le centre, sans doute parce que, sans s'en rendre compte, il devait tourner en rond.

Chez lui à Jaïneh c'était simple, les marchands il les connaissait tous, d'ailleurs aucun n'était vraiment marchand : c'étaient ceux des villages hauts qui, à chaque lune, descendaient avec leur laine, leurs fromages, des figues et des raisins qui venaient mieux chez eux qu'au fond de la vallée. À Jaïneh il serait allé vers l'un ou l'autre, lui aurait demandé : « Cousin, dis-moi où on embauche ? », et le cousin – ils l'étaient tous, de près ou de loin – aurait fait lever son fils qui jouait par terre, pour qu'il lui serve de guide.

Ici, il ne savait pas comment s'y prendre. Les gens comprenaient mal son parler des montagnes, ils lui faisaient tout répéter, et lui comprenait encore moins leurs façons de dire, à eux. Ils appelaient beaucoup de choses par d'autres noms, ou peut-être donnaient des noms à des choses qu'il n'avait jamais vues, ça faisait comme des trous dans leur parole, des bouts entiers qui n'avaient pas de sens, qui n'étaient que du bruit. Et quand les gens d'ici voyaient que vous ne compreniez pas, au lieu de se donner un peu de mal, ou alors de s'esclaffer gaiement comme auraient fait ceux de Jaïahin le village de sa mère – « ceux de Jaïahin qui rient toujours », disait-on –, ils haussaient les épaules et vous tournaient le dos.

Ils n'étaient pas hospitaliers.

Chez lui, quelqu'un qui se serait conduit comme ça avec un étranger, on lui aurait fait des remontrances, ses oncles seraient venus lui lancer : « Tu nous déshonores ! », tout net, devant sa femme et ses enfants. Ici on trouvait ça normal, normal aussi de vous bousculer quand vous étiez dans le chemin, de vous marcher sur les pieds sans même un mot d'excuse.

« Et moi qui suis né dans une maison à deux étages, la plus belle de Jaïneh ! » pensa-t-il douloureusement. Il fit plus que le penser : il le dit à voix haute, tout en remontant la courroie de son sac qui pesait, et un instant il resta là à se frotter l'épaule, comme pour s'assurer qu'il existait encore, qu'il n'était pas devenu, dans la cohue de Sir, un courant d'air, une chose sans substance ni forme, une âme qui n'aurait pas encore retrouvé de corps.

Mais il se dérida : au bout d'une allée, entre deux murailles de cages à poules, il apercevait une zone moins dense, sans échoppes, sans auvents – la place qu'il avait tant cherchée. On y marchait plus à l'aise, des saltimbanques se donnaient en spectacle, des amis se saluaient, la main sur le cœur, et engageaient de longues palabres. C'était un endroit où des nouvelles s'échangeaient, où des contacts se nouaient, là il allait certainement trouver quelque chose. À cette idée il eut un rire joyeux (n'était-il pas aussi de Jaïahin, par sa mère ?) et s'élança, l'œil ouvert, l'oreille tendue, prêt à saisir sa chancc ; car la chance, il en était sûr, allait lui sourire à présent.

Un attroupement s'était formé un peu plus loin, il voulut voir de quoi il s'agissait. Avec de timides « Pardon », « Je te dépasse, ne te dérange pas, petite mère ! », il se fraya un chemin entre les badauds étrangement silencieux. En avançant, il comprit : tous se taisaient pour mieux entendre la voix d'un vieillard qui chantait, les yeux levés au ciel, les bras noueux écartés de son corps.

Tu nous fuis, ô bonheur
Tu te dérobes à nous comme l'esprit danouher…

Ce devait être une chanson ancienne car la langue était encore proche de celle des montagnes, il saisissait tout, ou (*danouher* ?) presque tout. La mélodie, il ne la connaissait pas mais elle lui plaisait bien, tantôt grave et lancinante, tantôt s'entortillant en arabesques comme sur la poignée d'un sabre, on avait du mal à croire que le pauvre vieux pouvait tirer de sa gorge ces roulades de pinson, ces phrasés bondissant comme des sources vives.

Chacun voudrait te saisir et aucun ne t'embrasse,
Bonheur, feu des marais, lueur dansante,
Tu ne viens qu'à ton heure,
Et à celui qui ne te cherche pas.

Il était parvenu au premier rang et s'assit pour ne pas gêner les autres. Il regarda autour de lui. Un homme bien vêtu, un grand de Sir peut-être, écoutait yeux mi-clos, dodelinant du chef ; une jeune fille entrouvrait les lèvres, la tête droite sous sa jarre remplie d'eau ; un portefaix avait déposé sa charge à terre et, accroupi, le menton dans sa main, laissait doucement couler des larmes sur ses joues.

Il faudrait, pour te retenir, toute la ruse danouher,
Et danouher *la force, la grandeur,*
Tu nous fuis, ô bonheur, mais jamais loin de nous,
Fuyant et fidèle comme notre ombre,
Bonheur, ô bonheur,
Bénédiction danouher *!*

Sur une envoûtante vocalise, la mélodie s'acheva. Le chanteur avait fermé les yeux, son corps qui n'oscillait plus paraissait maintenant terriblement frêle, vidé de toute vigueur. Le portefaix frottait de la main sa barbe humide, les autres ne bougeaient pas ou se contentaient de soupirer. Lui aussi se sentait plein d'émotion et de nostalgie, tout apaisé, tout amolli. Pourtant il fallait qu'il demande, il s'était posé la question pendant toute la chanson :

« Euh… mais… c'est quoi, ça, *danouher* ? »

Il n'avait pas parlé fort, il espérait qu'un de ses voisins le renseignerait et puis voilà. Mais non : un silence tendu s'abattit. Les voisins en question se tournèrent vers lui avec stupeur, une petite fille pouffa, aussitôt talochée par sa mère. On se répétait le mot dans la foule, où un murmure montait.

« Honte sur toi ! cria l'homme bien vêtu.

— Il a bu trop de vin d'orge », jeta le portefaix, vaguement indulgent. Mais d'autres ne l'entendaient pas de cette oreille, trois jeunes gars, surtout, qui s'étaient mis debout et prenaient le public à témoin.

« Il insulte Anouher, celui-là, vous avez entendu ?

— Mais non, je n'insulte pas. J'ai demandé…

— Un montagnard ! Évidemment. Alors ça ne vous suffit plus de tuer et de piller, bêtes sauvages que vous êtes, il faut que vous veniez nous narguer chez nous, et salir le nom du Père des lois ?

— Mais je… »

Le premier coup l'atteignit en pleine phrase, il chancela. Puis il y en eut d'autres – les trois gars l'entouraient et se le renvoyaient comme une balle –, dans les côtes, au visage, il ne sentait plus que la douleur, d'où émergeait pourtant cette pensée : s'il n'avait eu affaire qu'à un de ces morveux dont la barbe poussait à peine, il l'aurait renversé d'une chiquenaude, costaud comme il était. Mais là, seul contre trois, avec cette foule autour qui ne lui voulait pas de bien, il se sentait aussi lent et faible qu'une mouche tombée dans du sirop de pavot.

Un dernier coup porté par une main baguée, peut-être, ou armée d'un objet dur, lui entailla le front et il ne vit plus rien, à cause du sang qui coulait dans ses yeux.

Il entendit une clameur, perdit connaissance. Plus tard il se retrouva couché par terre, moulu, pas très pressé de rouvrir ses paupières poissées de sang.

« Ne bouge pas », dit une voix près de lui.

Il entrouvrit un œil. Un visage de femme se penchait sur le sien.

« Ça va ? »

Il haussa les épaules. Elle faisait mine de soulever son bonnet, il protesta : « Eh là, ça ne se fait pas, ça. » L'effrontée, qui le mettait nu-tête !

« Bah, quand on est blessé… » Elle inspectait son cuir chevelu. « Une belle estafilade. Pas grave, mais ça a bien saigné. Il faudrait un linge. Tu peux marcher ? »

Il se mit sur son séant, un peu étourdi, attrapa la main qu'elle lui tendait.

Tout allait vite, dans cet endroit. Il n'y avait plus trace de la foule, l'esclandre était oublié, le marché se terminait. Des marchands empilaient des caisses sur des charrettes, repliaient leur éventaire sans se soucier d'eux.

« J'habite là, une des premières maisons, ajouta la femme. Si je t'aide, tu devrais y arriver. »

Il s'était levé tant bien que mal, avait remis son bonnet, époussetait sa houppelande du plat de la main, hésitant.

« Chez toi ? Tu n'as pas peur que…

— Quoi ? » Les mains sur les hanches, le menton relevé parce qu'elle n'était pas grande, elle le considérait.

« On n'aime pas beaucoup les montagnards ici, j'ai l'impression. Si les gens te voient avec moi, ils vont te… réprimander. Et ton mari, qu'est-ce qu'il va dire ?

— Je suis veuve, coupa-t-elle. Allez, viens. »

2

Veuve, songea-t-il en se mettant en marche appuyé sur elle, moins par réelle nécessité que par envie de toucher enfin un autre corps – une semaine qu'il était parti de Jaïneh et voyageait parmi des inconnus, une semaine sans donner l'accolade à un ami, tapoter une tête d'enfant, ou même serrer une main.

Une jeune veuve, alors. Et plutôt belle, autant qu'on pouvait en juger avec leur coiffure d'ici, une longue écharpe posée sur la tête et dont elles ramenaient un bout sur leur épaule. Rien à voir avec les foulards que les femmes de Jaïneh portaient serrés derrière la nuque et qui vous montraient invariablement le même visage nu. Ici, elles avaient tout un art de reculer l'écharpe sur leurs cheveux si elles les avaient beaux, ou au contraire de l'avancer pour adoucir leurs traits, d'en faire jouer l'ombre sur le haut de leurs seins, de s'en couvrir la bouche pour cacher un sourire.

En ce moment l'écharpe était en train de glisser de son épaule, il la releva.

« Merci, fit-elle ironiquement. Ce n'était pas la peine. Nous y sommes. »

Elle se défit de son bras pour pousser la porte d'une maison basse, descendit une marche, se retourna.

« Eh bien, entre. Au fait, je ne sais pas ton nom ?

— Mon… ? Ah. Mon nom c'est : Ordjéneb sher-Djénebi Lallit en-Jaïneha. »

Elle éclata de rire : « Un vrai nom de montagnard, ça, comme un tas de cailloux qui vous roulent dans la bouche… Mais je ne t'en demandais pas tant. Comment t'appelle-t-on chez toi, comment t'appelle ta mère ? »

Il faillit dire : Ma mère, la pauvre, voilà longtemps qu'elle a quitté ce monde. Puis il se ravisa et répondit seulement :

« Ordjou.

— Va pour Ordjou, alors. »

Il y avait plusieurs enfants dans la pièce, une fillette qui balançait un berceau suspendu, un garçon accroupi qui jouait… non, qui triait des lentilles. Il fallait s'habituer à cette pénombre.

« Tes enfants ?

— Sauf la toute petite qui dort. Elle, c'est à la voisine. »

Elle devait être veuve depuis longtemps alors, pensa-t-il avec satisfaction. Il n'aurait pas aimé être reçu dans une maison où l'on portait encore le deuil. Que c'était plaisant d'être assis bien tranquille sur une natte, après tous ces jours de marche, et de se voir offrir un gobelet d'eau fraîche !

Il la regardait qui allait et venait dans la pièce, se penchait sur le berceau et murmurait une recommandation à sa fille, s'asseyait près de son fils pour finir de trier, incroyablement vite, les lentilles qui restaient. Puis elle les ramassa dans sa jupe et les porta vers le fourneau.

« Je rallume le feu et je m'occupe de toi, fit-elle par-dessus son épaule. Allonge-toi, en attendant. » Ses dents brillaient, ses cheveux brillaient à la lueur tombant d'une lucarne triangulaire dans le mur. Elle s'affaira près du feu, mania des pots, des cuillers, ouvrit un coffre. Soudain elle était agenouillée à côté de lui, un linge blanc à la main.

« Tu ne t'es pas couché ?

— Pas encore. »

Il s'exécuta, sans la quitter des yeux. Elle avait les cheveux plus clairs qu'il n'avait cru d'abord : brun-roux plutôt que noirs, contrairement à ses sourcils qui, eux, étaient couleur de jais. Elle essuyait le sang séché avec le linge qu'elle humectait dans une cuvette, attentive, avec un claquement réprobateur de la langue quand il remuait parce qu'elle lui faisait mal. Au bout d'un moment, tout de même, elle dut s'apercevoir qu'il souriait en la regardant.

« Qu'est-ce qu'il y a ?

— Tu me rappelles Koli.

— Ton amoureuse ? dit-elle, plus rieuse que coquette, en se rasseyant sur ses talons pour reposer son dos.

— Non, ma chienne, au pays. Le poil brillant et les yeux de velours, comme toi.

— Ta chienne !... Toi alors, tu sais tourner un compliment. »

Gêné, il ferma les yeux. Il n'avait pas voulu l'offenser. S'il avait mieux parlé leur langue il se serait expliqué : Koli, si vive, sans rivale pour tenir un troupeau, sachant toujours quoi faire avant qu'il ne le lui dise ou même qu'il ne le sache – sa meilleure amie là-bas, au fond. C'est en voyant la femme si prompte et si adroite, faisant partout ce qu'il fallait, qu'il y avait pensé.

Tout d'un coup il se sentait triste. Il fut heureux qu'elle reprenne, d'une voix qui n'était pas fâchée :

« Et qu'est-ce qu'elle est devenue, ta Koli ?

— J'ai dû la laisser. Ce n'était pas bon de la prendre avec moi. »

Il lui fallut un certain temps pour s'expliquer. Bien sûr qu'il est bon d'avoir un chien avec soi en voyage, mais à la ville…

« Ah, tu avais peur de ne pas pouvoir la nourrir ?

— Non, enfin ça aussi… Mais tu vois, le chien est animal de maître, et moi je suis venu en ville pour servir. »

Elle haussa les sourcils et allait dire quelque chose, quand un des pots se mit à bouillir à gros bouillons, l'obligeant à se précipiter vers le fourneau. D'ailleurs l'heure du repas approchait. La petite fille posait des écuelles sur la table basse, le garçon qui était sorti revenait avec des pains.

Bientôt ils passèrent tous à table, lui compris, bien qu'elle ait proposé de lui apporter une écuelle pour qu'il puisse rester couché. La nourriture était savoureuse ; on l'épiçait plus ici que dans les montagnes, et le pain était blanc et frais. Il mangea avec appétit, puis soudain n'eut plus faim, la tête lourde, les paupières tombantes.

« Je vais me coucher un peu. »

Il eut juste le temps de regagner la natte et de se rouler dans sa couverture, et voilà qu'il dormait. De temps en temps il entendait le battement de la porte, le choc d'un ustensile, mais ce n'était pas suffisant pour vraiment le réveiller. Il émergea lentement, par paliers, avec la sensation que dehors, la lumière n'était plus la même.

« Tu as fait une fameuse sieste », s'amusa la femme, occupée à coudre.

Il ne lui répondit que d'un sourire. Il se sentait encore tout faible, hébété. Sa coupure lui faisait mal, il l'effleura du doigt, tâta les contusions à sa mâchoire et à ses côtes. Rien de grave, en somme.

Elle se levait, rangeait un objet, soulevait un couvercle, sortait sur le seuil pour rendre le bébé à sa voisine, secouer un tapis – des choses de femme qu'elle accomplissait légèrement, prestement, comme les enfants que toute tâche amuse encore. Et lui, il commençait de se sentir un peu inutile ici, à se tourner les pouces. Toute une journée de perdue, alors qu'il pensait trouver de l'ouvrage dès le premier matin.

« Qu'as-tu à t'agiter comme ça, il te manque quelque chose ?

— Mais non. Je… dégourdis les jambes, c'est tout. »

Pas la peine de rêver, il ne trouverait plus rien aujourd'hui. Il se mit assis, profita d'un moment où elle lui tournait le dos pour ôter son bonnet et arranger ses cheveux avec ses doigts. Puis, les coudes sur les genoux, il examina la pièce. C'était pauvre mais propre, elle avait dû balayer pendant son long sommeil. Trois nattes étalées le long des murs, quelques coffres, la table… Il avait remarqué pendant le repas que cette table n'était pas d'aplomb, un des pieds devait être trop court ou mal assujetti. Il retourna le meuble, repéra la cheville qui avait pris du jeu. Il fallait la remplacer. Il ramassa un éclat de bois à côté du fourneau, le tailla avec son couteau de poche, l'essaya, le polit encore contre la pierre du foyer, ça allait maintenant.

Elle n'avait pas l'air de le remarquer, ou alors du coin de l'œil. N'importe ; d'abord il lui devait bien ça, et puis c'était surtout pour lui qu'il le faisait, pour ne pas rester là les bras ballants. Plus tard elle jeta le reste du bois dans le fourneau et mit dessus un pot d'eau à bouillir, sans doute déjà pour le repas suivant.

« Je reviens tout de suite », dit-elle en posant son écharpe sur ses cheveux, et elle sortit.

Il s'ennuyait. Il poussa la porte de derrière, qui donnait sur une remise, trouva une hache, des bûches, un billot pour les fendre. Il eut un peu mal au côté en fendant la première, mais ensuite il oublia, s'absorbant dans le mouvement rythmé de la lame qui tombait, des morceaux de bois qui heurtaient le sol avec un son clair.

Il en avait fendu une vingtaine et les morceaux faisaient déjà un joli tas, quand il s'aperçut que la femme était revenue et l'observait, adossée à la porte.

« Tu es moins mal en point que je ne pensais », glissa-t-elle avec un regard rapide à ses épaules et à ses bras. Elle n'avait pas l'air tellement contente, une petite ride se creusait entre ses sourcils. Il se frotta les mains et la suivit à l'intérieur, où elle alluma une lampe. Il ne savait que dire, elle non plus ne parlait pas. Il y avait quelque chose dans l'air qui les embarrassait tous les deux, ou alors c'était la tombée du soir, ce moment où même chez lui, les collines naguère dorées par le couchant devenaient un peu lugubres, où l'on avait hâte d'être rentré et de se serrer autour d'un feu.

« Tu peux dormir ici », jeta-t-elle, hostile, et il eut honte d'avoir pensé que cela allait de soi – chez lui, quiconque avait mangé dans une maison pouvait y passer la nuit, c'était la coutume. Il aurait refusé poliment si elle n'avait ajouté d'un ton plus doux : « Il y a une natte là-haut sur la terrasse, j'y dors quand les nuits sont trop chaudes. Je t'apporterai des braises, tu seras bien. »

Les enfants revinrent, le repas se déroula presque en silence. De temps en temps elle échangeait avec eux une phrase, trop rapide pour qu'il comprenne. Il aurait peut-être mieux fait de partir, finalement, et d'aller passer la nuit sous un étal du marché. Elle voulut le resservir et il fit non de la tête, avec un sourire d'excuse, bien qu'il ait encore faim. Il se sentait bête ici, pas à sa place, une bouche en trop.

Plus tard elle l'installa en haut et, quand les enfants furent endormis, revint lui tenir compagnie avec de la verveine. C'était une belle soirée, tiède ; on entendait sur les terrasses voisines deviser d'autres gens, invisibles derrière les murets. Au-dessus d'eux, une toiture de brindilles ou de roseaux – il aurait préféré voir le ciel, comme quand il passait la nuit à la belle étoile, mais ici à Sir tout se faisait autrement. Il souffla dans son gobelet, but une gorgée de verveine.

« Pourquoi es-tu parti de chez toi ? demanda la femme, comme si elle avait suivi le fil de ses pensées.

— Une affaire d'honneur.

— Grave ?

— Comme une affaire d'honneur. »

Il n'avait pas envie de raconter, parce qu'il avait peur de ne pas se faire comprendre, mais elle insistait.

« Eh bien tu vois, Frère aîné m'avait donné à garder un de ses troupeaux, c'était il y a deux vendanges. Il m'avait dit : les femelles qui mettent bas, leurs petits seront à toi s'ils vivent encore après la fin des neiges. C'est que souvent il y a des pertes, ils meurent à cause du froid.

— Mm.

— J'ai eu de la chance, il est né dix-huit petits qui ont tous passé l'hiver. Mais ensuite, malheur, six brebis sont tombées dans le ravin ! »

Il se tut et, pensivement, prit une autre gorgée.

« Ah oui, murmura-t-elle. Et après ?

— Après ? Mais c'est tout. Une femelle vaut cinq petits. J'ai offert les dix-huit à Frère aîné, mais il manquait douze. C'était une dette et je ne pouvais pas la payer. Il fallait que je m'en aille. Homme qui reste là avec une dette qu'il ne paie pas, c'est pire que chien galeux, plus personne ne lui parle. » Il baissa les yeux : « Plus de femme ne le regarde. »

Elle laissa passer un temps, sans qu'il puisse deviner à quoi elle pensait. Mais quand elle reprit, sa voix avait changé :

« Quel idiot, alors. Tu ne pouvais pas lui dire, à ton frère : Écoute, je t'ai servi pendant un an, j'ai gardé ton troupeau et il a prospéré. Il y a eu un accident, qui aurait pu t'arriver à toi aussi. Reprends ta parole, je te laisse la moitié des petits pour prix de ton dommage.

— Mais non, je t'ai dit, une femelle vaut cinq petits.

— Et un an de travail, ça ne vaut rien ? » Elle avait presque l'air en colère. « Tu aurais dû lui dire que ce n'était pas juste, qu'il profitait de toi.

— Femme, c'était Frère aîné ! Et moi, je suis quatrième de rang. »

Elle rit : « Je sais, je sais. *Mon père est comme la lune, mon frère aîné est comme l'étoile du berger…*

— … *le frère aîné de mon père est comme le soleil*, compléta-t-il, heureux d'être en terrain connu. Mais chez nous on ne dit pas l'étoile du berger, on dit : l'étoile brillante. Bergers, nous le sommes tous ! »

Maintenant il se sentait plus proche d'elle, bien qu'ils aient failli se disputer. Il observa son profil dans le noir. Elle aussi semblait détendue, moins sur la réserve. Elle regardait le ciel, entre le toit de roseaux et le rebord du muret.

« Tiens, la voilà, ton étoile brillante, dit-elle en tendant le doigt. Sa voix était moelleuse, il se rapprocha pour regarder dans l'axe de son bras, effleura de la joue, sans le vouloir, ses cheveux. Mais sous l'étoile, son attention fut attirée par un autre point lumineux au-dessus de l'horizon.

« Et ça, qu'est-ce que c'est ? » Elle haussa le cou, pour voir :

« C'est la tour de guet, à Hénab.

— Hénab ?

— Tu sais bien… L'autre ville de la plaine. »

Dans son ton il sentait une réticence, elle n'avait pas envie d'en parler, elle n'avait peut-être plus envie de parler du tout ; et lui non plus.

« Viens près de moi, chuchota-t-il, mets ta tête contre mon épaule. »

Elle ne dit rien mais elle le fit, et ensuite, tout ce qu'ils firent, ils le firent sans un mot. Ce n'était pas nécessaire. Ils se comprenaient bien mieux ainsi.

Par moments il avait envie de rire tant il était heureux, et elle... il ne distinguait pas son visage sur la natte à l'ombre du muret, mais il la sentait qui lui souriait de tout son être. Son corps était accueillant et mieux que ça, il paraissait l'attendre depuis longtemps, depuis qu'elle l'avait vu en train de fendre du bois, ou étendu par terre à la porte des Buffles, ou peut-être depuis toujours. Et c'était tellement doux d'avoir ses bras sur vos épaules ! Elle ne vous tenait pas du bout des doigts, comme ces filles dont on dirait qu'elles ont peur de se brûler, elle ne se cramponnait pas à vous comme si elle se noyait et que vous étiez une planche, non, c'était entre les deux, juste bien, il se sentait aimé.

Elle était la première chose bonne qui lui arrivait à Sir, songea-t-il en s'immobilisant quelques instants, pour le plaisir de la faire languir un peu, de se laisser rappeler par elle – la première chose bonne, mais alors, un vrai cadeau du ciel !

Plus tard, tandis qu'elle somnolait entre ses bras, il demanda soudain :

« Mais dis-moi, alors c'est qui, Anouher ?

— Tu recommences ! rit-elle, d'un rire dont il sentit le frémissement sous ses côtes plus qu'il ne l'entendit.

Avec d'autres, je ne te conseille pas d'en parler au lit, c'est manquer de respect. Anouher, il faut que tu le saches si tu veux vivre à Sir, Anouher est celui qui a écrit nos lois, il y a bien longtemps. C'est notre père à tous. Fais attention quand tu en parles.

— Eh oui, j'ai vu, fit-il en palpant machinalement la blessure à son front, vous ne plaisantez pas avec ça. »

À nouveau il se sentait étranger, à cause de ce ton docte qu'elle avait pris ; et puis ce n'était pas aimable à elle de lui dire « avec d'autres », après ce qui venait de se passer entre eux.

« Oh tu sais, tout le monde n'est pas aussi pointilleux, ajouta-t-elle. Mais tes trois gars, là, c'étaient des tanneurs, ils sont connus pour ça. Les juges font appel à eux lors des processions, pour contenir la foule et veiller à ce que tout le monde se tienne bien… Tu n'es pas le premier qu'ils rossent. »

Il n'était pas sûr d'avoir saisi. Peut-être qu'elle entendait par « tanneurs », des qui vous tannent le cuir, des cogneurs, quoi. Mais non : « Des tanneurs, répéta-t-elle en se bouchant le nez, tu as bien dû remarquer comme ils puaient ?

— Je n'ai rien senti », avoua-t-il.

Elle éclata de rire et se releva sur un coude :

« Tu sens encore trop la chèvre toi-même, montagnard. Ton nez ne fait pas le détail.

— Oh, si, dit-il, un bras passé autour de son torse pour la retenir. Toi, par exemple, tu sens… tu sens l'herbe coupée, à la racine des cheveux, l'huile d'amande, dans le cou et sur les bras, et puis, il cherchait ses mots, l'amour… tu sens encore l'amour… »

Mais elle détourna la tête, se mit debout, lissa du plat de la main sa jupe froissée. Puis, à mi-voix, elle observa qu'il ferait bientôt jour et qu'elle devait redescendre. Sur la première marche de l'escalier elle s'arrêta un instant, peut-être pour le regarder, mais il n'aurait pu dire car il avait fermé les yeux.

3

Tu te dresses, Sir, fière de tes murailles qu'on discerne, par beau temps, de tous les points de la plaine. Si tu t'es posée là, comme un rocher énorme arraché à un mont, c'est bien parce que l'endroit était le plus visible et qu'on y dominait un horizon sans fin. Tu le paies, ville orgueilleuse : l'endroit était le plus visible mais il n'avait pas d'eau. Ce défaut n'a pourtant pas gêné tes fondateurs. Avant même d'exister, tu étais au-dessus de ça. Sir se serait pliée aux caprices d'une rivière ? Sir commandait aux éléments, c'est l'eau qui devait venir à Sir. Les palais, les remparts n'étaient pas achevés qu'un peuple d'esclaves creusait la terre pour dévier vers toi les sources des montagnes ; une génération plus tard, tout le monde connu citait en exemple ton système d'adduction. Par les pires sécheresses, l'eau pure coule au fond de tranchées couvertes, à plusieurs pieds sous le sol. Tu te fais gloire de cette audacieuse victoire sur la nature. Elle est aussi ta faiblesse, et ton fardeau, car il te faut en permanence des sentinelles pour garder ces ouvrages.

Tu es, avec Hénab, la seule ville de la plaine ; la seule ville sur terre, pour ceux qui vivent ici et n'ont jamais franchi le cirque des montagnes. Tu as, de ce qui est unique, la démesure, l'infinie multiplicité. Tu regorges d'habitants, de boutiques, de maisons, tu regorges de temples, tu regorges de tout. Tu contiens tant de rues qu'il a fallu se résoudre à leur donner des noms. Tu as tes hauts quartiers bosselés de coupoles, tes bas faubourgs bâtis de planches, de vieux tissus, de tessons de poterie mêlés à du mortier. Et à tes façades disparates il n'est pas deux fenêtres pareilles, et à chaque fenêtre sèche un linge lui-même bigarré, qui laisse deviner une pluralité de vies, d'âges, de sexes – tu es multiple jusqu'à la monstruosité.

Et cependant, pour qui te voit de loin, tu es une et unie, un seul grand corps de pierre dont tes habitants sont les atomes, tous distincts, mais tous toi-même, tu aimes à le penser.

Tu écrases de ton mépris Hénab, ta rivale moins belle ; tu n'en parles jamais, ou avec exécration. Parce qu'elle est née banalement dans la boucle d'un fleuve, tu l'appelles prostituée collant son ventre au premier passant venu ; et aussi parce qu'elle s'ouvre à tous les vents, à toutes les étreintes, n'ayant pas jugé bon, elle, de se fortifier. Trois huttes de pêcheurs, puis dix, puis trente... Hénab, une ville ? Hénab n'est qu'une flaque qui s'étend, sans idée, sans contours, tu l'abomines comme l'image même de ce que tu n'es pas. Tu le sais pourtant, elle est peuplée de ceux des tiens qui te renient ou que tu chasses, proscrits, lépreux, voleurs ou hérétiques : elle a beau t'être odieuse, Hénab est encore toi.

Il faut deux heures de marche pour faire le tour de ton chemin de guet. Partout celui-ci est accidenté de coudes, de marches, tes architectes ayant trouvé qu'une défense sous plusieurs angles et à plusieurs niveaux était plus imprévisible pour l'assaillant, et donc plus efficace. On y traverse de petites voûtes percées de trous d'archers, on y contourne des édifices qui sont des corps de garde, on y surplombe d'un côté la terre rouge de la plaine, de l'autre des rues ou des jardins, des potagers suspendus. Pour tout passer en revue, ce ne serait pas deux heures qu'il faudrait, mais deux jours ; une semaine entière, un an, si l'on se mettait en tête de suivre chaque passant dans son itinéraire et le flux de ses pensées, de débrouiller, entre ce commerçant sorti de son échoppe et son voisin ou sa femme, quels peuvent être les rapports, et le passé et l'avenir de ces rapports, de se demander si le vieux qui bêche ce carré de légumes en est le propriétaire, et combien il a d'enfants. À faire le tour de Sir, on se prend à soupçonner que s'intéresser à l'humanité n'est pas une tâche humaine : une vie n'y suffirait pas.

Aussi les gens qui marchent sur le chemin de guet s'en abstiennent-ils, et vaquent à leurs affaires sans se poser de questions. Les gardes gardent, les colporteurs colportent ; des enfants courent faire la course dont on les a chargés ou s'amusent à des bêtises d'enfant, pisser adroitement sur un toit en pente, lapider un oiseau ; des épouses de dignitaires y avancent à pas menus sur leurs cothurnes et rêvent en contemplant le mont Lallit dans son anneau de nuages… Tout au plus un marcheur pourrait-il s'accouder au parapet intérieur, le souffle court parce qu'il fait chaud, et laisser tomber son regard sur une maison, un être humain. Il remarquerait une femme aux yeux battus, plantée en ce moment à l'entrée d'une rue, et il se demanderait si ce qu'on lit sur son visage est du regret, de la langueur ou du dédain. Il la verrait rehausser un panier sur sa hanche et s'éloigner, le cou un peu fléchi. Ou bien il tournerait la tête et, à l'autre bout de la rue, verrait un homme s'acheminer vers l'entrée d'un palais. Il ignorerait, bien sûr, que l'homme sort des bras de la femme, et qu'il se rend à une adresse qu'elle lui a indiquée. Ne le voyant que de dos, il ne saurait pas davantage si l'homme arbore un sourire faraud ou s'il est, lui aussi, pensif et fatigué. Peu importe ; car, distinguant alors la main qui se lève pour frapper au portail, il pourrait se dire sans crainte d'erreur cette fois, avant de se résoudre à reprendre sa marche :

« Tiens, voilà une visite pour le maître scribe Asral. »

... Oui, elle lui avait conseillé au réveil d'aller voir chez le scribe, pour qui elle lavait du linge à l'occasion. Retourner au marché pour y trouver de l'ouvrage, mieux valait n'y pas penser. Les patrons d'ici prenaient d'abord leurs cousins, puis les beaux-frères de leurs cousins, puis des hommes qui n'étaient pas leurs parents mais venaient de leur quartier ; et s'ils prenaient des inconnus, au moins qu'ils soient de Sir. Les gens d'ailleurs, comme lui, n'avaient leur chance qu'à la haute saison.

« On m'a dit avant-hier que le maître Asral cherchait un domestique. Propose-toi, peut-être qu'il n'est pas trop tard. »

Pour l'accompagner un bout de chemin, elle avait ajusté son écharpe et ouvert grande la porte sur une belle lumière matinale. Avant de passer le seuil, Ordjéneb avait senti qu'il devait dire quelque chose : elle avait fait beaucoup pour lui, maintenant elle allait encore lui procurer du travail peut-être, comment la remercier ? Elle n'avait rien répondu et devant son sourire ironique, il avait presque rougi.

« Excuse-moi, avait-il bredouillé en renfonçant son bonnet sur son crâne, allons-y alors. »

En fait elle pensait : Il est en or, ce gars-là, une merveille... Dommage qu'il soit si rude, si empoté. Il s'est jeté sur moi comme un qui a soif, et après avoir bu, bonsoir. Le voilà qui me remercie et croit sans doute bien faire. Est-ce qu'on dit merci pour ces choses-là ! Si on était chez lui, je parie qu'il m'offrirait une poule.

Pour éviter la cohue du marché, ils prirent un dédale de petites rues. Sur une stèle qui barrait une impasse, elle lui montra une figure sculptée :

« Anouher. »

La pierre était usée mais on discernait un homme assis qui semblait, de son bâton, tracer des signes par terre.

« On le représente le plus souvent ainsi. C'est *Anouher dicte au sable*. Il y écrit nos lois.

— Qu'est-ce qu'il a, sur un œil ?

— Un bandeau. Anouher était borgne.

— Ah malheur, pauvre de lui.

— Décidément il te reste tout à apprendre, s'amusa-t-elle. Ici, chaque homme important rêve d'être borgne comme Anouher. C'est un honneur, un privilège. Il est arrivé qu'un des juges se crève un œil pour lui ressembler ; mais on se moque un peu de ceux qui font ça. Le mieux, c'est d'attraper une maladie sans l'avoir cherché, ou de perdre un œil par accident. Là on te respecte vraiment, on dit de toi : Il est aimé d'Anouher. »

Que d'étonnements !

Enfin, elle avait tendu le doigt vers une imposante demeure : « C'est là. Je ne peux pas t'accompagner, j'ai du linge à aller prendre ailleurs et je suis déjà en retard. Bonne chance. Tu diras que tu viens de la part de Djili. »

Cette fois il rougit vraiment : il n'avait même pas pensé à lui demander son nom ! Comment était-ce possible ? Eh bien, parce qu'il n'avait pas eu une seule occasion de l'appeler. Depuis leur rencontre de la veille, elle avait toujours été là ou presque, toujours tout près de lui… Il sentit une chaleur descendre en lui, une infinie tendresse.

« Djili », répéta-t-il, mais déjà elle avait disparu. Sans doute qu'elle lui en voulait un peu.

4

Il fallut parlementer à la porte, la maison du scribe était bien gardée. Le portier finit par le laisser entrer, puis un eunuque vint le chercher pour le confier à un autre, qui l'introduisit dans une grande pièce éclairée par des fenêtres à grillage, avec au centre une estrade et un pupitre derrière lequel le scribe se tenait.

Le crâne et les joues rasés, il ne portait qu'un pagne long, d'une blancheur éclatante. Au-dessus luisait son torse, épilé, frotté d'onguents, où jouait un pectoral d'argent portant l'emblème de son ordre : la première lettre de l'alphabet et la dernière, intimement enlacées.

« Approche, jeta le scribe, qui avait posé son roseau taillé pour passer négligemment ses pouces sous la ceinture de son pagne et étudiait le nouveau venu, dont la carrure et la mine ne parurent pas lui déplaire. Qui t'envoie ?

— Ta blanchisseuse, noble maître. Djili. »

Il aurait voulu que sa langue ne s'embarrasse pas en prononçant ce nom, mais le scribe n'y prit pas garde.

« Elle aurait dû t'expliquer qu'on se découvre en ma présence. Enlève-moi ce bonnet. Bien. À ce que je vois, tu es des montagnes.

— Pour te servir. Jaïneh c'est mon pays.

— Un Lalliti de Jaïneh, donc. Et que sais-tu faire ? »

Ordjéneb écarta les bras avec un grand sourire, comme pour dire : Tout ce qu'on veut, tout ce que tu me demanderas.

« Approche encore. Tourne-toi. Hm, bien bâti. C'est que, vois-tu, j'ai besoin d'un homme fort pour ma sécurité. Deux tanneurs se sont présentés l'autre jour, mais ils ne faisaient pas l'affaire. »

Il ne précisa pas pourquoi. Sans transition il se tourna vers une table où s'amoncelaient plusieurs rouleaux, éleva les deux mains au-dessus – comme on se chauffe à un brasero l'hiver, pensa Ordjéneb, mais il se reprit : ce n'était pas le moment de rêvasser.

« Sais-tu ce que ces rouleaux renferment ? »

Que répondre !

« Ceci, continua le scribe avec solennité, est une des trois copies de nos saintes Écritures. Et le rouleau que tu vois (il désignait celui que maintenaient à plat deux poids de bronze en forme de lions ailés) n'est rien de moins que le Testament d'Anouher.

— Ah oui, oui ! » opina Ordjéneb, s'efforçant d'exprimer tout le respect et l'enthousiasme qui s'imposaient.

Sans dureté mais sans retenue, le poing du scribe s'abattit sur le sommet de son crâne.

« À genoux, misérable. On se prosterne, quand on entend nommer le Testament. Bien, remets-toi debout. » Il indiqua sur le rouleau une zone que l'humidité avait brunie. « Si soigneux que soient les juges, les copies se détériorent. Tout ce qui est matière se détériore avec le temps, seule la parole est immortelle… » Il s'interrompit, les yeux au plafond, comme pour goûter la saveur de sa sentence, à moins que ce ne fût là une phrase de leurs lois. « À chaque génération, un maître scribe est désigné pour en produire une nouvelle copie, dont la conformité est ensuite vérifiée par le collège des juges. Après quoi, la plus abîmée des trois anciennes est brûlée publiquement, comme nous faisons de nos morts illustres, et la nouvelle prend sa place. J'en suis là. »

Il montrait la ligne qu'il avait laissée inachevée et dont les caractères brillaient encore. Ordjéneb se pencha dessus, intéressé.

« Qu'as-tu besoin de t'approcher, est-ce que par hasard tu saurais lire ?

— Eh ! fit gaiement Ordjéneb à cette boutade. Mais je sais compter, si ça peut t'être utile. C'est nécessaire pour répartir les parcelles, ou calculer qui doit combien à qui. J'ai même inventé quelque chose… Pour cinq je trace une main, pour vingt une maison, pour cent un mouton parce que les troupeaux sont vastes, pour mille une étoile parce qu'elles fourmillent au ciel… »

Le scribe lui avait jeté un regard vif, mais l'arrêta d'un geste.

« C'est bon, c'est bon. Inutile de répondre à des questions que je ne t'ai pas posées. Je n'ai pas besoin d'un bavard, mais au contraire d'un homme qui sache tenir sa langue. Ma tâche est de silence, et il me faut près de moi des êtres silencieux. Tout ce que je te demande, c'est de veiller sur ces écrits. Qu'il leur arrive malheur, que la plus infime partie s'en perde ou soit endommagée, et c'est la mort pour moi, j'en suis responsable sur ma vie. Je te demande aussi de veiller sur ma personne qui, du fait de mon présent travail, devient temporairement sacrée.

— Mais… » Tout de suite il se mordit la langue, voilà qu'encore il allait bavarder !

« Parle, je t'y autorise.

— Noble maître, si vos juges tiennent tellement à cette copie, pourquoi ne te donnent-ils pas des soldats, chez toi, pour la garder ?

— La question n'est pas sotte, fit le scribe en grattant de son pouce la peau glabre au-dessus de sa lèvre. Mais c'est que tu ignores une de nos maximes : *Anouher enverra des soldats, mais vous ne mettrez pas de soldats autour d'Anouher.* Ne gardent les trois copies que des hommes sans armes : les juges, dans le haut palais. Et les recevoir à copier est un honneur d'autant plus grand que la tâche est risquée, et engage la vie.

— Alors, ma vie aussi ?

— Mais non. Tu n'es qu'un domestique, tu ne réponds de rien. Quand même tu saccagerais, sous les yeux de toute ma maison, ce tas de rouleaux que voici, c'est moi qui mériterais la mort pour t'avoir pris à mon service. »

Ordjéneb hocha la tête ; puis il parut s'absorber dans la contemplation de son bonnet.

« Pardonne-moi, maître, mais je crois que ça ne me plaît pas. Ce n'est pas… honnête.

— Comment ça, pas honnête ? fit le scribe impatienté. Explique-toi.

— Je parle mal, je suis un montagnard, et j'ai trois frères nés avant moi. Mais chez nous, même un quatrième de rang a sa fierté. Je ne veux pas d'un travail où – comment disais-tu ? – je ne réponds de rien. Chien qui égorge brebis, c'est son maître qui paie. »

Le scribe s'était approché d'une fenêtre et regardait le jardin. Cela durait, au point qu'Ordjéneb se demanda si l'entretien n'était pas terminé. Après tout, on lui avait proposé un travail et il l'avait refusé. Peut-être qu'il n'était pas de la dignité du scribe de le jeter dehors, et que c'était à lui de prendre la porte.

« Intéressant, entendit-il alors. Très intéressant. Tu voulais dire qu'en somme ce travail n'est pas honorable, n'est-ce pas ?

— Je ne connais pas le mot. Chez nous, on dit "honnête".

— C'est précisément ce qui m'intéresse. Car je pense à une phrase bien connue de nos lois : *Il ne suffit pas d'être honnête pour mériter la confiance d'Anouher*. Sur elle repose toute l'éducation des juges, car on a toujours supposé qu'elle signifiait : Pour mériter la confiance d'Anouher, c'est-à-dire interpréter et appliquer nos lois, il ne suffit pas d'être un homme probe, un brave homme respectant le bien d'autrui et le droit de tous ; il faut un savoir, une formation, un art long et complexe à acquérir. Or elle prend un autre sens si par *honnête* on entend "honorable", comme vous le faites. Un scribe devrait étudier les différents parlers, je m'en avise aujourd'hui pour la première fois. »

Il tourna le dos à la fenêtre et, pensivement, examina ses ongles.

« Ta dernière phrase aussi m'a intéressé. Tu as dit : Un chien qui égorge une brebis, c'est son maître qui paie. Qu'avais-tu en tête, au fond ?

— Eh, que je ne suis pas un chien.

— Mais tu ne l'as pas dit. *Les lois sont de pierre sèche...* Ne t'étonne pas, je réfléchis tout haut. Tu as donc prononcé une phrase dont le sens et l'intention se trouvent hors d'elle, et qu'il faut compléter en pensée.

— Je l'ai fait par respect, noble maître, pour ne pas offenser tes oreilles !

— Allons, je ne te reproche rien. Au contraire, tu m'ouvres des horizons. La langue d'Anouher, elle aussi, procède de cette façon. Elle juxtapose, et laisse à qui la lit le soin d'en retracer la logique, comme un mur de pierre où manque le mortier.

— Peut-être que votre Anouher était un Lalliti ? plaisanta Ordjéneb.

— Tt, tt, pas de privautés, s'il te plaît. Restons sérieux. Mais le fait est que la langue d'Anouher est ancienne et visiblement, votre dialecte des montagnes en est resté proche dans son vocabulaire et dans ses formes. Sais-tu ? Je crois que malgré ce que tu m'as dit, tu es l'homme qu'il me faut. Je m'instruirais de ton dialecte en t'entendant parler, et tu garderais ma salle d'écriture, car je te fais plus confiance qu'à tous mes eunuques réunis.

— Cependant...

— Tes réserves sont justement ce qui m'a décidé, car elles prouvent ta droiture. Et pour apaiser tes scrupules, je te fais un serment : s'il arrivait malheur aux rouleaux, ta tête tomberait avant la mienne. Cela te va-t-il mieux ? »

Il revit, Ordjéneb, l'unique rue de Jaïneh au soleil de midi, les toits de part et d'autre, et au-delà, les champs étagés en terrasses. Il revit Koli qu'il avait laissée, les parcelles qui ne seraient jamais à lui, le troupeau qu'il n'avait su garder, et la maison de son frère où il n'entrerait plus, sauf s'il payait sa dette. Si sa tête tombait, Djili au moins le pleurerait-elle ? Probablement pas, conclut-il ; alors il sourit avec douceur et répondit au scribe :

« C'est oui. »

5

Maître Asral écrivait depuis plusieurs heures. Il n'avait ni relevé la tête autrement que pour interroger de l'œil les poutres du plafond, ni prononcé un mot, ni demandé à manger ou à boire. Peut-être n'avait-il pas le droit de souiller son enveloppe charnelle en se nourrissant au cours de sa tâche sacrée. Ou alors, il était comme ces ascètes qui se faisaient hisser au sommet d'une colonne, au plus près des dieux, et s'y desséchaient de faim et de soif, impassibles, par désir de pureté.

Mais Ordjéneb n'était ni ascète ni scribe, lui, et son déjeuner était loin. Et le silence, l'immobilité auxquels il s'astreignait commençaient à lui peser. Pendant les longues gardes à côté de son troupeau, c'était différent : assis en tailleur, il pouvait adresser quelquefois une phrase à Koli, qui ne manquait pas de lui répondre d'un aboiement joyeux, lui lancer un bâton pour qu'elle le lui rapporte. Il y avait toujours, autour de lui, une chose à observer – cet oiseau là-bas, un aigle ? alerte ! non, un simple vautour –, un bruit à identifier, un appel, un roulement de pierre. Si ses jambes s'engourdissaient, il faisait quelques pas, ramassait un bout de bois à sculpter, une herbe odorante à froisser dans sa paume. Il ne s'ennuyait pas, et son corps lui était léger.

Ici, debout devant la porte, il percevait son corps bien plus qu'il n'aurait voulu. Il s'était résolu à en faire passer le poids d'une jambe sur l'autre, alternativement, mais avec pour résultat qu'à présent il n'était plus capable de trouver sa posture naturelle. Une voix intérieure commentait ses mouvements : Tiens, c'était au tour de la gauche; tiens, c'était au tour de la droite. Même se mettre d'aplomb n'allait plus de soi mais lui apparaissait comme un choix de plus, celui de la « position intermédiaire ».

C'était donc ça, vivre en ville ! Les mouvements les plus simples se soumettaient à des règles et à des lois, vos bras et jambes commençaient de réfléchir, de prendre toute la place. Et au lieu qu'on fasse ce qu'on avait à faire pendant que le temps passait, voilà que le temps lui-même s'en mêlait et venait vous dire : Regarde comme je suis long.

Il soupira.

« Qu'as-tu donc, à la tête ? »

Son soupir avait attiré l'attention du scribe. Sa tête ? Il y passa la main. La blessure était sèche, en voie de guérison, mais devait s'apercevoir sous le bord de son bonnet. Il préféra ne pas mentir, de toute façon le maître en entendrait peut-être parler.

« Heu, hier au marché j'ai manqué de respect à Anouher sans le vouloir, et ils m'ont réprimandé.

— Ah. Ça ne t'arrivera plus. »

S'il avait compté sur un début de conversation, c'était raté. De nouveau le roseau taillé courait sur la feuille, et les lèvres du scribe ne s'agitaient plus que pour murmurer, d'un ton absent, les mots qu'il copiait.

Quel étrange travail que d'écrire, songeait Ordjou. Voilà mon maître à quinze pas de moi, qui peint en noir une feuille, et pourtant son esprit n'est ni sur la feuille, ni dans le roseau, ni dans l'air de la pièce que nous respirons tous deux, mais quelque part bien loin, dans un monde de paroles dites il y a des centaines d'années. Mon maître fait apparaître ce qui n'est plus, il commerce avec un homme dont la bouche était déjà morte avant que l'arrière-grand-père de mon arrière-grand-père soit né. Un mage. Mon maître est un mage !

« Noble scribe…

— Quoi ?

— Pardonne la question, mais vois-tu et entends-tu Anouher pendant que tu copies ?

— Bien sûr que non. Mais je vois et j'entends ses paroles, et c'est déjà beaucoup. »

Maintenant c'étaient les mains d'Ordjéneb qui en avaient assez d'être croisées dans son dos et voulaient passer devant. Allons, qu'elles fassent à leur idée ! Il les noua, les étira, en étudia les jointures, avant de remarquer :

« Ça doit être difficile.

— Quoi donc ? murmura le scribe avec une nuance d'ennui.

— Mais, de comprendre ses paroles sans l'avoir en face de toi. Quand Frère aîné me dit : Pense à réparer le toit de la bergerie, il me le montre du doigt et je sais de quel endroit il parle. Quand il n'est pas sérieux et dit par jeu le contraire de ce qui est, je le sais, car il y a du rire dans sa voix. Mais toi, comment peux-tu être sûr de savoir ce qu'a voulu dire Anouher ? »

Comme tout à l'heure, le scribe se gratta la lèvre.

« Tu m'agaces avec tes questions. Apprends, du reste, qu'elles frisent l'impiété. Les mots d'Anouher sont là, et leur sens réside en eux. Un âne comme toi n'a pas à chercher plus loin. Au lieu de pérorer, je te saurais gré d'aller demander aux cuisines qu'on serve ma collation.

— Aux cuisines ? Bien.

— Et tu en profiteras pour manger un morceau.

— Bien, bien. Mais où sont-elles, les cuisines ?

— Tu trouveras, animal. Vais-je te tracer le plan de ma maison ?

— C'est que, j'ai peur en allant au hasard d'entrer dans les appartements des femmes, et d'importuner tes épouses.

— Je n'ai pas d'épouses. »

Abasourdi, Ordjéneb se retira. À tout prendre, c'était encore la chose la plus étonnante qu'il ait entendue depuis son arrivée. Pas d'épouses ? Un homme aussi distingué, vivant dans un palais, ayant pour le servir tant et tant de domestiques, pas d'épouses ? Sir était vraiment un endroit bien extraordinaire, conclut le montagnard en poussant la première porte qui se présenta. À moins que les scribes n'aient pas le droit de se marier. Ou alors, son maître était un personnage moins important qu'Ordjéneb n'avait cru.

Ce soupçon se dissipa lorsque après quelques tâtonnements, il découvrit enfin lesdites cuisines. Un cuisinier et trois marmitons s'y affairaient autour d'une profusion de plats suffisant pour huit ou dix convives. Des parfums exquis flottaient, de chair délicatement grillée, de ragoûts longuement étuvés, d'aromates, de citrons et d'oranges qu'on venait de couper et dont la tranche laissait perler des gouttes de jus limpide. Ces cuisines de maître Asral, c'était une antichambre du paradis !

Encore fallait-il être au nombre des élus.

« D'où sors-tu, toi ? grogna le cuisinier. Dépêche-toi de filer avant d'avoir posé où que ce soit tes sales pattes de gardeur de chèvres. – Regardez-moi ces ongles, mes enfants, regardez-les bien : car si l'un de vous se présente devant moi avec des ongles pareils, je lui arrache la peau du dos.

— Tu n'arraches rien du tout, dit posément Ordjéneb, qu'un coup d'œil aux gâte-sauces tremblants avait persuadé que ce n'étaient pas menaces en l'air. Et mes ongles ne sont pas sales, je les ai brossés à l'eau ce matin. C'est la terre de chez nous qui colore. Même nos morts, quand on les enterre, ils ont encore les ongles bruns. »

Pour s'expliquer, il avait élevé sa forte main sous le nez du cuisinier qui perdit soudain de sa superbe.

« Qu'Anouher m'assiste, geignit-il, voilà qu'il parle de morts dans ma cuisine, maintenant ! un coup à faire tourner ma crème et pourrir mon poisson ! »

Un méchant homme, mais un couard. Cet air sur sa figure, Ordjéneb le connaissait bien : c'était la peur des coups. Il eut un large sourire et abaissa son bras.

« C'est bon, je n'en parlerai plus. Mais écoute-moi plutôt : le maître m'envoie. Il veut sa collation.

— Rien de plus simple, tout est prêt.

— Il veut aussi que tu me donnes à manger. Vois-tu, il vient de m'embaucher, je suis son nouveau garde. »

L'homme lui lança un regard torve et un sourire mielleux.

« Son nouveau garde ! Mes félicitations. Sois le bienvenu parmi nous. Prends place, restaure-toi, Émer va te servir. Moi, il faut que j'aille mettre en ordre la salle des repas. »

Pendant qu'Ordjéneb s'installait à la table de cuisine et recevait une assiette du plus jeune des marmitons, Djili lui revint à l'esprit. Jusqu'ici, elle était restée en lui comme une diffuse mais intense sensation de bonheur, un bien-être qui n'en finissait pas de rouler ses échos. Maintenant qu'il était embauché, exaucé, attablé devant des cailles rôties et des courgettes confites, il éprouvait brusquement un manque d'elle presque douloureux. Quand la reverrait-il ?

Il avala sa bouchée, s'essuya les lèvres du dos de la main, attrapa le petit Émer par la manche.

« Djili, la blanchisseuse. Elle vient souvent ici ?

— Qui ça ?

— La blanchisseuse. Une belle femme, une veuve, elle habite à la porte des Buffles.

— Ah, elle. Non, seulement de temps en temps. D'habitude on lave le linge ici, elle ne nous aide que quand il y en a beaucoup, après les réceptions. »

Mauvais, ça.

Il reprit son repas sombrement. La revoir n'irait pas de soi. Qui sait, d'ailleurs, si elle avait envie de le revoir ? Vite, penser à autre chose.

« Pourquoi le maître n'a pas d'épouses ? Parce qu'il est scribe, parce qu'il est marié aux lettres ? »

L'enfant rit.

« Ah, j'ai dit quelque chose de drôle ? », s'égaya Ordjéneb, et bientôt ils riaient tous les deux. Ils ne se calmèrent qu'au retour du cuisinier qui demanda, pincé, si tout était au goût du nouveau garde.

« Délicieux, tu es un poète de ce qui se mange, un véritable artiste !... Mais va-t'en voir là-bas, je crois que le maître t'appelle. »

L'enfant s'était recroquevillé, muet et pâle à nouveau.

« Tu te plais ici ? »

L'œil du petit glissa vers le fouet qui pendait à côté des fourneaux.

« Tu verras, il ne vous battra plus. »

Assez traîné. Le devoir l'attendait. Et le devoir, c'était sans doute de retourner se planter à la porte de la salle d'écriture, et d'y renouer le fil de ses pensées. C'est là que le scribe le trouva après sa propre collation. Il ne lui adressa qu'un regard distrait et reprit son travail.

Et de longues heures s'écoulèrent encore – du moins c'est ce qu'il sembla à Ordjéneb. Comment savoir, sans regarder le soleil ?

« *... Vous révérerez la demeure d'Anouher...*, psalmodiait le scribe. Qu'as-tu donc à glousser ?

— Noble maître, tes paroles m'ont fait rire.

— Chien sans foi ! je commence à comprendre qu'ils t'aient réprimandé hier, comme tu dis. Qu'y a-t-il de risible dans cette sentence, je te prie ?

— Ne te fâche pas, maître. Ce mot *demeure* que tu as chantonné…

— C'est un archaïsme, un mot élevé pour dire "maison" ou "temple".

— Oh. Vois-tu, ce mot nous l'avons aussi, mais il n'est pas élevé. *Demeure*, c'est le nom qu'on donne chez nous à un enclos avec un toit. On y met les moutons et les chèvres l'hiver, quand il pleut ou qu'il neige et qu'on ne peut pas les laisser paître dans les collines. Le bruit qu'ils font là-dedans ! Et ça se bouscule, et ça grouille, et ça bêle !… C'est d'y penser qui m'a fait rire, il ne faut pas m'en vouloir. »

Le scribe le dévisageait, au point qu'Ordjéneb se sentit mal à l'aise.

« J'implore ton pardon, je n'aurais pas dû…

— Tais-toi. Il me vient une idée. »

Rien ne se produisait, pourtant. Chez un homme savant, les idées étaient bien longues à se former ! C'est sans doute parce qu'elles étaient complexes. Ordjou fixait avec patience la bouche qui tressaillit longuement, indécise, avant de se rouvrir.

« Écoute. Tu vas faire quelque chose pour moi.

— À tes ordres.

— Tu vas prendre ceci (le scribe avait détaché son pectoral d'argent) et te rendre de ma part aux magasins du haut palais, à la porte des Cigognes. Et tu diras qu'il me faut dix rouleaux vierges, parce que j'ai brûlé ma réserve par accident. »

Ordjéneb avait du mal à ne pas rire. Son maître était à la fois un mage et un petit enfant. Toutes ces méditations, pour arriver à se souvenir qu'il n'avait plus de rouleaux !

« Dix rouleaux vierges. Tu les auras.

— Prends-en grand soin, surtout, et reviens aussitôt. Ne va pas traîner avec dans une auberge, ou chez je ne sais qui. »

Chez je ne sais qui… Oh ! Voilà qu'il lui venait une idée, à lui aussi.

« Entendu. Mais sur le chemin de l'aller, ô maître, permets-tu que je rende une visite ?

— Soit, si c'est nécessaire. Mais songe que je t'attends. Ta présence m'est indispensable le soir quand j'achève ma tâche. Car alors la salle d'écriture est vide, et je compte sur toi pour la garder. Tu y passeras tes nuits. »

6

Ainsi il passerait ses nuits dans la salle d'écriture, que cela lui plût ou non, ruminait Ordjéneb en courant chez Djili. Servir était dur. Mais avait-il le choix ? Ah, si les six brebis n'étaient pas tombées dans le ravin…

Si elles n'étaient pas tombées, je ne serais pas ici, pensa-t-il avec une joie qui le surprit, en frappant à la porte connue.

C'était bien la porte dont il avait quitté le seuil le matin même. Pourtant, que de choses vécues depuis ! Étonnant, comme il se sentait déjà plus observateur, plus chargé d'expérience. Une seule journée au service du scribe avait fait de lui un autre homme ; un homme capable de trouver hostile, décourageante, une porte fermée, comme s'il y avait plusieurs façons pour une porte d'être close.

Il faut dire aussi qu'on ne se pressait pas pour venir lui ouvrir.

Enfin le visage de Djili apparut dans l'entrebâillement :

« Te revoilà donc. »

Il avait eu un geste pour s'avancer, mais quelque chose le retint.

« Le scribe n'a pas voulu de toi ?

— Mais si, il m'a pris. Je suis son nouveau garde.

— Et pourtant tu es là.

— Pour peu de temps. Je suis venu te remercier… »

Elle relevait une mèche sur sa tempe, montrant, de son avant-bras, la peau blanche, nacrée, et qu'il savait si douce.

« Tu m'as déjà remerciée ce matin.

— C'est vrai », murmura Ordjéneb, malheureux. N'allait-elle pas se décider à ouvrir grande cette porte ? Il fallait croire que non.

« J'aurais dû t'apporter un cadeau. Mais le maître ne m'a pas encore…

— Ce n'est pas grave, coupa-t-elle, avant de se retourner vers l'intérieur pour parler à un enfant. Va, si tu es pressé.

— C'est que le maître m'a chargé de faire au plus vite et…

— Va donc, va. »

Ah, mais très bien. Si on voulait qu'il aille, il irait.

Se disait-il en s'éloignant, avec la curieuse sensation d'être tout froid, sans réaction. À un jet de pierre, pourtant, il ne put s'empêcher de se retourner vers la porte. Elle lui parut encore plus fermée qu'auparavant, comme s'il avait pu deviner que derrière, Djili s'y tenait adossée, toute froide elle aussi, les mains un peu tremblantes. Rêvait-il, ou avait-elle poussé le verrou ? Le verrou ! Est-ce qu'il avait l'habitude de forcer la porte des gens, et surtout la porte d'une femme ? Vraiment, il préférait s'en aller.

« Amma, le bébé vomit.

— Ce n'est rien, redresse-le.

— Il s'est sali le cou.

— Je vais aller puiser de l'eau, petite fleur. Dans un instant.

— Et si j'y allais, moi ? Mais le verrou est poussé. Pourquoi as-tu poussé le verrou, amma ?

— Je te dis que ce n'est rien et que j'irai moi-même. Allons, reste tranquille. Il ne s'est rien passé. »

Voilà ce que disait la porte, ou plutôt ce qui se disait derrière. Mais pas assez distinctement pour qu'Ordjéneb l'entende. Aussi finit-il par s'en aller pour de bon, gagner les remparts et gravir l'escalier montant au chemin de ronde.

Au moins, pensait-il avec amertume, ce détour par la porte des Buffles ne l'aurait pas beaucoup retardé.

Bien sûr qu'elle n'avait pas envie de le revoir. Il aurait dû s'en douter dès le matin, quand ils s'étaient séparés. Il aurait même dû s'en douter avant, sur la terrasse, quand elle avait dit « avec d'autres ». « Avec d'autres je ne te conseille pas de parler d'Anouher au lit », quelles autres ? Il était en colère. Pour elle, il était évident qu'il irait avec d'autres, sans doute parce qu'elle, c'est ce qu'elle ferait. C'est ce que faisaient les gens de Sir : ils vous montaient comme une mule quand il leur plaisait d'être portés, et vous laissaient au relais suivant pour prendre une mule plus fraîche. Ils avaient beau lui reprocher son odeur et ses ongles sales, les brutes, c'étaient eux.

Du haut de l'escalier, il découvrit la ville et tous ses dômes étincelant au soleil, mais il leur tourna le dos. Merci bien. Il préférait regarder la plaine.

Il ne devait pas avoir plu depuis longtemps car à quelques centaines de pas, l'horizon se perdait déjà dans un halo de poussière. S'il y avait des villages dans les environs, on ne les voyait pas. Cette tache sombre, au loin, était-ce un bois, des rochers ? ou alors cette autre ville, Hénab ? Peut-être aurait-il mieux fait de tenter sa chance à Hénab. Tant pis, c'était trop tard, le maître avait sa parole. D'ailleurs le maître, il l'aimait bien.

Et sa course, qu'il oubliait !

« Cousin, de quel côté la porte des Cigognes ? », demanda-t-il à un mendiant accroupi contre le parapet.

L'infirme tendit le doigt sans un mot.

Et allez donc, ni bonjour ni bonsoir. C'étaient les mœurs siriotes. Un homme qui saluait ou qui disait merci, on le traitait comme un balourd, un simplet, on se moquait de lui. Maintenant qu'il y repensait, elle n'avait pas cessé de se moquer de lui, cette femme. Et lui qui avait cru qu'elle le comprenait, que leurs cœurs étaient proches. Elle s'était moquée de lui, et de tout ce qui comptait à ses yeux : l'honneur, les frères aînés, et même les dieux, leurs dieux de la montagne. Car au cours de la soirée, alors qu'ils bavardaient et qu'elle le questionnait à ce propos, il se rappelait lui avoir répondu, heureux de son intérêt :

« Des dieux ? Oh, nous en avons beaucoup. Il y a le dieu de l'orage et des forges, le dieu des troupeaux, la déesse de la fièvre, la déesse des labours, la déesse des rouets…

— La déesse des fromages…

— Oui, la déesse des fromages, comment as-tu deviné ? Enfin, nous l'appelons la déesse des ferments parce qu'elle protège tout ce qui caille ou lève, le pain, la bière, le lait cru… »

Pourquoi s'était-il donné la peine de lui expliquer ça ? Il aurait dû s'apercevoir qu'elle le prenait pour un idiot. Pour elle il n'était qu'une mule, une belle mule, robuste, mais bête à manger du foin.

Il s'immobilisa à un angle du chemin de guet, parce qu'il apercevait dans le ciel, au loin, les neiges du mont Lallit.

« Salut, vieil oncle à la tête blanche, murmura-t-il. Je suis bien triste de t'avoir quitté. »

Cette nostalgie, pourtant, était plus douce à porter que la colère. C'est un peu apaisé qu'il atteignit la porte des Cigognes, où il n'eut besoin de personne pour identifier le haut palais : avec sa grande coupole, ses colonnades, ses quatre gardes à chaque portail, on ne pouvait le manquer.

La première entrée qu'il essaya n'était visiblement pas la bonne. En haut de l'escalier monumental, les factionnaires – deux à droite, deux à gauche – lui montraient leur profil sans faire mine de remarquer sa présence. Pas un pli ne bougeait à leur robe de brocart bleu, leur œil restait rivé au portail grand ouvert, leurs poings tenaient verticalement ce qu'Ordjéneb avait pris pour un arc et qu'il identifia de près comme une tige de jonc, tout en notant avec surprise que dans leur dos, les carquois ne contenaient que des morceaux d'écorce imitant des rouleaux.

Alors qu'incertain il gravissait quelques marches de plus, l'une des prunelles glissa vers lui, noire au-dessus des bouclettes noires de la barbe, et l'une des mains lâcha son jonc pour agiter une large manche à ganse dorée, en un geste qui eût signifié dans toutes les langues de la terre : Passe ton chemin.

De bleu et d'or étaient aussi vêtus les gardes de la deuxième entrée ; noire également était leur barbe ; mais leurs arcs étaient des arcs, leurs carquois étaient garnis de flèches, et leur bouche daignait parler. De la part de maître Asral ? Qu'il montre son insigne. Parfait ; mais pour accéder aux magasins, il fallait prendre l'entrée latérale droite, à l'opposé du bâtiment.

« Et passe par l'arrière, cette fois, lui jeta un garde, fronçant le sourcil sous le bandeau torsadé qui enserrait ses cheveux. L'escalier d'Anouher n'est pas une promenade. »

Si ce n'était pas unc promenade, au moins c'eût été un raccourci. Contourner le palais par l'arrière lui prit un bon quart d'heure, tant l'édifice était vaste. De pierre noire ou noircie par les ans, sans fenêtres jusqu'à une hauteur de dix pieds, il présentait au-dessus de rares ouvertures qui surplombaient hostilement la ville, les rues, les passants comme lui. Ordjéneb discernait ici et là des doigts serrés sur un barreau, la clarté d'un visage ; le haut palais devait aussi servir de prison.

Nouvelle entrée, nouvel interrogatoire. Comme là-bas, les gardes étaient armés jusqu'aux dents. Mais l'insigne de maître Asral lui ouvrit toutes les portes – toutes, c'est-à-dire celle de la rue, puis une autre, puis une troisième, derrière laquelle un greffier assis lui fit répéter sa requête, avant de la transcrire sur une tablette d'argile encore humide.

« Dix rouleaux neufs, mm ? Voyons, ton maître en a pourtant touché six à la lune dernière et… (il consultait d'autres tablettes rangées à côté de lui) déjà six avant l'été. Cela devrait suffire, il me semble.

— Noble serviteur d'Anouher, sa réserve a brûlé. Un accident.

— Un accident bien fâcheux, et qui ne doit pas se reproduire. Tu le diras à notre ami Asral. » Il appliqua un sceau, traça quelques caractères. « Enfin c'est bon, un eunuque va te conduire aux magasins de la bibliothèque palatine. Suivant ! »

Il fallait avoir vécu des années ici pour se retrouver dans cet écheveau de couloirs, pensait Ordjéneb en fixant des yeux la nuque rasée de son guide. Peut-être les eunuques naissaient-ils, étaient-ils élevés dans l'enceinte du palais. Hier encore, il le lui aurait demandé ; mais il remarquait que déjà, gagné par la réserve des citadins, il ne prononçait plus toutes les paroles qui lui venaient aux lèvres, retenait ses mouvements, laissait ses questions, ses avis, s'agiter dans son crâne comme une belette dans une cage d'osier.

Ils parvinrent à une salle sans fenêtres, éclairée par des torches, d'où partaient en étoile six couloirs. On y voyait se croiser des personnages vêtus de blanc qui se saluaient, des rouleaux plein les bras, d'un discret hochement de tête.

« Viens ici, toi », lança soudain l'eunuque en se retournant vers lui, et sans crier gare, d'une poussée adroite, il le fit tournoyer sur lui-même.

« Imagine que tu te perdes. Quel couloir prendrais-tu ?

— Celui-là, fit Ordjéneb au hasard.

— Raté. En bref, ne te perds pas. »

Les hommes en blanc avaient suivi la scène avec un amusement blasé. Une plaisanterie rituelle sans doute, en même temps qu'une mesure de sécurité. À sa sortie, comme à chacune de ses visites ultérieures, on lui ferait décrire les mêmes pirouettes, si bien qu'il ne pourrait repenser à la bibliothèque palatine sans ressentir une légère nausée.

Anouher enverra des soldats, mais vous ne mettrez pas de soldats autour d'Anouher – le plan de l'édifice respectait scrupuleusement ce précepte. Des gardes désarmés devant l'entrée des juges, qui menait au sanctuaire de la Loi ; des sbires bardés de lances devant celles qu'empruntaient les simples particuliers pour les affaires courantes. Et entre ces deux zones, un labyrinthe où se seraient immanquablement perdus d'éventuels malfaiteurs, sans qu'il soit nécessaire de lever la main sur eux.

C'était un peu hypocrite, observait Ordjéneb sur le chemin du retour, les bras chargés, et pas mécontent de retrouver la lumière du dehors. C'était un peu hypocrite, car on jouait sur les mots. Des soldats autour d'Anouher, il n'en manquait pas. Il est vrai qu'ils n'étaient pas postés juste à côté, mais au-delà d'une solide épaisseur de murs. Cependant, était-ce vraiment obéir au précepte que d'en tirailler les mots dans le sens qui vous arrangeait ? Pour honorer Anouher, n'aurait-on pas dû faire *exactement* ce qu'il recommandait ?

« Autour d'Anouher, autour d'Anouher », se surprit-il à marmonner. C'étaient pourtant des mots simples ; mais quand on y réfléchissait, même les mots simples pouvaient cacher différents sens ou différentes nuances. La plupart du temps on n'y prêtait pas attention : le doute se dissipait vite, ou alors on cessait d'y penser car ce n'était pas important. Mais quand ça l'était, comment être sûr ? Que signifiait exactement *autour d'Anouher*, qu'est-ce qu'Anouher lui-même avait voulu dire par là ?

Au fond, c'était intéressant. Et s'y intéresser vous consolait de bien des choses, constata-t-il : voilà qu'il revenait de sa course ragaillardi, et ayant un peu oublié sa tristesse. Ces mots qui cachaient tant de richesse, il comprenait qu'on consacre ses jours à les copier et à réfléchir sur eux, et il admira son maître d'en être capable. Aussi frappa-t-il à la porte de la salle avec un respect redoublé et la fierté d'avoir, en se hâtant, contribué modestement à l'avancement de son œuvre.

Une odeur de roussi flottait à l'intérieur. Quant à maître Asral, il était debout dans un coin de la pièce et remuait du bout de sa sandale un tas de cendres éteintes.

« Qu'est-ce qui est arrivé ?

— Âne, ne t'ai-je pas dit que ma réserve de rouleaux avait brûlé par accident ? Tu es pourtant bien placé pour le savoir.

— Je n'ai rien remarqué, tout à l'heure.

— En vrai âne que tu es, répliqua le scribe avec légèreté.

— Je vais balayer, maître. Regarde, tu es en train de noircir le bas de ton beau pagne !

— Tu n'en feras rien. Tu vas plutôt aller chercher un de mes eunuques, pour qu'il me débarrasse de ça. Ou plutôt deux eunuques, oui, deux. Ils auront plus vite terminé. »

Il y avait là quelque mystère, pensa Ordjéneb, qui n'était pas un si grand âne qu'il n'ait compris ceci : on lui demandait de se prêter à une comédie, et cette comédie devait avoir le plus de témoins possible. Pourquoi ? Bah, le maître savait. Le maître était un homme avisé et, s'il jugeait ce mensonge nécessaire, c'est qu'il avait sans doute de bonnes raisons.

Cette nuit-là, roulé sur une natte, à l'endroit même où les cendres avaient été balayées, il fit vers le matin un rêve. Anouher lui apparaissait, tel un être de fumée au-dessus des Écritures. Mais son bandeau tombé lui cachait les deux yeux. Et d'une voix de femmc, la voix de Djili juste après son plaisir, il chuchotait : « Ordjéneb ! Ordjéneb sher-Djénebi Lallit en-Jaïneha. Tu es le seul à savoir que je suis aveugle. Et tu seras mes yeux, Ordjou, mes yeux, ma tête, mon bras. »

7

Les gens de Sir riraient en apprenant qu'un montagnard se permet de faire chez eux des songes prophétiques, et de se rêver l'élu d'Anouher. Ils auraient tort. Ils auraient tort, même de leur propre point de vue. Sir n'est-elle pas construite tout entière sur la foi ? Existerait-elle seulement sans la foi de ses fondateurs, ce mouvement de l'âme qui porte à décréter : l'impossible, le contre-nature, sera ici réalité ? Si les Siriotes avaient vraiment gardé l'esprit des fondateurs, ils ne riraient pas, mais croiraient l'impossible : qu'un pauvre bougre, un simplet, un balourd, qui, de plus, traîne une dette et que les femmes ne devraient pas regarder, soit destiné à provoquer dans la ville autant de bouleversements que le Père des lois en personne.

Mais bien sûr, jamais ils n'iront croire une chose pareille. Et c'est ce qui devrait porter un observateur impartial à s'inquiéter pour eux. Il faudrait que, se levant du milieu de la foule, un inspiré adjure : «Gens de Sir, vous avez changé. Quoi que vous croyiez peut-être, le temps des fondateurs, le temps d'Anouher est révolu. Tout ce qu'ils ont planté ou posé est devenu sacré pour vous, intangible, et vous en concluez que le temps n'avance plus, que rien ne change ni ne bouge. Mais de ce changement, n'êtes-vous pas la preuve ? Chaque année rend vos règles plus rigides, chaque année vous fige davantage dans le souvenir de ce passé. Et cette pétrification n'est-elle pas un processus, un devenir, cela même, en d'autres mots, que vous prétendez bannir ? Retourne, peuple de Sir, reviens à toi avant qu'il ne soit trop tard ! »

Mais celui qui tiendrait cette harangue devant le haut palais, les gardes l'éloigneraient comme un énergumène. Au marché de la porte des Buffles, les passants le feraient taire en lui disant : Nous n'aimons pas ta chanson. Et l'homme de Jaïneh est donc bien avisé de garder son rêve pour lui, de ne le chérir et de ne s'en étonner que dans le secret de son cœur.

D'ailleurs cédons à la pression ambiante, examinons les choses avec l'œil des Siriotes, myope à force d'être averti, obtus à force d'être initié : que résulte-t-il de ce rêve, sinon un peu de bonne humeur pour Ordjou dans les jours suivants ? Rien. Que résulte-t-il de sa présence à Sir ? Presque rien, même au bout de deux semaines. Tout au plus le fouet des cuisines, faute de servir, s'est-il empoussiéré, ce qui fait dire au cuisinier chaque matin avec un soupir : « On n'est plus maître chez soi aujourd'hui, par le Borgne. »

Tout au plus voit-on en ville une femme un peu changée. Elle s'affaire toujours du matin jusqu'au soir, mais son assurance dans les gestes semble s'être muée en zèle de machine ; ses yeux vifs volent d'un point à un autre, mais le regard comme tourné vers le dedans.

« Tu m'as fait peur ! » crie-t-elle, la main sur la poitrine, à son fils qu'elle n'avait pas entendu arriver derrière elle (il ne faisait pourtant que lui apporter les lentilles au fourneau). Sa bouche aux courbes pleines est sans cesse entrouverte, son souffle est court : quelque chose l'inquiète, c'est évident. Et sa tunique semble lui aller moins bien, draper des épaules moins droites, tomber en plis plus raides.

Mais à part ça, quoi de véritablement neuf ?

Rien de frappant, rien de suffisant pour arracher à leur indifférence… les chats de Sir, qui sont, de la mentalité siriote, presque la caricature. Le soleil, leur grand ami, se lève toujours à la porte des Lions dans un nimbe de brume, pour se coucher sur la porte des Crotales dans une gloire de rayons sanglants. Dans l'intervalle il brille, évidemment pour eux, accessoirement et comme par contrecoup pour ces créatures à deux pattes qui s'agitent tant et savent si mal l'apprécier. Dans les jardins du scribe, qu'ils visitent à l'occasion, ils observent du haut d'un muret, du centre d'une rocaille, les futiles déplacements des eunuques et du nouveau venu, cet amusant bonhomme qui au début les appelait « Minou ! » et croyait les amadouer avec une vieille couenne, comme s'ils ne recevaient pas bien mieux à la cuisine. Ils observent, hiératiques et distants, le digne Asral lui-même, qui depuis peu vient souvent appuyer un front en fièvre contre le grillage de la fenêtre et marmotter sans les voir : « Est-ce possible ? Ce serait stupéfiant ! »

Ils se bornent à blâmer d'un regard fixe ces sifflantes qui déplaisent à leurs oreilles et, le silence revenu, à l'approuver d'un long clignement de paupières, le menton relevé. Stupéfiant ? Cause toujours. Nous ne sommes pas stupéfiés. La seule chose qui nous stupéfierait, ce serait que les poissons du bassin s'avisent de nous sauter d'eux-mêmes dans la bouche, sans que nous ayons à nous mouiller les pattes pour les pêcher.

Eh oui. Même la mère de toutes les tempêtes commence par un souffle qui fait à peine frémir les herbes ; même un conquérant qui s'en va bouleverser la face du monde commence par être un homme debout dans sa tente, bouclant son ceinturon.

Et ce qui se trame dans la salle d'écriture, cette tempête, ce séisme, ne se présente pour l'heure que comme le paisible tableau d'un zèle quotidien. Asral copie, Ordjéneb veille – nous vous le disions, rien n'a changé. Chacun, pourtant, pense à la conversation qu'ils ont eue il y a quelques jours ; c'était le surlendemain du songe dont il vient d'être question, et Ordjou, comme à son habitude, regardait le dos de son maître penché sur ses rouleaux.

« On dit avec raison que le silence est d'or, avait énoncé celui-ci par-dessus son épaule. Et j'apprécie le tien. Néanmoins, j'y ai réfléchi, tu es en droit de savoir ce que je fais, ce que nous faisons – puisqu'en couvrant mon secret, tu deviens mon complice. »

Cette fois le scribe s'était retourné franchement.

« Les rouleaux supplémentaires que tu m'as rapportés, Ordjéneb, j'en ai besoin pour une tâche dont personne ne m'a chargé, et que je tiens à garder secrète pour l'instant. Vois-tu, j'ai décidé d'élaborer une seconde copie, une copie parallèle… » Troublé, il toussota et se tut.

« Je comprends ! s'écria Ordjéneb.

— Et que comprends-tu ?

— Tu voudrais en garder une pour toi, parce que tu aimes la parole d'Anouher, et que ton cœur saigne à l'idée de t'en défaire après l'avoir copiée. Moi aussi, ce que j'aime, je voudrais l'avoir toujours près de moi ! »

Là il rougit et baissa les yeux, mais le scribe se contenta de sourire.

« Tu n'y es pas. C'est vrai, j'aime la parole d'Anouher, mais d'un amour plus profond que tu n'imagines. L'avoir près de moi, soit ; mais je voudrais surtout bien la comprendre, et faire en sorte qu'on la comprenne bien. »

Ordjéneb l'écoutait, moins rouge, mais tout aussi troublé. Aimer et avoir, aimer et comprendre – il lui semblait que ces mots pinçaient directement les cordes de son âme. Oui, comprendre devait être aimer aussi, en mieux. Avoir, c'était seulement tenir dans sa main. Comprendre, c'était entrer à l'intérieur et voir de l'intérieur, voir avec d'autres yeux…

« À quoi rêves-tu ? Je t'explique donc que cette seconde copie ne sera pas identique à la copie officielle. Elle sera la même chose, et autre chose. Je garderai les phrases d'Anouher, mais là où elles contiennent un mot qui a changé de sens, ou qu'on n'emploie plus, je mettrai le mot qui sert aujourd'hui.

— Pour *honnête*, tu mettras *honorable* ! glissa Ordjéneb, heureux d'avoir saisi.

— Précisément. Et je ne crois pas faire là œuvre impie, bien au contraire. Nous pensions être fidèles à Anouher en conservant ses mots, mais c'est lui être plus fidèle que de changer ses mots pour garder sa pensée. »

Un temps passa.

« Et pour *demeure*, mettras-tu *enclos où se bousculent les chèvres* ?

— Ah, je ne sais, je ne sais… Cela prêterait à rire, et loin de moi l'intention de faire rire d'Anouher. Dans ces cas-là, il vaut peut-être mieux que je ne change rien du tout.

— Tu as raison, murmura Ordjéneb, oui, tu as raison. – Mais que feras-tu, là où on ne comprend pas bien ?

— Je ne sais pas de quoi tu parles.

— Par exemple, *Anouher enverra des soldats, mais il ne faut pas…*

— … *Mais vous ne mettrez pas de soldats autour d'Anouher.*

— C'est ça. Moi, je ne comprends pas très bien.

— Ce n'est pourtant pas difficile à comprendre. *Autour de lui*, cela signifie…

— Je comprends les mots, l'arrêta le montagnard, confus de s'expliquer si mal. Ce que je ne comprends pas, c'est pourquoi il a écrit ça. Tu parlais de garder sa pensée, mais à quoi pensait-il ici ? Ce serait beau de le montrer, non ?

— Ce serait beau, ce serait beau !… Mais figure-toi que cela a été fait depuis longtemps. À quoi il pensait, eh bien ! que la Loi prévoyait parfois l'envoi de la force armée, mais qu'il ne fallait pas souiller la sainteté de la Loi, de son support matériel, des rouleaux enfin, en les faisant garder par des hommes en armes. Car son autorité se suffit à elle-même. »

Ordjéneb hochait la tête, et finit par s'écrier avec un grand sourire :

« Alors – sans vouloir te commander – tu devrais mettre : "La Loi veut bien qu'on envoie des soldats, mais les rouleaux de la Loi, vous ne mettrez pas de soldats autour." Hein, qu'en dis-tu ?

— Ah, mais non. Non, non. Ce que tu me suggères, ce ne serait plus une copie, ce serait... je ne sais comment appeler ça. Les mots ont leur importance, et je ne compte les changer que lorsque c'est indispensable, parce que la langue s'est modifiée. S'il est écrit *Anouher*, je ne puis écrire *la Loi* ou *les rouleaux de la Loi*, même si à l'évidence c'est ce dont il s'agit. Qui sait ? Il y a peut-être là une nuance, une idée qui nous échappe encore, mais que d'autres juges percevront après nous. »

Ordjéneb courbait le chef, honteux d'avoir proféré de telles sottises.

« Pardonne-moi si j'ai dit quelque chose de mal. Mais (il souriait un peu, à nouveau, de son propre entêtement, et songeait à part lui : Puisque je suis une mule, je me conduirai comme une mule, qui ne bouge pas de la place à moins qu'on ne lui donne des coups de bâton), moi, je trouve que cette parole, vous ne la respectez pas.

— Je te demande pardon ! ?

— Vous ne la respectez pas. Autour de la Loi, vous avez mis le haut palais, et autour du haut palais, des soldats. C'est de la triche. Tu le disais toi-même : les mots ont leur importance. *Autour de*, ce n'est pas *trop près de*.

— Mais… » Interloqué, Asral avait pris le parti de rire. Puis il redevint sérieux.

« Ce n'est pas à toi, ni à moi d'ailleurs, de donner aux juges des leçons dans l'application des lois. Avec d'autres, je ne te conseille pas de laisser libre cours à ce genre d'idées… Eh, qu'as-tu donc à me regarder ainsi ?

— Rien, balbutia Ordjéneb.

— Bon. Je ne sais plus où j'en étais. Et nous n'allons pas perdre à ces arguties un temps précieux. Car le problème, c'est que dans les délais qui me sont impartis, je vais devoir confectionner non pas une copie, mais deux.

— Aïe, ça ne va pas être facile, ça !

— Et il faut aussi, c'est primordial, que personne n'en sache rien. J'ignore encore comment sera accueillie mon initiative. Certains, au sein du haut collège, pourraient s'en offusquer, et me démettre de ma tâche de copiste avant que je n'aie pu finir.

— Promis, je ne dirai rien. Mais je suis sûr que tu t'inquiètes à tort, maître, et qu'au final tu en retireras la gloire.

— Peu m'importe ma gloire, je ne cherche que celle d'Anouher », avait murmuré le scribe en s'approchant à pas lents de la fenêtre et en s'absorbant dans la vue des allées, silencieuses et rectilignes entre les massifs d'arbres. Une vue qui, de tout temps, l'avait apaisé, revigoré. Il l'interrogeait aujourd'hui avec incertitude. Dans quoi s'était-il lancé ? Il avait entrepris de modifier les mots d'un texte sacré, si sacré que son simple contact était réputé « brûler les mains ». Pire, il parlait exégèse avec son domestique, prenait l'avis de cet ignare sur le sens de certaines lois, transgressant le précepte : *Nul ne doit regarder Anouher sinon ceux qui prennent note*, c'est-à-dire ceux qui maîtrisent l'art de lire et d'écrire.

Sous ses yeux, il lui semblait que les lignes et les angles droits de son jardin familier se gauchissaient, se laissaient envahir de courbes, d'ellipses, de figures revenant sur elles-mêmes et se brouillant à mesure qu'elles se dessinaient. Oui, dans quoi s'était-il lancé ?

… Et déjà il ne savait plus si ce qui lui serrait le cœur était la peur de mal faire, ou la peur de ne pas arriver à le faire jusqu'au bout.

8

Une blancheur apparaît dans la lucarne au-dessus du fourneau, c'est l'aube.

Déjà, pense Djili.

Elle est lasse, son sommeil de la nuit ne l'a pas reposée. Elle ressent une obscure douleur au creux des reins ; ces panicrs trop lourds à porter tous les jours, sans doute, à moins que… Un soupçon la décide à se lever enfin et, avec un broc, à passer dans la remise.

Son fils et sa fille se sont réveillés eux aussi, s'étirent sur leurs nattes, dehors on entend les premiers braiments et caquètements du marché.

« Amma ?

— Je suis dans la remise, je me lave. »

Sa voix leur parvient brouillée, distante. Ils se taisent puis, n'entendant plus rien, se mettent en devoir de replier proprement leurs couvertures, de tapoter leur oreiller, de raviver le feu pour chauffer l'eau du repas.

C'est vite fait. Déjà l'eau est sur le point de bouillir.

« Amma ? » répète Nasri, parce qu'il est le garçon et l'aîné ; mais, parce qu'elle est la fille et la plus petite, la plus tendre, c'est Shéra qui s'approche de la porte et s'enhardit à la pousser. Sa mère est debout, vêtue, un paquet de linge roulé en boule à ses pieds.

« Que le jour te soit doux, amma… Tu as pleuré ? »

La femme hausse les épaules, fait de la tête un signe qui n'est ni un non ni un oui (on dirait bien qu'elle a pleuré, pourtant, ses yeux sont encore vagues), ramasse la cuvette et sort en jeter le contenu à l'égout au fond de la cour. En revenant, elle caresse la tête de la fillette :

« Ne t'inquiète pas, fleur d'amandier, ce n'est rien de grave. Je suis fatiguée. Laisse-moi passer maintenant, que j'aille puiser de l'eau sur la place, pour votre toilette à vous. »

Shéra trottine sur ses talons, n'ose la suivre au-dehors parce qu'elle est encore en camisole ; mais elle attend derrière la porte et, quand la mère revient, murmure :

« Tu as peut-être fait un mauvais rêve ?

— Mauvais ou bon, qui sait… Ça n'a pas d'importance. Quand le jour est là, il ne faut plus penser aux rêves de la nuit. »

Elle s'est reprise, verse l'eau sur l'orge grillé, veille à ce que tout soit fait et bien fait, comme à son habitude. Et quand son petit monde est lavé, habillé, nourri, elle se met en route sur une dernière recommandation :

« Surtout n'oubliez pas, à la troisième heure, d'aller chez le maître de chant… en emportant ce pot de graisse que j'ai préparé, là, pour lui payer sa semaine.

— Où est-ce que tu vas ?

— Au lavoir du palais. »

Le baluchon de linge ne pèse guère à son bras, mais la douleur aux reins s'est faite plus précise, avec des élancements qui, parfois, lui arrachent une grimace. Un mal pour un bien, sermonne son optimisme, elle devrait être contente, ou au moins soulagée, est-ce qu'elle n'a pas passé deux semaines à se faire du souci à l'idée que son sang, peut-être, ne reviendrait plus ?

Comme je suis fatiguée, pense-t-elle seulement. Oui, je suis soulagée, mais de là à être contente... Je ne vais pas me mettre à chanter et à rire, peut-être. Il ne s'est rien passé, voilà, c'est tout.

Elle tressaille : dans la foule, devant elle, elle vient de reconnaître la houppelande d'un montagnard, serait-ce lui ? Dépassant les autres têtes, sa toque oscille à chacune de ses fortes enjambées, soudain elle plonge parce que l'homme s'est penché pour cracher sous son avant-bras, à la montagnarde – ce pourrait être lui en effet, observe Djili avec amertume, même si (elle a pu voir son visage pendant qu'il regardait la devanture d'un marchand de beignets) ce n'est pas lui finalement, mais un autre Lalliti qui lui ressemble comme un frère.

Peut-être pas comme un frère, non. Beaucoup moins beau, l'air beaucoup moins doux avec ces sourcils noirs qui se rejoignent au milieu du front... – Et puis quoi encore ? se reprend-elle. Et de rougir ; car sur le passage du montagnard, des jeunes filles, des Siriotes, ont fait le geste de s'éventer de la main comme pour chasser des miasmes, et dans son dos elles se mettent à pouffer.

Et moi, je me suis couchée avec un homme comme celui-là. Oui, ç'aurait pu être lui, et aujourd'hui (elle se flagelle durement avec cette pensée, et il lui semble que cette dureté envers elle-même lui fait du bien), aujourd'hui, c'est sans doute lui que je trouverais plus beau, à qui je trouverais l'air plus doux. Comment ai-je pu... ? Qu'est-ce qui m'a pris, déjà, de le relever sur la place du marché ? Je ne sais pas ce qui m'arrive ces derniers temps, je ne suis plus moi-même, il faudra que j'aille voir la magicienne... Enfin mon sang est revenu, c'est l'essentiel, je vais enfin pouvoir arrêter d'y penser.

Elle a marché si vite qu'elle est surprise d'être déjà devant le haut palais, dont elle gagne directement le portail arrière. Ici règne un désordre frisant le débraillé, les convoqués ou requérants y sont nombreux, bruyants, et beaucoup sont des femmes. On y examine des cas liés à la vie de tous les jours, ennuyeux peut-être, mais qui ne font trembler personne. Et si les gardes sont armés, ce n'est que pour intimider la foule quand ils ont à séparer deux portefaix se disputant la préséance, ou à faire respecter la file d'attente devant l'huis d'un bureau.

« Lavoir », jette Djili aux gardes qui se contentent de l'effleurer des yeux et la laissent passer.

Plus elle avance, plus l'atmosphère se relâche, plus le bruit venant de la cour se fait envahissant. Coups de battoir et coups de gueule y ricochent de mur en mur, des murs que l'on a construits pleins pour abriter le saint office des juges et les silencieuses enquêtes de la police de Sir.

Dans le corridor devant Djili, quelques femmes attendent avec des paniers, voire des brouettes entières de linge. Deux fonctionnaires assis à une table inspectent leur cargaison, puis consultent des tablettes, après quoi le plus jeune des deux se lève pour ouvrir l'une des grilles. Celle de droite donne sur la partie haute du lavoir, la plus ensoleillée, où travaillent les blanchisseuses attachées au service du palais. Trois pieds en contrebas – l'eau cascade en permanence par-dessus le muret de séparation –, la partie inférieure, plongée dans la pénombre.

Son tour venu, Djili défait rapidement son baluchon pour en montrer le contenu.

« Viens-tu laver pour toi, ou pour ta maîtresse ? » questionne le petit jeunot avec application. Il doit en être à ses débuts, le blanc-bec, il est tout gêné – lasse comme elle est, elle a pourtant du mal à réprimer un sourire.

« Pour moi. Djili fille de Nénets, blanchisseuse, vivant à la porte des Buffles. »

Sa voix a fait lever la tête à l'autre fonctionnaire qui somnolait à côté de son collègue, et se redresse en lustrant sa grosse moustache brune.

« Djili fille de Nénets ! Mais quel plaisir. Laisse, je m'en occupe, fait-il en prenant la tablette des mains de son collègue qui l'étudiait déjà. La belle Djili, qui nous revient pour ses propres petites affaires du mois. Voyons, le mois dernier… Ah, ah. Une fois de plus, vingt-huit jours tout rond. Plus régulière encore que la lune, ma parole. La lune, dont tu as la beauté. Je t'en fais compliment, tu es bénie d'Anouher ! »

Crétin, pense Djili. Mais elle n'en laisse rien voir et s'efforce au contraire de répondre avec aménité :

« Ton compliment me flatte, préposé au lavoir…

— Tu peux m'appeler Ishmer, ma jolie.

— C'est un grand honneur. Mais crois-tu, noble Ishmer, qu'Anouher aurait béni une pauvre femme pour si peu ? Ça n'a rien d'extraordinaire, et je serais bien étonnée que le Père des lois se soit soucié de détails aussi insignifiants.

— Erreur », énonce Ishmer. Il ne lui échappe pas que derrière Djili, la file s'allonge et qu'on s'impatiente, mais il n'en paraît que plus décidé à prendre tout son temps et, afin que nulle n'en ignore, appuie ses avant-bras sur la table, comme qui s'apprête à disserter. « Erreur, erreur. Anouher prise tout ce qui obéit à des règles et à des nombres, ses lois sont là pour nous le prouver. Et il te bénit deux fois, belle Djili, car non seulement tu nous portes ton linge souillé au premier jour, ponctuellement et selon les préceptes, mais ton aimable corps a la piété de se plier de lui-même aux nombres, sans faute, comme s'il savait compter.

— Bon, c'est pas bientôt fini tout ça ? » grommelle dans la file une voix aussitôt couverte par un chœur d'approbation maussade, si bien qu'Ishmer renonce à identifier la coupable, repousse la tablette, et se lève pour ouvrir cérémonieusement la grille de gauche à Djili. Il l'ouvre – tout en lui en barrant l'accès de toute la largeur de sa personne.

« Et comment se fait-il qu'une belle femme comme toi, après six ans, ne se soit pas encore remariée ?

— Mon mari, puisse le Borgne veiller sur son repos, n'avait pas de frères. »

Sifflement admiratif.

« Tu avais donc épousé un fils unique ! C'est juste, rien n'est assez bon pour toi. Mais tu n'ignores pas qu'en l'absence de beaux-frères, n'est-ce pas… et que si la règle des nombres en vos corps agrée à Anouher, plus sainte encore est la loi qui voue la femme à procréer.

— Oui, oui.

— Enfin, puisque apparemment tu aimes venir ici, nous te reverrons à la prochaine lune, ma toute belle, et à la suivante, et à celle d'après, à moins qu'entre-temps…, il achève dans un souffle égrillard que Djili sent, désagréablement tiède, dans le creux de son oreille, tu n'aies changé d'avis, si tu vois ce que je veux dire. »

Crétin, pense-t-elle derechef. Mais par prudence, ou pour faire ce qu'on attend d'elle, ou parce que cela l'amuse (qui sait), elle répond d'un sourire ambigu et se coule adroitement dans l'ouverture de la grille, frôlant Ishmer, sans le toucher.

Dans la partie basse du lavoir, plus verte car plus profonde, les langues vont bon train, les voix sont fortes, pour couvrir le gargouillement de l'eau qui s'échappe au fond par un orifice barré d'un fin treillis. Heureusement que le treillis est là, même si sa fonction n'est que d'empêcher les intrusions de l'extérieur, poissons ou êtres humains : une maladroite vient de laisser échapper un drap et, sous les quolibets, s'escrime avec une perche pour le repêcher.

Djili s'installe à côté d'une vieille qui tout de suite l'apostrophe, avec une nuance de considération :

« Dis-moi, il t'a bien tenu la jambe, le préposé ! Tu lui plais. »

Djili, sans répondre, hausse les épaules et se saisit d'un battoir.

« Peuh ! la pimbêche, qui crache dans la bonne soupe et pense peut-être qu'un fonctionnaire du palais n'est pas assez pour elle. Un jour tu ne viendras plus ici que pour laver le linge des autres, comme moi, et tu peux me croire, ce jour-là arrive plus vite qu'on ne s'y attend.

— Ta gueule, sorcière, jette Djili en l'éclaboussant du plat de la main. Va lui montrer tes fesses, toi, puisqu'il t'intéresse tellement, tu reviendras nous dire ce qu'il en a pensé. »

Autour d'elles on rit, même la vieille rit, qui aurait cru à un début de querelle serait loin du compte : ce ne sont là que propos rituels au lavoir. Et plus encore dans la partie basse, dont la spécialisation encourage les plaisanteries lestes et les rumeurs d'alcôve. Les femmes encore jeunes y sont la majorité, on s'en doute, quoique toutes ne lavent pas pour leur propre compte. Un signe de rang social, un des premiers qu'on exhibe dès qu'on a mis trois sous de côté, est d'envoyer une servante laver le linge particulier de madame et endurer les remarques salaces des préposés, service qui se monnaie considérablement plus cher que le lavage de linge normal. « Tu n'iras plus laver pour toi ! » est une promesse passée en proverbe, celle que fait tout Siriote courtisant une jouvencelle, qu'il ait ou non les moyens de tenir sa parole.

Beaucoup de femmes jeunes, donc. Mais les trois ou quatre vieilles qu'on y voit tous les jours sont celles qui donnent le ton par leur âge, leur expérience, leurs fonctions connexes de sages-femmes, de maquerelles, et surtout le fait qu'elles lavent du beau linge, celui des grandes maisons de Sir : leur confrérie de chant est une des plus réputées.

Ayant repris son sérieux, la voisine de Djili soupire avec ostentation et lâche à la cantonade :

« Sept mois que je viens ici pour la troisième épouse du juge Arbal. Nous avions de l'espoir, mais non, toujours rien. La pauvre petite se désole, pensez. »

Des sourires narquois passent au-dessus de l'eau verte : le juge Arbal est un vieillard cacochyme qui ne quitte plus sa couche qu'aux grandes fêtes, et dans un palanquin. Les têtes se rapprochent, on se chuchote des commentaires et, pour un temps, les conversations redeviennent privées.

« Tu en fais une tête, s'apitoie à la gauche de Djili une laveuse que celle-ci connaît un peu, une femme de son faubourg.

— Fatiguée.

— C'est pour toi ? fait l'autre en désignant le linge que Djili s'occupe à battre.

— Oui.

— Ah bon, alors... Ça ira mieux demain. On te connaît. Djili, la courageuse ! »

Elle lui a jeté un regard aigu, un de ces regards de lavoir que Djili n'aime pas – elle n'aime pas non plus qu'on l'appelle « courageuse », mais n'a pas envie de se demander pourquoi. Elle répond d'un sourire en demi-teinte et, ramassant le linge entre ses doigts, frotte, frotte presque rageusement. Ça ira mieux demain, oui, ça ira mieux en frottant. Ce chagrin qu'elle avait en elle et dont elle ne connaît pas la cause, il s'en ira, se dissipera sans traces, comme un peu de sang dilué dans toute l'eau de Sir.

Mais voilà qu'en face d'elles une seconde vieille qui pourrait être la jumelle de la première – même bouche aux rides mi-maternelles, mi-crapuleuses, même écharpe nouée en turban – s'intéresse à sa voisine, une petite brune timide portant encore la casaque blanche des vierges.

« C'est étonnant, observe-t-elle enfin d'une voix grêle qui perce le brouhaha, c'est étonnant, ma fille, comme ton sang peut ressembler au sang d'un pigeon égorgé. Par le Borgne ! si je ne connaissais pas ta mère, et si elle ne m'avait pas dit l'autre jour que tu devais épouser à la moisson un compagnon tanneur, je m'inquiéterais pour toi. »

La fille devient livide, baisse les yeux et ne dit rien.

« Il va t'en falloir, des pigeons à saigner, d'ici la moisson prochaine. Du moins tant que ça pourra encore tromper quelqu'un. J'espère seulement que c'est ton tanneur qui t'a fait ça ? »

La fille pleure maintenant, à grosses gouttes qu'on voit tomber dans l'eau. Ce soir tout le faubourg saura, elle est perdue, bientôt elle sera peut-être de ces malheureuses qui passent un matin la porte des Hyènes pour aller à Hénab, leur petit ventre en avant, sous les mottes de terre que leur jettent en guise d'adieu les gamins de Sir ; bien des destins se sont scellés sur le pourtour du lavoir bas, au milieu de rires méchants.

Mais on l'oublie, car une autre voix s'élève, celle d'une laveuse jusque-là muette, qui n'a pas ri, pas même souri à tout ce qui se disait.

« À la moisson prochaine… vous savez, au moment de l'année où le dieu soleil entre dans son âge mûr… oui… »

Le reste se perd dans un marmonnement que salue un silence gêné.

« Allons, lave, va. Tu te fais du mal », lui lance finalement une femme. Et aux autres, plus bas : « Elle est encore plus folle quand elle a ça, vous savez bien.

— Mais vous devez m'écouter ! Écoutez-moi. À la moisson prochaine, rien ne sera plus comme avant, il y aura... de la nouveauté dans Sir, un être va venir au monde...

— Ça, on savait », ironise une des vieilles en transperçant du regard la petite brune qui, dans un hoquet, se lève et prend la fuite sans même emporter son pagne. Mais cette remarque n'a pas dissipé la gêne et, dans le lavoir bas, tous les battoirs se taisent.

Une commère, poings aux hanches, tente une seconde riposte :

« Qu'est-ce que tu racontes, toi, de la nouveauté dans Sir ? Allons bon !

— L'eau n'éteindra plus le feu, l'eau ne lavera plus, Anouher pleurera... Regardez mes mains ? Elles sont rouges, rouges, l'eau de Sir est devenue du feu, et ce qui ne doit pas brûler brûle, je le sens, Anouher pleure...

— Qu'elle se taise, murmure Djili, étonnée de se sentir si impressionnable aujourd'hui. Elle va dire des choses mauvaises, ça me fait frissonner, je ne veux plus l'entendre.

— C'est vrai, c'est péché d'écouter des horreurs pareilles. Aynid, tais-toi ! »

Deux laveuses entourent la folle et, doucement, lui prennent chacune un bras. Mais elle les repousse avec une force inattendue, son corps oscille, de la salive mousse aux coins de ses lèvres, et voilà que les préposés se lèvent, le jeune et son aîné, pour voir ce qui se passe. Ils ont vite compris : l'instant après, une cloche tinte pour appeler toutes les femmes à évacuer la cour, parce que en ce lieu de purification, quelqu'un vient de tomber du haut mal.

9

Qu'on se rassure, une heure après l'incident est déjà clos. Le terme même d'incident a quelque chose de déplacé, nous irons jusqu'à dire : d'anti-siriote. Toutes les lois de Sir sont faites pour annihiler la notion d'incident ou celle, plus choquante encore, d'événement, l'engluer dans un réseau de clauses et de jurisprudence où n'existent que des « cas ». Rien de ce qui saurait humainement se produire n'a été laissé à l'imprévu, tout est en ordre, tout va bien ; ce qui sort un peu de l'ordinaire comporte assez de similitudes avec des précédents pour qu'on puisse, avec quelque ingéniosité, le ramener à du connu. À plus forte raison, une crise d'épilepsie : pour un tel *cas*, les différentes mesures à prendre figurent noir sur blanc dans le Testament d'Anouher, selon que le mal frappe un homme ou une femme, que le jour est ouvrable ou férié, que le lieu est public, domestique ou sacré.

Il est possible qu'au fond d'eux les témoins de la scène s'en soient réjouis, malgré son caractère déplaisant : on allait pouvoir appliquer les mesures susdites, ce qui n'arrive pas si souvent, et c'est un peu triste, n'est-ce pas, une mesure qui est prévue et qu'on n'a pas l'occasion d'appliquer. Oui, il est possible qu'ils aient ressenti une petite satisfaction semblable à celle du cuisinier d'Asral lorsqu'un marchand lui procure un mets rare et qu'il se dit : Ah, je vais enfin pouvoir me servir de mes coquetiers à œufs de paonne !

Donc, le fleuve du quotidien est rentré dans son lit, ou plutôt ne l'a jamais quitté. Et le cuisinier d'Asral, puisqu'il est question de lui, s'occupe tout comme à son habitude, et est même d'assez bonne humeur aujourd'hui, bien qu'aucun marchand ne lui ait vendu de rareté. Il est de bonne humeur, car après ces semaines où il sentait sa position menacée par l'arrivée du barbare aux ongles immondes que le maître protège (au point qu'il avait commencé, lui Nisrit-am, de nouer des alliances avec certains eunuques, chose jamais vue dans cette maison où règne le principe « Chacun pour soi et Anouher pour tous »), après deux semaines de crainte, de mauvais sommeil et de mauvaise digestion, voilà qu'il semble avoir gagné la faveur du barbare.

D'ailleurs, est-ce encore un barbare ? Nisrit-am note avec approbation ce matin que les ongles de l'intéressé, dont la main repose négligemment sur le dossier d'une chaise, ont peu à peu perdu leur teinte de mauvais aloi ; on pourrait presque dire qu'ils sont propres. Et leur propriétaire, si l'on passe sur son siriote encore rocailleux et approximatif, sait à présent soutenir une conversation dans les règles de l'art, en respectant méandres et circonlocutions, au lieu de couper là au milieu d'une phrase, sur un rire ou un reniflement conclusifs, comme il faisait à ses débuts.

« Ton appétit m'honore, Premier-garde-d'Asral. Il m'honore professionnellement, et il réjouit mon cœur d'homme : c'est toujours réjouissant de voir quelqu'un prendre plaisir à ce qu'il mange. Si le maître pouvait y mettre autant d'entrain que toi !

— Le maître, ô commandeur des cuissons, mange peu et parfois en se forçant, mais tu ne dois pas t'en chagriner. Il aime tes plats. Hier il me disait : "Il est fort, ah il est fort ce Nisrit-am ! Moi qui n'avais pas faim du tout, je n'ai pas pu résister à son ragoût de cerf." Bien sûr, il tournait ça beaucoup mieux que moi.

— Voilà qui est bien consolant à entendre, fait le cuisinier en surveillant deux des marmitons qui élaborent une sauce. Hep, toi ! Pas trop de sel, je te prie. Il est plus facile d'en ajouter que d'en ôter, fais-t'en une règle d'or.

— Peut-être qu'un homme de son état n'a jamais d'appétit, reprend le montagnard pensif. L'étude occupe l'esprit ; c'est une chose noble, mais aussi un tourment.

— Peut-être, murmure avec un curieux sourire le cuisinier qui s'apprête visiblement à développer ce point, puis se ravise. J'espère au moins que sa tâche progresse selon ses vœux. Nous autres humbles serviteurs de ses besoins corporels, nous n'avons pas, comme toi, accès à la salle d'écriture, et nous en sommes réduits à des suppositions. Il se dit en ville que sa copie a pris du retard, serait-ce vrai ?

— Du retard, est-ce que je sais, moi ? Je ne suis qu'un montagnard, bougonne Ordjéneb, ennuyé.

— Je comprends, je comprends. Oh, ce ne sont probablement que propos en l'air. Mais ce qui a mis beaucoup de monde en émoi, vois-tu, c'est l'incendie ; enfin, le petit incendie. Les rouleaux vierges qui ont brûlé. Certains ont dû croire qu'il s'agissait de rouleaux déjà écrits, d'où ces rumeurs de retard.

— Eh oui, ça doit être ça. Sais-tu, ô Nisrit-am, ce que j'aimerais te demander ? Que tu me resserves une petite portion de riz à la viande, car, hou là là ! sans mentir, c'est un régal des dieux.

— Des dieux ! souligne le cuisiner avec un rire condescendant. Mais volontiers, tu seras servi à l'instant, j'en ai fait une pleine marmite. Pour en revenir à l'incendie, que je n'irais pas jusqu'à qualifier d'incident, non, certes non, un fait tout au plus, un fait qui a d'ailleurs coïncidé avec ton arrivée ici…

— Tiens ! c'est juste, jette Ordjéneb, troublé, avant de riposter par un large sourire. C'est vrai, c'était le jour où notre maître, dans sa grande bonté, m'a pris à son service. Et toi, Nisrit-am, tu avais préparé des cailles rôties au miel, ça je ne risquais pas de l'oublier.

— Il est vrai que je me défends en matière de cailles. – Mais l'incendie, enfin le fait, sais-tu que nous en avons parlé jusque dans ma confrérie de chant ? Par mes fonctions, qui incluent l'abattage des bêtes à manger, tu n'ignores pas peut-être que je suis rattaché à la confrérie des tanneurs. Une des plus en vue, même si ce n'est pas à moi de le dire. Une des plus en vue, car non seulement ses chants sont beaux, presque sacrés, comme ce qui touche à la vie et à la mort fussent-elles animales, mais ses membres se signalent par une extrême piété. Eh bien ! le lendemain du *fait*, nous en avons longuement parlé ensemble. »

Ordjéneb, la bouche pleine, hoche la tête pour exprimer son attention.

« Il va de soi que chacun s'est accordé pour y voir un signe. Mais pas un mauvais signe, comme l'ont supposé les esprits faibles. Ç'aurait été le cas si des rouleaux déjà écrits avaient brûlé. Or il n'en était rien. Ce qu'il faut en penser, c'est notre président de confrérie qui l'a, je crois, formulé avec le plus de bonheur : *Les rouleaux vierges ont brûlé d'impatience, tant ils aspiraient à se couvrir des mots d'Anouher.* Hein, si ce n'est pas bien trouvé ?

— Admirable ! s'écrie Ordjéneb. Admirable. Vrai, je t'envie d'appartenir à une si honnête coterie.

— Confrérie.

— Confrérie. À une si honorable confrérie.

— C'est une chance, en effet. Ajoute que nous nous réunissons dans le temple du dieu taureau qui, sans être le plus grand de Sir, a tout de même beaucoup d'allure ; enfin je trouve.

— Le temple du… ?

— Du dieu taureau. Toi, si tu te décidais à apprendre nos lois et à changer de costume (non que ta houppelande et ton bonnet t'aillent mal, mais c'est un peu rustique, sans vouloir t'offenser), bref, si tu te décidais à devenir un vrai Siriote, je pourrais, par mon cousin, te faire admettre dans la confrérie des tisserands. Parce que les tisserands restent assis devant leur métier et suivent des yeux un fil, ils accueillent parmi eux les surveillants, les gardiens et ce genre de choses. Leur temple de la déesse oiseau n'est pas vilain ; et surtout, ils ne sont pas trop regardants sur... les origines. La confrérie des tisserands, ce n'est pas mal non plus », achève-t-il, d'un ton suffisant qui proclame le contraire.

Puis il se lève en se frottant les mains : « Alors, mes enfants, cette sauce ? C'est bien. Tournez, tournez toujours, surtout n'arrêtez pas un instant. »

Ordjéneb, qui est venu à bout de son assiette, claque la langue et se renverse sur le dossier de sa chaise.

« Je vais réfléchir à ta proposition. Mais... quand même, il y a quelque chose chez vous que je ne comprends pas. Vous avez donc des dieux ?

— Évidemment, évidemment. Qui n'en a pas ?

— Vous n'en parlez pas beaucoup.

— Moins que dans vos montagnes, c'est vrai. Vous autres, vous en êtes encore là...

— Où ça, là ? coupe Ordéjeneb froissé.

— Mais, à toutes ces vieilles histoires. Comment la déesse terre et le prince des eaux s'accouplèrent pour donner naissance aux deux jumeaux et aux deux jumelles, comment le fils du dieu soleil fut mangé par le griffon et renaquit en femme, etc. etc.

— Ah, vous connaissez ça aussi ?

— Bien entendu. Nos anciens temples sont là pour te le montrer, avec leurs fresques, leurs statues et tout ce qui va avec. Mais vois-tu, ces histoires-là à Sir n'intéressent plus que les enfants, les simples d'esprit et, euh... les étrangers, enfin. Je parie que chez toi, aux semailles, vous vous frappez encore la poitrine en gémissant, pour que le dieu fasse ressusciter le grain qu'on ensevelit ; que vous faites cuire un chevreau dans du lait, au printemps, pour rendre l'année féconde.

Qui sait si vous n'envoyez pas un enfant vers les neiges quand la terre tremble, pour qu'il y soit dévoré par les bêtes et apaise ainsi l'esprit du mont Lallit ? »

Ordjéneb, très pâle, se lève si brusquement qu'il en renverse son siège :

« On ne parle pas de ces choses-là !

— Et pourquoi n'en parle-t-on pas, précisément ? rétorque le cuisinier avec calme en ramassant la chaise et en la remettant d'aplomb. Allons, rassieds-toi. N'est-ce pas parce qu'elles sont soit cruelles, soit un peu dégoûtantes ou ridicules, ne me l'accordes-tu pas ? »

Tremblant, Ordjéneb se rassied sans répondre.

« Nos pères étaient comme vous, dans les temps de ténèbres. Mais depuis qu'Anouher est venu ...

— Vous ne croyez plus aux dieux !

— Si fait, nous y croyons... comme à des symboles qu'ils sont, Anouher l'a expliqué.

— Qu'est-ce que c'est que ça, un symbole ?

— Eh, Premier-garde-d'Asral, comment mettre ça à portée de ton intelligence ? Un symbole, c'est... voyons, une chose qui est là pour une autre, et qui lui ressemble d'une certaine façon, en plus beau.

— En plus beau, répète Ordjéneb, radouci.

— Il fut sûrement un temps où les dieux vivaient avec nous dans ce monde et où il importait de leur complaire, de leur livrer leur dîme de grain, de bétail et même de chair humaine, comme à des seigneurs puissants dont nous étions les sujets. Mais il est clair, n'est-ce pas, qu'ils sont partis ailleurs et que dorénavant le monde, la terre et les astres vont leur chemin selon leurs directives, mais sans eux. Voyons, l'ami, t'est-il jamais arrivé de croiser réellement un dieu ou une déesse ?

— À vrai dire, non, fit Ordjéneb après un temps de réflexion.

— Et pour cause. Ils ne sont plus parmi nous, sinon comme symboles. Respecter les lois divines de la nature, qu'ils représentent, voilà ce qu'Anouher lui-même faisait et nous enjoint de faire. Leur rendre des cultes qui ont perdu leur raison d'être et choquent le bon sens, c'est – pardonne-moi – c'est de l'enfantillage. Le seul culte qui vaille, c'est celui d'Anouher, qui les a tous réunis en sa personne, compris et dépassés. »

Soudain une odeur âcre s'élève du fourneau.

« Petits malheureux ! Gâcheurs ! Gibier d'Hénab ! Il était bien trop tôt pour ajouter le verjus. Tout est à refaire, maintenant. Ah, je ne sais ce qui me retient de vous… »

Ce qui le retient, est en train de s'approcher du fourneau, les mains dans le dos, un sourire conciliant aux lèvres.

« Laisse-les, commandeur des cuissons. C'est moi le fautif, je t'ai distrait en te posant trop de questions. Arrache-moi donc la peau du dos, si ta sauce l'exige en représailles.

— Hum ! Tu plaisantes, je crois. N'en parlons plus.

— C'est généreux à toi. Au sujet de ce que tu me disais, je n'ai pas tout compris mais… au fond, c'est comme si Anouher avait avalé et digéré les dieux, si bien que sa chair était sainte, parce qu'elle était faite de toutes les leurs ?

— Si tu veux, encore que cette image ne soit pas, disons, très raffinée.

— Bon, ça me plaît déjà mieux ainsi. Merci de tes explications.

— Je t'en prie. C'est un devoir et un plaisir pour nous d'éclairer l'ignorant, de lutter contre la superstition et la sauvagerie. Et réfléchis à ma proposition. Outre qu'il n'est pas convenable de n'appartenir à aucune confrérie, ta belle voix ferait merveille dans les chœurs, pour les fêtes d'Anouher.

— Je verrai. Tu es bien aimable.

— Et donc, tu me certifies que le noble Asral n'a pas pris de retard dans sa tâche, et que la nouvelle copie sera prête en temps voulu ? Quel ennui et quel scandale, si ce ne devait pas être le cas !

— Je suis sûr, Nisrit-am, que tu t'inquiètes pour rien. Et que notre maître s'en tirera avec gloire, oh ça ! plus de gloire que tu ne te figures.

— Ah oui ? Et pourquoi ? » interroge le cuisinier planté derrière ses marmitons qui remuent à nouveau la farine dans un odorant mélange de graisse fondue et d'échalotes hachées.

Le montagnard se mord la langue. Qu'avait-il besoin d'en dire si long !

« Parce que sa copie sera d'une main nouvelle, d'une main plus belle que toutes celles d'avant.

— Ah, et tu t'y connais en mains, toi ? jette l'autre, ironique, par-dessus son épaule.

— Eh bien… En tout cas, c'est ce qu'il m'a paru quand mes yeux sont tombés sur la copie, tant je l'ai trouvée splendide. »

Nisrit-am, penché sur le fourneau, adresse un signe au garde comme pour s'excuser de mettre fin à la conversation : cette fois, il faut qu'il apporte à la sauce son attention pleine et entière.

Ordjéneb se retire, mécontent de sa bévue.

Et pendant que le roux lentement s'épaissit, s'augmente d'une nouvelle cuillerée de bouillon, puis s'épaissit encore, Nisrit-am sans quitter des yeux le poêlon hoche la tête, le sourcil froncé. Rien ne brûle sans flamme, songe-t-il vaguement, et il n'y a pas de fumée sans feu. – La sauce prend. – Quels ânes que ces gens des montagnes, un rien les éblouit. Une main nouvelle ? Comme si l'écriture n'était pas un art développé dès avant Anouher, comme si des perfectionnements étaient encore possibles et souhaitables dans ce domaine. – Attention, un grumeau. – Reste qu'on cancane en ville, et même si c'est à tort, les présidents de confrérie devraient faire leur enquête et calmer les esprits. – Au moins, l'odeur est bonne. – S'il va voir son cousin, il en profitera pour lui demander ce qu'on en dit dans la confrérie des tisserands. Du retard, peut-être pas, mais quelque chose de louche, ça oui.

10

La place du marché était déserte ce matin-là, comme à chaque jour de repos hebdomadaire. Déserte, l'immense esplanade dominée par la porte des Buffles et ses piliers de brique émaillée, d'un beau vert malachite, où couraient des frises de béliers à corps de salamandre. Au sol, le passage des charrettes et le poids des étals laissaient en toute saison des creux qui aujourd'hui étaient remplis d'eau : il avait plu la veille. Maître Asral y avançait donc à pas prudents, relevant sa cape pour enjamber les flaques, se déroutant pour éviter tantôt un monticule de légumes pourris, tantôt les entrailles d'un poisson vidé.

À chaque crochet, les six eunuques qui l'escortaient en triangle rectifiaient leur position avec un léger retard, comme un vol de migrateurs dont Asral eût été l'oiseau de tête.

Le temps qui s'était remis au beau se prêtait à une promenade en ce jour de repos imposé, voilà ce que s'était dit le scribe dès son réveil, et il l'avait fait savoir aux gens de sa maison.

« Mais inutile de faire atteler un char, mes enfants. C'est à pied que je veux faire cette promenade, à pied ; la marche aide à la réflexion... »

... Et j'ai bien des problèmes à résoudre, avait-il complété en pensée.

Oh oui, il en avait.

Sur la place du marché, au moins, il avait trouvé le calme. Pas comme dans les rues où il s'était d'abord proposé de flâner, car ce vieux Siriote aimait sa ville et y allait volontiers au hasard pour découvrir la balustre d'un étage, le coude d'une impasse que, par miracle, il ne connaissait pas encore. Mais à peine avait-il fait un pas dehors que c'en avait été fini de sa tranquillité. Les eunuques sur ses talons criaient : « Place ! Place au maître scribe Asral, qui copie la Loi d'Anouher ! » Les badauds s'immobilisaient pour le dévisager ; de pauvres gens, qui avaient aujourd'hui troqué leurs vêtements de travail contre d'autres un peu meilleurs, poussaient des exclamations de joie sur son passage, avec cette familiarité aimante que les Siriotes réservent à leurs grands.

« Regardez comme il est fatigué, le pauvre, et comme ses yeux sont battus ! Il s'échine pour nous.

— Par ici, ô Asral ! Honore notre rue de ta présence, elle est large, et le sol n'y est pas crotté ! »

Une vieille venait lui offrir deux grenades bien rouges, qu'il remettait à son premier eunuque avec un sourire de remerciement las ; un père lui envoyait son marmot à bénir et, au retour, frottait sa joue contre les cheveux de l'enfant pour y prélever sa part de la bénédiction ; ceux qui n'avaient rien à offrir ni à envoyer se prosternaient devant le scribe, le buste en avant, les paumes relevées vers le ciel.

C'était gentil à eux, mais il n'en pouvait plus.

Aussi avait-il pris la direction de la Porte et, le porche passé, commandé à ses eunuques de refouler les derniers curieux attachés à ses pas : qu'on se le dise, le scribe voulait être seul.

C'est pour une autre raison encore qu'il s'était rabattu sur ce terrain de promenade malcommode et, par endroits, malodorant : il en profiterait pour aller examiner la fontaine qui se trouvait sur la place. Non qu'elle fût belle à voir, décorative – c'était une de ces fontaines à l'ancienne qu'on avait remplacées ailleurs, mais non ici, sans doute parce qu'on ne jugeait pas nécessaire de faire des frais dans un lieu aussi platement utilitaire.

Asral ne l'avait jamais regardée, c'est-à-dire, jamais vraiment regardée. Elle faisait partie du paysage, tout au plus avait-il dû y boire et y jouer enfant. Mais voilà, hier il avait achoppé sur une phrase du Testament : *Source de toute loi est Anouher.* Une phrase qu'il connaissait par cœur depuis longtemps et qui, pour la première fois, lui avait paru contenir un mystère.

Car enfin, qu'Anouher était source de toute loi, on le savait. Et Asral n'aurait pas été surpris de trouver cette phrase ailleurs, dans les Hymnes, par exemple, ou dans les Laudes d'Anouher. Mais ici ? Un testament est-il vraiment le lieu pour redire ce que chacun sait déjà ? Ou alors y avait-il plus, dans ces mots, que leur sens obvie, un « plus » qui justifiait qu'Anouher les ait fait figurer en bonne place dans son discours dernier ?

Peut-être était-ce une recommandation, avait alors songé le scribe en considérant, songeur, les caractères de son original, ces caractères qui étaient là, bien nets et bien carrés, et dont le sens pourtant échappait à sa prise, comme les figures d'un théâtre d'ombres échappe à la menotte d'un enfant qui, se levant dans le parterre, vient essayer de les attraper. Peut-être était-ce la recommandation d'un mourant qui, ayant abondamment légiféré, admonestait les hommes des temps futurs : si d'autres lois venaient ensuite, qu'elles restent dans l'esprit des siennes, de sorte que dans les siècles des siècles, Anouher puisse encore en être dit la « source ». – Mais quelles autres lois ? Et Asral s'était senti honteux d'avoir conçu une idée aussi saugrenue.

Non, il fallait probablement l'entendre comme un rappel, le rappel de ce qu'avait été l'œuvre du grand législateur : une rupture, une table rase. *Source de toute loi est Anouher*, cela signifiait que sa venue avait rendu caduques toutes les lois, toutes les coutumes antérieures, et que rien ne devait en subsister.

Explication satisfaisante, éclairante même, qui le rasséréna.

Et déjà il soulevait son roseau taillé pour transcrire la phrase telle quelle dans ce qu'il appelait désormais la Seconde Copie, quand il s'était surpris à appeler son garde :

« Ordjéneb ! Si je te dis "une source", à quoi penses-tu ? À une rivière là où elle sort de terre, n'est-ce pas ? »

Ordjéneb, qui rêvassait, avait d'abord cligné des yeux.

« Une rivière ? Pardonne-moi, noble maître, mais non, ce n'est pas ça que nous appelons une source, chez nous. Ce que tu dis, nous l'appelons "l'eau-qui-naît". Une source, c'est quand il y a… un bâton ou une roue pour lever l'eau, tu sais bien…

— Un puits ? Une fontaine ?

— Une fontaine, c'est ça. Pas les belles fontaines où l'eau sort toute seule, comme j'en ai vu près du haut palais : celles où il faut tirer, à la main. »

Asral n'en était guère avancé. *Source de toute loi est Anouher*, *Source de toute loi est Anouher*, marmonnait-il avec agacement… Non, décidément la phrase ne lui plaisait pas. On avait connu le Père des lois plus clair, plus explicite. Mais (Asral sursauta, frappé par sa propre audace), et si cette phrase-là, justement, n'était pas de lui ? Un testament s'écrit quand on va mourir, Anouher affaibli, malade, avait peut-être dicté à un disciple qui avait cru bien faire en ajoutant des paroles de son invention, ou avait compris de travers.

Mais c'était une idée si perturbante – car, s'il y avait une erreur ou une interpolation ici, il pouvait y en avoir ailleurs – qu'il avait préféré l'écarter de son esprit. La clé du mystère devait plutôt résider dans ce mot de *source*, ou dans ce qu'il désignait à l'époque d'Anouher.

Maintenant Asral observait la fameuse fontaine, tandis que ses eunuques restaient respectueusement en retrait. Un levier, une bouche à eau (couverte d'oxyde vert, il devrait le signaler à la brigade des canalisations, ce n'était pas très sain pour ceux qui y buvaient), une grille au sol, à travers laquelle l'eau superflue coulait et rejoignait probablement le réservoir – non, il ne recevait pas de cet examen l'illumination qu'il s'en était promise.

Sous l'œil perplexe de ses eunuques il actionna plusieurs fois le levier, qui s'avéra moins maniable que dans son souvenir. Un peu d'eau finit par gicler dans un bruit de ferraille et de borborygmes on ne peut plus terre à terre, comme pour souligner la vanité de son questionnement.

Il soupira.

Le plus ancien de ses eunuques rompit son garde-à-vous :

« Aurais-tu soif, ô maître ? Nous avons avec nous un gobelet d'argent, et un flacon de citronnade…

— Du tout, du tout. Restez où vous êtes. »

À nouveau il actionna la pompe. Eh bien, il n'en pensait rien, constata-t-il. Rien, sinon que l'eau n'arrivait qu'après sept ou huit poussées vigoureuses du bras. Et qu'il devait donc cesser d'associer la phrase d'Anouher (ou de son garde-malade) à la belle expression *couler de source*, comme il avait fait jusqu'ici. À l'époque d'Anouher, semblait-il, *source* évoquait tout autre chose qu'une fluide systématique, ou le bouillonnement créateur d'un législateur inspiré.

Et zut, voilà qu'il venait en plus de s'arroser les pieds. Mais le malheur n'était pas grand : après tout, il ne faisait pas froid. Un soleil convalescent perçait déjà le voile des nuages, et Asral, avec gratitude, y exposa quelques instants son visage, les bras décollés du corps, les poumons voluptueusement gonflés.

Encore fallait-il que cette fontaine soit bien de l'époque d'Anouher, songea-t-il, et il laissa retomber ses bras. Mais comment en être sûr ? Il n'allait pas pousser le ridicule jusqu'à aller fouiner dans les archives de la voirie de Sir. Même en admettant qu'elles évoquent cette vieille pompe à eau, il n'en aurait retiré aucune certitude, car nul ne savait au juste quand Anouher avait vécu. Certes, on connaissait la toute première chronique indiquant comme date, au lieu de la position des astres et des caractéristiques climatiques de l'année écoulée, un chiffre « après Anouher » : *Le scribe a relaté dans ce rouleau,* lisait-on en exergue, *ce qui s'est produit dans les douze lunes de l'année soixante-dix-septième après Anouher.*

Après sa mort ? Après sa naissance ? Après la fin, le début de sa législature ? Déjà, on l'ignorait. Les chroniques ultérieures s'étaient rigoureusement réglées sur ce chiffre, si bien que tout ce qui suivait était datable avec précision. Mais en deçà, c'étaient les ténèbres ; car ce laps initial de soixante-dix-sept années était sujet à caution. *Soixante-dix-sept ans plus tard…*, *Il se passa soixante-dix-sept années* ou même *sept fois soixante-dix-sept années avant que…* : les écrits anciens fourmillaient de cette formule, qui ne signifiait guère plus que « de longs âges », « plusieurs générations ».

Et sur la vie d'Anouher, sa personne, que savait-on ? Presque rien, à part qu'il était borgne ; encore n'en citait-on pour preuve qu'un fragment anonyme mentionnant : *Un rideau cachait à l'œil la moitié d'Anouher.* Phrase obscure, qui pouvait s'interpréter de multiples façons. Mais cette interprétation-là avait pour elle son ancienneté, et surtout – réfléchissait Asral – son invraisemblance même. Car pour comprendre ladite phrase au sens de « Anouher était borgne », ce qui n'allait franchement pas de soi, il fallait *avoir su* qu'Anouher était borgne, c'est-à-dire être son contemporain ou son quasi-contemporain. N'est-ce pas ?

Tout à ses méditations, Asral ne s'était pas rendu compte qu'il avait repris sa promenade d'un pas de plus en plus vif. Il s'immobilisa et fit signe à son premier eunuque de le rejoindre.

« Tu vas te rendre chez le fonctionnaire Moupim et lui annoncer ma venue cet après-midi. J'aurais besoin qu'il me copie un texte de la bibliothèque palatine, et je n'ai pas le temps de rédiger une requête dans les formes… C'est urgent. »

L'eunuque détala.

Oui, il allait relire ce fragment qui contenait tout ce qu'on savait d'Anouher, en dehors des traditions populaires le concernant. Ça, il n'en manquait pas ! À Sir, plusieurs édifices se targuaient par exemple d'avoir vu naître le Père des lois : une auberge appelée Au berceau d'Anouher et dont l'enseigne représentait grossièrement un nourrisson à la physionomie déjà adulte, à l'œil bandé ; un fenil près de la porte des Chacals, portant gravé dans son linteau « ISSI EST NÉ ANOUËR » ; sans compter deux ou trois palais de juges au fronton desquels figurait, en termes plus fleuris et d'une main plus savante, la même allégation.

Quant au lieu-dit « Sable d'Anouher », une dune à la périphérie de la ville, personne n'avait jamais été capable de dire ce que…

Asral s'immobilisa encore, si subitement cette fois que sa cape décrivit un quart de cercle autour de ses jarrets. Tout près de lui, derrière une caisse renversée qui les cachait jusqu'alors, deux garçons accroupis disputaient une partie d'osselets. Dans l'un, Ordjéneb (s'il avait été là) aurait reconnu Nasri, le fils de la blanchisseuse. De l'autre, on n'apercevait qu'une nuque gracile aux cheveux coupés ras ; mais, sans doute troublé par l'expression de son camarade, il rata son lancer et retourna alors vers le scribe deux yeux profonds comme des lacs d'eau noire.

Ce dernier recula d'un pas. Puis, semblant se raviser, il inclina le buste en effleurant ses lèvres de la main, se redressa, jeta autour de lui des regards un peu perdus. Sur ce, les eunuques se rapprochèrent sans attendre qu'il le leur ordonne.

« Un gobelet de citronnade, maître vénéré.

— Permets que je rajuste ta cape.

— Tu es las de marcher, noble Asral. Épargne tes forces, et accepte que deux d'entre nous te soutiennent par les bras.

— Oui, vous avez raison, fit le scribe d'une voix sans timbre. Ce soleil m'étourdit. Rentrons.

— Sage décision, ô notre scribe.

— … Ou plutôt non. Menez-moi aux bains publics, à cette heure-ci le président de la confrérie des potiers doit y être. Bavarder avec un vieil ami me fera du bien. »

Il se laissa soutenir aux épaules, toléra contre le protocole que deux de ses eunuques le précèdent pour dégager la voie, et que les autres le talonnent, prêts à lui porter secours. Et le groupe s'éloigna, moins semblable désormais à un vol de grues cendrées fendant le ciel d'automne qu'à une harde en déroute qui, inquiète et protectrice, se serre autour de ses malades et de ses blessés.

Bientôt, sur l'immensité de la place déserte, on ne vit plus que deux petites têtes noires et une vieille fontaine, à la bouche de laquelle perlait encore, par intervalles, une goutte d'eau attardée.

11

De même que le lavoir du palais est l'endroit par excellence où l'on déballe les choses de la vie, les secrets d'ordre privé, les bains des hommes sont celui où se discutent les affaires de la ville, où germent et forcissent rumeurs, doléances, opinions.

Ce que serait Sir sans Anouher, voilà une question blasphématoire qui ne mérite même pas d'être posée. Mais que serait Sir sans ses bains ?

Ici, pas de révélations à la cantonade, pas de débat à la criée pour couvrir le vacarme des battoirs. C'est à deux, exceptionnellement à trois que les baigneurs conversent, assis sur la banquette subaquatique courant sur le pourtour des bassins, ou installés aux petites tables affleurant à la surface, qui portent un échiquier gravé dans leur marbre, et des pièces en bois, afin qu'on ne les perde pas au fond de l'eau. Ces conversations se tiennent à mi-voix, et ne deviennent jamais générales. On considère comme mal élevé l'homme qui s'y immiscerait, fût-ce pour emprunter du savon ; et les garçons de bain, s'ils les écoutent, ne font pas mine de les comprendre, et n'ont jamais été surpris à les répéter.

Pourtant, le plafond de mosaïque n'en est pas moins une caisse de résonance que les murs de la cour du lavoir palatin ; n'en est pas moins un organe collectif de la vie siriote. Comment, par quelle magie ? On serait presque tenté de croire qu'au cours de ce bain commun des particules d'idées et de propos circulent et s'agrègent ; de sorte que les volutes de cette vapeur où vient successivement macérer toute la part masculine de la ville finissent par se condenser en une « voix du peuple », bien audible celle-là.

Ce n'est pas sans soulagement qu'Asral avait pénétré dans ce lieu d'apesanteur et de conciliabules. Dès l'entrée, son pouls s'était ralenti, son front s'était détendu. Il apercevait déjà, à sa place habituelle, le président de la confrérie des potiers qui, par chance, était encore seul et souriait doucement aux vaguelettes caressant son torse maigre de très vieil homme. Sans hâte – rien ici ne se faisait en hâte –, le scribe descendit les marches puis, avec un frisson de plaisir, fit les quelques brasses qui le séparaient de son ami.

Celui-ci tourna à peine la tête, mais son sourire s'accentua.

« Asral, mon fils. Je me réjouis de te voir. Prends donc place près de moi. »

La banquette était jalonnée d'accoudoirs, et le bras du vieillard reposait sur l'un d'eux. Asral hésita une seconde et choisit pour s'asseoir ce côté-là – pourquoi, il n'en savait rien, mais il avait la sensation que ce choix était important, que la conversation s'engagerait ainsi sous de meilleurs auspices.

« Tu as l'air las, mon fils. Ton visage est pâle. Ah, la copie de la Loi est un honneur, mais aussi une épreuve pour le scribe et son entourage. » Il essuya d'une main son front que la chaleur rendait moite. « Au moins, estime-toi heureux de ne pas être marié. Il y a deux générations (tu n'étais pas encore né), le scribe désigné s'est tellement renfermé dans sa tâche que son unique épouse l'a quitté pour devenir dame de la Haute Maison. Imagine sa douleur ! »

Asral resta un moment silencieux, puis secoua la tête.

« Tu n'y es pas, ô Manasser. Ma tâche en elle-même m'est légère, mais… vois-tu, j'aime tant la Loi qu'elle me tourmente. Je me ronge. »

Le vieillard lui jeta un regard acéré.

« Es-tu sûr que c'est bien la Loi que tu aimes à ce point, et qui te tourmente ainsi ? Asral, pauvre Asral, il n'est pire bourreau que soi-même, je te l'ai déjà dit, tu devrais m'écouter…

— Mais non, vénérable, coupa le scribe d'un ton vif. Je t'assure que tu fais fausse route, et que mon tourment en l'occurrence n'a pour objet que des questions sacrées.

— Allons, raconte-moi.

— C'est difficile (et dangereux, lui souffla une voix intérieure), c'est bien difficile, comment t'expliquer cela, à toi qui es si droit et ne connais pas le doute…

— Enfant, murmura Manasser à son cadet de vingt-cinq années. Parce que nous autres potiers ne modelons que la terre, qui est toute douceur, parce que nos mains n'occisent ni ne brisent, et que nos chants n'expriment qu'une confiante adoration pour l'Être qui nous protège (et que nous appelons "Mère des lois" et non "Père" comme les autres Siriotes, non par erreur sur son sexe, mais pour lui donner un nom plus caressant) – pour tout cela, crois-tu que nous soyons inaccessibles au doute ?

— Je ne sais, avoua le scribe.

— Crois-moi ou non, il m'est arrivé de douter dans ma vie. Et aujourd'hui encore, quand je lance une vocalise sur la place du marché, je me dis quelquefois : Ce n'est pas assez beau pour Anouher, mon cœur n'est pas assez présent à elle ; cependant que je la chante, une part de ma pensée se souvient de mon gros orteil, où un oignon me fait souffrir… C'est donc ça ? Tu te ronges, à l'idée que ta copie pourrait ne pas être à la hauteur de ce que notre Mère attend de toi ? »

Devant tant d'ingénuité, Asral ne put réprimer un sourire.

« Non, vénérable, ce n'est pas ça. C'est autre chose – une chose dont je ne sais si elle est un mal, ou au contraire un bien. En peu de mots : mon esprit s'est ouvert à la curiosité.

— Aïe, mon fils, que me dis-tu là ! s'écria Manasser en se redressant sur la banquette, les dix doigts écartés.

— C'est donc un mal, à t'entendre.

— C'est un mal, assurément. Ton esprit s'est… Oh, que je suis fâché de ce que tu m'apprends ! »

Son œil éraillé fixait tristement l'eau, son menton tremblait, et Asral s'en voulut d'avoir troublé cette âme séraphique.

« Il m'est revenu, reprit le vieillard d'une voix plus faible, que ta copie avait pris du retard. Serait-ce lié à cette curiosité ? Et d'abord, est-ce vrai ?

— C'est vrai. J'ai pris un peu de retard. Mais rien qui doive alarmer Sir. Les règles prévoient un large délai entre la remise de la copie et le moment où, après collationnement, elle est consacrée sur le parvis du haut palais. Je pourrais m'expliquer devant le collège des juges, obtenir, à titre exceptionnel, un assouplissement des règles... Car après tout, mon retard ne vient pas de ce que j'aie été distrait de ma tâche, mais de ce que je la pousse plus loin qu'aucun de mes prédécesseurs. » Il s'interrompit, craignant d'en dire trop. « Je te rassure, Ami-né-avant-moi : ma curiosité n'est qu'une curiosité d'Anouher.

— Une curiosité d'Anouher », répéta le vieil homme, frappé. Et une ombre de sourire revint sur sa face. « Parlerais-tu de cette curiosité qu'on a pour ce qui est déjà à nous ; comme celle du garçon qui se demande à quoi ressembleront les cuisses, le ventre, les seins de sa fiancée, le soir où il la verra enfin sans sa robe ?

— En quelque sorte, oui. J'ai tellement pris à cœur ma copie que j'aimerais comprendre les mots d'Anouher tels qu'il les comprenait. Et puis aussi, savoir qui étaient les parents qui mirent un tel prodige au monde, et quand, savoir s'il était gai ou sombre de caractère, s'il était bien portant ou malade quand il écrivit ou dicta son Testament... Ce genre de choses.

— Ah ! j'aime mieux ça, dit Manasser en reposant son bras sur l'accoudoir, la pointe des doigts suspendue au-dessus de l'eau. J'aime bien mieux ça. J'ai cru un moment que tu parlais de la curiosité pour les choses qui nous sont étrangères et n'ont pas vocation à être connues, et j'ai eu peur pour toi. Un des nôtres, il y a longtemps, fut atteint d'une telle maladie. Il brûlait de savoir pourquoi le tambour peut détourner la foudre, jusqu'où le ciel continue encore au-delà du mont Lallit, etc. etc. Il en perdit l'appétit, jusqu'à ce que ses oncles l'autorisent à partir "étudier le monde", comme il disait. On ne l'a jamais revu. – Mais une curiosité d'Anouher, j'admets que c'est différent. »

Asral puisa de l'eau dans ses deux mains en coupe, en humecta ses joues, son crâne rasé.

« … Encore qu'il y ait à redire même à cette curiosité-là. Pour en revenir au garçon que j'imaginais tout à l'heure, on pourrait lui représenter qu'il ferait mieux d'aimer sa fiancée telle qu'elle est, puisqu'elle est sa fiancée. Mais je peux le comprendre, je peux le comprendre. Moi-même, quand j'étais jeune… » Il ferma les paupières, et un petit rire secoua ses épaules. « Il est vrai que tu es encore un gamin, toi. Ah, mon fils, mon fils, tu mets de l'ardeur en tout ! Mais au moins, ne te rends pas plus malheureux que tu n'es déjà. »

Et il posa ses doigts parcheminés sur ceux du scribe.

« Malheureux, non, murmura ce dernier vivement ému. Je ne me rends pas malheureux à cause d'Anouher. Mais je suis comme un homme qui a soif et ne trouve pas de puits ; car toutes ces questions que je me pose à son sujet restent sans réponse, et doivent le rester à jamais.

— Voire, jeta Manasser, et le scribe qui l'interrogeait du regard décela dans ses yeux une étincelle de malice.

— Que veux-tu dire, vénérable ?

— Chez nous autres potiers, on en sait plus que tu ne crois sur le compte de notre Mère. Plusieurs familles ont leur petit trésor, une relique, un bout de papyrus, un récit de témoin qu'on se transmet de génération en génération comme une bague précieuse. Mais c'est un savoir que nous ne divulguons pas, même entre nous. À quoi bon ? Pourquoi exhiber au grand jour des choses si ténues, si délicates ?

— Manasser, ô Manasser, tu me mets à la torture ! Quelles familles ? Quels sont leurs noms ?

— Voilà que tu as trouvé ton puits, assoiffé, s'égaya le vieil homme. Mais prends garde à ne pas y tomber la tête la première. Quelles familles, je ne sais pas au juste. Je t'ai dit que même entre nous, nous n'en parlons pas, ce serait une indécence… enfin, je ne sais trop comment qualifier ça, il faut être potier pour comprendre ce scrupule, c'est un sentiment très pur, très éthéré…

— Manasser ! !

— Allons, fit ce dernier en resserrant l'étreinte de sa main. T'en aurais-je parlé, dans le seul but de te désappointer ensuite ? Bien sûr, ce scrupule m'interdit de soulever la question au sein de ma confrérie, mais…

— Mais ?

— Tu sais comme je chante bien. Je chanterai pour toi, pour te venir en aide. Je chanterai… » Il décolla son torse du mur, leva les yeux vers le plafond comme pour y chercher une intonation et des paroles, et bientôt, sous la voûte, résonna une amoureuse cantilène dont les notes percèrent surnaturellement le clapotis de l'eau et la buée des murmures.

Le fiancé d'Anouher languit de ne pouvoir,
Sous la robe de rouleaux,
Sous la robe d'écritures,
Voir le corps de sa belle.
Le visage creusé, les yeux rougis de veille,
Il souffre, le fiancé, il souffre et il attend.

Bonne âme, aie pitié de lui,
Apporte ton eau à celui qui a soif,
Donne-lui ce que tu as,
Tes pères n'en seront pas fâchés.

Car s'il brûle, le fiancé, s'il brûle,
C'est d'amour pour notre Mère,
C'est d'un amour plus saint que tout ce qui est saint,
Et saint sera ton cœur si tu l'exauces,
Le fiancé,
D'Anouher le fiancé,
D'Anouher, d'Anouher, d'Anouher, d'Anouher !

Quand il acheva, on n'entendait que les gouttes qui, en certains points de la voûte, se détachaient et venaient frapper la surface de l'eau. Les nageurs avaient relevé la tête, les joueurs d'échecs suspendu leur partie, les garçons de bain restaient immobiles, une serviette sur l'épaule et un doigt contre le menton. Puis une clameur s'éleva et les murmures reprirent, avec une note supplémentaire de surprise et de ravissement.

« Merci, finit par dire Asral dont la voix tremblait un peu. Merci infiniment. Puissent tes chants être compris, au moins par quelques-uns.

— L'homme intelligent et sensible comprendra, mon fils. Quant aux autres… Ils croiront que je m'embrouille dans mes paroles et n'ai plus toute ma tête, ce qui ne serait pas étonnant, depuis sept et soixante-dix-sept années que je suis sur cette terre.

— Merci», répéta Asral. Puis, ayant baisé la main du président, il sortit de l'eau et se laissa envelopper dans une serviette, le corps alangui, l'esprit en chaos. Irait-il voir quand même le fonctionnaire Moupim, son beau-frère ? Non ; ou alors plus tard. Tout ça ne donnerait rien peut-être, ou au contraire une telle abondance qu'il en serait submergé. Et, dans un mélange de joie et de frayeur, il salua du regard l'assemblée réunie, avec le sentiment obscur de ne plus en être tout à fait membre, d'être devenu un être nouveau.

12

Ordjéneb avait décidé d'oublier Djili. Et ce qu'un gars de Jaïneh a décidé, il le fait !... Seulement il avait dû constater que dans ce domaine, ça n'allait pas toujours comme on voulait. Chaque matin avant le lever, quand son corps baignait encore dans la tiédeur des couvertures et le souvenir confus de ses rêves de la nuit, il pensait à elle avec un sentiment de victoire et de revanche et lui disait en imagination : Tu vois, je t'ai oubliée ! Puis il se mordait la lèvre, se dépêchait de se mettre debout et d'aller se rafraîchir au bassin de la cour, pas très content de lui.

Ce matin-là, comme il se préparait à sortir et passait déjà sa houppelande dans le corridor de l'entrée, il fut moins content encore de sentir son cœur bondir lorsque la porte s'ouvrit et que se dessina, sur le rectangle lumineux de la rue, Djili en personne.

Tiens, la voilà donc ! fut sa pensée. Bien sûr, ce linge qu'elle nous rapporte. Je ne l'ai pas vue, le jour où elle est venue le prendre. Alors voilà, elle nous rapporte du linge. Moi, ça m'est bien égal.

Et, s'étant ressaisi, il énonça avec calme :

« Le bonjour à toi, mère de Nasri. Permets que je t'ouvre grande la porte, tu seras plus à l'aise pour passer. »

Quelle politesse, songeait-elle de son côté. Ce n'est déjà plus le rustaud d'il y a un mois. Mais ce rustaud, au lieu de simplement m'ouvrir la porte, m'aurait déjà pris ma corbeille des bras, cette sacrée corbeille trop lourde, je suis à bout de souffle et je dois être en nage… Eh bien, tant pis s'il me trouve moins belle qu'il y a un mois, ou plutôt tant mieux, ça règle la question.

Pour ne pas avoir à se demander laquelle, elle se hâta de répondre :

« Je te remercie, Ordjéneb sher-Djénebi. La paix soit avec toi. »

Lui : Elle n'a pas l'air heureuse de me voir, mais alors, pas du tout. Évidemment ! Ça l'arrange de se faire prendre en croupe pour un petit galop, mais après, elle a un peu honte. C'est peut-être pour ça que les Siriotes ne sourient pas quand ils marchent dans la rue : la ville est pleine de gens avec qui ils ont déjà dormi et dont ils n'ont pas envie de se souvenir. Vrai, c'est un drôle de pays.

Djili avait déposé la corbeille dans un coin de l'entrée et se relevait en frottant ses mains meurtries. Déséquilibrée d'être soudain si légère, elle fit un pas en arrière que rien ne laissait prévoir, dans le moment où Ordjéneb, lui, faisait un pas en avant. Leurs épaules se heurtèrent, et ils dirent en même temps : « Pardon. »

On rit d'habitude lorsque cela arrive, mais ils ne rirent pas. Ordjéneb toussota, puis crut utile de préciser :

« Je sortais justement.

— Je vois, fit la femme. Et moi, on m'attend à la lingerie. »

Elle avait presque du mal à croire qu'ils avaient passé une nuit ensemble. Mais au fond, ce n'était pas étonnant. Qu'est-ce qu'elle s'était figuré ? Ce pauvre gars était venu ici pour servir, et un homme qui sert n'est pas libre de sa vie ni même de ses mouvements ; il n'a pas le temps de penser aux femmes, et encore moins à une femme qui élève les enfants d'un autre… Et elle qui avait cru un moment être enceinte de lui ! Son cœur se serra d'une frayeur rétrospective, elle s'imagina venant lui annoncer la chose, et lui qui faisait une tête de trois aunes et s'exclamait : Ah là là, c'est bien embêtant ça. Encore heureux qu'elle se soit trompée.

Donc l'un tira à hue, l'autre à dia, et la porte entre eux deux se referma sans qu'ils aient eu l'occasion ni l'envie d'échanger un dernier regard.

Ordjéneb qui marchait d'un bon pas fut bientôt aux murs de la ville, qu'il allait franchir pour la première fois depuis son arrivée à Sir. Il n'en était pas fâché. Respirer l'air de la campagne, après toutes ces semaines, ça lui ferait du bien. Et puis, c'était le lendemain d'un jour de repos hebdomadaire, un jour particulièrement morne pour lui, car le scribe qui ne travaillait pas lui laissait la salle d'écriture à garder du matin jusqu'au soir, alors qu'en semaine sa présence sur les lieux permettait à Ordjéneb d'aller parfois vaquer ailleurs dans la maison, surveiller le jardin, chercher quelque chose en ville.

Il n'eut pas besoin de demander aux gardes le chemin du Sable d'Anouher : difficile de se tromper, la petite dune saillait au-dessus de la plaine, sur le fond de montagnes qu'il ne connaissait pas.

Il n'était pas fâché non plus de marcher sur une route ; ça le changeait de ces rues étroites où à toute heure, une foule se bousculait. Sur ce sol de poussière rouge, creusée d'ornières par les chars et les tombereaux, il pouvait allonger le pas, écarter les bras, regarder de toutes parts pour étudier le terrain ; « comme chez nous », songea-t-il avec un pincement dans la poitrine.

Eh oui, les tristesses arrivaient toujours en même temps. Le jour où cette Djili revenait faire un bref passage dans sa vie, voilà qu'il se souvenait de son village et en était chagriné.

Il grimpa le talus, coupa, avec son couteau de poche, un jonc de belle taille pour se faire un bâton. Il ne lui manquait que son troupeau, et tout aurait été parfait.

Justement il en venait un, de troupeau. Il était apparu sur le flanc de la dune et commençait à se déverser, beige et brun, en travers de la route, avec trois gosses qui le dirigeaient comme ils pouvaient. Tt, tt, trop fluets et pas assez nombreux pour autant de bêtes, voilà ce qu'il en disait, lui Ordjou. Un des gosses essayait de refouler celles qui s'étaient mis en tête d'escalader la dune, peut-être un sanctuaire – le fait est qu'il n'en resterait plus grand-chose de leur dune, bientôt, si on la laissait piétiner par tous ces sabots. Ordjéneb quitta la route pour aller lui prêter main-forte. Pas compliqué, il suffisait d'attraper le plus gros bélier par les cornes et de le remettre doucement sur le droit chemin, le vieux frère, toutes les brebis suivraient.

« Et dis-moi, petit, la ferme de l'Acacia, c'est par où ? »

Le gosse lui indiqua, à distance, un groupe de bâtiments encerclé de champs. Ordjéneb reprit sa marche. Effectivement, un peu plus loin la route bifurquait. Il y avait au carrefour un regard en briques avec une sentinelle qui gardait la porte, un canal devait passer là-dessous pour apporter de l'eau à la ferme. Beaucoup d'eau ; les champs étaient d'un vert rutilant.

... Quand même, faire tout ce chemin pour acheter cinq bottes de civette ! Mais Nisrit-am, en lui confiant sa mission, lui avait expliqué : cette civette-là, il n'en poussait qu'ici, rien à voir avec celle du marché. « Une civette des dieux, comme tu dirais », avait ajouté le Siriote avec un brin d'ironie. Et Ordjéneb n'avait pas relevé, trop heureux de ce prétexte à excursion.

À la ferme on lui donna ce qu'il demandait, et il ouvrit des yeux ronds en entendant le prix. Il avait cru que l'eunuque intendant se trompait en lui remettant toutes ces pièces de cuivre, mais non : il n'en fallait pas une de moins.

La fille qui le servait était jolie, timide ; elle rougit quand son père vint lui rappeler d'offrir à leur client une tasse de lait de chèvre, parce qu'il était de la maison d'Asral. Ici on ne crachait pas sur les montagnards, au moins. À voir la mine du père, Ordjou pouvait même revenir de temps en temps faire la causette avec la petite gazelle, à l'ombre près du puits : on ne lâcherait pas les chiens.

Mais voilà, il n'avait pas envie, découvrit-il en se levant pour prendre congé. Et il regagna la route principale, son ballot odorant sur l'épaule.

Pas envie.

Il avait eu tout faux dès le départ. L'oubli, ça ne se décidait pas sur un claquement de doigts. Au contraire, le fait de décider d'oublier une chose était le meilleur moyen de ne jamais se la sortir de la tête. Il aurait dû faire comme avec son village : à aucun moment il n'avait décidé d'en chasser le souvenir, loin de là ; et pourtant, insensiblement, il s'était mis à moins y penser, à moins le regretter, avait cessé d'en faire la mesure de toute chose. Il s'en était rendu compte aujourd'hui : cette nostalgie à la vue du troupeau, voilà des jours et des jours qu'il ne l'avait plus ressentie.

Il n'était plus là, le troupeau ; à peine si l'on voyait encore un nuage de poussière s'éloigner vers Hénab. Et le Sable d'Anouher avait repris sa courbe, douce aux yeux comme une hanche de femme.

Mm. Puisqu'il ne pouvait donc se forcer à oublier Djili, eh bien, il ne s'y forcerait pas. Il laisserait tranquillement son souvenir lui voleter dans la tête, et un beau jour, ce serait terminé. Cette rencontre de tout à l'heure dans le corridor, par exemple, il y repenserait tant qu'il voudrait, quoiqu'il n'y ait pas grand-chose à en penser. Il pourrait même, sans danger, s'en repasser les détails : la voix froide de la blanchisseuse, son accent siriote dont elle avait un peu exagéré le pointu, lui semblait-il, pour prononcer « Je t'en prie », « La paix soit avec toi » ; la mèche qui lui barrait l'œil pendant qu'elle posait la corbeille à terre, et la petite plage au-dessus de sa lèvre supérieure, qui brillait et qu'elle avait essuyée du dos de la main. Oui.

D'abord, une femme qui ne l'aimait pas, lui, ça ne lui disait rien. Il n'était pas comme son cousin Lalliout, Lalliout le bègue (car il y avait aussi Lalliout le frisé), qui autrefois s'était toqué d'une fille de Jaïahin. Elle n'en voulait pas pour mari, elle se promenait déjà avec un autre, elle lui avait dit plusieurs fois : Non et non, ni maintenant ni plus tard ; elle changeait de chemin quand elle le voyait. Ça l'avait rendu fou. Un jour il avait rameuté ses frères, qui ne valaient pas mieux que lui, et ils étaient allés enlever la petite, un matin qu'elle était aux olives. Après, elle avait eu beau pleurer, le mal était fait. Maintenant elle ne pleurait plus mais, chez eux, ça criait sans cesse. Elle criait après Lalliout, Lalliout criait après elle, tous les deux criaient après les marmots qu'ils avait eus. Une belle affaire qu'il avait faite là, le bègue. Une femme qui ne lui souriait pas quand il se couchait sur elle, qui ne lui touchait pas les cheveux, qui détournait la bouche quand il l'embrassait… Non merci.

Ainsi songeait Ordjéneb en repassant la porte des Crotales, par laquelle il était sorti une heure et demie plus tôt. Il se retourna sous le porche et s'attarda un peu, pour contempler ce ciel libre et cet horizon dégagé qu'il ne reverrait pas de sitôt ; pour être sûr, aussi, que Djili ne serait plus chez le scribe quand il y reviendrait.

… Sourire, lui toucher les cheveux, le dos, tout ça elle l'avait fait avec lui, évidemment, il ne fallait pas comparer ce qui n'était pas comparable.

Mais c'était du passé.

Quand il fut rentré et se rendit toutes affaires cessantes à la cuisine, comme le lui avait recommandé Nisrit-am, il se sentait sombre ; sombre, oui, malgré son escapade.

« Voilà ta civette des dieux, lâcha-t-il avant de laisser tomber le sac sur la table, et de repartir comme il était venu.

— Mœurs de sauvage », grommela le cuisinier, les mains dans la farine. Décidément ces montagnards ne changeaient jamais ; même quand vous les croyiez dégrossis, il ne fallait pas grand-chose pour que le naturel ressorte.

Et Ordjéneb, toujours sombre, rejoignit enfin la salle d'écriture.

Le maître avait été prévenu de son absence, ou alors il était trop occupé pour l'avoir remarquée. Il ne copiait pas ; il avait devant lui une boîte cylindrique, une boîte comme Ordjéneb en avait vu dans les bras des eunuques palatins, et un texte qu'il étudiait avec concentration. « *Un rideau cachait à l'œil la moitié d'Anouher, et Anouher était les deux moitiés… Un rideau… les deux moitiés…* Tss », marmonnait-il en secouant la tête. Il n'y trouvait pas son bonheur, apparemment.

Ordjéneb alla se planter devant la fenêtre.

« Tu me fais de l'ombre », murmura le scribe. Alors le montagnard revint près de la porte et, les bras ballants, le regard posé sur la silhouette du maître qui, en pensée, devait être si loin de là, laissa impuissamment sa tristesse se déployer, envahir peu à peu tous les recoins de la pièce, se faire opulente, infinie, à mesure que ses yeux passaient d'une poutre au plafond à un motif dans le tapis, d'une tache au mur à une poussière dansant dans un rai de lumière, pour revenir aux doigts pâles du scribe qui maintenaient le papyrus à plat ; jusqu'au moment où, n'y tenant plus, il chuchota, dans ce silence d'étude :

« Maître… »

Asral ne devait pas l'entendre. Ses lèvres se serraient dans une mimique absorbée, sa main, à intervalles réguliers, se déplaçait légèrement sur la feuille.

« Maître, reprit Ordjou plus bas encore – peut-être parce qu'il lui importait peu, au fond, de ne pas être entendu –, qu'est-ce que nous recherchons donc dans l'amour, pour que ça nous fasse si mal quand nous ne l'avons pas ? »

La main s'immobilisa, mais il se passa un long moment avant que le scribe ne relève le visage et n'entrouvre la bouche.

« Ce que nous recherchons, balbutia-t-il, eh bien, ce que nous recherchons… »

Et voilà qu'aux yeux du montagnard consterné s'offrit une image inédite, et gênante au possible : les épaules basses, le front contre son poing, l'homme des livres pleurait.

13

Ordjéneb est sans doute le seul dans Sir à ignorer encore la passion du maître scribe Asral pour le jeune Djinnet du faubourg des vanniers.

Djinnet est la perfection même : visage pur aux yeux d'un noir étonnamment profond, cils soyeux, corps délié, voix cristalline qui fait de lui l'espoir de sa confrérie ; voilà plusieurs années déjà que le maître de chant qui instruit la marmaille siriote lui a avoué qu'il n'avait plus rien à lui apprendre. « J'aurais plutôt des leçons à recevoir de toi, rossignol d'Anouher », avait ajouté cet homme probe et modeste, levant vers lui ses deux mains jointes, en signe d'admiration.

La douceur de son âme, alliée à tant de beautés, a longtemps fait craindre aux siens qu'il ne soit voué à une mort précoce. « Tfou, par le Borgne ! Casse donc parfois un pot, déchire ta tunique, bats-toi dans les rigoles comme les autres garçons de ton âge ! » le suppliait sa mère. En vain. Djinnet est resté, à treize ans, l'ange qu'il est depuis l'âge de la parole, mais sa perfection ne lui a encore attiré d'autre malheur que celui d'être terriblement, monstrueusement aimé. L'été avant-dernier, Asral l'a entendu chanter lors de la fête de sa confrérie ; comme il se tenait dans la tribune d'honneur avec les dignitaires, tout l'auditoire a pu voir aussitôt son œil devenir fixe, son visage se troubler. On en riait déjà, mais l'épisode n'a pas connu la conclusion habituelle. Si les parents s'y étaient préparés, avec un mélange de fierté et de résignation – Djinnet est leur fils unique, et ils espéraient une longue descendance –, aucun eunuque d'Asral ne s'est pourtant présenté chez eux, un sac d'or à la main, pour négocier l'affaire. À Sir comme ailleurs, rien n'est plus simple que d'acheter, quand on a de quoi, l'objet de son désir, mais Asral voulait mieux et plus : être aimé en retour, et cela ne s'achète pas.

Aussi a-t-on vite cessé de rire. Le spectacle de cet homme mûr en proie aux affres de la passion (une passion d'autant plus désespérée qu'Asral redoute, en l'assouvissant, de corrompre celui qu'il aime et, par une soif d'absolu toujours plus grande, voudrait non seulement être aimé, mais avoir la certitude de ne pas l'être par intérêt, par obéissance, par pitié, ni même par estime), de cet homme languissant après l'impossible, en somme, a imposé silence aux moqueurs. On perçoit dans cette histoire un parfum de tragédie, on les plaint, l'un et l'autre, car que peut-il en sortir de bon ? On s'en répète avec une sympathie navrée les derniers rebondissements – une rencontre dans la rue, un échange de regards – comme on écoute en soupirant le conteur relater les tristes *Amours du prince de l'aube et de la belle Zaphora*. C'est déjà presque un mythe, si ce n'est qu'on en ignore encore la fin.

Les deux intéressés en ont pris une stature nouvelle. Djinnet, qu'on pressentait promis à un sort singulier, est devenu, depuis l'accomplissement de ce présage, beaucoup plus qu'un enfant : un élu. Ses parents lui parlent avec déférence, une déférence doublée d'inquiétude, car il se montre aussi plus grave, plus fragile que par le passé. Son destin l'isole, il n'a plus de camarades sinon Nasri fils de Djili, qu'il connaît depuis l'école de chant. Pour tous les autres Siriotes, il n'est plus vraiment de ce monde. Il a été marqué, il en porte la dignité et le fardeau à la manière d'un sacerdoce. Et son chant, qui n'était qu'indiciblement pur, a acquis une expressivité, une puissance pathétique qui, souvent, provoquent dans le public de sa confrérie des sanglots et des pâmoisons.

Quant à Asral, qui jusque-là n'était qu'un fonctionnaire un peu terne dont seul un petit cercle savait apprécier le zèle, cette passion l'a révélé à lui-même autant qu'au peuple de Sir. C'est peut-être elle qui lui a valu d'être nommé copiste de la Loi, en montrant qu'il y avait chez lui quelque chose à part, quelque chose qui le désignait pour cette élévation. Peut-être. Ce qui est sûr en revanche, pour nous qui pénétrons à loisir dans sa salle d'écriture, voire dans ses pensées, c'est que l'amour pour Djinnet, cette poussée infinie de désir et de questionnement (car qu'est-ce qu'aimer, sinon poser encore et encore la question : M'aimes-tu ?) est à l'origine de sa grande quête secrète, celle de comprendre Anouher, d'en interpréter et traduire l'esprit.

Quête ici, quête là. Impossibles l'une et l'autre ? L'avenir le lui dira. Pour l'heure, il sait seulement que dans ce double tourment il a enfin trouvé, à près de cinquante ans, le sens de son existence. Et, n'en déplaise au sage Manasser, il en est fier, ou du moins ne souhaite pas en être délivré. Que serait-il, sans cela ? Moins encore que ce qu'il était avant : une coquille vide, la terre nue, sans fruits, qu'un cyclone a ravagée.

Si Djinnet est devenu un élu, Asral, lui, est donc devenu un héros souffrant que toute la ville veille. Tu es aimé, Asral ; si l'amour de toute une ville, si la popularité peuvent consoler de l'indifférence d'un seul, tu devrais être heureux. Il n'y a qu'à voir le succès inattendu des chants de Manasser. Pour qu'ils aient été si vite et si bien compris, il fallait que leurs auditeurs aient déjà été attentifs à ta personne, qu'ils aient souvent pensé à toi, de sorte qu'ils t'ont reconnu dès la première périphrase. Le fiancé d'Anouher, et que la chanson disait « languir » ? Quel autre pouvait-ce être que toi, triste servant des Écritures ?

Les premiers visiteurs sont arrivés au jour de repos suivant : un potier et son épouse, qui avaient dû attendre le seul moment de la semaine où ils pouvaient quitter ensemble leur tour et leur boutique. Ils apportaient un joli vase à motifs bleus et turquoise dont Ordjéneb, à la porte, a voulu les débarrasser. Mais la femme, avec douceur, a refusé. Ils souhaitaient, expliquait-elle, remettre leur offrande en main propre, si le maître scribe daignait accorder à leurs humbles personnes quelques instants de son précieux repos.

Dans la salle d'écriture où le scribe est descendu les recevoir, ils l'ont prié d'éloigner son domestique, puis sont tombés à genoux : l'homme s'excusait de la modestie de leur cadeau, indigne d'un tel fidèle de leur Mère, et qui ne leur avait été qu'un prétexte pour se rendre chez lui. Que le noble Asral y plonge les doigts ou le retourne avec précaution : il y trouverait leur véritable offrande, infiniment plus précieuse mais faite de gaieté de cœur, car les potiers aimaient par-dessus tout obliger leur prochain. Quant à eux, ils se retiraient, avec sa permission, avant qu'il ne la déballe. Le voir faire les gênerait jusqu'au supplice ; c'était une délicatesse de leur état, une bizarrerie de potiers, s'il préférait…

« Je sais, mes bons amis, je comprends », a coupé Asral avec un sourire de réminiscence ; et, sans plus tarder, il a raccompagné jusqu'à la porte les deux époux qui, en adieu, se sont inclinés devant lui en se tenant par la main.

Le vase contenait un vieux papyrus, et une tablette en bois enveloppée de chiffons. La tablette d'abord, s'est dit Asral, découragé d'avance par le mauvais état et la teinte brunie du rouleau.

Elle portait une inscription que le scribe a vite identifiée comme une action de grâces, libellée en des termes d'une archaïque simplicité :

L'année de la grande peste, toute ma famille a été sauvée par les efforts d'Anouher, alors que mouraient autour de nous tant de bêtes et de gens. Grâce lui en soit rendue ce jour, et que par la présente tablette, sa mémoire soit perpétuée. Commandé au scribe public de la porte des Chacals par Nordith, potier à Sir.

Déconcerté, Asral s'est gratté le crâne. Malgré le culte dont faisait l'objet le grand législateur, jamais on ne lui avait entendu attribuer ces cures miraculeuses qui passaient jadis pour être l'œuvre des dieux. Et ses « efforts » ! N'était-ce pas une curieuse façon de décrire l'accomplissement d'un miracle ? Le mot était mal choisi.

Les scribes d'autrefois n'étaient pas les modèles que j'avais cru, s'est-il surpris à penser. Celui-là était même particulièrement imprécis et négligent. Il aurait dû savoir qu'un bon scribe n'écrit pas *l'année de la grande peste*, tournure en faveur dans le peuple qui ne maîtrise pas l'art des nombres (et parle semblablement de « l'année des fameuses grêles », de « l'année où la terre a frémi »), mais *l'année cent trente-sixième après Anouher*. Enfin, c'était un scribe public, un pauvre hère officiant sans doute dans un bouge de la porte des Chacals ; un homme qui avait dû se faire chasser du service du palais pour ivrognerie ou pire, et transcrivait sans sourciller les mots que lui dictaient ses clients ignares, pourvu que ceux-ci le paient.

Mais vraiment, certaines tournures passaient les bornes. *Et que par la présente tablette, sa mémoire soit perpétuée*. La mémoire d'Anouher, à Sir, avait-elle besoin de ça pour être perpétuée ! ?

Et soudain, la lumière s'est faite dans l'esprit d'Asral. Il ne s'agissait pas, bien sûr, du Père des lois, mais d'un guérisseur qui avait soigné ses voisins pendant la grande peste, et qui se trouvait s'appeler ainsi. Il fallait croire qu'à cette époque on ne considérait pas encore comme irrévérencieux de donner aux enfants ce prénom trop illustre. Nordith potier à Sir s'était acquitté d'une dette morale, voilà tout, et ses descendants s'étaient pieusement légué cette tablette parce que, sans savoir lire, ils y avaient peut-être reconnu les caractères du nom sacré.

Sainte simplicité, a soupiré Asral en revoyant les visages graves et recueillis du couple qui lui avait remis le prétendu trésor, leur expression de mélancolie confiante, comme si ç'avait été leur nourrisson qu'ils laissaient à sa garde. Sainte simplicité.

Il était déçu. Déçu, non. Abattu, accablé, comme quand il compose un poème pour Djinnet et apprend par des tiers que ce dernier l'a lu sans même dire : C'est beau. Il a remmailloté la tablette et l'a remise dans le pot avec le vieux grimoire qu'il renonçait à lire pour le moment. Assez de déconvenues pour un seul jour.

« Tu vas prendre l'escabeau, et tu rangeras ce vase qu'on m'a offert sur la corniche, là-haut, a-t-il ordonné à Ordjéneb un peu plus tard. Ses teintes bleues y feront bel effet. »

Depuis, lorsqu'il lui arrive en copiant de lever l'œil vers le vase, il chasse un arrière-goût de cette déception première en se taxant d'ingratitude, et il s'oblige à en convenir : tout de même, c'est un bien joli bleu.

À quelque temps de là, c'est une famille entière qui, sous couvert de recevoir sa bénédiction pour le mariage d'une fille cadette, s'est présentée devant la porte de sa salle : plusieurs adultes, une dizaine d'enfants, deux ou trois anciens tout cassés et courbés, mais paraissant presque juvéniles à côté de la minuscule vieillarde qu'un des adultes portait dans ses bras et a déposée assise sur une des nattes couvrant le sol.

J'espère qu'ils ne comptent pas me la laisser en cadeau, elle aussi, a fugitivement pensé Asral pendant que la famille se retirait en silence dans l'antichambre. Mais aussitôt après, il s'est fait grief de cette méchanceté ; car, dans l'entrelacs de rides et de tavelures qui avait été un visage, deux yeux très doux le regardaient, et la bouche rentrée esquissait un sourire.

Le scribe s'est penché, puis accroupi, afin que son oreille soit au plus près de cette bouche dont ne s'échappait qu'un filet de voix.

« Mon fils, oh mon fils, comme nous t'aimons, disait la vieille. Puisses-tu trouver ce que tu cherches. Que le bonheur revienne à toi.

— Je te remercie, vénérable.

— Mes enfants m'ont demandé de te faire, à toi spécialement, un récit que nous nous transmettons de femme en femme dans la famille et que n'aurait dû entendre qu'Eflis, la plus jeune de mes arrière-petites-filles, à mes derniers instants. Mon arrière-grand-tante me l'a confié lorsque j'étais encore enfant ; elle-même le tenait de sa grand-mère, *et ainsi et ainsi*.

— Tu me fais là un grand honneur, a dit Asral, troublé d'entendre sur des lèvres profanes cette formule désuète de la langue sacrée.

— C'est arrivé à l'une de mes ancêtres, il y a de ça sept fois soixante-dix-sept années. Nous n'étions pas encore potiers, elle était donc bergère sur les terres de Sir, et elle avait seize ans. Un jour de brume, des hommes l'ont enlevée, des gens de là-bas…

— De là-bas, que veux-tu dire ? D'Hénab ?

— Non, non, tu n'y es pas du tout. Des démons, des gens qu'on ne voit pas habituellement.

— Oui, a fait le scribe, perplexe.

— Ils l'ont menée au lieu où ils vivaient, dans un ravin au pied du mont Drina, très escarpé, ils vivaient dans la pierre…

— Des troglodytes, sans doute.

— Des démons, a répété la vieille sans s'expliquer davantage. Ou des saints. Ils l'ont donnée à l'un des leurs, car ils manquaient de femmes. Il l'a déflorée et souillée à d'innombrables reprises, mais sans la maltraiter, et lui a dit qu'elle resterait parmi eux pour porter ses enfants, et deviendrait elle-même une sectatrice d'Anouher.

— Je te demande pardon ?

— Une sectatrice d'Anouher. Oui, ils disaient vivre à l'exemple de notre bonne Mère. Mais ils ne connaissaient pas ses lois, n'en avaient jamais entendu parler. Ils disaient : Anouher nous a rendus libres, et nous vivons cachés pour préserver cette liberté. Ils disaient que les leurs avaient connu Anouher et qu'Anouher à Sir avait fermé les temples et exhorté le peuple à oublier les cultes. Et ils mettaient tout en commun, leurs objets d'usage, les fruits de leur travail ; tout, sauf leurs femmes, pour éviter que frères et sœurs ne se mêlent. Ils disaient qu'Anouher l'avait voulu ainsi.

— En vérité, a murmuré Asral. Et ensuite ?

— Elle s'ennuyait de sa famille et ne songeait qu'à s'échapper. Et elle l'a fait un jour, ou plutôt une nuit, en escaladant la paroi de la falaise. Elle s'est cassé un bras, mais elle a pu se relever et trouver le chemin de notre ville. Elle était grosse. Par peur de trahir le secret des démons, elle a raconté aux siens qu'elle avait été enlevée et violée par des pillards des Tatioulès. Il s'en est suivi une guerre de représailles contre les Tatiouli. Personne n'a jamais su la vérité, à part nous autres qui, d'âge en âge, nous léguons son histoire. Son histoire, et aussi certaines pratiques amoureuses qu'elle avait apprises de son époux là-bas et qui font merveille, car les démons étaient experts aux jeux de l'homme et de la femme, dont ils affirmaient que c'était sur terre la seule chose véritablement sacrée. »

Pendant un instant, Asral n'a su que dire. Puis il s'est remis debout, les jambes moulues d'être resté trop longtemps accroupi.

« Je te remercie », a-t-il articulé. Puis il a rouvert la porte, s'est incliné mains jointes devant la délégation familiale, en signe que l'entrevue était terminée et qu'ils allaient pouvoir ramener leur aïeule dans son lit.

« Sornettes que tout cela ! » s'est-il exclamé avec humeur après leur départ.

Mais il n'était pas au bout de ses agacements. Dans les jours suivants, le bruit de ses recherches se répandant au sein de la corporation, ç'a été une multiplication de présents – lambeau d'étoffe, lanière de sandale, mèches de cheveux de différentes couleurs, fragment d'une côte d'Anouher, pincée de cendres d'Anouher conservées dans une petite boîte –, et de récits plus déroutants encore. Non seulement le grand homme avait successivement été roux, brun et blond, non seulement il était mort au moins deux fois, mais il avait été tout ensemble chef de bande, magicien, bâtisseur de palais, joueur de flûte hors pair, géniteur acharné dont la descendance aurait suffi à peupler quatre cents fois la plaine. Le jour où un jeune apprenti est venu exhiber fièrement « le manche du sabre d'Anouher, vainqueur des montagnards », Asral à bout de patience a explosé :

« Ça suffit maintenant. Dehors ! »

Le mot a circulé, les visites se sont espacées, mais Asral n'a pu se défaire d'un certain sentiment de dégoût. Manasser avait raison, la curiosité pouvait être pernicieuse, et Anouher était peut-être de ces choses qui n'ont pas vocation à être connues. Du moins, pas de cette façon-là. Sonder ainsi la piété populaire n'avait fait remonter en surface qu'un fatras d'incohérences, ou de fausses reliques révélant une crédulité qui atterrait Asral. Oui, il aurait préféré ne pas remuer ça. L'image qu'il s'était faite d'Anouher en était – entachée, non, mais brouillée.

J'ai sous les yeux un texte, et toute vérité à son propos doit en procéder, s'admonestait-il en tentant de reprendre sa tâche de double copie. Mais c'était plus fort que lui. Aux moments les plus inopportuns, lorsqu'il était arrêté par une obscurité ou une possible équivoque, ressurgissait dans son esprit la vision d'un petit bout d'os, d'un poil de barbe, d'une matrone peinturlurée sur un lambeau d'écorce au-dessus de la devise *Anouër notre bonne Mère*, et il ne savait plus que penser.

Lorsque, pour se délasser, il est allé écouter Djinnet chanter dans le temple de la confrérie des vanniers, il en a éprouvé pour la première fois un apaisement confinant au bonheur. Tu te dérobes à mon amour, disait-il en pensée à l'adolescent, mais au moins je te vois, tu es là. Tu ne m'offres pas un carrousel d'images disparates et de significations multiples, mais une figure unique, toujours semblable à elle-même, que je connais et comprends. Et ta voix, ô Djinnet, ta voix n'est pas seulement belle, elle est aussi (et cela, qu'Anouher me pardonne, m'est encore plus précieux) une chose directement perceptible, et dont on ne saurait douter.

14

Tandis qu'Asral s'enfonce ainsi dans un abîme d'enquêtes et de ruminations, on parle en ville ; on parle de plus en plus. On parle de sa copie, qui aura – sans qu'on sache bien quoi – quelque chose de plus que les précédentes, et qui a pris du retard. Oui, les rumeurs de retard sont devenues un fait, un fait bien avéré. Il s'agit désormais de savoir si Asral pourra rattraper ce retard ou si, scandale sans précédent, on en viendra à un report voire à l'annulation des prochaines fêtes d'Anouher.

À sa façon, la folle du lavoir avait donc vu juste : il y a bien de la nouveauté dans Sir. Car la question perturbe, échauffe les esprits, sape insensiblement l'autorité des juges.

Pourquoi sont-ils allés choisir Asral ? critiquent certains. Asral est un bon scribe, mais il attire à lui les malheurs, les accidents. Sa passion pour Djinnet le montrait déjà ; ensuite, voilà qu'il laisse brûler sa réserve de rouleaux et que…

Asral n'y est pour rien, protestent les potiers qui, malgré l'affaire du manche de sabre, gardent au scribe toute leur bienveillance. Certes, une obscure malédiction semble peser sur cette nouvelle copie, mais pourquoi en rejeter la faute sur un homme ? Asral au contraire fait tout ce qu'il peut, il se démène, il souffre, on le voit bien, mais que pourrait-il, seul, contre le mauvais destin qui pèse sur la ville ?

Un mauvais destin pesant sur la ville : l'idée était neuve, en un sens saugrenue (Sir n'avait-elle pas toujours été, aux yeux de ses habitants, la fille chérie du sort, une bénédiction faite ville ?), et il n'en est que plus surprenant qu'elle ait d'emblée fait mouche, forcé l'assentiment.

Cela explique tout, affirment, soucieux, les présidents de confréries lors de leurs conférences privées. Tout quoi ? Oh, c'est un ensemble, fait de petites choses que personne auparavant n'avait songé à rapprocher : la cherté des légumes, le fait que les poules, depuis peu, pondent moins, la désobéissance des fils, l'écroulement d'un pont qu'on venait d'inaugurer.

Pendant les nuits, pourtant plus fraîches, on voit les gens du peuple rassemblés sur leurs toits, qui observent de là-haut la tour de guet d'Hénab, en silence, comme si elle était une comète annonçant une suite de malheurs sans fin. On en voit d'autres veiller à genoux sous les fenêtres d'Asral, à la lueur d'une lampe à huile, afin de hâter sa tâche et, quand il dort – il lui arrive en effet de dormir –, de faire en sorte que son sommeil lui soit plus profitable, plus régénérant.

Et surtout on se lamente, on s'interroge. Sir aurait-elle péché contre ses lois ? Ces lois qui subitement résistent, et mettent plus de temps à se laisser copier, seraient-elles en colère ? Récemment, une pauvre femme portant un nourrisson à la mamelle s'est jetée sur l'un des juges, malgré la garde redoublée qui les escorte maintenant lors de leurs déplacements en ville. Repoussée d'un coup de lance, elle a eu le temps de gémir avant d'agoniser : « N'annulez pas les fêtes d'Anouher, ô très-hauts... Nous nous repentirons... », les mains tendues vers le juge qu'apparemment elle n'était venue que supplier.

Ce n'est pourtant qu'une hypothèse, la plus pessimiste des hypothèses en circulation. Mais déjà, au marché, au lavoir, on examine les causes de cet opprobre possible : une copie incomplète à la date prévue, des fêtes remises ou, presque pire encore, sinistrement marquées par l'absence même de ce qu'on devait fêter. Pourquoi, mais pourquoi faut-il que cela leur arrive à *eux*, entre tous les Siriotes depuis qu'Anouher leur a donné des lois ?

« Ce sont ces dix-huit ans de paix avec les montagnards, voilà ! déclare dans son échoppe bondée un compagnon tanneur, artisan médiocre, mais borgne, beau parleur, ayant ce je-ne-sais-quoi qui aimante les foules et les rallie aux mots d'ordre les plus sanguinaires. Nos juges étaient tout fiers d'avoir signé cette paix, la ville entière était en liesse, n'est-ce pas ? Nous étions bien contents, après tant d'années de guerre larvée et d'escarmouches, n'est-ce pas ?

— Oh oui, nous étions contents, murmure une vieille. Nos fils n'allaient plus être enrôlés dans les milices...

— Et nous, les boutiquiers, nous allions enfin voir les affaires reprendre. Vous n'imaginez pas le tort que cela fait au commerce, lorsque...

— Eh bien c'était une erreur, vocifère le borgne, et on l'entend depuis la rue. Chacun aime la paix, moi aussi j'aime la paix, comme j'aime ma mère, comme j'aime ma maison. Et pourtant, même sa maison il faut parfois savoir la laisser derrière soi, et même sa mère il faut lever la main sur elle, si elle s'est mal tenue ou a insulté le nom sacré… »

Dans l'échoppe on s'entre-regarde, on ne sait plus très bien où le borgne veut en venir.

« … Et même la paix, cette paix qu'on aime, il faut parfois la jeter à terre et la traîner aux cheveux, vous m'entendez ? La paix c'est le calme, c'est la facilité, mais honorer Anouher n'est pas facile, et on ne l'honore pas tant qu'il y a, autour de nous, des peuplades qui vivent hors de ses lois, qui les méprisent et rêvent de nous ramener au rang de la bête, comme elles ! »

Ce ne sont que foyers d'agitation isolés ; ailleurs l'humeur est plutôt à l'abattement et à la pénitence. Mais les juges s'inquiètent. Et voilà que lors de la procession qui marque habituellement la dernière sortie publique de l'ancienne copie, avant sa solennelle incinération, et qu'on appelle « l'adieu des quatre lunes », parce que quatre lunes (en temps normal) la séparent de la consécration de la nouvelle, un incident éclate.

Oui, un incident.

Il n'a rien de très frappant, on pourrait presque ne pas le relever, mais tout le monde le relève. Au moment où les processionnaires arrivent sur l'esplanade devant le haut palais – juges en toge d'apparat, eunuques palatins aux chevilles chargées de chaînes pour rappeler leur ancienne condition d'esclaves, membres des confréries chantant à l'unisson des cantiques funèbres, tous marchant lentement, ainsi qu'il est prescrit, et sans décoller leurs sandales du sol –, Asral, qui chemine derrière le char portant l'ancienne copie, trébuche.

Il ne tombe pas. C'est à peine si ceux qui le suivent doivent marquer le pas quelques instants pour retrouver la cadence et reprendre la marche du bon pied. Mais un frémissement a parcouru la foule. Et le silence, le religieux silence qu'elle observait n'est plus. Même s'ils ne font que murmurer, tant de Siriotes s'entendent. C'est un bourdonnement, un grondement, un tonnerre en sourdine ; et sur ce fond sonore, voilà qu'une voix lance distinctement :

« Vous l'avez bien cherché ! »

Nul ne sait qui a commis cette irrévérence. Nul ne sait au fond à qui elle s'adressait, ni à quoi, au juste, elle se référait. Mais il se trouve qu'elle cristallise le sentiment général : chacun y lit l'expression de ce qu'il pensait à part lui, et quant à l'acte même, le fait de rompre le silence d'une cérémonie pour apostropher on ne sait qui, il est révélateur qu'il n'ait soulevé aucune réaction. En d'autres temps, l'auteur d'un tel sacrilège aurait immédiatement été rossé par ses voisins, tué peut-être.

La procession s'est terminée sans qu'un sbire ait à tirer son arme, le public autant que les processionnaires ont fait comme s'ils n'entendaient pas, comme s'il ne s'était rien passé ; mais le lendemain, les juges se réunissaient en conseil extraordinaire.

On a su, par le petit personnel du palais, que les membres du haut collège avaient fait refermer sur eux les portes ferrées de la sainte salle et ne les avaient pas rouvertes de la journée. Aucun repas n'a interrompu cette conférence ; les juges n'ont même pas demandé à boire, rien, pas une goutte d'eau. Ce qu'ils disaient est resté un mystère. À travers les vantaux épais de trois pouces, et par les conduits d'aération coudés à dessein pour étouffer les sons, il n'était pas question de surprendre, de leurs tractations, la moindre bribe. Mais la longueur de celles-ci laissait penser que les juges ne parvenaient pas à se mettre d'accord, ou alors que leur embarras était total, sans remède, absolu.

Le soir, on les a vus sortir l'œil rouge, la toge froissée. Ils avaient les épaules basses, se frottaient le visage avec lassitude, mais ils marchaient en groupe serré, signe qu'une décision commune avait pu être prise, même si apparemment elle ne tranchait rien ni ne satisfaisait personne. Certains, du palais, se sont alors dirigés vers les bains, ce qui y a provoqué une affluence inédite en semaine. Les curieux, cependant, en ont été pour leurs frais. Sombres, exténués, le regard vide, les six juges en question se sont disséminés sur les banquettes du pourtour, et ont décliné les parties d'échecs que leur proposaient tel négociant, tel capitaine de vigiles. Ceux qui se faisaient masser n'ont pas desserré les dents sous la poigne des garçons de bain ; et de tous les six, la voûte de mosaïque humide n'a réverbéré que des soupirs, pas la moindre parole.

La suite n'est connue que d'une pauvre blanchisseuse, sans qu'elle l'ait recherché, simplement parce que le hasard avait voulu qu'elle se trouve au bon endroit au bon moment.

C'était le lendemain du conseil tenu par les juges, mais Djili (car il s'agit d'elle) n'en savait rien, faute d'être encore allée faire son tour au marché.

Elle s'était pourtant réveillée longtemps avant que le marché ne commence, longtemps avant l'aube ; et, au mouvement vif de ses paupières, elle avait compris que malgré sa fatigue, elle ne se rendormirait pas.

Cela lui arrive de plus en plus souvent, et c'est donc avec résignation qu'elle s'est retournée sur sa natte, qui lui paraît toujours si dure quand le sommeil la fuit.

Peu importe à quoi elle a pensé. Toujours est-il qu'à un moment donné lui est parvenu, des premiers arbres du faubourg, le chant d'une alouette. Et ç'a été comme si ces notes pures lui apportaient, avec un certain apaisement, une idée, une petite lumière : tout à l'heure elle irait voir la magicienne, cette fois c'était décidé.

Au premier point du jour elle s'est vêtue, a posé très avant sur ses cheveux une double écharpe (on va voir la maîtresse des sorts, mais on ne s'en vante pas), réfléchi à l'offrande qu'elle pouvait lui faire, et choisi un fin bracelet de cuivre, en soupirant, elle qui a déjà si peu pour se parer.

Dans le matin pâle elle s'en est allée, en empruntant des ruelles, des arrière-cours que seuls connaissent les riverains. Enfin elle a débouché sur une étendue envahie de mauvaises herbes, de vieilles charrettes, de meubles mis au rebut. Niché comme une tique dans un renfoncement du mur d'enceinte de Sir, un édifice hybride, ruine de temple pour moitié, pour moitié cabane de planches, devant lequel picoraient des poules ; l'arrivée de Djili les a fait fuir en caquetant.

La porte de la cabane s'est ouverte sur une grande femme hâve, aux yeux jaunes, qui a grommelé « C'est pour quoi ? », pendant que de l'intérieur s'échappaient les volutes d'une vapeur empestée.

« Je viens te consulter, ô maîtresse des sorts.

— Si je veux. Montre voir ce que tu m'apportes. »

Devant le bracelet de cuivre elle a fait la grimace, puis elle l'a frotté du pouce, léché du bout de la langue, avant d'examiner Djili.

« Bon, ça ira », a-t-elle conclu, sans préciser si c'était le bijou qui lui semblait passable, ou la mine de sa cliente qui lui revenait.

Djili s'est retrouvée à l'intérieur, où elle a bientôt resserré l'écharpe sur ses épaules : malgré les bouillonnements d'une marmite dans la cheminée, et le feu crépitant dessous, elle avait éprouvé dès le seuil une sensation de froid. La pièce était obscure, encombrée d'objets. Au milieu, une longue table portait un amoncellement de nourritures, de déchets, d'aiguilles et d'instruments coupants.

« Attends ici et ne touche à rien. J'ai du monde avant toi », a jeté la magicienne, disparaissant par un couloir vers ce qui devait être l'ancien temple.

En effet, il y avait dans un coin un homme assis, les mains à plat sur les cuisses, qui a effleuré l'arrivante du regard avant de reprendre sa morne faction.

Djili a contourné la table, scruté le fouillis d'aiguilles qui pouvait aussi bien signaler une tâche ménagère interrompue que la disposition occulte d'un sortilège, le couteau abandonné sur une planche et taché d'un peu de sang. Elle a frissonné. S'approchant du feu, elle a cru reconnaître dans la marmite des tripes de porc, de vieux outils, des morceaux d'une substance qui ne sentait pas bon, des poils, des cheveux humains peut-être. L'homme assis ne disait toujours rien.

Alors ils ont entendu, à travers plusieurs portes, des gémissements comme ceux d'un chien, un cri, le son d'un tambourin mêlé d'incantations. Un silence. Et soudain, l'huis s'est rouvert sur une forme voilée qui, une main plaquée sur la bouche, s'est précipitée dehors.

« Reviens dans treize jours si tu n'as pas eu ce que tu voulais », a glapi dans son dos la magicienne. Et sans transition, revenant devant l'homme : « Mon petit père, c'est à nous. »

Ç'allait être long sans doute, a pensé Djili, inquiète pour sa journée de travail. Elle s'est assise, avec circonspection, sur le seul tabouret que n'occupaient ni touffe d'herbes séchées, ni peigne sale, ni rayon de miel coulant dans une assiette ; à distance du foyer, mais l'œil constamment ramené vers lui.

« Qu'est-ce que tu regardes ? », a croassé à son oreille une voix qui l'a fait sursauter. L'homme soucieux était reparti sans qu'elle s'en aperçoive ; elle avait dû rêver, perdre la notion du temps.

« Je regarde ta marmite, maîtresse des sorts, a-t-elle répondu, mal à son aise. Que fais-tu cuire, là-dedans ?

— L'âme du monde », a-t-elle cru entendre, ou peut-être « La… immonde », oui, plus probable, mais déjà la femme enchaînait : « Ne t'occupe pas de ça. »

Djili l'a suivie dans un couloir donnant sur une pièce voûtée où leurs voix résonnaient à la lueur tremblante de bougies ; le sanctuaire de l'ancien temple, sans doute. Il y faisait encore plus froid.

« Explique-moi ton affaire. Je n'ai pas beaucoup de temps. »

Djili s'est humecté les lèvres. Par où commencer ?

« Alors, je t'écoute !

— Je crois…, je crois que j'ai été envoûtée, maîtresse des sorts. Par un homme. Un montagnard.

— Peuh, ce ne sera rien. Les sortilèges des montagnards sont primitifs, enfantins à déjouer. Raconte.

— J'ai perdu le sommeil depuis ce qu'il m'a fait. Je n'ai plus faim, ma gorge ne laisse plus passer la nourriture, c'est comme une pâte épaisse, comme si je n'avais plus assez de salive.

— Mm. Qu'est-ce qu'il t'a fait, au juste ?

— Mes pensées aussi sont toutes détraquées, a poursuivi Djili plus vite, sans répondre. Elles tournent en rond, elles m'obsèdent, je n'arrive pas à les chasser même quand je lave le linge, même quand je m'occupe de mes enfants. Et la nuit…

— Je veux savoir ce qu'il t'a fait. Il t'a parlé ? Il t'a touchée ?

— Il m'a touchée, oui.

— Dis-moi exactement comment il t'a touchée, et où.

— D'accord, a soufflé Djili qui se sentait rougir dans la pénombre. Ça s'est passé comme ça. Pour commencer, il a rapproché ma tête de son épaule, avec sa main. Puis il a posé sa bouche sur la mienne, doucement, mais c'était comme une illumination, et j'ai ouvert les lèvres…

— Ah oui. Je vois à peu près. Mais ensuite ? Surtout n'oublie rien, chaque détail est important.

— Ensuite il m'a couchée sur le dos, la nuque sur son avant-bras, et…

— J'ai compris, j'ai compris. Dis-moi plutôt ce qui s'est passé après, ce qu'il faisait de ses mains, s'il a dit quelque chose.

— Après, enfin, longtemps après, il m'a prise par les hanches pour me mettre au-dessus de lui, et je crois qu'il souriait. Et il avait sa main sur le bas de mon dos pour me faire aller et venir, je ne sais pas, j'étais tout étourdie… Plus tard, il a recommencé un peu comme au début, sauf que…

— Enfin, ma petite, cesse de tourner autour du pot. Quel âge as-tu, au fait ?

— Je vais voir les fêtes d'Anouher pour la vingt-neuvième fois.

— En vérité. Donc il n'a rien dit de spécial, il n'a pas prononcé une formule, un mot mystérieux ?

— Je ne sais pas, a répété Djili, navrée de constater que sa voix laissait percer des larmes. Ou plutôt si. Pendant la nuit, avant qu'une nouvelle fois… je veux dire, pendant qu'il dormait, j'ai remué entre ses bras et il m'a serrée contre lui dans son sommeil, en murmurant une chose que je n'ai pas comprise, en dialecte lalliti…

— Tu me désespères. Raconte-moi la suite, s'il y en a une.

— Il est revenu le lendemain. Je ne lui ai pas ouvert ma porte. »

Djili pleurait maintenant, à grands hoquets qui lui secouaient les côtes. Et la magicienne, après un silence, a repris :

« Enfin, ce ne peut être tout. Je ne vois rien là qui…

— Tu as raison, maîtresse, ce n'est pas tout. Nous nous sommes encore croisés une fois.

— Ah ! enfin. Et que s'est-il passé, cette fois-là ?

— Nous nous sommes cogné l'épaule par mégarde, avant de nous saluer, et depuis… depuis… je ne l'ai plus revu. »

Elle aurait bien voulu, Djili, pouvoir retenir ces sanglots de petite fille, d'autant plus que la magicienne à présent la dévisageait avec fureur, mais c'était plus fort qu'elle : il lui semblait que son corps relâchait toutes les larmes accumulées en lui depuis des jours, des semaines, des mois, des années.

« Idiote, mais triple idiote ! a enfin explosé la femme, tout en la poussant déjà dans le couloir vers la sortie. Tu es amoureuse, c'est tout, et que veux-tu que j'y fasse ? On vient me voir pour des problèmes sérieux, des charmes de mort, des oracles à rendre, il y a peut-être dans la salle des gens qui attendent, et toi tu me…

— Ne me renvoie pas, maîtresse, oh, j'ai besoin de toi… »

La cabane (Djili a eu le temps de s'en étonner au milieu de sa détresse) s'était en effet remplie de monde : une douzaine d'hommes debout, en toge, y piétinait dans les effluves fétides, et tous ces yeux se sont portés sur elles avec une expression d'espoir et de soulagement.

« Qu'est-ce que je te disais ? On se bouscule déjà chez moi. Allez, déguerpis !

— Maîtresse, je t'en prie, maîtresse, délivre-moi…

— File, je te dis. Je garde ton bracelet pour le temps que tu m'as fait perdre. À moi, et à ces messieurs – des membres du haut collège, par-dessus le marché. Très-hauts, c'est pour moi un grand honneur.

— Maîtresse…

— Toi, que je ne te revoie plus ! »

C'est ainsi que Djili a su que les juges, en désespoir de cause, s'étaient résolus à consulter Baal-Shimoth, la magicienne de Sir, pour apprendre d'elle comment calmer l'agitation de la plèbe ; démarche sans précédent, et d'ailleurs fort discutable aux termes des lois de Sir. Il arrive, oui, qu'un secret ne se dévoile qu'à la seule personne qui, par ignorance ou par manque d'intérêt, n'en fera justement rien.

15

Quelle cassolette d'herbes vénéneuses, quelles entrailles encore palpitantes, quelle transe divinatoire de Baal-Shimoth inspira aux juges leur décision suivante ? Les annales de Sir ne le disent pas. Mais cette décision, si opaque qu'ait été son origine, témoignait de la finesse politique la plus diaphane : un coup de génie, est-on bien obligé de reconnaître, que l'on entende par « génie » l'art supérieur d'aborder les affaires humaines, ou l'être immatériel qui surgit à l'appel de son nom pour accomplir docilement ce que nul homme n'aurait le pouvoir de faire.

Au soir de ce jour-là, on apprenait avec stupeur que, dans le faubourg des vanniers, un détachement de sbires palatins s'était présenté chez les parents de Djinnet pour emmener l'adolescent sur ordre du collège. Arrestation ? Emprisonnement ? Aucun de ces mots ne fut prononcé. Djinnet devait se mettre à la disposition des juges, sa collaboration était requise pour une affaire d'État, expliqua le capitaine, rassurant, aux parents affolés, laissant même entendre que ses talents de chanteur n'étaient pas pour rien dans cette réquisition. Mais personne ne s'y trompa.

Et si la nouvelle se répandit comme un feu de broussailles, si elle déclencha partout des commentaires véhéments, elle eut l'effet (c'était le but) de calmer *magiquement* les passions qui fermentaient en ville.

Par son caractère énigmatique – que venait donc faire Djinnet dans tout cela ? –, elle laissait penser que les juges en savaient plus que l'homme de la rue et tenaient la situation en main ; que les juges, eux, avaient pénétré les causes de ce qui n'allait pas à Sir, puisque, à l'évidence maintenant, quelque chose n'allait pas. C'était aussi un message adressé à Asral, mais un message oblique, à la fois illisible et vaguement menaçant. Car le collège avait eu l'habileté de faire comme si cette arrestation ne concernait en rien le scribe. « Continue ta tâche, semblait dire son silence, tu as notre confiance, quelle raison aurions-nous de te la retirer ? » Et cette question qui ne demandait pas de réponse était plus inquiétante que toute sommation sur rouleau cacheté.

Et la paix, le calme revinrent à Sir. On cessa d'entendre, comme dans les derniers temps, des commères interpeller des fonctionnaires ou contester leurs ordres, on cessa de voir, dans les tavernes, des disputeurs s'empoigner. Sur le passage des juges, la foule tombait à genoux, se prosternait et se relevait ensuite dans un murmure de prières propitiatoires et de louanges. On avait bien péché contre eux, mis en cause leur dignité et leur sagesse, jusqu'à aller les épier aux bains ; et voyez ! dans leur mansuétude ils ne sévissaient pas, ils pardonnaient à Sir sans un seul mot de blâme. Qu'ils étaient forts, et avisés, dignes d'amour et de révérence !

… Pour Asral en revanche, il n'était plus question, bien sûr, de calme ni de paix. Mais le calme et la paix, quand cette âme inquiète les avait-elle jamais goûtés ? Il percevait la menace, voire l'intimidation ; il n'en était pas ébranlé. Ce qu'il faisait depuis plusieurs mois, il le savait, était jouer avec le feu. Voilà, il s'y était brûlé, on l'avait attaqué dans la chair de sa chair – car Djinnet était pour lui comme la chair de sa chair. Il n'en était que plus convaincu du bien-fondé de sa quête. Si peu qu'il vît déjà l'adolescent par le passé, aux joutes de chant, ou en promenade sur les remparts de Sir, il souffrait d'avoir perdu jusqu'à ces rares occasions-là. Il souffrait, mais sa souffrance même l'encourageait à poursuivre ; au moins n'aurait-il pas souffert pour rien.

Car la voie sur laquelle il s'était engagé était une voie sans retour. L'erreur première des juges était d'être allés chercher pour cette tâche un homme si minutieux : une fois éveillé le désir d'élucider, de comprendre, où s'arrêter ? Comment faire marche arrière ? Cela avait commencé sans grand éclat, on l'a vu, par une volonté mesurée de pénétrer l'esprit des lois, de le rendre sous une forme nouvelle, plus claire. Mais l'esprit des lois avait bien vite échappé à la prise d'Asral. Il croyait le connaître, voire le respirer sans même y prendre garde, comme un air ambiant dans lequel baignaient tous les Siriotes dès leur venue au monde ; maintenant qu'il le prenait pour objet de sa réflexion, il ne savait plus.

Il ne savait plus. À la rigueur, chaque loi prise isolément révélait bien une certaine intention, même si des glissements de sens imposaient quelquefois d'en donner une interprétation autre que celle qui avait cours. Oui, grâce à ses efforts, à ses patientes déductions – mettre en regard deux phrases fort éloignées dans le texte mais contenant le même mot permettait par exemple de faire jaillir une signification inédite qui, une fois là, emportait l'adhésion, résolvait une longue énigme –, il était parvenu, estimait-il, à une lecture bien plus fouillée des lois, une lecture qui ferait date. Mais considérées dans leur ensemble, celles-ci se dérobaient ; nul esprit, nulle intention uniques ne s'en dégageaient. Elles tiraient à hue et à dia, parfois même se contredisaient point par point. Et, entre deux commandements contradictoires, où pouvait bien se trouver l'esprit ?

Nul ne doit regarder Anouher sinon ceux qui prennent note : voilà qui, d'un unanime accord, s'interprétait comme une interdiction de commenter les lois si l'on ne maîtrisait pas l'art d'écrire, c'est-à-dire si l'on n'était ni juge, ni scribe. Pourtant il était écrit ailleurs : *Vous remettrez une fois l'an vos lois devant vos yeux*. Comparée à la première phrase, la seconde énonçait une prescription déconcertante, dont on s'acquittait en promenant annuellement dans les rues, ouvert, l'étui contenant les sacro-saints rouleaux. Toutefois – réfléchissait Asral – c'était là mettre des priorités que rien, dans le texte, n'étayait. On aurait pu prendre la *seconde* phrase pour un commandement absolu imposant aux Siriotes, une fois l'an, de relire leurs lois, ou même (qui sait) de les revoir ; et trouver plutôt la *première* déconcertante, lourde d'un sens qui restait à trouver.

Lequel ? Comment Asral, entre tous, l'aurait-il su ? Cependant il décelait les maillons faibles de la phrase, ses points de flottement où pouvait s'insinuer le doute. « Regarder Anouher », ce n'était pas littéralement « lire les lois ». On pouvait certes y voir une image : lire les lois était d'une certaine façon contempler Anouher, contempler son œuvre. Mais *regarder* gênait ici Asral, comme un mot trop concret ou trop terre à terre, un mot dont Ordjéneb par exemple se serait servi, faute de connaître *contempler*. – Mais non, car Ordjéneb justement donnait à *regarder* un sens tout autre qui, au début, avait provoqué entre eux quelques quiproquos. « J'étais dans la foule au marché, racontait le Lalliti, un homme me regardait, et voilà qu'il m'aperçoit et crie : Eh toi, le montagnard… » Asral n'avait compris que le jour où son garde, en veine de confidences sur son village, lui avait expliqué que sa maison natale « regardait » la vallée : pour lui, le mot signifiait « faire face à », ni plus ni moins.

(Mais je m'égare de plus en plus, s'épouvantait Asral, constatant qu'une fois encore la séance de copie s'était changée en vagabondages herméneutiques, avant de dégénérer en pure et simple association d'idées ; que le verset entamé au matin en était resté à la même ligne, dont l'encre avait séché depuis longtemps. Et il ressentait une angoisse presque physique en pensant aux fêtes d'Anouher qui approchaient, à Djinnet emprisonné par sa faute, au collège des juges qui tout de même, un jour ou l'autre, le convoquerait, exigerait d'examiner sa copie. L'angoisse montait, lui poignait le ventre, il aurait dû prendre vite son roseau pour rattraper le temps perdu, mais non : le besoin d'analyser, de déduire, de comparer l'emportait. Et avec terreur et délices, les yeux dans le vague, il replongeait.)

Car il y avait aussi *ceux qui prennent note*. Oh, Asral connaissait les gloses consacrées à cette expression peu courante : on postulait qu'elle désignait « ceux qui savent écrire », les lettrés, c'est-à-dire les juges et les scribes ; et dans un sens plus abstrait – qui recoupait d'ailleurs le premier – ceux qui sont assez instruits pour saisir la portée des enseignements, les faire leurs, « en prendre bonne note », comme on disait aussi. Mais pourquoi l'auteur l'avait-il choisie ? Pour éviter *lettré*, qui figurait déjà trois fois dans le verset précédent ? Hypothèse absurde. Asral ne le savait que trop, le style des Écritures ne répugnait nullement à la répétition : certains versets contenaient jusqu'à cinq ou six fois le même mot, par insistance ou par souci de clarté. Pourquoi ce souci de clarté n'aurait-il pas prévalu dans une phrase aussi cruciale ?

« Prennent note... nul ne doit », marmonnait-il avec la sensation d'y être presque, lorsque, après un grattement discret à la porte, se matérialisaient devant lui les formes replètes de son cuisinier en chef.

« Maître vénéré, moi et tous tes eunuques réunis en concile, nous t'engageons à rompre ton jeûne pour goûter cette pâte de dattes, de pistaches et de pignons hachés. C'est un mets reconstituant, et tu en as besoin. Tes yeux se cernent, tu perds du poids, vraiment, noble maître, ta santé nous inquiète !

— Merci, Nisrit-am, merci. Laisse là ton plateau. J'en mangerai plus tard. »

Plus tard, oui, ou jamais. Déguster de la pâte de dattes, pendant que Djinnet, au palais, devait peut-être se contenter de bouillie de mil et d'eau ? Certains l'avaient aperçu par une fenêtre grillagée de la façade ouest. Son visage était blême, ses lèvres laissaient sourdre entre les barreaux une complainte lente et infiniment triste, comme un oiseau des bois retenu dans une cage ; depuis, on avait dû le changer de cellule, car personne ne l'avait revu.

… Et Asral revenait à sa copie, ou plutôt aux pensées qu'elle lui inspirait. Non, assurément, ceux qui prétendaient être les porte-voix de l'esprit d'Anouher n'étaient que des naïfs ou des imposteurs. Ils n'étaient porte-voix que de leurs certitudes, et d'une tradition ancienne, mais peut-être erronée. Ce n'était pas l'esprit d'Anouher mais leur esprit à eux qui ressortait de leurs gloses ; et si encore toutes leurs décisions s'autorisaient du texte saint ! Mais l'arrestation de Djinnet, par exemple, ne pouvait se justifier par aucun paragraphe des lois ; nul membre du collège ne s'y était d'ailleurs essayé. Interrogés, ils auraient sans doute argué que l'application des lois et leur respect étant leur mission, il leur incombait aussi d'instaurer les conditions dans lesquelles cette mission pouvait être accomplie : une ville en paix, une population docile. Comment ne pas voir qu'avec de tels raisonnements les lois elles-mêmes reculaient de plus en plus devant les prérogatives des juges, la perpétuation de leur pouvoir ?

Tant pis pour eux, tranchait Asral, je vais écrire dans la Seconde Copie : *Nul ne doit faire face à Anouher sinon les preneurs de notes*. Et cela le réjouissait, sans qu'il puisse dire pourquoi.

La phrase à peine écrite, pourtant, il revenait au rouleau précédent, une section de droit privé dont une clause stipulait : *L'acheteur regardera bien ce qu'il veut acquérir, et sera réputé ensuite en connaître les défauts.* Impossible de donner ici à *regarder* un sens autre que celui d'aujourd'hui. Était-il concevable qu'à la même époque, sous la même main, un mot ait pu avoir des sens si divergents ?

Ce n'était pas la première fois qu'Asral se faisait cette remarque. Oui, il devait l'admettre, le texte ne présentait pas seulement des contradictions ou des incohérences, mais bel et bien des disparités. De troublantes disparités. Un auteur peut changer de sujet, voire d'avis ; il ne change pas si radicalement de style, de vocabulaire ni de préoccupations. C'était presque comme si (Asral avait-il le droit de penser cela, ou était-ce sacrilège ?) le texte, au lieu d'être le simple calque de la parole d'Anouher, avait été retravaillé par la suite. Non pas sciemment dénaturé, car une telle œuvre de faussaire aurait justement tenté de gommer ces divergences ; mais revu, amplifié. Comment expliquer, sans cela, qu'un rouleau et demi soit consacré à définir qui était siriote, qui cessait de l'être à cause de ses manquements et devait être banni, qui comptait trop de montagnards parmi ses ascendants pour prétendre à le devenir, etc. ; alors que le Testament d'Anouher, censé être sa parole ultime et conclusive, ne touchait pas un mot de ces questions ?

Un frappement de nouveau, et le bonnet d'Ordjéneb apparaissait dans l'entrebâillement de la porte.

« Quoi encore ! » fulminait le scribe, comme si, quintessence de tous les montagnards peuplant les flancs du mont Lallit, du mont Todzé, du mont Drina et de la chaîne des Tatioulès, l'homme de Jaïneh avait été l'irritant produit de ses propres digressions.

« Ah là là, j'arrive au mauvais moment, murmurait Ordjéneb avec un sourire confus. Mais voilà : tu as un visiteur.

— Un potier de plus, sans doute.

— Ça se pourrait. Son habit est taché de terre à la cuisse, tu sais, là où les potiers s'essuient les doigts.

— Mm… Enfin, fais-le entrer. »

Un homme pauvrement vêtu se présenta, la tête couverte d'une capuche qu'expliquait la pluie de ce matin. Mais sous le lin grossier brillaient deux yeux qui surprirent Asral par leur éclat impérieux et ironique. Et, loin de se prosterner, ou au moins de baisser la tête en signe de déférence, l'individu le dévisageait avec la satisfaction de qui contente enfin une longue curiosité.

« Voilà donc le fameux Asral fils d'Ingdibal, scribe de la Loi d'Anouher, dont la renommée se répand comme au printemps la neige des peupliers ! Eh bien, je peux dire que je ne suis pas déçu.

— À qui ai-je l'honneur ? coupa le maître de céans.

— Mon nom ne te dira pas grand-chose, mais si tu y tiens… Esdiros, pour te servir. »

Était-ce une impression, ou l'inconnu avait-il mis dans ce mot *servir* beaucoup plus qu'une simple politesse ?

« Esdiros, reprit Asral, mal à l'aise. Ce n'est pas un nom d'ici.

— Aussi bien ne suis-je pas d'ici, répliqua le supposé potier avec un rire bref. Encore que, là d'où je suis, beaucoup portent des noms siriotes, et pas des moins illustres. »

Asral fit involontairement un pas en arrière. Danger, lui soufflait son instinct, avant même que sa pensée ne dégage le sens de ce qu'il venait d'entendre : il avait devant lui un Hénavite. Et, d'après son ton et son maintien, un Hénavite de haut, voire de très haut rang.

« Comme je te le disais, ta renommée a balayé la plaine. Et ce qu'on raconte de tes infortunes récentes nous émeut beaucoup.

— Ô Esdiros, je ne vois pas de quelles infortunes tu parles. La rumeur te sera parvenue déformée, dans le coin de la plaine que tu habites.

— Prudent, hein ? fit l'autre avec le même rire. J'oubliais qu'à Sir on se tient sur ses gardes, on surveille sa langue, on se cache de son voisin qui est peut-être tanneur, ou renseigne les sbires. Ce que vous appelez fièrement la ville d'Anouher nous paraît surtout, à nous autres, la ville de la peur.

— *La peur est présence en notre âme du sacré*, psalmodia Asral, citant une phrase des Laudes et s'efforçant, par ses paupières closes et sa mine extatique, de donner le change à cet intrus trop clairvoyant. Et tes paroles, noble étranger, sont pour moi un tissu d'énigmes que je ne souhaite pas me faire expliquer. Je suis un humble scribe, un fiancé d'Anouher : je ne cherche pas plus loin.

— Tu m'en diras tant », persifla l'Hénavite. Puis, semblant se raviser : « Bah ! à ta guise. Nous pensions t'offrir notre aide, mais puisque tu n'en veux pas, je vais te laisser à tes joyeuses fiançailles. »

Déjà il se rapprochait de la porte, en soulevait le loquet. Il se retourna pourtant et, sur un ton plus grave :

« Ne dédaigne pas trop vite notre proposition, Asral. Je te sais bien plus fin que tu ne t'en donnes l'air. Tu entrevois sûrement quelles grandes choses nous pourrions accomplir en nous associant, mes compatriotes et toi. Tu comprends sûrement aussi que, si les choses tournaient mal, nous serions peut-être ta seule planche de salut. » Et, dans un souffle : « Hénab n'a pas de murs, Hénab n'a jamais refusé l'asile à quiconque apporte de quoi vivre, ou se montre prêt à travailler. Nous t'y accueillerons, Asral, le jour où le sol de Sir deviendra trop brûlant pour tes pieds. Nous avons besoin d'hommes comme toi. Ce jour-là, je t'en conjure, quitte la ville de la peur pour rejoindre la nôtre, la ville de la liberté ! »

Sans paraître entendre, Asral le ramena dans le couloir sur quelques formules de congé banales, en faisant taire son dégoût, au cas où l'un de ses eunuques aurait été à proximité. Et vite il referma la porte.

Il se sentait sali. Par deux fois, l'étranger venait de citer avec éloge l'autre ville de la plaine, ce qui aurait suffi à incommoder tout Siriote : *Hénab* chez eux n'était qu'un terme d'imprécation accompagnant des injures, une grossièreté qu'on se permettait tout au plus dans un accès de colère. Pire : Asral avait reçu chez lui la visite d'un Hénavite en chair et en os, avait dû lui parler, répondre à ses questions. Était-il tombé si bas, s'était-il rendu si coupable, pour mériter qu'une telle chose lui arrive ?

« Non, je ne suis pas si coupable. Pourquoi coupable, d'ailleurs ? Ce sont eux qui voudraient m'en persuader (et par ce *eux* il désignait le visqueux Esdiros autant que les membres du haut collège), mais je ne fais rien de mal. Il faut vite oublier, ne pas me laisser atteindre par... » Avec un frisson, il mesura soudain ce que représentait l'entente qui venait de lui être proposée : outre un avilissement pour sa personne, ce serait, aux yeux de Sir, un crime de haute trahison.

Oublier au plus vite, décomprendre ce qu'il avait compris, s'adjura-t-il, encore bouleversé, en se replaçant derrière son pupitre.

Au reste, toute prévention mise à part, l'homme lui avait déplu. Son regard de basilic, sa bouche mince, ses cheveux crêpelés, il n'y repensait pas sans une véritable répulsion. Certes ce type physique n'avait rien de spécifiquement hénavite, on trouvait d'innombrables Siriotes taillés sur le même modèle, et cela n'avait rien d'étonnant puisque, l'individu avait eu le front de le lui rappeler, Hénab était peuplée de... – Ah, et puis assez pensé à ça !

« Ordjéneb, appela-t-il en rouvrant la porte du couloir. Ce potier-là, tu sais ? je ne veux plus jamais le revoir. S'il revient, dis-lui que je ne reçois pas.

— Bien, le maître, on a compris.

— Parfait. » Alors, comme s'il se faisait honte d'avoir mandé son garde pour un motif aussi mince, donnant à cette visite une importance qu'elle n'avait pas, il poursuivit : « Mais je ne te disais ça qu'en passant. Ce que je voulais te demander, c'est d'attraper l'escabeau et de me descendre ce vase, sur la corniche, qui est d'un si joli bleu. Veille à ne pas trop le secouer. Voilà. Merci. »

Aujourd'hui, oui, aujourd'hui il lui prenait envie de lire enfin le grimoire – et avec un sentiment de gratitude pour cette envie venue de nulle part, mais assez forte pour chasser de son esprit le pénible épisode, il dénoua la cordelette, déploya le rouleau et, les paupières plissées par l'effort, en lut les premières lignes.

16

Le scribe a relaté dans ce rouleau ce qui s'est produit dans les treize lunes de l'année de la grande peste.

Encore ! pensa Asral, découragé. Puis il releva les yeux, fixa le mur et réfléchit. Quelque chose ne collait pas. Tout scribe le savait, l'année cent trente-sixième après Anouher n'était pas une année de treize lunes mais de douze. Avait-il bien lu ? Les caractères étaient si petits, si effacés… Il aborda le paragraphe suivant :

À la lune première, celle des bourgeons, les savants hommes de Sir, ayant observé le firmament (suivaient des considérations astronomiques qu'Asral sauta, car il n'y entendait rien), *annoncèrent que l'année devrait être complétée d'une lune, et les seigneurs de Sir en passèrent le décret.*

Voilà qui levait tous les doutes. Bien sûr, il s'agissait d'une autre peste, antérieure à celle que lui et ses contemporains appelaient la « grande » ; antérieure même à Anouher (Asral tremblait un peu), puisqu'il était encore question ici des seigneurs. Voyons, qu'il se mette à la place d'une génération des temps anciens frappée par une épidémie inhabituellement grave : n'était-il pas normal qu'elle y ait vu une « grande peste », sans savoir qu'un jour il en viendrait une autre qui éclipserait toutes les précédentes ? Il n'y avait pas de quoi trembler ainsi. Restait à savoir ce que cette chronique surannée pouvait lui apprendre d'intéressant.

Et, grattant ici une tache, là une saleté incrustée dans le papyrus, il déchiffra la suite.

À la lune suivante, celle des floraisons, la chaleur arriva dans Sir plus tôt que d'ordinaire, et un mal tomba sur plusieurs habitants de la porte des Chacals.

À la lune troisième, le mal frappa de nombreux habitants de la porte des Chacals et de la porte des Lions, et les seigneurs de Sir reconnurent que la déesse oiseau, la Protectrice, s'était détournée d'eux. Ils cherchèrent quels manquements avait pu commettre la ville, et trouvèrent que l'année précédente, on avait irrité les dieux en tuant les soixante otages Tatiouli, qui devaient être garants de la paix, en représailles à l'attaque des Lalliti alors leurs alliés... Asral avait du mal à suivre. Que c'était agaçant, de prendre ainsi une histoire en cours de route ! *Et en réparation les seigneurs immolèrent trente hommes et trente femmes de Sir, devant le temple du dieu soleil qu'on avait offensé en rompant un pacte de paix.*

Ah oui, se souvenait Asral, le cœur pourtant soulevé par ces horreurs d'un autre temps : devant le temple du dieu soleil, parce que, versant son jour sur tous les hommes sans distinction, il tient au respect des traités entre peuples et des engagements.

À la lune du solstice, la quatrième, le mal s'étendit à la porte des Buffles, et les seigneurs de Sir reconnurent que la colère des dieux n'était pas apaisée. Aussi murèrent-ils les maisons où il y avait un malade et marquèrent leur linteau d'un cercle blanc, en signe que la colère des dieux était sur elle et que seule la Protectrice pouvait les prendre en pitié. Et défense fut faite de les nourrir ou de leur porter secours.

À qui ? Aux autres occupants de la maison sans doute, aux proches du malade, condamnés à mourir de son mal ou, à défaut, de faim. Ces vieilles annales étaient, comme les lois, une paroi de pierres où manquait le mortier : il fallait suppléer transitions et chevilles, et l'essentiel était sous-entendu. Mais quelle abomination !...

À la lune des sécheresses, une voix gronda dans le peuple contre la cruauté des seigneurs... Tout de même ! *... et par endroits l'on porta la main contre les gens d'armes qui muraient ou empêchaient de porter secours ; il y eut du sang, et les seigneurs retirèrent leurs gens d'armes de ces quartiers.*

À la lune des moissons, la sixième, le mal gagna beaucoup à cause des chaleurs, et les seigneurs élevèrent un mur par le milieu de la ville, marqué de cercles blancs ; et on ne laissa plus sortir. Ils sacrifièrent pour appeler sur eux la pitié de la Protectrice, et montrèrent à leur partie de la ville : Voyez, nos greniers sont pleins. Obscur, obscur. Quelle étrange façon de raconter les choses, s'étonnait Asral : confier les faits à la mémoire, sans se donner la peine de les rendre clairs pour la postérité !

À la lune suivante, de fortes pluies tombèrent sur les montagnes, et les citernes de Sir furent remplies à nouveau.

À la lune des semailles, les seigneurs firent élever un mur par le milieu de la ville… Asral cilla. Il y avait là une erreur, probablement. On ne lui ferait pas croire qu'en l'espace de deux lunes deux murs distincts avaient été bâtis à travers Sir ! Était-ce une façon maladroite d'indiquer que le mur avait été commencé à la lune des moissons, achevé à la lune des semailles ? Mais pourquoi un chroniqueur même archaïque aurait-il ignoré l'usage de mots aussi simples que *finir* et *commencer* ?

« Les seigneurs élevèrent… Les seigneurs firent élever », murmurait-il, pendant que ses yeux allaient et venaient entre les deux passages. Bien sûr, c'était la même chose : dans le premier passage, *élevèrent* signifiait déjà : *firent élever*, Asral se doutait bien que les seigneurs n'avaient pas, de leurs mains, empilé des briques et gâché du mortier, mais employé à cela leurs milices, voire réquisitionné la partie du peuple qui leur restait loyale. D'où *nos greniers sont pleins*, qui signifiait laconiquement : Vous nous obéirez, vous élèverez un mur pour nous, et nous avons de quoi vous nourrir en rétribution ; quant à ceux-là, de l'autre côté du mur, qui s'attaquent à nos gens d'armes et se rebellent contre nos ordres, nous les ferons mourir de faim. Était-ce ce que voulait suggérer le chroniqueur, en écrivant la seconde fois : *firent élever* ? En narrant deux fois le même événement, par une apparente entorse à la logique, était-ce à cela qu'il avait voulu faire penser ? Que s'était-il passé, quelle réalité avait été comprise en l'espace de deux lunes ?

À la lune des semailles, donc, *les seigneurs firent élever un mur par le milieu de la ville, et le grain venait à manquer. Et la partie de la ville où le grain venait à manquer institua Anouher.*

Quoi, comment !... Cette fois Asral tremblait de tout son corps. Lire cela, toucher du doigt l'origine, la toute première évocation, sans doute, de cet être si illustre – il se sentait comme les téméraires des temps obscurs qui avaient soulevé le voile d'une idole et, racontaient les mythes, en étaient restés foudroyés. En même temps, il lui en fallait plus : des détails, de grâce, des détails et des explications !

... institua Anouher, qui partagea le grain qu'il y avait, et fit mettre dans les temples ceux qui tombaient en proie au mal, pour qu'ils y soient soignés ou, s'ils mouraient, ne portent pas la mort à ceux de leur maison.

À la lune des bourrasques, la neuvième, Lalliti et Tatiouli conclurent une nouvelle alliance et marchèrent contre Sir. Et les seigneurs allèrent devant le mur qu'ils avaient fait élever et adjurèrent le peuple. Et le peuple cria : Que sont pour nous les seigneurs ? Il y a un mur entre eux et nous, et nous ne laisserons plus entrer. Les seigneurs ont fait élever un mur pour que nous mourions tous, et nous mourrons tous, ou vivrons tous, mais sous la loi d'Anouher, non sous la loi des seigneurs que nous ne reconnaissons plus. Les seigneurs revinrent devant le mur, et dirent qu'ils pardonneraient, si le peuple leur laissait voir Anouher et le leur livrait. Le peuple rit derrière le mur, et cria qu'il ne livrerait pas Anouher, car Anouher était en chacun d'eux. Ici Asral dut s'interrompre pour essuyer une larme. Quelle beauté ! *Et une grande colère saisit les seigneurs, qui offrirent une paix aux Lalliti et aux Tatiouli, leur promettant du grain, et leurs filles en concubines, s'ils s'emparaient de la partie de la ville à l'intérieur du mur.*

À la lune du solstice, la dixième, les montagnards entrèrent dans la ville mais, à la vue des cercles blancs de la Protectrice, comprirent qu'on les avait trompés. Et ils dirent aux seigneurs : Nous ne voulons pas d'une ville en proie au mal, car la peste est ici. Gardez-la, gardez votre ville, mais votre grain et vos filles en concubines, nous les prendrons, et tout ce que vous avez, nous le prendrons. Et leurs palais pillés, les seigneurs s'enfuirent ou furent tués, car leur partie de la ville n'était plus avec eux.

À la lune des gels, le peuple sous Anouher sortit par la porte des Buffles, pour repousser l'armée des montagnards qui occupait la ville. Et toute cette lune et la suivante, Anouher dicta au sable plutôt qu'en sa demeure, car il devait combattre devant la ville, et les montagnards y étaient toujours.

À la lune des grésils, les chefs Lalliti et Tatiouli s'opposèrent sur le nombre de grain et de concubines, et l'armée d'Anouher put avoir raison d'eux. On reprit une partie de ce qui avait été pris dans les greniers des seigneurs, et ceux qui attrapaient le mal en mouraient moins.

À la lune treizième, on abattit le mur par le milieu de la ville, et le peuple en grande fête institua Anouher sur la ville dans son entier. Et Anouher répara la grande citerne du Nord, que les montagnards avaient brisée. Telles furent les treize lunes de l'année de la grande peste, que le scribe a relatées dans ce rouleau.

Asral s'accouda à son pupitre et, le menton dans sa main, tenta de remettre de l'ordre dans ses idées.

Sans grand succès.

Que savait-il de plus, au fond ? Beaucoup ; et en même temps bien peu. Dans ce témoignage qui était le plus précis qu'on pût espérer à ce propos, pas un mot des lois mêmes d'Anouher, pas un mot de sa personne ? Pourquoi l'avait-on choisi, comment s'était-il trouvé diriger soudain la moitié d'une ville, sans que (Asral connaissait assez bien les annales de l'époque des seigneurs) on ait jamais entendu parler de lui auparavant ? Il avait rationné le grain et sans doute l'eau, fait transformer les temples en lazarets : toutes informations précieuses, qu'Asral venait là de découvrir. Et qui expliquaient de surcroît – Asral plongea la main dans le vase pour réexaminer la tablette votive – qu'un potier de l'époque ait pu attribuer aux « efforts d'Anouher » le salut des siens pendant la grande peste. Sans lui, ils auraient sans doute été emmurés vivants et laissés à mourir de leur mal. Asral s'était montré injuste envers le scribe public de la porte des Chacals : il n'avait fait que son travail, et dans les règles de l'art.

Le texte des annales levait également certaines énigmes, comme la légende d'un Anouher vainqueur des montagnards (c'était vrai, en un sens), ou père d'une descendance anormalement nombreuse (*Anouher était en chacun d'eux* : belle, ô combien belle image qu'une foule inculte avait su trouver là !), ou encore le nom de la dune sacrée où, pendant deux lunes, il avait « dicté au sable » ses lois.

Mais… mais… quelque chose troublait Asral, le tracassait. Même s'il était heureux, immensément heureux d'avoir enfin trouvé ce qu'il cherchait, il ne s'était pas représenté les choses ainsi. Un grand prêtre rebelle, soit, ou un cadet de maison seigneuriale, en tout cas un homme de haute lignée ; mais un être obscur qui avait été hissé au pouvoir par un peuple séditieux, cet inconnu sortant de terre comme un jeune champignon et devenant soudain chef – non, vraiment, il fallait un peu de temps pour s'habituer à cette idée.

Le peuple institua Anouher... le peuple... Allait-il demander à Ordjéneb ce que lui suggérait le mot « instituer » ? Assez de pinaillages, coupa-t-il ; et il rangea rouleau et tablette dans le vase, prit celui-ci sous son coude, puis sortit dans la rue sans même prévenir ses eunuques. L'urgence était de parler de sa découverte avec un autre expert, et surtout de vérifier si ce qu'il portait sous son bras était bien une année de la chronique de Sir, et non une grossière contrefaçon. Car enfin, que faisait ce rouleau dans le coffre d'un couple de potiers ? Toutes les annales, ou ce qu'il en restait, n'étaient-elles pas sous clé dans les armoires de la bibliothèque palatine ?

Il arriva essoufflé à l'entrée latérale du palais, s'avança vers les gardes qui, la lance droite, le carquois bien garni, lui offraient leur profil à œil noir et à barbe bouclée.

« Oh là, Béchireth, je te salue, lança-t-il au plus ancien. J'ai à faire à la bibliothèque palatine : demande à tes hommes, je te prie, qu'ils me laissent passer. »

La tête de Béchireth pivota.

« Le maître scribe Asral, en vérité ! Tu ne nous fais pas souvent l'honneur de ta visite, ces derniers temps. Que, ou *qui*, nous vaut cette joie inattendue ? »

Les trois autres têtes restaient immobiles, mais barbes noires et robes bleues furent, sembla-t-il à Asral, parcourues d'un frémissement de gaieté rentrée.

«Je viens consulter l'estimable Moupim, pour ma tâche de copie, répliqua-t-il sèchement.

— Sainte tâche», opina Béchireth. Les floches au bas des carquois oscillaient. «Mais tu ne nous as pas encore montré ton insigne. C'est le règlement, tu sais bien.»

Avec un geste d'impatience (n'avait-il pas cent fois franchi cette porte?), Asral posa le vase à terre, souleva sa cape, exhiba le pectoral au bout de sa chaîne d'argent.

«Parfait, parfait. Excuse-nous pour cette importunité. Le règlement, n'est-ce pas...»

Enfin les gardes s'écartèrent, mais, tandis que le scribe pénétrait dans le premier vestibule, il crut entendre derrière lui des rires étouffés.

«Graines d'Hénavites», lâcha-t-il entre ses dents.

Dans le second vestibule, le préposé se leva de son siège avec une exclamation ravie et contourna la table pour venir lui serrer les mains. Et voilà qu'il ne les lâchait plus. Il les baisait, les caressait, les rebaisait, cependant que les eunuques secrétaires se rapprochaient et faisaient cercle autour d'eux.

«Quel plaisir, ô Asral, quel plaisir! Ta présence éclaire ces sombres murs. Mais dis-moi, rassure-nous: le feu n'a pas de nouveau pris à ta réserve de rouleaux?»

Aucun eunuque ne regardait Asral; il lui aurait été bien difficile de dire, en fait, ce qu'ils regardaient.

« Certes non, répliqua-t-il avec humeur. Je suis venu voir Moupim pour une affaire pressante et je te saurais gré, mon ami, de me laisser aller maintenant, car j'ai assez tardé.

— Bien sûr, tu es venu voir Moupim, appuya l'autre, dont l'œil fila soudain vers le plafond. Et l'entendre chanter, peut-être. »

Cette fois les choses allaient un peu loin. Asral retira fermement sa main, assura le vase dans le pli de son coude, et passa outre sans se donner la peine de répondre.

Dans le troisième couloir, il reconnut de loin la forte carrure et les gestes lents de Moupim en personne. Celui-ci sortait justement d'un bureau et lui adressa un sourire qui, enfin, n'était que d'amitié.

« Tu parais troublé, ô Asral. Que puis-je pour toi ?

— Je voudrais te parler seul à seul, chuchota le scribe, et Moupim, sans marquer d'étonnement, rouvrit la porte qu'il venait de fermer.

» Regarde ceci, fit Asral, et il déplia le rouleau sur la table déjà surchargée. Que penses-tu de cet écrit ? Pourrait-il, d'après toi, provenir des annales de Sir, vers la fin du règne des seigneurs ? »

Le colosse se pencha, et sa face aux traits lourds prit une expression absorbée qui la rendait presque tendre. Il scrutait le papyrus, l'examinait à contre-jour, soufflait délicatement sur une marque, à peine visible, dans un coin.

« Alors ?

— Alors, ça m'en a tout l'air. Voici l'ancien sceau des chroniqueurs assermentés. Et le papyrus, ainsi que l'encre, ont la même teinte que les annales de cette époque, encore qu'il faille vérifier.

— Ne te dérange pas !

— Mais si, mais si, fit l'autre en se levant. D'abord, je n'ai pas l'habitude d'affirmer ce dont je ne suis pas sûr. Et puis, je vois bien que c'est important pour toi. Or tu es mon ami, et le frère de feu ma femme. »

Il disparut un long moment et puis revint, portant comme une gerbe une brassée de rouleaux.

« Ce sont les annales les plus tardives du règne des seigneurs. Alors voyons… » Ses doigts épais ouvrirent les étuis avec une délicatesse dont jamais Asral ne l'aurait cru capable. « Vois-tu ? C'est exactement la même teinte, le même grain. As-tu une idée de l'année ?

— Je crois que tu devrais lire », murmura le scribe, la gorge nouée.

De nouveau Moupim s'absorba et, si toute une palette d'expressions passa sur son visage, il ne le releva pas qu'il n'ait lu le récit jusqu'au bout.

« C'est extraordinaire. Extraordinaire. Il reste si peu de témoignages sur les premiers temps de l'ère d'Anouher, et toi, tu as mis la main sur la chronique de son année ? Tu dois être béni. » Les yeux brillants d'excitation, il reprit le début. « C'est clair. Elle fait exactement suite à la dernière chronique que je t'ai apportée. La position des astres correspond et, si tu te réfères aux années d'avant, il est cohérent qu'une année de treize lunes soit alors décrétée. Et puis regarde ! l'affaire des soixante otages Tatiouli et de leur mise à mort est bien consignée dans la chronique précédente. » Il lut de sa voix lente :

« À la lune des douces nuits, la troisième, l'armée de Sir put enfin repousser celle réunie par les cent quatre

villages des Tatioulès. Furent faits soixante prisonniers parmi les survivants, que les seigneurs de Sir amenèrent en ville pour qu'ils y soient otages et garants de la trêve.

À la lune du solstice, un détachement de Lalliti tua dans une embuscade toute une milice de Sir. Apprenant cela, les chefs Tatiouli envoyèrent à Sir des émissaires et des présents pour implorer qu'on épargne leurs otages. Les seigneurs de Sir gardèrent les présents et retinrent les émissaires, sauf un, pour qu'il aille dire là-bas que les otages seraient tués puisque, les Lalliti étant alliés des Tatiouli, le pacte de trêve avait été rompu.

À la lune des sécheresses, on immola les otages, par suite de quoi les Tatiouli retirèrent leur alliance aux Lalliti qu'ils en tenaient coupables, et entrèrent en guerre contre eux. Et les seigneurs de Sir offrirent des actions de grâces aux dieux, qui les favorisaient. C'est parfaitement clair. Non, mon ami, sois-en certain, l'écrit que tu as trouvé n'est pas un faux ! »

Pas un faux. Asral sonda les battements agités de son cœur et constata qu'il le savait déjà. Est-ce qu'on fabrique un faux pour le cacher ensuite aux yeux de tous ? Un faux, de plus, si lourd d'implications pour un esprit pénétrant ?

« Je te remercie, ô Moupim. Ton aide m'a été infiniment précieuse. Puisse ta nièce épouser un borgne.

— Allons, allons, bougonna Moupim, embarrassé. Ce n'était rien du tout, n'en parlons plus. Réfléchissons plutôt à ce que tu vas faire maintenant.

— Ce que je vais faire ?

— … De la chronique. Tu ne peux évidemment pas repartir avec. Rien de ce qui porte notre sceau ne peut franchir les portes ; nous-mêmes sommes minutieusement fouillés à la sortie par le capitaine des gardes et deux de ses lieutenants. Sortir d'ici la moindre pièce, ou simplement se rendre complice d'une telle action, c'est se condamner à mort, et sa famille à l'exil. Tu t'es mis en danger, mon ami, en conservant ce rouleau par-devers toi. Je ne te demanderai pas comment il est arrivé entre tes mains, je sais que tu me l'aurais dit si cela t'était possible. Mais je ne comprends même pas comment il a pu être soustrait de nos rayons.

— C'était peut-être il y a longtemps, un siècle, deux siècles, que sais-je…

— Il y a bien plus de deux siècles que notre règlement n'a pas changé. Seuls les juges décident des rares cessions ou suppressions, lesquelles sont d'ailleurs votées par le collège au grand complet. Oh ! ! »

Il s'était tu, et Asral tressaillit. Se pouvait-il que Moupim, au même moment que lui, s'avisait lui aussi que… Mais Moupim levait l'index vers le plafond avec un sourire qui disait : Écoute. Alors Asral, tendant l'oreille, connut sa troisième émotion forte de la journée : quelque part au-dessus de lui, à travers plusieurs épaisseurs de planches, de caissons et de dalles, la voix de… oui, la voix de Djinnet chantait.

On ne distinguait pas vraiment les paroles, et ils restèrent là, charmés, à suivre les méandres d'une mélodie triste qui hésitait, se déployait, s'exaltait, enfin mourait doucement.

« Sais-tu ? entendit Asral au milieu de son extase. Je vais ranger la chronique à sa place, voilà tout. Entre la dernière année de l'ère des seigneurs, et l'année des fameuses grêles. Ainsi tu ne seras pas inquiété, et moi, je ne me serai rendu coupable d'aucun délit. Comme personne ne la saura là, personne ne l'y cherchera, et avec un peu de chance, personne ne la trouvera avant des lustres et des lustres. »

Lâcher ce trésor tout juste découvert ? pensa Asral, et son cœur se serra, son cœur où les dernières notes de la chanson avaient laissé une tenace mélancolie. Puis, ramenant son regard sur le bon visage franc de Moupim, il se rendit à cette évidence : qu'une chose n'est jamais mieux cachée que sous les yeux mêmes de ceux qui ne doivent pas la voir.

17

Ordjéneb était aux cuisines, devant des brochettes de boulettes d'agneau parsemées d'oignon frais et garnies de concombres. Il y touchait à peine, et Nisrit-am allait et venait derrière sa chaise, l'air mécontent, voire affligé.

« Mais qu'est-ce qui se passe dans cette maison ! explosa enfin le cuisinier, les deux poings sur les hanches. Que le maître manque d'appétit, je m'y étais fait, encore que ce ne soit pas agréable pour un homme de ma profession. Les eunuques, je les compte pour rien, cette espèce-là vit dans la peur d'engraisser. Mais toi, Ordjéneb, toi qui étais mon seul soutien, ma seule espérance, voilà que tu te mets à picorer, toi aussi ?

— Eh, que veux-tu. Je n'ai pas faim.

— Mais ça ne va pas du tout, ça ! Que t'arrive-t-il ? Voilà une semaine, au moins, que je te vois traîner cette figure de carême…

— Je suis malade, coupa sombrement le montagnard.

— Malade, toi ? Allons, allons.

— Je suis malade, par manque d'une femme. »

Confus d'avoir laissé échapper cette confidence, il se tut, les yeux dans son assiette.

« Par manque d'une femme, appuya Nisrit-am, intéressé, avant de s'asseoir en face de lui. Mais sais-tu que c'est très mauvais pour la santé, très, très mauvais ? Surtout à ton âge et avec une constitution comme la tienne. Il ne faut pas rester ainsi. » Et tandis que l'autre l'interrogeait du regard, il ajouta : « Nous allons vite t'en trouver une. »

Il y avait malentendu, mais Ordjéneb renonça à le dissiper. Non, il n'allait pas déclarer à cet homme, excellent cuisinier certes, mais sans cœur et d'âme basse : « Une certaine femme, votre blanchisseuse, me trotte dans la tête et m'ôte le goût de manger, parce qu'elle ne veut plus de moi. » Comme il aurait pourtant aimé raconter à quelqu'un ce qu'il ressentait, lui exposer les idées qui lui venaient depuis peu et l'étonnaient par leur nouveauté... Quand il repensait par exemple à l'Ordjéneb qui arrivait de son village et que cette femme avait tout de suite accueilli dans ses bras, plus qu'accueilli : appelé, retenu, de ses soupirs, de la pression de ses doigts tièdes sur sa nuque, sa large nuque de berger – il était pris d'admiration, il se disait : Quel gaillard alors, quel chanceux, celui-là !

Où était-il passé, cet Ordjéneb d'il y a trois lunes et que Djili aimait ? Avait-il fondu en lui comme le miel dans la tasse, avait-il été remplacé par le nouveau, le pauvre diable dont elle ne voulait plus, le malheureux incapable d'arriver à ses fins ? C'était pourtant lui alors, et aujourd'hui, c'était encore lui. Comment pouvait-on changer ainsi, tout en restant la même personne ?

Et, déplaçant ses jambes sous la table, il se fit la remarque qu'on pouvait pousser le raisonnement plus loin, remonter plus haut dans le temps. L'Ordjou adolescent, enfant, l'Ordjou tout-petit qui s'en allait aux champs ficelé sur le dos de sa mère et pensait voir la terre, les pitons rocheux, les saules de la rivière osciller doucement de droite et de gauche tandis que lui-même, croyait-il, demeurait fixe (il en gardait encore la sensation dans son corps), où étaient-ils passés, ceux-là, qui n'étaient plus lui et pourtant étaient lui, puisqu'il s'en souvenait ?

« Premier-garde-d'Asral. Premier-garde-d'Asral ! … À la bonne heure. Sais-tu que tu m'as presque fait peur, à fixer le mur comme ça, l'air de ne même pas m'entendre ?

— Je te demande pardon, fit le montagnard, qui par contenance saisit une rondelle d'oignon et la croqua du bout des dents.

— Je te disais donc que ce n'était pas si simple. Tu ne vas évidemment pas te marier, dans ta situation. Quant à, hum, batifoler, le fait est que tu es beau garçon mais, vois-tu, les femmes de Sir ont pour les montagnards une certaine…

— Je sais.

— Eh oui, je comprends, c'est bien le problème. Ha. En fait, le meilleur conseil que je puisse te donner pour l'instant, c'est d'aller voir une dame de la Haute Maison.

— La Haute Maison ?

— Un grand bâtiment près de la porte des Crotales ; entouré de jardins et d'arbres, ce qui explique que tu ne l'aies jamais remarqué.

— Et les dames ?

— Elles sont là pour… ce que tu sais, pour les personnes dans ton cas. Bien sûr, il faut prévoir une petite offrande.

— Oh, jeta Ordjéneb déçu. Alors ce sont… des filles d'auberge, tu veux dire ?

— Mon ami ! s'offusqua le cuisinier. Des filles d'auberge ! Apprends qu'elles ont rang de prêtresses. Ce sont des expertes, assermentées, triées sur le volet. Elles exercent sous le contrôle du palais et doivent obéir à des prescriptions d'hygiène et de conduite encore bien plus strictes que toi et moi – je veux dire, que le commun des Siriotes.

— Et ces dames prennent aussi les montagnards ? dit Ordjéneb avec une ironie qui fut entièrement perdue pour Nisrit-am.

— Mais certaines, oui.

— Les plus vieilles, les plus laides, c'est ça, celles dont personne ne veut ?

— Pas du tout. Il n'y a pas de dames laides à la Haute Maison, ou alors il s'agit de cette laideur qui est un attrait ou un piment pour quelques originaux. Et les dames qui prennent les… visiteurs un peu spéciaux n'en sont nullement le rebut. Ce sont au contraire les plus adroites, les plus dévouées, et, à ce titre, les plus respectées aussi. »

Ordjéneb en restait pantois.

« Alors, qu'en dis-tu ?

— Ma foi, pourquoi pas. J'irai voir un après-midi, si le maître veut bien m'accorder deux heures.

— Tu en parles avec désinvolture. Tu veilleras à t'habiller proprement et à te montrer poli.

— Mais je suis poli, moi.

— Et, toi qui me parlais de filles d'auberge, je ne sais pas de quoi tu as l'habitude, mais il ne faudra pas te vexer si la dame qui t'échoit se montre un peu distante, un peu dédaigneuse. C'est une exigence de sa caste. Autant que pour leurs attraits physiques, on choisit les prêtresses pour leur détachement. Adroites comme elles sont, il leur serait facile d'éloigner un homme de sa famille, de ses devoirs. Dans leur serment sacerdotal, elles s'engagent à s'en abstenir. »

Un peu distantes, un peu dédaigneuses : de parfaites Siriotes, quoi, pensa Orjéneb avec amertume. Mais il garda sa réflexion pour lui et se força même à grignoter une brochette, pour remercier Nisrit-am de ses conseils. Oui, pourquoi pas ? Un de ces jours, il irait.

Tout en entamant une seconde brochette, il commença de se faire de la chose une image précise, hélas ! trop précise pour sa paix d'esprit. Le palais flatté par les saveurs complexes de la viande hachée, épicée et grillée, Ordjéneb s'en voulut d'avoir laissé refroidir une telle merveille et, dans le même temps, renoua le fil de ses pensées.

Comme c'était drôle ! Un instant plus tôt il se revoyait tout petit, ballotté sur le dos de sa mère, la digne Lillit-an-Dana ; maintenant il s'imaginait, d'ici quelques jours, recevant d'une dame de la Haute Maison des preuves de dévouement. Sa tête de Lalliti, dans laquelle il avait toujours cru qu'il n'y avait pas place pour grand-chose (il était un homme simple, il le savait), sa tête au fond fourmillait d'images, d'idées, de sensations et de scènes qui n'existaient plus ou n'existaient pas encore. Il fallait qu'elle soit bien plus spacieuse qu'il n'avait soupçonné : pleine d'allées, de galeries, de niches – un vrai bazar, oui, où l'on trouvait tout ce qu'on cherchait, et même ce qu'on ne cherchait pas. Où se côtoyait ce qui n'aurait jamais dû se côtoyer. Où la digne Lillit-an-Dana (c'était presque embarrassant) occupait une niche voisine de la belle Djili, et de cette dame de la Haute Maison qu'il irait voir un jour – mais si, il ira, pas d'inquiétude là-dessus.

Et pendant qu'Ordjéneb s'ébahit de la présence en sa mémoire de ce qui n'est plus et, en son imagination, de ce qui n'est pas encore, finissant par se demander ce que sont au fond le passé et l'avenir, et si *être*, *exister*, sont bien les mots qui leur conviennent, c'est à nous de regretter que, trop modeste, il ne partage pas ces réflexions avec son maître le scribe. Quels développements ce dernier ne leur apporterait-il pas !

Lui que le passé préoccupe tant, un passé très lointain, bien sûr, dont personne n'a plus de mémoire directe, accessible seulement par de savants recoupements de sources et des calculs sur le mouvement des astres, il est probable qu'il se dirait à son tour : Où est-il, ce passé-là, qu'est-il devenu, existe-t-il encore ? S'il avait réellement disparu corps et biens, aurait-il cette capacité à me tracasser, à agiter le peuple, à faire venir à moi un émissaire d'Hénab ? À gouverner nos vies par des lois vieilles de quatre ou cinq siècles, à parsemer notre ville de lieux et de noms qui en sont des survivances, le Sable d'Anouher (et c'est le même sable, songerait Asral, les mêmes grains auxquels Anouher dicta; les mêmes grains, oui, car le scribe sait que la terre s'appauvrit ou s'enrichit, mais que les roches, elles, ne se renouvellent pas), les canaux d'adduction, creusés dès avant ce temps-là de par la volonté des fondateurs, et dont les Siriotes boivent encore l'eau ?

L'eau du passé, chaque jour, coule dans notre gorge, penserait-il encore, nous en sommes imprégnés, nous la pleurons et la suons. Et le sang du passé coule dans nos veines, le sang de nos pères, de nos aïeux, des aïeux de nos aïeux, qui connurent Anouher et surent, eux, ce que signifiait l'« instituer ».

Et le scribe parviendrait à la conclusion que ce qui a un jour été, reste toujours. Non pas au sens où rien ne change, où rien ne devrait changer, comme les Écritures que copièrent avant lui, sans en ôter ni y ajouter une lettre, tant de générations de scribes ; mais au sens où la mémoire de ce qui fut perdure et continue de nous affecter, de nous mener, ne faisant que gagner en substance et en sens avec le temps. De sorte que Sir, sa ville familière, la fille chérie du sort, est non pas *une* ville, mais une infinité de villes successives, l'addition de toutes les Sir qui existèrent jamais. Et il frémirait devant cette pensée à donner le vertige.

Et c'est un vertige plus puissant encore qui le prendrait s'il tournait son esprit vers l'avenir, cette fois, un avenir lointain de quatre ou cinq siècles, voire de quatre ou cinq milliers d'années.

Que verrait-il, en effet ?

Ce qu'il verrait. Alors. Qu'y a-t-il à voir, déjà, où faut-il regarder ? La plaine semble nue, et plate comme le dessus de la main, rien ne la plisse, rien ne l'accidente… mais si, pardon : derrière nous, émergeant lentement de la brume, c'est Hénab, ou la ville qu'on appelait jadis ainsi. Hénab, flaque qui s'étendait, s'est encore étendue, démesurément, on la croirait partie à l'assaut de la plaine. Et (l'œil ayant accompli son accommodation temporelle se fait plus perçant) une route en vient, une piste plutôt, sur laquelle trottinent des ânes, des animaux de trait. Les roues des charrettes nous frappent par leur forme ingénieuse, technique ; un système de courroies et de ressorts assure même aux véhicules une rudimentaire suspension.

Mais Sir, où est donc Sir ? Nulle trace de ses remparts, nulle trace de son orgueilleux saillant sur la plaine subjuguée, rien. Va-t-il falloir arrêter un charretier sur la piste, pour lui demander ce qu'est devenue Sir ? Non, car la ligne inchangée des crêtes environnantes finit par nous le faire admettre : Sir est là, sous nos pieds.

Frappés de stupeur, nous y déambulons. Par endroits affleurent des fondations, un pan de mur, une base de colonne. Tout cela blanc, blanc, d'un blanc de deuil qui nous afflige, nous qui avons connu ces pierres joyeusement bariolées de pourpre, d'ocre et d'indigo. Et tout cela plongé dans un épais silence, pas âme qui vive ici, pas une mouche qui vole, pas un chat.

Nous marchons. Où aller, quels repères ? Partout ce sont les mêmes débris, les mêmes gravats, blocs autrefois sculptés et redevenus poussière ; tout ce qui était bois, tissu ou chair a été grignoté et dissous par le temps.

Un petit bruit, là-bas, infléchit notre route. Il monte d'un regard, d'un regard en briques comme nous les connaissons. En dessous, l'eau court toujours dans ses vieilles tranchées, cette eau des montagnes qui après tant de millénaires murmure toujours, murmure plaintivement, nourrice sans nourrissons.

Plus loin elle sort de terre, se répand dans une sorte de bassin où s'abreuvent des mules, un dromadaire, deux ou trois beaux chevaux. Le lavoir du palais ? Mieux que cela : les bains. Au fond de l'eau salie de crottin, de paille, on voit encore briller des fragments de mosaïque.

Assis à l'ombre d'un muret, nous découvrons les hommes qui surveillent ces bêtes. Ils portent des bonnets rappelant ceux des Lalliti, et puisent du tabac à rouler dans une blague posée par terre entre eux.

Ce n'est pas pour abreuver leurs bêtes qu'ils sont venus d'Hénab, Hénab l'humide, lovée dans la boucle d'un fleuve, alors que font-ils là ? La clé du mystère semble être au bout de la piste, où s'aperçoivent d'autres charrettes, d'autres ânes, des silhouettes humaines.

Nous approchons, nous reculons avec saisissement : tout au bout, c'est le vide, un large trou au fond duquel des ouvriers piochent, grattent la terre, déplacent sur leurs épaules des corbeilles de cailloux. En haut, à côté de nous, trois messieurs les observent, trois messieurs en habit noir qui soulèvent constamment leur chapeau pour s'éponger le front de leur mouchoir. C'est qu'il fait chaud. Devant eux, une table de fortune où s'ébauche un plan de ville. Ils échangent des propos et nous tendons l'oreille : ô surprise, c'est de l'allemand.

Mais voilà qu'un ouvrier les hèle et qu'ils avancent, puis se ruent sur les échelles pour le rejoindre dans la fosse. Se ruent, oui, malgré la chaleur, malgré leurs âge, titres et dignités – car l'un est médecin et orientaliste, l'autre ingénieur du génie civil, et le dernier, qui n'est d'ailleurs pas le moins ingambe, professeur émérite à l'université de Königsberg.

Là en bas, les terrassiers ont mis au jour un vestige. Et dans ce paysage de terre stérile et de ruines couleur d'ossements luit soudain l'émail vert d'un coin de la porte des Buffles, la plus belle, la plus monumentale des portes de la Sir antique.

18

Il se trouve que le jour où Ordjéneb s'est décidé à visiter la Haute Maison est aussi celui où il y a eu mort d'homme à la joute de chant.

L'homicide n'est pas plus rare à Sir qu'ailleurs, preuve que les lois ne peuvent pas tout. Mais celui-là, par ses circonstances et ses protagonistes, avait une résonance à part ; il survenait dans une atmosphère déjà tendue et, quoique personne n'y ait vu bien clair sur le moment, chacun en l'apprenant se dit au fond de lui : Ça y est.

Un grand jour, en somme, dont il conviendrait peut-être d'aborder le récit autrement que par la petite porte, la petite porte à claire-voie franchie en ce moment par un montagnard apprêté, étrillé, les cheveux frottés d'huile odoriférante. Mais ce qui fait d'un jour un grand jour, ce qui fait d'un drame un événement historique, c'est la portée de ses conséquences (portée incalculable, dans le drame qui nous occupe, dont la conséquence ultime est peut-être que, de Sir l'orgueilleuse, il ne sera resté après quatre ou cinq mille ans qu'un peu d'émail brillant dans la poussière). Et que sont ces conséquences, sinon la somme de ses incidences et répercussions sur une infinité de destins individuels ?

Il n'est pas à son aise, Ordjéneb. Il a pourtant trouvé sans mal ; dès la porte des Crotales on lui a indiqué le chemin, sans les commentaires paillards qu'il craignait de s'attirer. Il foule le gravier blanc de l'allée montant vers la Maison, entre deux rangs de hauts palmiers, aperçoit au-delà des orangers, des tamarins, des lauriers-roses, et des vasques où les oiseaux viennent boire. C'est beau, presque trop beau. Il se sent plus lourd et gauche que jamais dans ce jardin des délicatesses, ses sandales font rouler le gravier avec fracas, et il lui semble que les biches qui broutent çà et là sous les arbres relèvent le col vers lui avec une lueur de malice dans l'œil.

Il passe un porche gardé par deux sbires, on ne lui demande rien, il traverse une cour fleurie, parvient dans une deuxième plus fleurie encore, bordée d'arcades, au centre de laquelle bouillonne une fontaine. Assises sous la galerie, des dames vêtues de blanc bavardent à mi-voix, s'occupent d'un petit chien, refont mutuellement les tresses de leurs tempes. Elles n'ont pas l'air de s'intéresser à leur visiteur, qui se dandine à côté du jet d'eau sans savoir ce qu'il doit faire. Par bonheur, il voit descendre d'un escalier un second bonhomme, aussi empoté que lui dans ses habits de fête.

« Pst ! Cousin, comment ça marche ici, il faut choisir ? »

L'autre le foudroie du regard et fait non de la tête. Mais trop tard, Ordjéneb a été entendu.

« Tiens, un montagnard, lance une voix amusée sous les arcades.

— Il n'est pas mal.

— Un Lalliti, si mes yeux ne me trompent pas.

— Allons, mes sœurs, nous babillons et ce pauvre garçon attend. Qui le veut ? »

Un silence délibératoire, des murmures, des rires étouffés ; puis une belle grande femme se lève et, nonchalante, descend les quelques marches menant au parterre.

« C'est moi qui me charge de toi, déclare-t-elle. Veuille me suivre. »

Ordjéneb monte avec elle à l'étage supérieur, jusqu'à une vaste chambre où tout est blanc aussi, mais d'un blanc tamisé par des persiennes dont les petits trous dessinent des rosaces. N'importe, c'est bien blanc, même le lit et les sièges sont blancs, il n'ose pas remuer, pas s'asseoir ; il a peur d'abîmer quelque chose.

« Alors, raconte-moi ce qui t'amène ? module la prêtresse qui, elle, s'est couchée sur le lit et l'examine, accoudée, la tête dans sa main.

— Mais, je suis venu pour, euh… batifoler. »

Sans ciller, mais souriant un peu, elle le regarde toujours.

« Batifoler, dis-tu ? Et qu'est-ce qui t'empêcherait de batifoler en ville ?

— C'est que, tu sais bien, grande dame. Je suis un montagnard.

— Ah oui, murmure-t-elle tout en tirant avec lenteur sur la baguette d'ivoire qui retenait ses cheveux. Et donc ? »

Son bras relevé attire l'œil d'Ordjéneb comme un aimant. La peau en est nacrée sous la manche fendue, et à présent une cascade de boucles cuivrées se répand mollement sur le cou, l'épaule, l'échancrure du corsage.

« Eh bien, je voudrais que tu me montres comment plaire aux femmes de Sir », articule-t-il. Et il ajoute après réflexion (surtout, être poli !) : « Si tu es d'accord. »

Elle se mordille la lèvre, puis se retourne soudain sur l'autre flanc, à la fois lourde et légère comme une carpe. C'est maintenant son dos qu'Ordjéneb a sous les yeux, un dos dont il devine la courbe sous la mousseline blanche, quelle belle courbe a ce dos, a-t-il le temps de se dire, bien qu'il ne bouge toujours pas.

« Que je te montre comment plaire aux femmes de Sir. Et je devrais croire ça ! » Elle renverse la nuque pour le considérer du coin de l'œil, et tout le dos en est parcouru d'une imperceptible ondulation. « Tu es un piètre menteur. Ce n'est d'ailleurs pas un défaut. »

Ordjéneb écarte les bras en signe d'impuissance, tandis que descend sur lui un sentiment qui ressemble à de la tristesse.

« Allons, dis-moi la vérité. »

La vérité ? Il aimerait bien, mais c'est qu'il n'est pas fort, lui, pour manier les mots. Et puis il est distrait par un brouhaha dans la rue, derrière l'enceinte protectrice des jardins.

« Voilà, se lance-t-il, en arrivant ici j'ai rencontré une femme, une Siriote, et elle m'aimait. Ensuite elle ne m'a plus aimé, et moi, je pense toujours à elle. »

Un temps passe. De la cour montent des conversations agitées, des portes s'ouvrent et se referment, puis le silence revient.

« Mais quelle touchante histoire », fait la prêtresse en se renversant sur le damas de la courtepointe, les bras autour de la tête et les jambes en losange. Cette fois on entend distinctement des clameurs du côté de la ville basse, et Ordjéneb, lui, ne sait plus du tout où il en est. Il aurait dû mieux s'expliquer, donner plus de détails. Il aurait dû…

« Il se passe quelque chose en ville, j'ai l'impression, observe la dame qui se relève sur un coude, avant de rabattre sa tunique sur ses chevilles. Dans la mesure où tu n'as pas encore commencé, et n'as pas l'air tellement pressé de le faire, tu ne m'en voudras peut-être pas si je te laisse ? Nous autres Dames sommes des autorités publiques, et les désordres à Sir nous concernent au même titre que les juges. »

Telle aura donc été, sur la vie d'Ordjéneb, la toute première incidence du drame de la joute de chant : il lui épargne une nouvelle *affaire d'honneur*, secrète mais néanmoins cuisante. Car s'il est surpris de ce brusque dénouement, il en est aussi, à vrai dire, honteusement soulagé. Quoi ! seul dans une chambre avec une belle femme comme ça, lui, un gars de Jaïneh, s'apercevoir qu'il ne…

« Tu n'oublieras pas de te laver avant de partir, jette la prêtresse en lui indiquant dans un coin une aiguière et une cuve en bois.

— Mais je ne suis pas sale, proteste son visiteur, et il rougit.

— Je te dis de te laver. Tout ce qui se passe ici, et même ce qui ne s'y passe pas, ajoute-t-elle avec un léger rire qui redouble la rougeur du montagnard, est de nature sacramentelle, et il te faut faire des ablutions avant de retourner à la vie profane. C'est ainsi. »

Gêné, il déboucle sa ceinture mais attend pour le reste qu'elle ait quitté la pièce. Il entend les pieds nus marcher jusqu'à la porte, le loquet se soulever.

« Alors, au revoir ?

— Pourquoi "au revoir"? Je suis presque sûre que tu ne reviendras pas. Tu crois donc que je ne t'ai rien donné, que je te laisse repartir les mains vides ? Eh bien, non. Tu verras. Tu y réfléchiras. »

Son ton n'est plus le même mais Ordjéneb garde la tête basse, tord sa ceinture entre ses doigts. Quand il se retourne, incertain, la prêtresse a disparu.

Fin de l'épisode de la Haute Maison – mais le drame de la joute de chant, lui, ne fait que commencer. À moins qu'il ne soit lui-même la continuation d'autre chose, d'une infinité d'autres choses ? Eh oui, c'est qu'il n'y a pas seulement les répercussions et les incidences, il y a aussi les causes, les préalables et les antécédents. Ah, comment raconter un événement historique, comment savoir où il commence et où il se termine ! Dès qu'on essaie de l'appréhender, il se met à ressembler à ces mauvaises herbes que l'eunuque jardinier d'Asral s'efforce vainement de faire disparaître des rocailles et des massifs. On croit le tenir, on découvre n'avoir entre les mains qu'un bout de rhizome menant ailleurs, et encore ailleurs, et dont l'origine semble n'être nulle part. La pensée se perd dans ce dédale, la notion de causalité se brouille. On ne voit plus très bien où sont les causes et où sont les effets. Si une même cause peut produire tantôt un effet, tantôt l'effet contraire, est-elle encore une cause ? Et si advient un fait qui serait advenu de toute façon, n'est-il pas oiseux de rechercher de quelle cause il pourrait être l'effet ?

Il faudrait pouvoir raconter comme les historiographes de Sir, quoique l'événement en question ne soit pas de ceux qu'ils daignent prendre en compte. Non, leurs annales ne mentionnent pas des particularités telles que : *Trois lunes avant les fêtes d'Anouher, le potier Zetmah tua le tanneur Abikim son frère, lors d'une joute de chant.* Tout au plus diraient-elles : *Deux lunes avant les fêtes d'Anouher, la partie de la ville qui…* Qui quoi ? Qui soutenait Zetmah, mais quel Zetmah ? *Qui soutenait un scribe témoin d'un potier…* Mais non, non et non. Jamais les annales de Sir ne diraient cela. Elles diraient simplement : *À la lune précédant les fêtes d'Anouher, une partie de la ville désavoua ses juges et l'autre partie lui fit la guerre, et Anouher était invoqué des deux côtés.*

C'est ce qui les rend si difficiles à comprendre.

Et pourtant, il n'est pas sûr qu'elles le seraient moins si elles mentionnaient, outre ce qui précède :

Zetmah et Abikim se haïssaient depuis le berceau, quoique fils d'un même père, car ce dernier avait aimé la mère d'Abikim plus que celle de Zetmah, mais tenait Abikim éloigné de son cœur, parce que la mère était morte en l'enfantant. Et, bien qu'Abikim fût l'aîné, c'est Zetmah qui avait repris le métier de son père, celui de potier, et à qui le cœur de ce dernier donnait la préférence.

Car alors, elles auraient dû mentionner aussi :

Selon une tradition ancienne, potiers et tanneurs à Sir se considéraient également comme les vrais disciples d'Anouher, les premiers parce qu'ils l'aimaient plus que tous les autres, et comme Anouher, à leur sens, avait aimé son peuple, les seconds parce qu'ils lui étaient fidèles plus que tous les autres et veillaient au respect de son nom parmi son peuple. Et de mémoire d'homme, tout le monde à Sir, jusque-là, s'en était bien trouvé.

Et :

Depuis plusieurs lunes, un certain scribe nommé Asral copiait la Loi d'Anouher et, avec l'aide de certains potiers, y découvrait des sens qui ne diminuaient pas son amour, mais faisaient qu'Anouher et son nom, si l'on entend par « nom » l'autorité de ses lois, menaçaient de se disjoindre comme les deux branches d'un même arbre.

Enfin :

Tout aurait dû, par conséquent, faire qu'Abikim tuât Zetmah, et pourtant, malgré toutes ces solides causes, ce fut l'inverse qui se produisit.

Or, pour arriver à ce résultat tout aussi difficile à comprendre, à cette non-explication, était-il utile de gâcher de l'encre et des rouleaux, d'user un peu plus le sceau de la bibliothèque palatine ? Non, n'est-ce pas ? Alors faisons ce qu'aurait dû faire depuis longtemps le jardinier d'Asral : s'asseoir par terre avec philosophie, les avant-bras sur les genoux, et regarder pousser le liseron, la renouée ou la menthe vivace qu'il n'avait pas plantés, et dont il ne trouverait jamais le bout.

19

Il y avait affluence dans l'ancienne grange où se tenait la joute. Car le vainqueur dirigerait les chœurs lors des fêtes d'Anouher et interpréterait les parties de soliste dans les quatre Grands Hymnes : un formidable honneur pour sa confrérie, sa famille, son quartier.

L'affluence était telle qu'il y avait eu dans le public, avant le début des épreuves, quelques altercations dues à des orteils écrasés, à des bonnets qu'on gardait sur sa tête. Maintenant le calme était revenu, la foule oscillait comme un seul corps, épousant les phrasés et les vocalises du candidat dont c'était justement le tour.

Un vannier. Le champion de sa confrérie, en l'absence de Djinnet. Oh, il se défendait, il fallait le reconnaître, ce n'était pas mal du tout. Mais enfin, on ne pouvait s'empêcher de le comparer au rossignol d'Anouher, captif du haut palais, et les vanniers présents, ainsi que les passementiers et les comptables rattachés à leur confrérie, pensaient tout bas que ce n'était pas juste. On les avait privés de leur champion en titre qui, lui, aurait certainement gagné ; on les avait privés d'une occasion de gloire peut-être unique. La voix de Djinnet, en effet, n'avait atteint que depuis peu la plénitude et la force qui lui auraient permis de se produire devant la ville entière. Et d'ici un an, qui sait si elle ne se serait pas irrémédiablement altérée ? On avait vu déjà des garçons prometteurs dont la voix se faussait, ou simplement décevait, au cours de l'adolescence.

Non, ce n'était pas juste. Les membres du haut collège auraient voulu peser sur l'issue de la joute qu'ils ne s'y seraient pas pris autrement. Quant à Asral, on ne pouvait certes pas lui faire le même reproche ; mais qu'avait-il besoin, aussi, de s'éprendre de leur rossignol et de le mettre dans ce mauvais cas ? – Bref, le scribe, qui était venu par curiosité et se tenait dans une des tribunes aménagées à l'étage, sentait monter vers lui des regards qui n'étaient pas tous bienveillants.

Après le candidat des vanniers, vint celui des tisserands. Les tisserands étaient connus pour être médiocres musiciens, et leur champion (il fallait croire qu'ils n'en avaient pas de meilleur) s'époumonait sur l'estrade, suant, soufflant, l'air de demander pardon. Lorsque, ayant fini, il salua avec une expression naïvement soulagée, ce fut un déchaînement de joie :

« Bravo, Noubab !

— Tu es allé jusqu'au bout de ton cantique, et sans une fausse note. Persévère, Noubab, persévère, tu es l'espoir des tisserands !

— Tu as chanté comme un vrai lion. »

Noubab, le feu aux joues, envoyait des baisers à l'auditoire, trop modeste pour être seulement vexé.

Mais le silence revint, un silence tendu, car le nouveau candidat qui montait sur l'estrade était celui des potiers.

Ce n'était pas le vieux Manasser : il y avait longtemps que Manasser ne se souciait plus de gloire et chantait uniquement pour son plaisir, et celui de ses auditeurs. C'était Zetmah, une des belles voix de cette confrérie qui, jusqu'à la venue de Djinnet, avait toujours donné à Sir ses solistes les plus talentueux. Dans le coin où s'étaient regroupés les vanniers, un murmure enfla.

« Qu'on l'empêche de chanter. Nous n'avons pas eu droit à notre champion en titre, nous n'accepterons pas que les concurrents présentent le leur.

— Vous n'avez pourtant rien dit quand Noubab chantait, railla quelqu'un.

— Non, les vanniers ont raison. Que Zetmah se retire ! » cria une voix dans le groupe des tanneurs, ce qui ne surprit guère. On savait qu'experts en chants guerriers, les tanneurs n'avaient aucune chance de remporter cette joute faite pour désigner un interprète d'hymnes, et se bornaient à espérer qu'un potier ne serait pas le vainqueur.

« Nous demandons le silence dans la salle, protesta le plus ancien des jurés. Nous sommes seuls habilités, vous le savez bien, à récuser une candidature. Zetmah chantera !

— Il ne chantera pas ! » hurla le même tanneur qui se frayait un passage vers l'estrade ; et Asral, depuis sa place, vit avec inquiétude qu'il s'agissait d'Abikim, le frère de Zetmah.

« Chantera, chantera pas », gouaillaient dans le parterre des adolescents issus de cette couche sans profession précise ni confrérie, et qu'on tenait à Sir pour la lie du peuple. La salle vibrait comme une ruche.

Sur un geste du doyen, Zetmah avait cependant entonné le plus ancien des hymnes :

« Anouher ô très-haut, Anouher source des lois... »

Ce n'était pas le chant qu'il avait prévu d'interpréter, comme il devait l'expliquer plus tard, mais celui qui lui paraissait le plus propre à apaiser la salle. Abikim, cependant, escaladait le plancher de l'estrade et, encore à genoux, pointait l'index en direction de son frère :

« Tu te tais ! Tu n'es pas digne de prononcer Son nom ! »

Une note s'étrangla dans la gorge du chanteur.

« Abikim, il n'est pas séant d'interrompre un Grand Hymne.

— Tu vas m'apprendre à moi ce qui est séant ? ! »

Le tanneur s'était mis sur ses pieds, mais sans se redresser de toute sa taille. On eût dit qu'une colère sans mesure, une colère de quarante ans le ramassait en une boule frémissante : les épaules basses, la tête en avant, les poings levés à hauteur de visage. Et cette boule tournait autour de Zetmah qui avait choisi de regarder la salle, attendant peut-être son soutien pour reprendre là où il s'était arrêté.

« Tu ne t'abaisses même pas à me regarder, hein ? Vous autres potiers, vous ne vous emportez pas, vous continuez de parler de votre voix doucereuse, avec des gestes délicats des mains, vos fines mains qui, n'est-ce pas, *n'occisent ni ne brisent*...

— Abikim, voyons, en mémoire de notre père…

— Notre père ? Parlons-en, de notre père ! C'est sur ce ton patelin, en agitant ses doigts de vierge qu'il nous faisait venir à lui, chaque semaine, pour nous bénir. *Te* bénir, devrais-je dire. Est-ce qu'on peut appeler bénédiction le sec "Je te bénis" qu'il me jetait, comme un os à un chien ?

— Ô Abikim, s'interposa un juré, ce n'est pas ici le lieu de…

— … Et bien sûr, toujours il préférait tes ouvrages, tes présents à toi. J'avais beau être l'aîné, rien de ce que je faisais n'était à son goût, ni mes selles, ni mes outres, c'est tout juste s'il les regardait. Le cuir c'est noble, pourtant, le cuir *vient d'une matière qui a contenu un souffle…* »

Les tanneurs dans l'assistance saluèrent bruyamment cette phrase de leur serment corporatif, et Abikim, encouragé, renchérit : « Mais non, il n'y en avait que pour les pots de monsieur. "Tes pots sont *artistiques*, mon fils, jamais de telles merveilles ne sont sorties de mes mains à moi, c'est presque péché d'y verser du vin d'orge", etc. etc. Artistiques, ouais ! Parlez-moi d'un art qui consiste à tripoter de la boue ! »

Des huées fusèrent, des rires, des cris d'indignation. Asral s'agitait sur son siège, il n'aimait pas le tour que prenaient les choses. Qu'attendaient les jurés pour y mettre bon ordre ? Zetmah, piqué au vif, avait enfin tourné les yeux vers son frère, et ses sourcils se fronçaient.

« Suis-je responsable des préférences de notre père ? Tu sais bien pour quelle raison… »

C'était le mot de trop, chacun dans le public en eut conscience. L'instant d'après, Abikim avait saisi son frère à la gorge comme pour lui faire ravaler ses paroles. Les deux corps se fondirent, avançant, reculant, tombant parfois pour se relever ensemble, avec des ahanements et des soubresauts qu'on ne savait plus très bien auquel attribuer. Toute l'assistance s'était mise debout, trépignait ; ceux qui étaient derrière criaient qu'ils ne voyaient plus rien, les jurés au premier rang se consultaient du regard, mais sans oser bouger, ici et là des hommes prenaient parti dans la querelle, commençaient à se bousculer, à s'envoyer des coups.

Et brusquement tout se tut car, sur l'estrade, un des adversaires venait de s'effondrer.

C'était Abikim ; du sang coulait à son flanc droit, et Zetmah, sanglant aussi – son nez saignait, et il avait une entaille à la base du cou –, se tenait bras ballants, hagard, les yeux rivés à un objet qui brillait sur le sol. On eut vite reconnu un couteau à gratter, celui qu'Abikim portait toujours sur lui, à la cuisse, comme l'emblème de son métier.

Les sbires arrivaient. Tout de suite une foule se pressa autour d'eux. Chacun voulait expliquer ce qui s'était passé, mais personne n'avait vu la même chose, la bagarre reprenait. Des coups de bâton distribués au hasard ramenèrent le silence, puis le capitaine des sbires donna l'ordre d'évacuer la salle. Il y avait un mort, et celui qui l'avait tué ; le cas était on ne peut plus clair. Couvrir le premier d'un drap et le second de chaînes, c'était assez dans l'immédiat.

« Justice pour Abikim ! grondaient les tanneurs à son adresse.

— Mais oui, mais oui. Commencez donc par vous écarter, que mes hommes puissent lier le coupable. Il payera la dette de sang, soyez-en assurés. »

Chez les potiers, on s'affligeait, les plus désespérés tiraient les sbires par la manche. « Mais voyons, regardez ! Zetmah est blessé, il n'a fait que se défendre. Tout le monde en est témoin.

— Il y a un mort, et celui qui l'a tué, répéta le capitaine. Voilà la seule chose dont tout le monde ici soit témoin. Laissez la justice de Sir faire son travail.

— Asral, ô Asral, porte ton témoignage, gémit l'un des potiers, les mains levées vers la tribune. Ils te croiront, toi. Fais cela pour nous, qui avons tant fait pour toi ! »

Le scribe avait frémi à cette apostrophe directe. Il ne lui était pas agréable qu'on rappelle, dans de telles circonstances, ce que les potiers avaient fait pour lui. Vingt paires d'yeux l'imploraient ; il restait assis. Et puis des explications, des commentaires circulèrent dans la foule, on se le montrait du doigt, on tendait le cou pour mieux entendre ce qu'il allait répondre. Il finit par se lever, toussota (homme d'étude, dont *la tâche était de silence*, il n'avait pas l'habitude de parler devant autant de gens) :

« Mes enfants, voyons, je suis comme vous, je n'ai pas bien vu ce qui s'est passé. Certes j'ai vu Abikim se jeter sur son frère, et je connais le tempérament paisible de ce dernier. Mais…

— Alors témoigne ! La parole d'un témoin lettré ne vaut-elle pas cinq fois celle d'un ignare ? Témoigne, Asral, témoigne pour Zetmah ! »

Une bonne part de l'assistance avait repris en chœur cette prière ; pour certains, parce que Zetmah était leur voisin ou ami, pour d'autres parce que sa culpabilité, en effet, leur semblait discutable ; mais pour beaucoup, par simple entraînement voire par plaisir mauvais, parce qu'ils voyaient que cette demande gênait Asral et qu'il n'avait aucune envie d'y accéder. Les adolescents, grimpés sur les entraits, scandaient du haut de leur perchoir : « As-ral, As-ral, As-ral ! »

Ce dernier se serait cru dans un de ces songes oppressants où une scène anodine dégénère brusquement en aventure pleine d'horreurs et de dangers. Toute la salle à présent le regardait, mille voix criaient son nom.

« Noble maître, je crois qu'il va falloir dire oui, lui souffla son vieil eunuque.

— Tu as raison, tu as raison, balbutia le scribe, et, s'appuyant des deux mains à la rambarde, il lança : C'est entendu. Je témoignerai. »

On l'acclama dans le parterre : alors seulement il aperçut parmi les crieurs l'homme d'Hénab sous son capuchon de lin, qui lui souriait avec ironie en mimant des applaudissements outrés. Tout de suite après il le perdit de vue, car trois sbires se présentaient au fond de la tribune et lui offraient de les suivre jusqu'au palais, où son récit allait être pris en note.

Et dans leur sillage, le bruit du drame gagna la ville. Chaque spectateur revenant de la joute disait aux connaissances qu'il croisait en chemin :

« Tu ne sais pas encore ? Zetmah a tué Abikim son frère, à la joute de chant. »

Et l'autre, invariablement, de répondre : « Tu veux sans doute dire : Abikim a tué Zetmah ?

— Non, non, c'est bien comme je te dis. Quelle histoire, n'est-ce pas ! »

En apprenant ce qui s'était passé, la dame de la Haute Maison qui s'était chargée d'Ordjéneb hocha longuement la tête, avant de soupirer :

« Que c'est triste. Ces deux-là auraient mieux fait de venir nous voir. Séparément, bien entendu. »

En apprenant ce qui s'était passé, le vieux Manasser écrasa entre ses mains le pot qu'il modelait et, sur cette boule informe, versa des larmes, de pauvres petites larmes de vieillard dont le corps est déjà presque tari. Comme ses gendres et apprentis lui expliquaient que Zetmah n'était pas l'agresseur, et aurait fort bien pu être tué lui-même, il gémit :

« Que m'importe ce que vous me dites. Devrais-je en être consolé ? Mon ami Azakhar avait deux fils et l'un a tué l'autre, voilà tout ce que je sais. Malheur, oh malheur, oh je voudrais que ma vie ait été moins longue, pour que je ne voie pas cela ! »

En apprenant ce qui s'était passé, et faisait que leur maître ne rentrerait pas ce jour-là ni peut-être les jours suivants (il était apparu qu'on attendait d'Asral, non pas une simple déposition, mais une « participation active à l'enquête » qui n'augurait rien de bon), Ordjéneb convint avec le cuisinier que c'était une vilaine affaire, et que le maître aurait du mal à s'en tirer à son avantage. Il dut en convenir trois fois ; après quoi il eut l'idée de dire :

« Commandeur des cuissons, je crois que tes petits gâteaux sont en train de roussir. Je me sauve, aïe aïe aïe, je ne voudrais pas que tu les rates à cause de moi ! »

Et de retour dans la salle d'écriture, il enveloppa la Seconde Copie dans son manteau de berger, la posa sur sa natte et réfléchit, réfléchit, les poings contre les tempes. Où, chez qui, la mettre en sûreté ?

20

En apprenant ce qui s'était passé, du portier d'une maison où elle livrait du linge, Djili ressentit un coup au cœur qui la surprit, car elle ne connaissait pas bien la famille de Zetmah et d'Abikim, n'avait guère de relations avec leurs corps de métier respectifs ; de plus, songea-t-elle l'instant d'après en se reprochant son manque de sang-froid, c'était plutôt une affaire d'hommes, qui n'aurait pas dû tant la préoccuper.

Pourtant elle resta sombre et, tandis qu'elle se dépêchait de rentrer, elle sentait croître en elle la même pensée, ou du moins la même intuition que tous les autres Siriotes : Ça y était. Quand elle poussa la porte de sa masure et vit ses deux enfants qui l'attendaient, chacun sagement assis sur son tabouret de bois, elle ne put retenir un « Vous êtes là, Anouher soit loué ! », et s'élança pour les serrer contre elle. Ils demeuraient tout raides, un peu effrayés par cet élan expansif, aussi expliqua-t-elle :

« Il y a eu un drame en ville. Pourvu qu'il n'en sorte rien de grave.

— Tu nous fais peur, amma, gémit la petite.

— Il ne faut pas avoir peur, ma douce. *Les lois nous protègent, nous sommes sous leur toit*. N'y pensez plus, ce ne sont pas des histoires pour les enfants. Dites-moi plutôt où vous en êtes de vos besognes. Avez-vous terminé ? »

Jusque-là interdit, Nasri se leva d'un bond et ouvrit fièrement la porte de la remise où il avait coupé du bois. À vrai dire, le résultat laissait à désirer ; certaines bûches n'étaient qu'entaillées, sans qu'il ait réussi à les fendre ; d'autres étaient fendues, mais irrégulièrement, en un ou deux morceaux trop gros et plusieurs menus éclats qui ne ressemblaient pas à grand-chose.

« Ce n'est pas mal, dit sa mère. Ce n'est pas mal, mais tu dois t'entraîner encore. Tu y arriveras mieux en grandissant. »

Puis elle se retourna vers Shéra, qui la tirait par sa jupe pour lui montrer le tissu qu'elle brodait : « Tu as bien avancé. Veille pourtant à toujours faire tes points de croix dans le même sens, c'est plus joli à l'œil. »

Ces compliments en demi-teinte parurent les satisfaire, et surtout les rassurer : ils retrouvaient leur mère telle qu'ils la connaissaient, exigeante, précise, peu portée aux caressants mensonges qu'on ne prodigue aux enfants, souvent, que pour se débarrasser d'eux. Jamais Djili, elle, ne leur disait « C'est bien » si elle ne le pensait pas.

Il arrivait aux camarades de Nasri de grogner, quand elle était trop loin pour les entendre :

« Ta mère, alors, elle trouve à redire à tout !

— C'est parce qu'elle doit être à la fois ma mère et mon père », plaidait Nasri, qui pourtant se faisait souvent la même remarque et parfois lui en voulait un peu, mais sentait que, devant des tiers, l'honneur de leur famille était en jeu. Et la discussion en restait là, car ses camarades, au fond, respectaient cette femme qui était à la fois mère et père, et appréciaient d'être traités par elle comme des égaux, et non comme des enfants.

« Djili, la courageuse ! » la saluaient les autres femmes quand elles la croisaient dans la rue, toujours un panier au coude, un sac de grain sur l'épaule, ou dans les bras le bébé d'une voisine qu'elle gardait à l'occasion. Mais dans son dos, elles l'appelaient : Djili la dure. Bien sûr qu'on la plaignait d'être veuve et de ne plus avoir d'homme, mais en creusant bien, on l'enviait aussi. On l'enviait d'en être capable, on lui faisait grief de cette force qu'elle montrait, de cette solitude qu'elle supportait, voire qu'elle avait choisie. Parce que enfin, depuis le temps, si elle avait voulu !…

Et Djili, au fond, pensait comme elles. Je suis dure, se disait-elle, car c'était plus léger à porter. « Courageuse », ça faisait plaisir à entendre sur le moment mais, tout de suite après, ça vous donnait envie de pleurer.

Donc elle passait pour dure, y compris à ses propres yeux. Et pourquoi pas ? Ce pouvait être un mérite, si c'était la dureté de ce qui est droit et ferme, non pas celle de ce qui est âpre, contondant, qui vous fait mal ou vous écrase. Voilà ce qu'elle se disait.

Voilà ce qu'elle s'était toujours dit, jusqu'à l'irruption du montagnard (« irruption » d'ailleurs n'était pas exact ; pour être tout à fait honnête, c'est elle qui était allée le chercher, d'abord en le secourant à la porte des Buffles, ensuite en le ramenant chez elle, enfin en lui montant de la verveine, une fois la nuit tombée). Depuis, elle n'en était plus sûre. Et encore moins depuis sa visite à Baal-Shimoth qui l'avait mise dehors – un épisode auquel elle n'aimait pas repenser.

À présent elle se sentait toujours dure, mais dure seulement comme ces plaques de sel qu'on trouve en certains points de la plaine : d'un gris clair scintillant au soleil, solides en apparence, inentamables, et qu'un coup de talon brisait. Et en dessous, découvrait-elle avec effroi, il y avait du sable, quelque chose de meuble et de docile qu'agitait le moindre souffle de vent, que le premier venu pouvait faire couler entre ses doigts. Qui n'avait ni assise ni forme, et dans quoi elle ne se reconnaissait plus.

Le moindre souffle de vent, c'était par exemple une scène observée au marché qui, sans raison, la bouleversait ; un regard critique, que naguère elle aurait balayé d'un haussement d'épaule, et qui maintenant vrillait son âme et venait dire à cette dernière : Ce n'est pas bien, ce que tu fais. Ou encore, une nouvelle alarmante comme celle d'aujourd'hui. Autrefois elle l'aurait prise pour ce qu'elle était, une fâcheuse affaire dont il fallait espérer qu'elle n'irait pas trop loin, mais sans en être affolée, sans en perdre la tête comme une bête quand s'amoncellent à l'horizon les nuages plombés annonciateurs d'orage. Une bête, voilà ce qu'elle se sentait devenue, une pauvre bête qui n'a pas de conscience propre, qui ne sait où finit son être et où commence le monde ; et le vent de l'orage hérisse ses poils, de même qu'il fait frémir les feuilles des trembles, tord le linge sur les cordes, sans qu'elle fasse une nette différence, la bête, entre ceci et cela.

Oui, il semblait à Djili que les contours de son être s'étaient faits vagues, flottants : tout ce qui se produisait au-dehors entrait en elle et l'affectait, tout ce qui se produisait au-dedans, au fond d'elle, s'affichait à la vue des passants, éclatait sur son visage, échappait à sa prise ; si bien qu'elle ne savait plus où était le dehors, où était le dedans.

Et ses larmes, autrefois un élément bien circonscrit de sa vie (il est des soirs où l'on pleure parce qu'on est triste, ou fatigué, c'est ainsi, et il n'y a sans doute pas plus de mal à ça qu'à écouter le conteur réciter une histoire d'amours languides, de soupirs et d'adieux, avant de retourner vaillamment à son travail), ses larmes à présent lui montaient aux yeux sans crier gare, à n'importe quel moment, elles aussi étaient devenues une chose sur laquelle elle n'avait plus de prise, des assaillantes, des tourmenteuses, des délatrices sans foi ni loi.

« Amma, un homme est venu tout à l'heure, disait Nasri.

— Un homme ?

— Le montagnard. Celui qui a dormi sur le toit, une nuit. »

Elle se sentait devenir très pâle, glacée ; elle dut prendre appui contre le mur, releva de la main, machinalement, une mèche sur sa joue.

« Ah, lui. Et qu'est-ce qu'il voulait ?

— Juste laisser du linge, je crois. Il avait une corbeille avec un drap plié sur le dessus. Mais comme tu n'étais pas là, il a dit que ce n'était pas grave. Il a dit qu'il trouverait ailleurs.

— Bien sûr qu'il trouvera ailleurs. Les blanchisseuses, ce n'est pas ce qui manque. »

Elle n'aimait pas du tout sa propre voix – métallique, et bien plus aigre qu'elle n'aurait voulu.

« Il te salue. » L'enfant eut un sourire. « Il est drôle. Il a regardé la salle, depuis le seuil, il a secoué la tête, puis il a fait : "Je vous prie, vous donnerez le salut à votre maman de ma part."

— Oui, il est drôle, murmura-t-elle. Enfin tu sais, c'est la façon de parler des Lalliti.

— Moi, je pense qu'il est vraiment drôle, plus que les autres montagnards, intervint Shéra. Quand je me suis approchée du panier pour regarder dedans, il a levé un doigt et il a dit : "Pas toucher, mademoiselle." » Elle rit dans sa main, puis ajouta : « Mais sans crier. Gentiment.

— C'est vrai, il est aussi très gentil. »

Eh bien voilà. Il était passé chez eux pendant qu'elle n'y était pas. Ce n'était pas grand-chose. Elle n'en était que plus contrariée de constater qu'à cette évocation – elle croyait le voir, planté sur le seuil, elle croyait entendre l'accent avec lequel il avait dû prononcer « Je vous prie », « Mademoiselle » – sa gorge se nouait, une brûlante pesanteur descendait vers ses genoux et les faisait trembler.

Je suis dure, se redit-elle encore. Et elle ne savait plus si c'était un rappel à l'ordre (N'oublie pas : tu es dure) ou un regret, un reproche. Dure, n'aurait-elle pu l'être moins ? Pour le sable soulevé par le vent de la plaine, ou recueilli par une paume qui le laissait doucement, grain à grain, retomber vers le sol, n'était-il pas une façon de se sentir être, de se sentir *être soi* ?

21

Il aura donc fallu à Ordjéneb, homme simple, bien moins de temps qu'à son maître pour mesurer les périls de la situation. Nous avons déjà observé chez le scribe cette paresse pragmatique, ce recul devant le concret : toute sa vivacité se réfugiant dans les spirales de la spéculation, toute sa clarté d'esprit, dans les développements logiques.

C'est seulement lorsque, à la fin de la journée, il a vu entrer dans sa cellule (l'appartement du palais où il est logé n'a rien de sombre ni d'inconfortable, loin de là, mais il n'en est pas moins clair pour Asral qu'on le retient ici de force et que, s'il était assez sot pour demander à sortir, on lui répondrait non, tout en drapant ce refus sous des prétextes de convenance et de commodité) deux gardes palatins puis Ordjéneb portant une volumineuse malle – c'est alors seulement qu'il a vraiment ressenti de l'effroi.

« Le collège n'a pas voulu que tes devoirs de témoin te retardent encore dans ta tâche, a expliqué un garde. Nous sommes donc passés chez toi prendre ce qu'il te fallait. Ton commis ici présent nous y a aidés. »

C'est plus que de l'effroi, c'est de l'épouvante qui s'emparait d'Asral tandis qu'il imaginait les fonctionnaires fouillant sa salle d'écriture et découvrant sur son pupitre ce qu'il appelait la Seconde Copie, et que le Prof. Dr. Neumann, de l'université de Königsberg, appellerait tout simplement une *traduction*, la première de l'histoire sans doute, la traduction en langue profane d'un texte archaïque rédigé dans une langue sacrée. Mais déjà cette épouvante refluait, car Ordjéneb par-dessus la tête des gardes lui adressait un clin d'œil qui ne pouvait que signifier : Tout va bien.

« Que c'est aimable aux membres du collège, a articulé le scribe encore pantelant. En effet, ce contretemps me donnait du souci. Mais il faut que je retienne mon commis une minute, pour vérifier que cet âne n'a pas oublié chez moi des objets indispensables. »

Pendant que les hommes, ressortis dans le couloir, engageaient une controverse sur les charmes comparés de deux dames de la Haute Maison, Asral a fait signe à Ordjou de poser la malle sur la table et, sortant au hasard un pinceau, un flacon de pigments, il chuchotait en faisant mine de les examiner :

« Où est la Seconde Copie ?

— Chez toi.

— Mais…

— Ils n'ont rien vu. »

Le montagnard était gêné de cet échange où le manque de temps, et le danger, l'obligeaient à supprimer les formules de révérence, « noble maître »,

« pardonne-moi de t'interrompre ». C'était un peu frustrant aussi de ne pouvoir raconter par le menu comment il s'était tiré d'affaire. Comment il avait d'abord porté un faux panier de linge chez Djili, ne l'avait pas trouvée chez elle et, en revoyant ses enfants (n'étaient-ils pas trop jeunes pour garder un tel secret ?), en revoyant le lieu de son court bonheur (pouvait-on faire confiance à une femme qui changeait si vite d'avis ?), s'était avoué que son idée était moins bonne qu'il n'avait cru d'abord. Comment il avait ensuite pensé au vieux Manasser, avait couru chez lui, pour découvrir une maison pleine d'agitation et de pleureuses, et, dans la salle, Manasser assis par terre, le chef couvert de cendres, ayant décidé de réunir autour de lui sa confrérie et d'observer une semaine de deuil.

« Pour Abikim ? avait demandé le Lalliti.

— Pour lui, et pour son frère qui en le tuant est mort à lui-même, et pour la paix de Sir morte en même temps qu'eux deux, et pour notre Mère à tous qui se désole quand ses enfants s'entre-déchirent », lui avait répondu un compagnon potier à la porte de la salle. Son visage était fermé, il débitait cette phrase comme une leçon apprise, en n'y mettant pas du tout le ton sur lequel le séraphique président avait dû lancer ce mot d'ordre, ou plutôt ce programme d'affliction. On lui obéissait, par respect, mais on ne partageait pas sa façon de voir, voilà ce qu'avait subodoré Ordjéneb, cet homme simple (simple de mœurs et de caractère, mais tout sauf simple d'esprit). Et il avait renoncé à laisser le sulfureux trésor d'Asral dans une maison envahie de monde, et en proie à des dissensions.

Comme il prenait congé, il avait encore surpris les paroles de quelqu'un au fond de la pièce :

« Nous partageons ta peine, ô Manasser. Mais, pendant que certains des nôtres observent le deuil avec toi, ne serait-il pas urgent que d'autres s'approvisionnent en armes pour protéger nos familles ? On dit que dans le faubourg des tanneurs, déjà...

— Il n'en est pas question. Nous sommes potiers, nos mains *n'occisent ni ne brisent* ; si l'on nous attaque, nous chanterons, et notre Mère nous entendra. »

Ce bref échange avait conforté le montagnard dans sa décision.

Et quelles alarmes en revenant au logis ! Devant le portail, trois sbires étaient de planton et surveillaient la rue. D'autres fonctionnaires palatins étaient déjà à l'intérieur et, d'après le portier, passaient les pièces au peigne fin. Avant qu'Ordjou n'ait pu détaler, l'un d'eux était sorti à sa rencontre et, d'un ton brusque :

« C'est toi, le premier garde d'Asral ? Viens avec nous.

— Qu'est-ce qu'il faut faire ?

— Tu regardes souvent ton maître travailler, tu dois savoir de quoi il a besoin ?

— Pour sûr », avait bougonné Ordjéneb. Et il lui avait emboîté le pas, serrant son panier de linge contre sa poitrine dans une attitude butée qui, pressentait-il, allait le servir.

Dans la salle d'écriture, deux subalternes avaient tout retourné, tout examiné, tout replacé en rang sur le vaste pupitre, généralement couvert d'un fouillis laborieux.

« Alors voici l'ancien exemplaire des lois, voici la copie en cours, voici les rouleaux vierges, l'encre, les roseaux taillés… il ne manque rien ?

— Ben, la peinture ocre, pour les rubriques, lieutenant.

— Je ne suis pas lieutenant, je suis investigateur de la police de Sir.

— À ton service. L'ocre est sur l'étagère. Il faut aussi les pinceaux fins, pour les enjolivures. Juste à côté. »

D'un signe de tête, l'investigateur faisait signe à ses subordonnés d'ajouter cela au reste.

« Tu peux poser ton panier de linge par terre, l'ami.

— C'est que, on m'a dit de le poser à la lingerie, lieutenant.

— Quel grand imbécile, murmurait l'investigateur aux deux autres, et tous de sourire. Je voulais dire : le poser en attendant, pendant que tu réponds à nos questions. Enfin, garde-le dans tes bras si tu y tiens. Donc, ton maître n'utilise pas d'autres objets ?

— Eh si !

— Lesquels ?

— Les poids de bronze. Pour tenir le rouleau déroulé.

— Je vois, je vois. Nous les prendrons aussi. Et dis-moi, mon brave, sans doute reçoit-il quelquefois des visites ?

— Le maître ?

— Mais oui, le maître. »

Ordjéneb avait finalement déposé son panier pour se gratter la nuque.

« Ben oui. Souvent. Pour des bénédictions.

— C'est-à-dire ?

— On lui demande de bénir, rapport aux saintes lois d'Anouher qu'il touche toute la journée, alors sa main porte chance.

— Très intéressant. Bon, vous autres, je crois que ça suffira pour l'instant. Mettez tout ça dans une malle. Toi, tu nous accompagnes. Sans ton panier de linge, bien sûr. »

Là-dessus les trois avaient ri franchement et Ordjéneb avait laissé échapper un soupir. Il se sentait soulagé, un peu honteux. Il avait bien joué son rôle, mais ce n'était pas dans ses habitudes de tromper son monde, il n'aimait pas beaucoup ça. Ce n'était pas honnête, voilà.

« Alors ils n'ont rien vu. Incroyable, murmurait Asral qui marchait de long en large dans la cellule. Une chance inouïe. Mais ils peuvent revenir, ils vont sûrement revenir. Il faudrait… »

Un des gardes jetait un coup d'œil à l'intérieur de la pièce, on entendait l'autre expliquer rêveusement : « … cette façon qu'elle a de te serrer, si tu me comprends, pour précipiter ton ivresse…

— Ah oui ? Eh bien moi, vois-tu, dans ces moments-là, je préfère qu'on ne précipite rien du tout. »

Le scribe est revenu devant la malle, a ouvert l'écrin où il range ses canifs et grattoirs, y a fourragé d'un air mécontent tout en chuchotant à Ordjéneb :

« Tu vas porter la Seconde Copie à Hénab. Je ne vois pas d'autre solution.

— À… ?

— Tu m'as bien compris. Tu demanderas la maison d'Esdiros. Il est au courant. Es-di-ros. Et tu reviendras. »

Le même garde s'approchait.

« Tu reviendras avec un écrin digne de ce nom, bougre d'incapable, a repris Asral plus fort. N'es-tu pas chargé de remettre en ordre mon matériel chaque soir, de l'entretenir ? Cette lame est rouillée. Si j'avais eu le malheur de m'en servir, elle aurait souillé le saint rouleau. Messieurs, nous avons terminé.

— … grain de beauté sous le sein gauche, achevait le garde dans le couloir. Ah, ils ont fini ? Parfait. »

Un instant après, le scribe s'est retrouvé seul, et l'esprit en bataille. Son émoi de tout à l'heure s'apaisait, un autre prenait sa place : il avait envoyé son homme de confiance à Hénab, était-ce possible ? Il avait pactisé. – Et le procès de Zetmah, qui approchait. On ne l'avait pas convoqué encore, pas interrogé, il n'avait pas la moindre idée de ce que les juges lui voulaient. – Une chose était claire, il était en danger. Un investigateur chez lui ? Heureusement que la chronique de l'année de la grande peste n'y était plus. – Cette affaire, celle de Zetmah et d'Abikim, était capable d'embraser la ville, et lui qui, enfermé ici, ne pouvait rien savoir des derniers rebondissements !…

Et lentement, Asral s'est mis à extraire les objets de la malle, à les disposer sur sa table, et, comme une machine, à reprendre sa copie là où il l'avait laissée. Sur un rythme hésitant d'abord, puis soutenu, puis frénétique. Toutes ces pensées confuses ne l'empêchaient pas d'être concentré sur sa tâche, plus concentré qu'il ne l'avait été depuis des lunes. Et il a copié, copié, les doigts prestes et l'esprit agile, pénétrant d'un seul coup d'œil le sens du verset qu'il avait sous les yeux et gravant dans sa mémoire les termes selon lesquels il le reformulerait un jour dans la Seconde Copie – car il retrouverait la Seconde Copie, il en était convaincu. Le soir tombé, quand le gardien est venu lui apporter sa pitance et éteindre sa lampe à huile, le détenu a sursauté.

« Déjà ?

— C'est le règlement, ô Asral, je n'y peux rien.

— Mais je ne t'en veux pas. Au contraire, je ne suis pas fâché d'avaler quelque chose et de reposer mes doigts. Si tu savais comme j'ai avancé aujourd'hui ! »

Depuis, plusieurs jours ont passé. De temps en temps, l'investigateur monte à son étage, regarde de loin sa porte et murmure aux gardiens :

« Alors ?

— On ne l'entend pas. Il ne réclame rien.

— Et il mange de bon appétit.

— Il n'a pas cherché à savoir quand on l'interrogerait ?

— Non.

— Tiens. »

Et dans les couloirs, au réfectoire des gardiens, dans les bureaux de la police, voire dans la salle des juges, on chuchote : « Un dur à cuire, cet Asral, finalement. »

22

Un dur à cuire ? Peut-être, si l'on considère ses journées.

La nuit, c'est autre chose. La nuit, quand on lui a soufflé sa lampe et que s'assombrit dans la lucarne triangulaire le ciel au-dessus de Sir, sa frénésie retombe, laissant place à un léger abattement. C'est un abattement dû à la fatigue, à l'incertitude de son sort prochain, à la solitude peut-être ; ce n'est pas de l'accablement. Plongé dans le noir, étendu sur son lit, Asral songe. Il songe avec une acuité nouvelle, comme si de ne pas avoir sous les yeux l'objet de sa pensée (les lois) l'aidait soudain à y voir plus clair. À voir les choses de plus loin.

Et dans ce noir, dans ce silence trouble du palais pendant la nuit – Asral, dont les sens ont développé ici la même acuité que sa pensée, a vite appris à distinguer le bruit de sandales des gardiens qui font leur ronde, la toux d'un homme malade qu'une quinte réveille chaque nuit un peu avant l'aube, et des frôlements, de menus chocs dont il ignore la nature, mais qui sont comme le pouls et les borborygmes de ce gigantesque animal les retenant, lui et tant d'autres, à l'intérieur de son ventre – il lui vient des idées qui, jusque-là, ne lui étaient jamais venues.

Il repense à cet Anouher qu'il vient de découvrir, à ce jeune champignon poussé du sol fangeux d'une émeute voici quatre, cinq cents ans, et se rend compte que l'idée le perturbe déjà moins. Il l'imagine même de mieux en mieux, cet Anouher nouveau : hardi, volontaire, alliant l'intelligence à la sincérité, beau, oui, malgré son œil en moins ; toutes qualités expliquant que le peuple ait marché derrière lui et renversé à son instigation un régime assis depuis un millénaire. C'est une image aux contours vigoureux, bien différente de celles qu'offrent les stèles éparses dans la ville, si usées, et si schématiques, qu'on peut difficilement les tenir pour de vraies représentations. Elles ne sont que des emblèmes de la foi, un résumé de la doctrine ; ce qu'Asral a en tête et qui hante ses nuits ici (plusieurs fois, dans un demi-sommeil, il lui a semblé voir et entendre le jeune insurgé : juché sur une caisse devant le mur dont les seigneurs *avaient fermé l'autre partie de la ville pour qu'ils y meurent tous*, et haranguant la foule, l'appelant à refuser le monde ancien), c'est un homme de chair et d'os, un homme qui vécut réellement.

Et mourut réellement.

Et dont la personne, dont l'œuvre, après sa mort, furent peu à peu recouverts d'un voile – voile non d'oubli, mais au contraire de mémoire trop scrupuleuse, trop vétilleuse, se raccrochant à des clauses, à des détails physiques, et perdant de vue l'ensemble.

Oui, c'est exactement ça ! s'est exclamé mentalement Asral au milieu des ténèbres lorsque cette conclusion s'est imposée à son esprit. Il aurait eu du mal à dire ce qu'il entendait par *ça*, mais l'exclamation reflétait son sentiment de bonheur, celui d'avoir mis le doigt sur le nœud du problème.

Juste après – c'était la même nuit, il s'en souvient –, il a entendu pour la première fois les coups frappés au mur. Non pas le mur de sa cellule ; les cellules voisines sont vides, il a pu le constater. C'était un bruit plus lointain, plus étouffé, venant d'un autre étage peut-être. Quelqu'un, au-dessus ou en dessous de lui, appelait. Allait-il répondre ? Le temps de peser le pour et le contre, de caresser l'idée que c'était l'âme d'Anouher qui venait de cette façon lui dire : « Tu m'as enfin trouvé », et les coups s'étaient tus.

Mais la nuit suivante, ils ont recommencé : quatre coups, un silence, quatre coups, un silence, quatre coups. Cette fois il a répondu, enchaînant à la suite du frappeur invisible, dont les coups sont devenus tambourinement. Ç'a été pour Asral une joie presque enfantine. Dorénavant, il a attendu ce rendez-vous du soir avec excitation, en a fait le rituel préalable à son endormissement.

« Tac. Tac. Tac. Tac.

— Tac. Tac. Tac. Tac.

— Tac, tac ?

— Tac. Tac, tac ?

— Tac-tac-tac, tac-tac-tac !

— Tac. Tac. Tac. »

C'est un langage sommaire, sans nuances, qui laisse peu de champ à l'interprétation. Pourtant Asral, herméneute dans l'âme, ne peut s'empêcher de le traduire ainsi : « Bonsoir, je suis là.

— Je suis là, moi aussi.

— Comment vas-tu ?

— Bien. Et toi ?

— De gros ennuis aujourd'hui.

— Désolé. À demain. »

Et il s'étonne d'y prendre autant de plaisir. Car enfin, rien de tout cela ne lui permet de savoir à qui il a affaire : il se pourrait que son ami soit un comptable véreux, un fonctionnaire surpris à toucher des pots-de-vin, un tuteur qui a, sans vergogne, prostitué son pupille.

Un soir, pourtant, ses coups sont restés sans réponse. Le frappeur était-il malade, avait-il été libéré ? Déçu, Asral s'est obstiné, passant des quatre coups habituels à des roulements entrecoupés de pauses interrogatrices. Et finalement, il a eu la surprise d'entendre une voix assourdie, qui devait lui parvenir d'un conduit d'aération :

« Qui frappe ? »

La voix était juvénile, inquiète. Troublé, Asral n'a trouvé à répondre que : « C'est moi », avant d'ajouter plus sottement encore : « Était-ce toi, les autres nuits ? »

Un silence a suivi, qui a fait conclure au scribe qu'à l'évidence, non, et que par-dessus le marché il avait effrayé son jeune voisin. Après s'être humecté les lèvres, il a repris :

« Je suis retenu ici comme témoin. Et toi ?

— Je suis Djinnet, fils de Tisri. »

Il semblait à Asral que son cœur s'était arrêté de battre. Pour la première fois de sa vie, Djinnet lui parlait, et il n'avait pas reconnu sa voix. Cette voix poursuivait d'un ton mélancolique :

« Ils m'ont de nouveau changé de cellule. Ils t'en changeront bientôt, toi aussi.

— Non, non, pas tout de suite, pas encore ! balbutiait Asral, sans même savoir ce qu'il disait.

— Mais si. C'est la règle. Et ils m'ont défendu de chanter. Il paraît qu'un homme est mort lors de la joute de chant et qu'il y a dans Sir de grands troubles à cause de ça. Le chant est interdit jusqu'à nouvel ordre. À quelle confrérie appartiens-tu ? »

Asral regardait la grille au-dessus de son lit, portait les mains à sa bouche comme un homme qui implore, se mordait les jointures. Mentir, inventer ? Se faire passer pour un autre, et gagner ainsi l'amitié de…, ou au moins, donner à ce dialogue une chance de se prolonger ?

« Je suis le maître scribe Asral », avaient déjà prononcé ses lèvres, avant que sa tête n'ait fini de délibérer.

Un silence, cette fois absolu, définitif – de toute la nuit, Asral n'a pu dormir, guettant la grille, croyant parfois deviner un chuchotement, avant de comprendre que ce n'était que le sang bruissant à ses oreilles, ou le vent dans les combles.

Deux jours plus tard, en effet, on le changeait de cellule.

« Adieu, a-t-il lancé avant de partir, au milieu de la pièce dénudée dont avaient déjà disparu son matériel à écrire et ses objets personnels. Tu avais raison, on me fait déménager. »

Il n'attendait pas de réponse et n'en a pas reçu.

En arrivant dans sa nouvelle cellule, Asral en a détaillé les murs sans aversion. Elle ressemblait beaucoup à la précédente, dont il emportait un souvenir précieux, celui d'une voix aimée s'adressant directement à lui ; et une conscience nette. Au bonheur dans le mensonge, il avait préféré la douleur dans la sincérité. Il ne regrettait rien.

Maintenant, au travail, s'est-il exhorté, à peine la porte refermée sur lui.

Et ses journées de labeur ont repris, et ses nuits méditatives. Quand il pense à Djinnet, c'est avec apaisement. Ce malheureux enfant emprisonné par sa faute, coupé des siens, interdit de ce qu'il aimait le plus au monde – chanter –, pourquoi lui aurait-il répondu ? Pauvre Djinnet, pauvre victime d'un ordre oppresseur et mensonger. Oui, mensonger. Car tout ce que décident les juges se fait au nom d'un Anouher qui n'a plus guère à voir avec le vrai. Dont la parole a été sanctifiée, mais en même temps trahie, détournée de sa lettre. Un Anouher dont la véritable nature a été occultée par une dévotion aveugle, et par l'escamotage de documents gênants. Quand cela ? Sans doute deux ou trois générations après sa mort (sur laquelle Asral, d'ailleurs, ne sait toujours rien). Deux ou trois générations, car c'est le temps qu'il faut pour que les témoignages vivants se perdent, permettant à ce meurtre posthume de se consommer.

Pauvre Anouher, pauvre victime, rumine Asral couché sur son lit, dans le noir. Il lui semble que son nouvel Anouher, lui aussi, l'appelle à témoigner. Qu'il ne lui chuchote pas seulement, comme il y a quelques jours : « Regarde-moi, entends ma voix, j'ai été vivant et tu es le seul à t'en souvenir », mais aussi : « Regarde-moi, comprends, je suis ensuite mort et tu es le seul à te demander comment. » – Qu'est-ce à dire ? C'est une hallucination, un mauvais rêve, pense Asral, et il se redresse sur son séant pour se verser un gobelet d'eau, dissiper ces fantasmagories. L'eau coule dans son gosier, il bat des paupières, se rallonge, remonte la couverture jusqu'à son menton.

Et pourtant, cela expliquerait tout. La falsification de la mémoire, comme la sanctification. Ce culte fervent que Sir voue à son législateur, cet amour qui n'a fait que grandir avec les siècles, loin de fléchir, loin de s'atténuer, le scribe en entrevoit le ressort, lui qui est aussi homme et connaît les sinuosités de l'âme : c'est la culpabilité. Meurtre posthume, vraiment ? Comment meurt un héros hardi, volontaire, alliant l'intelligence à la sincérité, et qui apporte à ses congénères un message difficile, exigeant, bouleversant l'ordre reçu et les coutumes admises ? Dans son lit, entouré de ses disciples, de ses enfants et de ses petits-enfants ? Allons donc.

Sir a tué l'homme Anouher, et en a fait un dieu, voilà la dernière pensée que conçoit Asral cette nuit-là, dans le ventre du monstre, avant de s'endormir. Au réveil, il la retrouvera intacte ; mais le train-train diurne, les bruits triviaux de pas dans les couloirs, de clapotis et d'engueulades dans la cour où lavent les femmes, lui ôtent cette évidence spectrale qu'elle avait à minuit. Anouher assassiné par les siens, ou du moins par une partie des siens ? C'est une hypothèse qui a beaucoup pour elle ; mais qui, après tant de temps, ne pourra sans doute jamais être vérifiée. Une hypothèse si sacrilège, d'ailleurs (plus encore que l'élaboration d'une Seconde Copie) qu'Asral ferait mieux de la garder pour lui. Il a déjà assez d'ennuis comme ça.

« Alors ? demande l'investigateur aux gardiens de l'étage.

— Eh bien, pas grand-chose de neuf.

— Il n'a rien demandé ?

— Non.

— Il a reçu des visites ?

— Son garde, le costaud à l'air réjoui, qui lui apportait des grattoirs.

— Hum ! Et je suppose qu'il mange de bon appétit.

— En effet.

— Il ne perd rien pour attendre. Le procès de Zetmah a lieu demain, mais gardez ça pour vous. »

23

À Sir, les procès pour crime de sang, et surtout pour parricide, avaient généralement lieu au terme de longs mois d'instruction. Personne n'y trouvait à redire : ce crime étant le plus grave après celui de haute trahison, le délai ne faisait qu'ajouter à la solennité de la sentence.

Mais l'affaire de Zetmah et d'Abikim s'avérait si explosive que les juges avaient décidé d'accélérer la procédure. Ici et là, des rixes avaient éclaté, certaines à l'issue mortelle; par trois fois, le faubourg des potiers avait été l'objet de saccages et, là aussi, plusieurs personnes y avaient laissé la vie, pour ne rien dire des filles et femmes violentées. Au lieu de remplir leur mission (canaliser les passions, se faire les porte-parole des juges auprès de leurs ouailles), les présidents de confrérie s'en mêlaient à leur tour, venaient importuner le collège par des demandes ou des conseils, réclamaient des audiences au cours desquelles ils s'écharpaient. Celui des potiers était le plus importun, le plus acharné. Il venait tous les jours, prétendait que l'homme désigné pour défendre Zetmah ne faisait pas son travail, devait être remplacé. Et puis quoi encore ! Ce n'était plus Manasser, bien entendu. Selon des sources autorisées, les potiers avaient estimé qu'un homme aussi âgé, aussi fragile, ne devait pas être exposé aux émotions du procès à venir et, dix jours après le meurtre, ils s'étaient choisi un nouveau président.

Quant aux tanneurs – dont la confrérie avait sollicité un « défenseur du défunt » pour charger l'accusation –, on comprenait leur colère ; leurs descentes sur le quartier des potiers étaient, sinon légitimes, du moins pardonnables. Ce qui l'était moins, c'était leur idée de former des milices armées, « puisqu'on se fait trucider dans cette ville, si on ne se défend pas », avait éructé leur président sur la place du marché. Des milices en temps de guerre, soit ; un renfort pour encadrer les grandes fêtes, parfait, les juges avaient plus d'une fois demandé aux tanneurs de leur rendre ce service. Mais dans ces circonstances, voir leurs cohortes parader dans les rues, rosser des montagnards, piller certains commerces, c'était agaçant, c'était même fâcheux. Elles faisaient tant de bruit qu'on pouvait les penser supérieures en nombre aux forces du palais, ce qui n'était pas le cas, évidemment ; mais qui sait si la population ne s'y tromperait pas ?

Bref, il fallait mettre fin à ces débordements, avaient conclu les membres du collège, réunis en conseil extraordinaire pour la deuxième fois depuis l'automne. Non seulement la procédure avait été drastiquement abrégée, mais l'ouverture du procès ne fut annoncée que le matin même, ce qui devait couper court aux rassemblements intempestifs. La plupart des Siriotes étant à leur travail, ils n'en entendraient parler, avec un peu de chance, qu'une fois la sentence prononcée.

Vaine précaution : une heure avant l'ouverture, les abords du palais étaient bondés, et les soldats de la garde ne savaient où donner de la tête.

Un représentant des juges, du haut d'un balcon, rappela à la foule que le procès avait lieu à huis clos et qu'on n'admettrait pas de spectateurs. Du reste, ils étaient beaucoup trop nombreux. Qu'ils rentrent chez eux, et fassent confiance à la justice de Sir ! *Les lois les protégeaient, ils étaient sous leur toit.*

On l'acclama, mais personne ne bougeait. Et de nouveaux badauds affluaient encore par toutes les issues de l'esplanade. Poussés par les derniers venus, on en voyait déjà qui étaient obligés de grimper sur les marches inférieures de l'escalier d'Anouher ; le capitaine de la garde disparut brièvement pour consulter les juges. À sa sortie, il marcha tout droit vers un tanneur, un chef de milice que ses hommes entouraient :

« Vous, vous maintiendrez l'ordre, leur dit-il. Passez le mot aux autres milices présentes. Vous savez y faire, nous le savons bien, nous comptons sur vous. »

Et assez vite, l'ordre revint. Les marches du grand escalier étaient à nouveau libres. Vue du palais (les huissiers palatins et les gardiens de la prison venaient quelquefois jeter un œil par les fenêtres des étages), la foule ne présentait plus son aspect de magma ondoyant mais paraissait stabilisée, quadrillée. Des tanneurs, l'air farouche, surveillaient leurs abords et, au moindre écart, intervenaient. Si l'on regardait bien, ils étaient disposés en quinconces presque parfaits. Du beau travail : le fruit, sans doute, d'un long entraînement.

Asral, dans sa cellule, avait vite compris que ce matin-là n'était pas un matin comme les autres. Une rumeur montait, qui était bientôt devenue brouhaha ; il avait lâché son roseau et poussé son fauteuil au pied de la lucarne, pour monter dessus. De là-haut, même en se dévissant le cou, il ne distinguait malheureusement que le toit d'un autre corps de logis. Le ciel était clair, avec cette teinte encore un peu rose des premières heures, et Asral se promit à l'avenir de pousser plus souvent son fauteuil devant la lucarne, pour regarder dehors.

C'est à ce moment-là que son gardien ouvrit la porte et qu'entrèrent deux hommes vêtus de tuniques écarlates. Mécontent d'être surpris dans cette position, le maître scribe s'empressa de redescendre.

« Messieurs ?

— Es-tu bien le maître scribe Asral, fils d'Ingdibal ?

— Mais oui.

— Tu as accepté d'être témoin au procès de Zetmah, fils d'Azakhar. Tu es appelé à comparaître. Aie l'obligeance de nous accompagner jusqu'à la salle du Sanctuaire. »

Sans un mot, Asral s'exécuta. Les deux huissiers le prirent chacun par un poignet et ils s'engagèrent dans une série d'interminables couloirs, pendant qu'un tumulte de pensées se bousculait dans la tête du témoin. Comment, déjà ?... Il ne s'était pas préparé. À vrai dire, il avait préféré chasser l'affaire de son esprit, une affaire qui lui valait, pourtant, cette réclusion n'avouant pas son nom. C'est aussi à dessein, pour le déstabiliser, qu'on était venu le prendre par surprise. Il n'avait même pas eu le temps de faire sa toilette, portait un pagne de trois jours dont la blancheur n'était plus impeccable et, par-dessus, une blouse mal assortie, mais qui lui tenait chaud la nuit. Allait-il se présenter aux juges dans cet appareil ?

« Qu'y a-t-il, témoin ? Avance donc.

— Je souhaiterais retourner à mon appartement pour y ôter ma blouse.

— Tu n'as pas le temps. Les débats vont commencer.

— Il faut pourtant que je l'ôte. Je suis maître scribe, et ce vêtement (un vêtement dans lequel je dors, soit dit en passant) empêche de voir le pectoral que je porte au cou et qui est l'insigne de ma caste.

— Assieds-toi sur ce banc. Nous devons demander une autorisation. »

L'un des huissiers disparut, l'autre s'assit à côté d'Asral sans le regarder, la main toujours serrée sur son poignet. Au bout de quelques instants il jeta d'un ton réprobateur :

« Personnellement, je te l'aurais déconseillé. Tu n'es que témoin, et tu ennuies la cour avec des exigences particulières. Enfin. »

Quand son collègue revint, sa mine renfrognée esquissait un sourire.

« Estime-toi heureux : la cour a accédé à ta demande. Tu peux ôter ta blouse, la plier et la laisser sur ce banc. Tu la récupéreras à ta sortie. »

Je me moque bien de la récupérer, s'irrita le scribe, qui s'efforçait de rassembler ses idées, de formuler en son esprit des phrases claires, des arguments nets et qui sauraient convaincre. Trop tard : une troisième tunique écarlate s'approchait dans le corridor, s'arrêtait devant leur banc, faisait un signe. Il se leva, passa une porte plus imposante, à deux battants, et brusquement se trouva à l'intérieur de la salle.

24

C'était la plus ancienne partie du bâtiment, qui s'était constitué autour, par ajouts successifs. Les lambris comme les caissons du plafond étaient noircis par le passage des siècles, ce qui la rendait sombre malgré une profusion de flambeaux. Et, dans un premier temps, elle parut presque vide à Asral ; mais ce n'était dû qu'à ses impressionnantes proportions. Se pouvait-il que le palais, spacieux certes mais déjà bien rempli, contienne encore en son cœur cette immense salle – tellement immense, que la centaine de personnes présentes y semblait presque perdue ?

Au centre, sur une estrade recouverte de tapis, les Quarante-Trois étaient assis au grand complet : toges rayées de pourpre et d'anthracite, visages graves sous les toques carrées. Asral en identifia quelques-uns. Celui-là, dont le seul œil valide flottait dans le vague et qui s'appliquait à expulser de sa poitrine son souffle d'asthmatique, c'était Arbal, leur doyen. Un rang derrière, cet homme un peu gras, borgne lui aussi, devait être Innêdeth, un redoutable polémiste. Là-bas, Asral reconnaissait « la Triade », trois juges appartenant aux plus anciennes familles de Sir et que l'on voyait toujours ensemble, que l'on désignait toujours ensemble, au point d'avoir du mal à se rappeler leurs noms. Aucun des trois n'était encore borgne et c'était presque frappant, dans cette assemblée où la plupart l'étaient.

Seul debout au milieu du premier rang, un juge quadragénaire, compensant sa relative jeunesse par une mine inflexible, lisait tout haut l'acte d'accusation. Dans les moments où il marquait une pause, les doigts de sa main gauche venaient taquiner l'orgelet qu'il avait à une paupière et qui montrait des signes encourageants d'inflammation.

« … Tu as donc à répondre, Zetmah fils d'Azakhar, du meurtre de ton frère Abikim, premier-né d'Azakhar ; meurtre d'un frère aîné, commis sous les yeux d'une foule. C'est, tu ne peux l'ignorer, un crime des plus graves, et que les lois de Sir punissent avec sévérité. Que justice soit rendue au nom d'Anouher. Accusé, lève-toi ! »

À gauche de l'estrade, les huissiers défirent les chaînes de Zetmah, et il apparut aux yeux d'Asral : pâle, défait, bien différent du calme champion de confrérie dont on gardait le souvenir.

« Homme, es-tu bien Zetmah second fils d'Azakhar ?

— Oui.

— Reconnais-tu être siriote par les pères et mères de ton père et de ta mère, et devoir être jugé selon les lois de Sir ?

— Je le reconnais.

— Reconnais-tu qu'Abikim premier fils d'Azakhar était siriote lui aussi, et que son meurtre doit être puni comme le meurtre d'un Siriote ?

— Je le reconnais.

— Reconnais-tu l'avoir tué ?

— Je ne le reconnais pas », articula Zetmah ; et un murmure passa dans l'assemblée.

« Qu'il s'explique », lança à droite de l'estrade un personnage que sa tunique beige signalait comme le défenseur du défunt. Zetmah secoua la tête et, d'un ton incertain, le ton d'un homme qui cherche à formuler une vérité qu'il ne connaît pas encore :

« Je ne peux m'expliquer. C'était un corps à corps, nous nous donnions de nombreux coups, j'en ai reçu un porté avec une lame, alors je me suis débattu pour défendre ma vie ; et voilà, soudain Abikim était au sol et il saignait, ne bougeait plus, mais je ne crois pas...

— Tu ne reconnais donc pas lui avoir porté un coup mortel avec ce couteau à gratter, interrompit l'accusateur en élevant l'objet à bout de bras.

— Je mentirais en le reconnaissant, répondit Zetmah dont la voix fléchissait. Tout s'est passé très vite, c'est... comment vous faire comprendre ? Je ne me souviens pas. »

Dans la tribune, un tanneur bondit de sa chaise :

« On assassine son frère aîné, et on ne s'en souvient pas ? Ah, mais c'est trop facile !

— Je demande aux proches du défunt de ne pas intervenir sans avoir été interrogés, lança l'accusateur avec une fermeté où perçait l'indulgence. Les débats doivent pouvoir suivre leur cours. Zetmah fils d'Azakhar, tu ne peux donc pas nous dire si tu as, oui ou non, tenu entre tes mains le couteau que voici et qui, de l'aveu de nombreux témoins, appartenait à ton frère ?

— Je ne sais plus, avoua Zetmah. Tout ce que je sais, c'est que j'ai été frappé le premier par cette lame. Je garde au cou une blessure, qui n'a pas encore cicatrisé. »

Il écartait l'échancrure de sa blouse de détenu et l'on aperçut, en effet, une vilaine marque rose au-dessus de la clavicule.

« L'accusé a pu prendre l'arme à la cuisse de son frère, et se blesser lui-même au cours du corps à corps, observa le défenseur du défunt. Nos sages démontreront la possibilité de cette hypothèse.

— Je le nie, protesta Zetmah avec chaleur. Je l'affirme sur les lois de Sir, je n'ai pas tiré moi-même le couteau de sa gaine. Très-hauts, dois-je vous rappeler que je suis maître potier ? Je respecte mon serment corporatif et, de ma vie, je ne me suis servi d'aucune arme tranchante. Comment, même affolé, aurais-je eu l'idée de prendre à mon adversaire une arme dont je ne maîtrise pas le maniement ?

— Tu choisis donc d'en appeler déjà aux *témoignages d'habitudes*, releva l'accusateur. C'est imprudent de ta part. Tu sais que de tels témoignages ne viennent normalement qu'en dernier lieu, pour permettre aux juges de déterminer si l'acte criminel était dans la nature profonde du coupable, ou le fruit d'un moment d'égarement. Que dit ton défenseur de ce choix, que j'estime erroné ? »

Asral s'agitait sur son banc. Tout cela lui paraissait mal engagé, pris sous un angle qui n'était pas le bon.

Le défenseur de Zetmah, en tunique bise, s'était levé et détaillait d'incompréhensibles points de procédure, les juges sur cinq rangs l'écoutaient en hochant la tête et en se consultant à voix basse, dans un méli-mélo de rayures et de toques oscillantes qui donnait le tournis à Asral. Il avait du mal à suivre. Quels étaient ces quatre nouveaux protagonistes qui remuaient tant ? Ah, les sages attachés au tribunal sans doute. Ils n'étaient pas d'accord entre eux. Ceux de la défense, gestes à l'appui, démontraient que Zetmah, gaucher, ne pouvait sans contorsions s'être blessé lui-même à l'endroit qu'on savait.

Il y avait pourtant ici à juger un drame humain, drame qui avait commencé quarante années plus tôt, lorsque la mère d'Abikim était morte en couches. Ce drame était plein d'obscurités, fruit d'un complexe agencement de circonstances, mais, dans sa signification, il était un, et devait recevoir une explication une. Car une sanction bien rendue expliquait l'acte, le clarifiait, faisait ressortir les responsabilités ; et celle d'Azakhar était assurément première, Azakhar qui, dans sa douleur, avait conçu pour l'orphelin une injuste rancœur. C'est de là qu'on aurait dû partir ; et de l'injuste rancœur d'Abikim pour son frère puîné, et peut-être de l'obscure rancœur de ce dernier pour Abikim (car, dans cette haine que leur père vouait à Abikim, Zetmah avait peut-être reconnu un sentiment plus fort, un lien plus profond que la superficielle faveur dont lui-même jouissait). Mais ces débats, ces expertises n'expliquaient rien, émiettaient l'affaire en détails qui ne faisaient qu'épaissir les ténèbres. Où étaient ici la justice, la recherche de la vérité ?

Ô salle du sanctuaire, pensa Asral en levant les yeux vers le plafond, toi qui as vu écrire nos lois, toi qui devrais incarner l'esprit d'Anouher, qu'on t'honore mal en t'employant ainsi ! Je te visite pour la première fois, mon cœur devrait se réjouir, et il n'est que navré.

Les poutres du plafond étaient encore plus antiques qu'il n'avait cru. Certaines portaient gravés de rudimentaires ornements, ou plutôt des inscriptions : il reconnaissait des lettres, des mots, au-dessus de l'estrade. « ERTOUT », déchiffra-t-il avec un petit sursaut d'étonnement. C'était un sobriquet affectueux qu'on donnait aux femmes mariées, aux jeunes mères. Que ?… La lumière se fit dans son esprit lorsque sur l'autre moitié de la poutre, en regard, il lut « ANNATO ». Mais bien sûr. Ertout était d'abord le nom de la déesse terre avec qui Annato, prince des eaux, avait engendré les deux jumeaux et les deux jumelles, c'est-à-dire, indirectement, tout l'ancien panthéon.

Il eut un sourire ému. Anouher avait légiféré dans un vieux temple, sans même prendre la peine d'en faire effacer les inscriptions. Oui, cela lui ressemblait, à ce jeune champignon qui se riait des formes pourvu que prévale sa volonté, c'est-à-dire le bien de tous.

« Zetmah fils d'Azakhar, il vient d'être établi que tu as interprété, lors de la joute, un autre chant que prévu, lançait l'accusateur, tandis que le président de la confrérie des potiers regagnait le banc des témoins en se mordant la lèvre d'un air soucieux. Nous voulons savoir ce qui a motivé ce revirement. »

Asral se rappela à l'ordre avec angoisse. Il fallait absolument qu'il se concentre sur les débats. De quoi s'agissait-il ? Zetmah était debout à nouveau et, les mains sur la barre, expliquait : oui, il avait cru bon de se rabattre sur un des grands hymnes, contrairement à ce qu'avait décidé sa confrérie ; dans les circonstances…

« Tu es donc un homme imprévisible, contrairement à ce qu'on veut nous faire croire. Un homme ingénieux, aux décisions rapides, capable *dans les circonstances* d'agir tout autrement qu'à sa coutume. Un tel homme, je le maintiens, pourrait à l'heure du danger s'emparer d'une arme qui ne lui est pas familière et en faire usage, même maladroitement. Oui, accusé, nous voyons dans la mort d'Abikim un effet de ta maladresse, et c'est ce que nous retiendrons dans l'argument que tu as cité. Tu maîtrisais mal cette arme, que tu as tirée pour te défendre, et tu as donc donné la mort à ton frère, faute de bien mesurer la gravité des coups. »

Voilà donc où ils veulent en venir, s'indignait Asral. Leur idée est déjà faite, ou plutôt l'idée de la sentence qui pourra être acceptée par les deux camps et apaisera la ville : probablement une condamnation à mort, mais sans mesure de bannissement pour la famille de Zetmah. C'est de bonne politique, assurément ils savent gouverner, mais est-ce leur rôle ? Ce sont les lois, et non eux, qui devraient gouverner notre ville. Juges usurpateurs, vous êtes une caste sans aveu qu'Anouher chasserait du pouvoir, comme il chassa jadis les seigneurs, s'il revenait aujourd'hui. Et crois-tu qu'ils se laisseraient faire ? lui chuchota une voix intérieure, et il tressaillit, frappé d'une illumination. Il voyait de mieux en mieux, oui, comment le Père de leurs lois était mort, qui il gênait et pourquoi.

« Témoin Asral, tu es appelé à la barre. Témoin Asral ! ! »

Au ton de l'accusateur, l'appel devait être lancé pour la seconde ou la troisième fois. Le scribe se mit précipitamment debout, s'avança. Toute la salle le regardait : les juges en masse compacte, Zetmah assis dont le visage montrait des signes d'épuisement, le président de la confrérie des tanneurs et le défenseur du défunt qui se parlaient à l'oreille, la grande prêtresse de la Haute Maison et ses suivantes, belles et impassibles dans leurs casaquins blancs.

« Homme, es-tu bien Asral fils d'Ingdibal ?

— Oui. »

Pour se donner courage, Asral avait levé un dernier regard vers le plafond, ce plafond qui avait vu Anouher, et dans son trouble il ne retrouvait plus les poutres portant des noms de dieux. Ce qu'il découvrait en revanche, c'était un petit anneau de métal terni, au-dessus de la tête des juges.

« Es-tu bien maître scribe au service du palais ?

— Mon insigne le prouve.

— Tu es donc un lettré, et ton témoignage vaut cinq fois celui d'un ignare. C'est-à-dire qu'il a cinq fois plus de poids ; mais il te rend aussi cinq fois coupable s'il n'est pas sincère, j'espère que tu en es conscient. »

... Il y avait le même anneau sous la poutre suivante, et un autre derrière ; et ainsi de suite, aussi loin que portait le regard. La salle était traversée en son milieu par une rangée d'anneaux, « comme des anneaux de rideau », eut le temps de se dire Asral presque amusé. Quand il ramena les yeux sur l'homme qui l'interrogeait, ce fut donc avec une fermeté inattendue qu'il répliqua :

« J'en suis parfaitement conscient. »

Un peu démonté, l'accusateur frotta son orgelet du pouce.

« Tant mieux. Or donc, lettré Asral, qu'as-tu à dire sur le crime dont tu as été témoin ?

— J'ai à dire que feu le maître potier Azakhar a commis une grave entorse aux commandements d'Anouher.

— Quelle entorse ? fit le juge avec humeur. Et qu'est-ce que cela vient faire ici ?

— *Il est bon que le cadet honore le premier fils, à qui leur père a appris son métier.*

— La maxime dont tu parles enjoint simplement d'honorer les premiers-nés, et ne rend que plus odieux le crime de Zetmah, chevrota le vieux juge Arbal. Ne cite pas les Paroles à tort et à travers, tu attentes à leur dignité.

— Très-haut et vénérable, même les montagnards honorent leur frère aîné. Ce qu'Anouher nous dit ici, c'est que cela est bon. Et pourquoi cela est-il bon ? parce que l'aîné a repris le métier de son père. Tel est dans cette maxime le commandement absolu – si absolu, que le verbe est au passé, comme si la chose allait de soi et ne pouvait se présenter que comme un fait accompli.

— Soit ; enfin, c'est la coutume, objectèrent plusieurs juges.

— Et depuis quand Anouher se contente-t-il d'approuver des coutumes ? Non, très-hauts. Anouher enjoint au cadet d'honorer son aîné *parce qu'il a repris le métier de leur père*, ce qui est une distinction, mais aussi une contrainte. Le cadet garde le droit de choisir le métier qui lui plaît ; Anouher nous rappelle que ce droit s'accompagne d'un devoir, devoir de révérence pour celui qui n'en jouit pas. Le juste équilibre des droits et des devoirs, tel est, je ne vous l'apprends pas, le souci principal d'un bon législateur. Cette maxime, dont il faut savoir lire chaque mot, ne fait rien de moins que préserver la paix des familles et prévenir de graves querelles. L'affaire qui nous occupe aujourd'hui en est la démonstration par le contraire.

— Il me plaît, celui-là », murmura distinctement la grande prêtresse à l'une de ses suivantes.

Mais Asral poursuivait sans rien voir, sans rien entendre :

« Azakhar y a contrevenu ; Abikim y a contrevenu en n'honorant pas ce frère devenu en quelque sorte son aîné, en le harcelant, en le provoquant sans cesse. En mon âme et conscience, j'ignore quelle main a porté le coup fatal, celle de Zetmah qui aurait tiré l'arme pour se défendre, ou celle d'Abikim qui aurait frappé son frère puis se serait blessé lui-même, par accident, au cours de la mêlée. Zetmah dit ne pas s'en souvenir, ce qui ne m'étonne pas : comment son âme y verrait-elle clair dans un tel écheveau d'affects et de responsabilités ? Nous ne le saurons jamais et, si vous me demandez mon avis, c'est sans importance. J'estime que le collège devrait se déclarer incompétent pour juger de cette mort, qui n'est que la conclusion de plusieurs manquements demeurés impunis. »

Une rumeur salua la fin de sa tirade. C'est alors qu'Asral s'aperçut que la salle du Sanctuaire s'était remplie : les portes étaient ouvertes, et de nouveaux spectateurs s'y glissaient à chaque instant, le bonnet à la main, pour aller se ranger le long des murs.

« Silence », jeta l'accusateur. Soudain on n'entendit plus que les stylets des trois greffiers qui prenaient note, accroupis face aux juges devant la barre des témoins. Un à un les stylets se turent. Et dans le groupe des Quarante-Trois s'éleva une voix doucereuse qui fit passer un petit frisson dans l'échine d'Asral :

« Dis-moi, ô scribe palatin : cet *avis* (et la voix mettait dans ce mot une inquiétante ironie) serait-il en relation avec ton travail de copie ?

— Il est le fruit d'une lecture littérale des textes, répondit le scribe, cherchant des yeux d'où venait cette voix.

— Qu'entends-tu par *littérale* ? intervint Innêdeth. Il est pourtant écrit : *Le crime de sang appelle le sang, et doit être puni.*

— Je ferai observer aux membres du haut collège que le *doit*, c'est-à-dire le commandement, n'apparaît que dans le second terme de la phrase, répondit le scribe, scrutant toujours les cinq rangées de sièges devant lui. Le premier ne fait qu'énoncer un constat : le crime de sang suscite des représailles, et c'est bien pourquoi il est si essentiel que la justice en demande raison.

— Il n'a pas tort, intervint la grande prêtresse. Huit potiers, ou membres de leurs familles, ont déjà perdu la vie à cause du meurtre d'Abikim. »

Mais les yeux d'Asral s'étaient arrêtés sur un visage et il eut un haut-le-corps. Devenait-il fou, ou ce visage était-il bien celui d'Esdiros ?

« Je demande à connaître le nom du juge qui m'a interpellé tout à l'heure, balbutia-t-il.

— Étrange requête. Le juge dont tu parles est Néhémer, notre porte-étendard lors des grandes processions, je suis surpris que tu ne l'aies pas reconnu. »

Un ricanement monta parmi les proches du défunt, dont le défenseur se mit cérémonieusement debout.

« Nous en sommes surpris nous aussi. Quelle foi ajouter, je vous le demande, au témoignage d'un homme sujet à de telles distractions ? Mais passons. Selon les droits qui nous sont reconnus, nous souhaiterions l'interroger à notre tour, et produire un contre-témoin. »

On vit les juges délibérer, Innêdeth secouer la tête puis faire un signe de la main comme pour dire « Soit », et un mouvement se fit devant l'une des portes. De nombreux spectateurs l'obstruaient, les huissiers les faisaient reculer pour replier les battants, et tout à coup un murmure de surprise monta : gracile entre les deux haies humaines qui se formaient sur son passage, les yeux baissés, la démarche lente, celui qui approchait de la barre n'était autre que Djinnet.

« Que fait cet enfant ici ? protesta Asral. Il est captif du haut palais depuis la lune des bourrasques. Il n'a pas assisté au meurtre, en a sans doute à peine entendu parler. Il ne peut être témoin, c'est une aberration !

— Il est témoin.

— Et de quoi ?

— De ton inconséquence ! de ta légèreté ! dont nous allons faire la preuve, et qui ôtent tout poids à ton témoignage, ainsi qu'aux sottises que tu viens de débiter. »

Des cris fusèrent dans le public ; d'approbation ou de blâme ? sans doute les deux, car des altercations éclataient, et l'on saisissait au vol : « C'est honteux », « Non, laissez-le parler », « Il faudrait qu'on sache, à la fin », tandis que des ombres désordonnées s'agitaient sur les murs.

« Silence ! ! tonna encore l'accusateur. Je rappelle que le public n'a été admis que par une faveur de la cour, suite à la demande pressante du peuple de Sir, et qu'il ne doit en aucun cas entraver les débats. Défenseur du défunt, procède à l'interrogatoire que tu as sollicité. »

L'homme en tunique écrue vint se placer derrière Djinnet qui gardait toujours les yeux baissés, et lui posa une main sur l'épaule.

« Lettré Asral, reconnais-tu avoir, depuis deux ans, un attachement pour l'enfant que voici ?

— Je le reconnais, fit Asral, mal à l'aise.

— Un attachement passionné ?

— Oui.

— Parle plus fort.

— Oui.

— Témoin Djinnet fils de Tisri, tu as devant toi cet homme, qui prétend te vouer un attachement passionné. En deux ans, qu'a-t-il fait pour te séduire ? »

Djinnet leva les yeux, et leur eau noire trembla pendant qu'il les promenait sur l'assistance comme pour implorer qu'on le laissât tranquille, sans savoir qui pouvait en décider. Puis il entrouvrit les lèvres et souffla :

« Rien.

— Rien, appuya le défenseur du défunt en jetant à la ronde un coup d'œil satisfait. Afin que la vérité soit solidement établie, je pose la même question au premier témoin. Asral fils d'Ingdibal, qu'as-tu fait, en deux ans, pour séduire le rossignol d'Anouher ? »

Bouleversé, Asral ne disait mot. Il aurait voulu saisir cette occasion si rare de regarder Djinnet, et il n'y parvenait pas. Il lui semblait que s'il voyait ce visage, l'expression de souffrance de cet être délicat qu'on tourmentait en l'exposant à la curiosité de tous, le peu qui lui restait de sang-froid allait être anéanti.

« Eh bien, réponds. Lui as-tu envoyé des présents ? As-tu soigné ton apparence, acquis des étoffes précieuses, des gemmes, des gorgerins, que sais-je, pour te rendre agréable ? As-tu fait venir dans ta maison des danseuses et des musiciens, t'es-tu entouré de poètes, d'astronomes, enfin de personnalités brillantes propres à éblouir un jeune garçon ? D'après mes renseignements, la seule recrue que tu aies faite dans ce domaine est un montagnard répondant au nom de… Ordjéneb sher-Djénebi Lallit en-Jaïneha. » Il s'interrompit pour laisser le temps aux rires de refluer puis reprit, sévère : « Alors ? Qu'as-tu fait ? »

La tête basse, Asral murmura :

« Je l'ai aimé. »

Et ayant dit cela, il réussit enfin à regarder Djinnet dont les yeux rencontrèrent les siens avant de se retrancher dans l'ombre de leurs cils.

« Nous ne comprenons pas ta réponse. Est-ce là ce que tu as fait ?

— Je l'ai aimé, je ne saurais en dire davantage, marmonna le scribe, irrité d'entendre à ses pieds les greffiers qui, imperturbablement, continuaient de prendre note.

— C'est intéressant, remarqua la grande prêtresse, ce qui fut le signal, un peu partout, de commentaires sonores.

— Silence, une fois de plus ! Je rappelle à la révérende que son rôle lors des procès est purement consultatif, jeta l'accusateur d'un ton acide. Elle n'est pas ici dans sa chambre de la Haute Maison, où elle tranche de tout, et fait d'un pauvre homme ce qu'elle veut. »

La dame passa sa belle main sur son revers comme pour en chasser un grain de poussière invisible, et dit simplement :

« Fi. Mes sœurs, retirons-nous. »

Elle s'était levée, ses suivantes attrapèrent le bas de sa robe longue ; et, suivies d'une partie des spectatrices, elles mirent le cap sur la porte d'Ertout (des inscriptions identiques figuraient en lettres noircies, Asral venait de le remarquer, au-dessus des deux issues latérales), à travers la salle qui, entre-temps, s'était remplie à craquer. Même l'espace libre entre l'estrade des juges, la barre des témoins, la tribune de la défense et celle des proches du défunt commençait d'être grignoté par des curieux qui s'asseyaient par terre, n'ayant pas trouvé place ailleurs ; et à voir l'encombrement aux abords de chaque porte, les couloirs aussi devaient être bondés, les antichambres, tout le palais peut-être, sous la poussée d'un peuple entier qui se pressait dehors.

Je ne retrouverai jamais ma blouse, songea Asral, et cette pensée saugrenue lui procura une joie qu'il n'aurait pu expliquer. Ou plutôt si. Le palais, jusqu'ici une bulle étanche, semblait être devenu comme une éponge sèche que l'on replonge dans l'eau et qui se sature, lentement, se fait lourde, se dilate, reprend sa mobilité et sa souplesse d'être vivant. Je ne sais pourquoi, songea-t-il encore, mais il me semble qu'Anouher est vivant, qu'il est tout près de moi.

Et le scribe se retourna. Derrière lui, parmi la foule des spectateurs qui se tenaient au coude à coude et haussaient le cou pour mieux voir, il aperçut Ordjéneb qui lui faisait un signe joyeux. Il n'eut que le temps de réprimer sa surprise, car le défenseur du défunt reprenait :

« La révérende Shaïnata l'a relevé à juste titre, avant de prendre la regrettable décision de nous quitter : c'est intéressant. Intéressant que la défense ne puisse citer à décharge qu'un être velléitaire, à l'esprit embrumé, et j'ajouterais : oublieux de ses devoirs.

— Honte ! Tu parles du scribe de la loi d'Anouher, cria une femme dans la foule.

— Précisément, j'en parle. Je souhaiterais à ce propos faire comparaître un autre contre-témoin, qui devrait définitivement invalider ce prétendu témoignage. »

Les juges opinèrent, et deux huissiers se levèrent du banc où ils patientaient jusque-là. Ils portaient une malle, une malle qu'Asral connaissait bien. Parvenus devant l'estrade ils l'ouvrirent, et ceux qui étaient assis à proximité plaquèrent les doigts sur leurs paupières : ils avaient reconnu, à l'intérieur, les rouleaux que ne devaient regarder que *ceux qui prennent note.*

« Blasphème, horreur dans Sir ! les rouleaux devant tous », sanglota un vieux tanneur que ses fils portaient sur leurs épaules ; et de se frapper la poitrine, tandis que s'élevaient des pleurs et des lamentations.

« Que le public se rassure : cette copie n'est pas encore collationnée, encore moins consacrée. Et pour cause ! Tel est, vous allez le voir, le fruit des mois de labeur d'un homme en qui la ville avait placé sa confiance. Je demande au doyen des juges, s'il en a la force, de bien vouloir venir l'examiner. »

Un remous se fit sur l'estrade : par la même gloriole qui lui faisait épouser, tous les cinq ans, une vierge qu'il répudiait ensuite pour sa stérilité, le juge Arbal prétendait se déplacer seul, et à deux reprises il tomba. Enfin on le hissa sur sa chaise pour l'installer à côté de la malle, cependant qu'un huissier lui tendait les rouleaux un à un.

Cela prit un certain temps. Arbal dépliait, scrutait, hochait la tête, puis il jeta des coups d'œil incertains autour de lui et murmura :

« Mais… cette copie me paraît parfaitement conforme, du moins à première vue, et elle est presque complète. Voici les Lois, le Testament, les Commentaires… Il ne manque plus que les Hymnes et les Laudes, je crois. »

À la mention du Testament, tous les profanes dans l'assistance s'étaient jetés face contre terre. Murmurant, ils se redressèrent, et deux ou trois autres juges sortirent des rangs :

« Laisse-nous t'assister, ô Arbal. Ta vue est défaillante… du moins sous ce faible éclairage. Ce que tu dis est impossible, voyons ! »

À leur tour ils déplièrent, scrutèrent, parurent déconcertés.

« La copie était donc prête. On a trompé le peuple de Sir ! lança une voix.

— Et on bafoue le scribe de la Loi, le fidèle servant d'Anouher ! »

L'accusateur se tourna vers le défenseur du défunt comme pour lui demander : Qu'est-ce à dire, que voulais-tu montrer ? et le défenseur, lui, se tourna vers la barre des témoins. Huissiers, juges, spectateurs, toute la salle l'imita, jusqu'à Zetmah que ce coup de théâtre avait tiré de son hébétude, et à Djinnet dont les yeux noirs, dans la pâleur de son visage, brillaient d'un éclat nouveau.

Mais Asral n'était plus là et, fondue dans la masse des Siriotes qui la débordaient sur la gauche et sur la droite, la barre elle-même avait disparu.

25

« Mais que fais-tu ? où m'emmènes-tu ? » gémissait Asral, toujours remorqué par Ordjéneb dans la cohue des couloirs où leur passage ne suscitait qu'ici et là un regard étonné – le Lalliti avait bien vite enfoui dans sa poche l'insigne palatin du scribe, et nul ne prêtait attention à l'homme de taille moyenne, de traits quelconques, vêtu d'un pagne blanc comme les nombreux eunuques secrétaires employés au palais, qu'entraînait ce grand gaillard en houppelande capable de se frayer un passage sans jamais bousculer personne, en trouvant même le temps d'indiquer à ceux qu'il croisait le chemin de la grande salle, de remettre sur ses jambes une petite fille qui avait lâché la jupe de sa mère et, assise par terre, pleurait.

« Je te sauve, voilà ce que je fais.

— Tu as perdu la tête ? Laisse-moi. C'est un ordre !

— Maître, maître, maître, fit le montagnard qui se retourna vers lui pour le secouer doucement par l'épaule, comme on réveille quelqu'un. Tu es le seul à ne pas avoir compris que tu es en danger. En grand danger. Il faut t'enfuir.

— M'enfuir ! au moment où ma cause l'emporte, où le peuple de Sir me soutient ?…

— Justement. Quel enfant tu es, maître, sans vouloir t'offenser ! Les juges te craignent maintenant, et là, à la barre, tu étais désarmé. Et puis, tu ne sais pas ce qui se passe dehors. Le peuple de Sir n'est pas un, il se déchire, on s'est battu sur l'esplanade et il y a eu des morts ; et toi, tout seul, entre les deux ? Reviens quand les camps auront pris forme, reviens avec un début d'armée, et alors tu verras.

— *Reviens* ? Mais d'où ?

— Eh. Je ne sais pas trop où tu pourrais être en sûreté, sauf à Hénab. Tu as des amis là-bas, des gens qui pensent du bien de toi et qui voudraient t'aider.

— À Hénab », murmura le scribe. Il était consterné, pris de court. Et, pendant qu'Ordjéneb reprenait sa marche en avant – ils arrivaient enfin dans le premier vestibule, dont les battants ouverts laissaient apercevoir la lumière du jour : « C'est vrai que tu en reviens, toi. Au fait, Esdiros. Était-il chez lui, quand tu es allé le trouver ?

— Bien sûr. À qui aurais-je remis la Seconde Copie, autrement ? »

Du reste, ça ne prouvait rien. Songeait Asral en passant devant les factionnaires qui se tenaient toujours en haut de l'escalier d'honneur, tout droits dans leurs robes bleues, leur fausse lance au poing, mais échangeaient des regards perplexes et, de leur main libre, trituraient nerveusement les bouclettes de leur barbe. Ils ne pouvaient se battre, n'avaient pas empêché la foule d'entrer, et ne savaient que faire. Personne n'avait songé à les relever depuis le matin et ils semblaient se demander s'ils allaient rester là dans les siècles des siècles, comme des bas-reliefs sur le portique d'un temple désaffecté.

L'esplanade était méconnaissable. Quelques corps y gisaient, des taches de sang maculaient les murs des immeubles voisins, on distinguait dans un angle une sorte de barricade défendue par une centaine d'hommes, face aux milices des tanneurs qu'ils étaient parvenus à refouler dans une rue. Ailleurs des archers tiraient d'une fenêtre sur des hommes qui couraient, mais Asral n'eut pas le temps de comprendre qui était qui, car Ordjéneb l'avait enveloppé de son manteau et l'entraînait dans la direction opposée en criant :

« La place ! Faites la place pour un homme blessé ! »

Ils passèrent ainsi une autre barricade, puis un barrage de sbires palatins. Plus loin, ils évitèrent de justesse une placette dont les riverains étaient brutalement passés en revue par une escouade, capitaine en tête : des enfants pleuraient, de jeunes rebelles tentaient de s'enfuir en sautant de toit en toit, d'autres gisaient au sol, le crâne fracassé.

Après ces multiples crochets, Asral aurait été incapable de dire où il se trouvait, il ne reconnaissait rien, se laissait mener. Soudain ils obliquèrent dans une impasse miraculeusement épargnée par les combats alentour. Des poules y caquetaient, une femme en train de vider dans une rigole un baquet d'eau sale releva à peine la tête vers eux. Ils s'assirent sur une pierre, reprirent leur souffle.

« Il va falloir te faire sortir de la ville, mais je ne sais pas comment, dit Ordjéneb, préoccupé. Il paraît que toutes les portes ont été fermées. Laisse-moi réfléchir.

— Oui », fit Asral. Il n'était pas encore revenu de sa stupeur, tentait de remettre de l'ordre dans ses idées. Lui, à Hénab ? Lui dans la ville exécrée, forcé d'y demander asile, peut-être définitivement ? Il eut une pensée pour son père, le maître scribe Ingdibal, qui devait se retourner dans sa tombe. En même temps, il ne pouvait se défendre d'une certaine curiosité.

« Et dis-moi, alors, comment est-ce ?

— Quoi ?

— Hénab.

— Ah », jeta le montagnard en se levant à demi pour observer l'entrée de l'impasse, d'où leur parvenaient à nouveau des bruits de lutte. Puis il se rassit : « Eh bien, c'est plat. Il n'y a pas de mur d'enceinte. Ce n'est pas très beau. Mais le pain est bon.

— Certes, certes. Mais comment vit-on là-bas, comment as-tu trouvé les Hénavites ? »

Ordjéneb haussa les épaules.

« Les Hénavites ? Ils vous ressemblent. Ils ont des habits de ville. Ils parlent un peu comme vous, en plus rapide. Par contre, ça leur est égal si on est montagnard. Ce qu'ils n'aiment pas, c'est qu'on n'ait pas d'argent.

— Ah ?

— Oui. Quand je suis allé voir ton ami Esdiros – Asral frémit –, il m'a dit que pour telles et telles raisons, il ne pouvait pas me garder. Mais il m'a donné un peu de leur monnaie, pour que je puisse manger et dormir à l'auberge. Moi, en sortant de là, j'avais déjà faim, alors je suis entré dans une boutique où on vendait des croquettes. Pendant qu'on me servait (elle faisait des sourires, la marchande, elle ne tordait pas le nez parce que j'avais un accent), un pauvre vieux est entré, tout faible, tout perclus, et il a demandé une croquette par pitié. Eh bien la femme, elle a dit non. Enfin, elle a fait un geste du menton, "Dehors", tu vois ? Un vénérable, qui aurait pu être son grand-père !

— Odieux », appuya Asral. Et il ajouta en son for intérieur : Je ne suis pas surpris.

« Je lui ai donné une de mes croquettes, au vénérable. Je lui ai donné devant eux, pour leur faire la leçon. Mais ils n'avaient pas honte. Ça leur était égal. »

Asral lissait les plis de son pagne, le front baissé. Puis il murmura :

« Écoute, je ne peux pas aller là-bas. C'est au-dessus de mes forces.

— Noble maître, tu n'as pas le choix !

— Traverser la plaine à pied, descendre et remonter ces ravins, marcher dans ces champs de pierres, un homme de mon âge ? Non, non.

— Mais moi, je sais où trouver des mules, fit Ordjéneb d'une voix lente, comme s'il réfléchissait tout haut. Oh ! et j'ai une idée, pour te sortir de la ville. Tu vas sûrement la trouver folle, mais… Attention, cache-toi. »

Le montagnard l'avait tiré derrière l'angle d'une remise et observait d'un œil ce qui se déroulait à l'entrée de l'impasse. Rien de joli, rien que son maître dût voir : trois hommes qu'on poussait contre un mur et qu'on saignait au couteau. Mais il ne pouvait empêcher son maître d'entendre les cris, les cris qu'ils poussèrent en agonisant dans des soubresauts pendant que leurs exécuteurs les achevaient à coups de pied.

Quand le silence revint et qu'Ordjéneb se retourna, Asral était tout blanc.

« Quelle était ton idée ? articula le scribe.

— La ferme de l'Acacia. Ils te sont très dévoués. Tu n'imagines pas, maître, le nombre de gens qui te veulent du bien ! ajouta-t-il, sentant qu'Asral avait grand besoin d'être réconforté. Ils nous prêteront des mules. Et à dos de mule, nous serons à Hénab en une demi-journée.

— Et comment nous rendre jusque-là, si l'on a fermé les portes, objecta le scribe dans un filet de voix.

— Justement. C'est de penser à la ferme qui m'a donné l'idée. Par la source !

— Que veux-tu dire ?

— En suivant l'eau, l'eau du grand réservoir, qui coule vers les fermes du côté de la dune.

— Tu veux parler de l'aqueduc souterrain », dit Asral. Depuis le début de cette journée il lui semblait vivre la vie d'un autre, comme si le destin s'était trompé et avait emmêlé les fils de plusieurs existences. Lui, un lettré, il allait retrousser son pagne, le pagne immaculé qui était l'attribut de sa caste, et patauger dans des canalisations ? À ce moment-là il pensa à Djinnet, au regard que Djinnet lui avait accordé avant de l'enfouir derrière ses cils, et il constata que l'idée lui répugnait moins qu'elle n'aurait dû. Eh bien, soit, il allait vivre la vie d'un autre, au moins pour quelque temps. Qui, dans ce bouleversement de toute chose, ne se conduisait pas de manière différente qu'à son accoutumée ?

« Je te porterai sur mon dos, maître. Tu n'auras pas à te mouiller, ajouta Ordjéneb qui se méprenait sur son silence.

— Je me mouillerai s'il le faut, coupa Asral, d'un ton ferme qui l'étonna le premier. Mais une chose me tracasse.

— Dis.

— J'aurais voulu parler au fonctionnaire Moupim, avant de m'en aller. Il détient un document extrêmement précieux qu'il pourrait être utile, le moment venu, de porter à la connaissance du peuple siriote.

— N'y pense pas, noble maître. Ta vie est la seule chose précieuse en ce moment, voilà ce que tu devrais te dire. Quand tu seras sain et sauf à Hénab et que nous verrons plus clair dans ce qui se passe ici, il sera toujours temps de t'entendre avec ce monsieur Moupim.

— Mon ami, je suis un vieux Siriote et j'ai récemment étudié notre histoire. Je connais mieux que toi la ville et ses humeurs. Si le cours des événements, ici, est souvent lent au point de paraître immobile, parfois il se précipite et cascade comme un torrent de tes montagnes, nous le voyons bien aujourd'hui. Il faut que je parle à Moupim. Ou du moins, que je lui fasse parvenir un message.

— Et comment lui porterais-je un message de ta part ? Tu as besoin de moi.

— Ah, je sais, murmura Asral en se mordant la lèvre. D'ailleurs, tu es connu maintenant dans les milieux du palais. Qui t'a vu une fois, mon cher, a du mal à t'oublier ; ce n'est pas un reproche, mais tu ne passes pas inaperçu. Ce qu'il nous faudrait, c'est au contraire quelqu'un qu'on remarque à peine… Un enfant, par exemple. Si tant est qu'on puisse lui faire confiance.

— Eh bien, Émer.

— Qui est-ce ?

— Émer, le plus jeune de tes marmitons. Nous sommes amis ! précisa le montagnard. Si je le lui demande, il se laissera couper en morceaux plutôt que de mal remplir sa mission. »

Un marmiton, à présent. – Mais au fond, pourquoi pas ? L'Émer en question avait apparemment servi pendant des mois chez le scribe sans que ce dernier s'aperçoive jamais de son existence ; pouvait-on rêver d'un messager plus discret ?

« D'accord, demande donc à Émer. Tu lui confieras mon insigne. En le voyant, Moupim ne doutera plus que le message vient de moi. Eh bien, qu'attendons-nous ?

— Tout doux, le maître. Ta maison doit être surveillée. Et puis, il faut encore parvenir jusque-là. »

C'était lui qui, à présent, avait du mal à retenir Asral. Déjà celui-ci sortait de l'impasse, examinait les lieux. Ils ne devaient pas être loin de la porte des Hyènes : cette stèle de forme étrange en travers de la rue, il l'aurait reconnue entre mille, il n'y en avait pas deux semblables à Sir. Et là, cette petite cour en trapèze, il la reconnaissait aussi, elle marquait l'entrée du marché aux voleurs, comme on l'appelait – en fait le rendez-vous des joueurs de dés et de bonneteau. Ils progressèrent de cette façon, malaisément, se perdirent encore.

« Ah, mais je sais où nous sommes, dit cette fois Ordjéneb. Là au fond, tout là-bas, ce sont les palmiers de la Haute Maison. » Il ajouta un peu gêné : « Je suis déjà passé devant. »

Mais Asral n'avait nullement remarqué son embarras. Il lui tournait le dos et fixait un pan de muraille, très ancienne, qui se projetait en biais entre deux bâtiments ; sans autre fonction, aurait-on dit, que d'attirer un jour son regard, le regard d'un homme qui avait lu la chronique perdue des treize lunes de l'année de la grande peste. Il le toucha, toucha les briques noircies : il n'y croyait pas.

« Maître, que regardes-tu ? Nous ne sommes plus très loin, il faut avancer !

— *Que sont pour nous les seigneurs ? Il y a un mur entre eux et nous*, récita Asral d'un ton absorbé. Oui, avançons. Mais comprends-tu, je vais quitter ma ville, et il me semble la voir pour la première fois. »

Ils se remirent en marche. Mais que signifie *assez près*, *plus très loin*, dans une ville en proie à des combats de rue ? Sans cesse ils devaient éviter une patrouille, se garer d'une bousculade, ou fuir comme les autres, à toutes jambes, droit devant eux. Le jour déclinait qu'ils n'étaient toujours pas en vue de leur quartier.

« Grimpons là-dedans, nous attendrons la nuit, proposa le montagnard en montrant une construction en bois au milieu d'un terrain vague. Impossible d'aller plus loin pour l'instant, la place des Ormes est bouclée. »

Asral leva les yeux. « ISSI EST NÉ ANOUËR », lut-il sur le linteau du bâtiment. Il eut un sourire. Très bien, si les vicissitudes du sort en décidaient ainsi. Il allait grimper là-dedans, comme disait dans son parler rugueux le Lalliti qui était devenu son plus proche, son plus fidèle compagnon, et il y attendrait l'heure du départ. Si l'on devait ajouter foi à cette inscription maladroite (et Asral était maintenant tenté de le faire : il lui semblait plus vraisemblable que le jeune insurgé ait vu le jour ici, plutôt que dans une des cinq ou six demeures patriciennes exprimant, sans les fautes d'orthographe, la même prétention), ce fenil historique était, de tous les endroits, celui où Asral désirait le plus passer ses dernières heures à Sir.

Alors ils montèrent l'échelle, mettant en fuite plusieurs chats qui escaladèrent la charpente et, de là-haut, les regardèrent, l'œil intense, s'installer dans le foin. Ordjéneb avait pris soin de ramasser un bout d'écorce et une pierre pointue, pour que le scribe y grave son message à Moupim ; et s'étant assuré qu'ils ne pouvaient être vus, que le maître était à son aise, tout de suite il s'endormit, fatigué, roulé dans sa houppelande.

Et le maître, dans ce foin redevenu berceau qui l'abritait comme il avait abrité, peut-être, l'homme de qui tout était venu, regarda, heure après heure, descendre le jour par les fentes du toit, pendant qu'autour de lui la ville résonnait de cris, d'appels, de sonneries de buccins. La nuit tombée, avant de céder au sommeil, il eut cette pensée qui le terrifia et, en même temps, le ravit : cette formidable éruption n'était-elle pas son œuvre ? Lui si faible, si hésitant, n'était-il pas devenu à son tour *l'homme de qui tout était venu* ?

26

Sir, mère souffrante, qui portes dans ton sein deux jumeaux ennemis ! Qui saura ce que ressent une mère grosse de deux guerriers en armes, labourant ses entrailles de leurs glaives entrechoqués, de leurs casques coniques, de leurs éperons qui la tailladent quand l'un, pour parer un coup, recule devant l'autre ? Qui saura ce qu'est cette longue, longue douleur, que n'allège la promesse d'aucun enfantement ?

On ne voit des orgueilleux que leur orgueil, et l'on ne sait donc rien de leur douleur qui est sans doute plus vive que chez les autres ; car elle est douleur, et elle est cachée.

Sir, orgueilleuse. Qui clames à tous les vents être une, être forte, un seul grand corps de pierre, alors qu'en toi tout n'est que sable sanglant, gravats baignés d'eaux troubles. Tu méprises le reste du monde, et enfin nous savons pourquoi : parce qu'il ne devine rien de tes déchirures internes, ne voit que ta façade, tes murs, et croit ce que tu lui dis. « Je suis une ! Je suis forte ! Je suis dure ! dure pour t'écraser, reste du monde, misérable néant ! » Et elle serre les dents, et semble une louve prête à bondir ; puis redevient cette reine altière défiant la plaine, toujours droite, menton haut, mains calmement posées l'une au-dessus de l'autre. Le sang coule de son corps qui n'est au-dedans qu'une plaie, et elle espère, espère qu'il n'y paraîtra pas. Toujours droite, menton haut sous le poids de sa tiare, mains posées l'une sur l'autre, là, entre les deux seins ; et ne rien laisser voir, ne rien laisser entendre. Qui sait si elle n'y survivra pas ? Sir a survécu à de plus horribles batailles livrées entre ses flancs, Sir fut écartelée, coupée en deux, une moitié d'elle emmurée et vouée à la mort, une moitié d'elle arrachée et expulsée comme un kyste, Sir, oh, Sir, courageuse, toujours tu t'es relevée, exsangue tu t'es relevée et, de nouveau : « Toujours droite ! Menton haut ! Mains plaquées sur ce cœur qui ne bat presque plus ! Je suis une et unie, et vous là-dedans, mes fils, tuez-vous, tuez-moi, faites-nous mourir, mais ne faites pas de bruit. »

… C'est affreux, ce qui se passe ici, pensait Ordjéneb qui dans le noir venait de marcher sur le bras d'un blessé, d'un mort peut-être, et en tâtant avait compris que ce n'était qu'un bras, et rien au bout. Il respirait avec peine, se sentait mal, jamais il n'avait vu de spectacle aussi éprouvant. Les guerres chez lui étaient des affaires meurtrières mais brèves et, en un sens, propres, les Drinahi ou les Tatiouli dévalant d'un col pour dévaster un village et mettre tout à feu, à sang, prenant les femmes, tuant le bétail, avant de repartir bien vite dans des cris de triomphe, un triomphe qui durait jusqu'aux représailles, à moins qu'une paix n'ait été conclue entre-temps. Mais cette ville où le voisin livrait son voisin, où les membres d'une même famille se jetaient à la tête qui leurs juges, qui leur Loi, avant de se prendre à la gorge et de rouler au sol… non, il ne pouvait pas voir ça.

Enfin il avait retrouvé leur rue, c'était l'essentiel. Parler à Émer, retourner au fenil, faire évader son maître, oui, et ne plus jamais remettre les pieds ici.

« Qui vive ! » lança une grosse voix près de lui.

Il se ramassa dans une encoignure. Une sentinelle palatine remontait la rue à pas comptés, sondant de l'œil les zones d'ombre, décochant une flèche vers les fenêtres où une lumière se voyait encore. Tout au bout de la rue, Ordjéneb l'entendit qui disait à quelqu'un : « Rien à signaler », avant de revenir en sens inverse. Ce quartier-ci semblait fermement tenu par les forces du palais.

Et devant la porte du scribe, deux autres soldats étaient de faction, la lance bien en main : impossible d'entrer par là.

Le montagnard laissa passer la sentinelle, traversa d'un trait la rue, se glissa dans une venelle menant à l'arrière du bâtiment. Seul des trois marmitons, Émer dormait dans un réduit attenant aux cuisines, parce qu'il était orphelin, et ce réduit avait une fenêtre à barreaux. Mais il ne s'agissait pas de se tromper de fenêtre ; car d'un côté il y avait l'appartement des eunuques, de l'autre celui de Nisrit-am. Dénonceraient-ils le premier garde d'Asral aux troupes palatines, s'ils tombaient sur lui ? Sans le moindre doute, conclut celui-ci, repensant aux scènes d'horreur auxquelles il venait d'assister.

La sentinelle repassait encore. Il écouta son pas décroître, recompta une dernière fois les fenêtres, et se lança. C'est-à-dire qu'il roula un tonneau vide contre le mur, y grimpa, se haussa vers les barreaux et, aussi bas que possible, chuchota : « Viens à la fenêtre, viens ! »

Il entendait à l'intérieur une respiration régulière qu'avait entrecoupée un petit soupir, mais rien ne bougeait.

« Viens à la fenêtre ! C'est moi ! »

Cette fois le souffle se suspendit. Oui, très bien, exulta le Lalliti qui percevait maintenant un bruit de paillasse froissée, de couvertures qu'on repoussait. Et il ajouta : « N'aie pas peur. »

Il ne distinguait derrière les barreaux qu'une forme dans les ténèbres, qui d'ailleurs s'immobilisa aussitôt ; l'enfant devait hésiter. « Donne-moi ta main, n'aie pas peur », insista le montagnard en tendant la sienne, tant bien que mal, à travers le grillage.

Et soudain des doigts touchèrent son poignet, et il eut un sursaut : ce n'était pas du tout une main d'enfant.

« Qui est là ! fit-il, saisissant violemment, par réflexe, cette main à laquelle il ne s'attendait pas.

— Ordjou…

— Djili ! ? »

Comme nous avons parlé fort, s'alarma-t-il, tout en se demandant : Qu'est-ce qu'elle fait là ? Mais ses pensées tournaient très vite : Nous n'avons pas le temps de nous poser des questions et d'y répondre, ce qu'elle fait là, peu importe, sans doute qu'elle s'est retrouvée coincée ici par le couvre-feu et est restée dormir, ce n'est pas ce qui compte, qu'est-ce qui compte ? Ma mission ? Ma mission, oui. Mais cette joie en moi !...

Il se plaqua contre le mur. À l'extrémité de la ruelle, il voyait le soldat palatin qui repassait. Surtout ne parle pas, ne bouge pas, conjurait-il mentalement Djili en lui pressant la main. Dès que la sentinelle serait loin il ferait passer l'insigne et le message pour Moupim à travers les barreaux, mais pour l'instant il n'y avait rien à faire que de tenir cette main, cette main qui était venue se mettre dans la sienne... son cœur se gonflait, il prenait enfin conscience de ce qu'il était en train de vivre : elle était venue mettre sa main dans la sienne, parce qu'elle avait reconnu sa voix, Djili ! et il entremêla ses doigts aux siens, puis sentant qu'il lui faisait un peu mal avec ses articulations trop larges, il enveloppa dans sa paume toute cette main, cette main tiède qu'il ne voyait pas.

Ne parle pas, surtout ne dis rien, pensait-il toujours, dans sa nuque la sensation de ce danger derrière lui, dans sa paume cette main abandonnée qui disait oui, qui disait Oh tu es là... La tête lui tournait, il n'avait jamais rien ressenti de tel, cette terreur et ces délices au même moment, ou plutôt si : c'était comme en hiver, au village, quand vous vous rôtissiez le ventre à une bonne flambée pendant que votre dos, lui, était mordu par un froid de loup.

« Il est parti, murmura-t-il, et de l'autre main il tendit à Djili l'insigne et le morceau d'écorce : C'est pour Émer, il faudra qu'il les remette à Moupim au palais » ; elle dégagea sa main pour prendre les objets et les poser à terre derrière elle, pendant qu'il ajoutait : « Demain je m'en vais à Hénab », et s'étonnait :

Comme j'ai confiance en elle, comment ai-je pu ne pas lui faire confiance plus tôt, puis déjà cette question : Va-t-elle remettre sa main, la remettre dans la mienne ? si tu remets ta main c'est que tu es à moi –

Pourvu que sa main soit encore là, pensait Djili, la poitrine broyée de douceur, en revenant vers les barreaux. Pourvu que les sentinelles ne le voient pas, il faudrait qu'il s'en aille, mais pourvu que sa main revienne, un tout petit peu encore... Elle tressaillit et l'entendit, lui, qui réprimait un rire de plaisir parce que leurs mains s'étaient retrouvées, le sentit qui lui caressait les jointures, lui écartait les doigts, allait toucher la peau entre, cette peau qui est tendre et pâle même chez une blanchisseuse – et puis il lui retourna la main, l'ouvrit, paume vers le haut, en parcourut du pouce les cals, suivit la ligne de vie, longuement, profondément, Djili tremblait, elle aurait tout donné pour que cela ne finisse jamais, et pourtant cela devait finir : ils le savaient tous deux.

« Ce n'est...

— Tu...

— Parle.

— Non, parle, toi. »

Lui le premier, pensa Djili. Et puis elle pressentit la douleur que ce serait de l'entendre dire, lui : « C'est trop dangereux, il faut que je m'en aille », alors elle souffla :

« C'est trop dangereux. Il faut que tu t'en ailles.

— Tu as raison.

— Non ! Non, je n'ai pas raison...

— Tu pleures ? Pourquoi ?

— Reste. Encore un peu.

— Oui », fit-il. Et il y avait dans ce *oui* tellement de bonheur qu'elle ne put contenir un sanglot.

Alors ils entendirent la sentinelle passer au bout de la ruelle au pas de course, puis une autre, puis une corne retentir : on attaquait la rue. Leurs mains se séparèrent, Djili recula dans l'ombre, Ordjou descendit du tonneau et disparut en hâte du côté des jardins.

Et voilà, c'était terminé.

27

Asral se laissait bercer par le pas de sa mule. Il se sentait moulu, hébété. Il n'aurait pas été fâché que son garde bavarde pour le distraire, mais ce dernier était d'humeur pensive : il se taisait, souriait vaguement aux cailloux du chemin, ou se retournait avec d'énormes soupirs vers les remparts de Sir qui, derrière eux, s'amenuisaient déjà dans la lumière matinale.

« Pourvu que ses enfants soient en sûreté », grommelait-il soudain de but en blanc. Puis il secouait la tête et souriait de nouveau, comme un qui ne parvient pas à croire ce qui lui arrive.

Lui non plus, Asral, ne parvenait pas à croire ce qui lui arrivait. N'eussent été, dans son dos, les clameurs et les roulements de tambour dont retentissait la ville, il aurait cru à un rêve, à un long rêve absurde commencé la veille, quand les huissiers étaient venus le chercher dans sa cellule. Était-ce possible, avait-il vraiment vécu tout cela ? Le procès, la fuite, la sieste dans le fenil près de la porte des Antilopes et le songe terrifiant qu'il y avait fait : ce nouveau-né que des hommes en toge entouraient, puis étouffaient en s'asseyant sur lui… Beaucoup plus tard, l'errance dans les canaux sous terre, les pieds glissant dans la glaise humide des bords, sans fin – car ils s'étaient évidemment perdus –, la petite torche du Lalliti éclairant un bout de couloir, puis un autre, et encore un autre, et tous se ressemblaient, les endroits où ils avaient dû se mettre à quatre pattes voire ramper, les citernes qu'il leur fallait contourner et où leurs paroles résonnaient comme dans une crypte… Sa fatigue, son désarroi, sa joie démesurée quand, entre les dalles du plafond, ils avaient aperçu les premières lueurs du jour, signe qu'ils étaient bien sortis de la ville ; enfin la longue ligne droite de l'aqueduc ouest. Et les degrés de l'échelle, le rond de ciel presque vert au-dessus d'eux, la jeune fille qui, de saisissement, avait fait « Ah ! » et renversé sa cruche lorsqu'ils avaient surgi du puits, telle la Vérité.

À la ferme de l'Acacia, le paysan avait reçu le scribe comme s'il était Anouher en personne ; c'était presque gênant. Il s'était jeté à terre pour enserrer ses genoux pourtant maculés de boue, l'avait vêtu de neuf, nourri (Asral gardait encore dans sa bouche le goût fort du lait de chèvre, qu'il n'aimait pas, mais qu'il avait bu avec délices après cet interminable jeûne), avait sorti de son étable deux mules dont, assurait-il, il n'avait pas besoin ; et au moment des adieux, dans la rose aurore qui montait sur la plaine et lui prêtait une beauté inouïe, une beauté déchirante pour qui savait quelles atrocités étaient en train de s'y commettre, il avait salué le scribe avec émotion, les larmes aux yeux, tout en serrant par l'épaule sa fille contre lui.

« Reviens, ô Asral, reviens vite ! avait-il encore crié alors qu'ils s'éloignaient. Tu es notre seul espoir. »

Oui, était-ce possible ? Il avait du mal à le croire, et son incrédulité se doublait d'une immense lassitude. Il ne retrouvait plus son excitation de la veille, lorsqu'il avait pensé : Me voilà devenu à mon tour *l'homme de qui tout est venu*. Être le seul espoir de tant de gens, c'était, trouvait-il ce matin, une responsabilité écrasante.

« Hein ? c'est drôle, la vie, lançait enfin Ordjéneb dont la mule moins robuste, ou plus chargée, butait à tout moment sur les pierres du chemin.

— Je ne saurais mieux dire, approuva le scribe, heureux de rompre son silence.

— Tu sais quoi, je vais mettre pied à terre. La pauvre, elle me fait peine, si petite. C'est moi qui devrais la porter ! »

Déjà il avait sauté à bas de sa monture. Avec une tape amicale, il prit la longe et marcha à côté d'elle, retenant visiblement son pas pour ne pas la dépasser.

« Tu vois, je te l'avais dit, ils te sont très dévoués à la ferme. Ils te vénèrent. » Il eut un nouveau soupir et répéta, sans logique apparente : « C'est vraiment drôle, la vie. »

Lui, c'est une grosse boule qu'il sentait dans son ventre ce matin, une boule faite d'exaltation et d'inquiétude, de mélancolie et de félicité. Et qui le rendait plus émotif que de raison. Même l'heure passée à la ferme l'avait remué, cette heure vite envolée sous le grand acacia de la cour, à échanger des amitiés et à régler des problèmes pratiques. La petite gazelle était là, qui souriait en le resservant de lait de chèvre.

Elle était toujours gentille et obligeante, mais elle ne rougissait plus ; il était apparu dans la conversation qu'elle avait un fiancé. C'est le père qui avait parlé de ce fiancé, incidemment, et après ça il avait regardé Ordjéneb avec, aurait-on dit, une ombre de regret. Eh oui, il n'aurait pas été mécontent de l'avoir pour gendre, ce solide gaillard qui l'aurait aidé à la ferme et lui aurait donné de beaux petits-enfants. Mais la vie ne l'avait pas voulu ainsi. Et voilà, méditait Ordjéneb, la vie décide, et nous allons chacun notre chemin. Elle, la gazelle, elle est fiancée, et moi, moi...

Pour la dixième fois depuis hier, il retrouva la sensation de cette main qui, spontanément, était venue chercher la sienne, de cette main qui l'aimait, enfin, qui l'avait peut-être toujours aimé, aimé comme jamais il ne l'avait été. Et dans l'excès de son bonheur il courut devant, sa mule au poing, jusqu'au sommet d'une petite colline où il se retourna et fit au-dessus de sa tête un geste triomphal :

« Je vois Hénab, le maître ! Il y a encore deux ravins à descendre avant d'arriver, mais nous approchons ! Nous y serons dans l'après-midi.

— J'en suis heureux », murmura Asral. Et, quand il l'eut rattrapé et, la main en visière, distingua lui aussi la tache informe de l'autre ville, derrière des bouquets de saules et de peupliers nains, il répéta d'un ton plus morne encore :

« J'en suis bien heureux.

— Allons, le maître, ne fais pas cette tête. Tu es sauvé. Et là-bas, n'oublie pas, tu vas retrouver ta Seconde Copie !

— Oui », fit Asral à demi consolé.

Ils se remirent en marche, chacun perdu dans ses pensées, jusqu'à ce qu'Ordjéneb montre un point d'eau à côté de la route.

« Cet étang avec des joncs, je me souviens de l'avoir vu quand je suis passé l'autre fois. Je n'étais pas tranquille, car le ciel était sombre et je pensais qu'il allait pleuvoir. Et je me disais : Malgré l'étui, si la pluie allait mouiller les rouleaux de la Copie et faire baver les lettres !

— Tu es zélé, je t'en suis infiniment reconnaissant », dit Asral, touché de cette naïve sollicitude. Et plus touché encore de voir le montagnard, à ce compliment, détourner la tête pour lui cacher son embarras, avant de reprendre d'une voix un peu trop forte.

« Tout de même, il y a quelque chose chez vous que je ne comprends pas.

— Ce n'est pas la première, sourit Asral. Et que ne comprends-tu pas ?

— Eh bien, c'est bizarre. Ce qui est important, vous l'écrivez à l'encre sur des rouleaux tout fins qu'on fabrique avec des feuilles. Et ce qui est moins important, les choses de tous les jours, les calculs, les comptes (j'ai vu ça au palais), vous les gravez dans de la terre qui sèche, qui devient dure et qui ne s'abîme plus. Pourquoi vous ne faites pas l'inverse ?

— Pourquoi ? Eh ! mon ami, quand tu auras compris cela, tu seras vraiment digne de vivre à Sir », répliqua le scribe avec légèreté.

Ordjéneb entrouvrit la bouche, se ravisa puis – enhardi, peut-être, par son bonheur de la veille – il énonça, en regardant droit devant lui :

« J'en ai assez.

— Plaît-il ?

— J'en ai assez qu'on me dise que je ne suis pas digne, que je comprendrai plus tard. » Il se retourna vers le scribe. « Les Siriotes, enfin la plupart, ils n'en savent pas plus que moi. Est-ce qu'on leur dit qu'ils ne sont pas dignes de vivre à Sir ? »

On n'entendait que le sabot des mules et, rythmique, le grincement des harnais.

« Maître, explique-moi, insista le montagnard. C'est une faveur que je te demande. Sois bon. »

Et soudain, Asral se sentit comme foudroyé. L'homme à côté de lui venait, par deux fois, de lui sauver la vie, après l'avoir tiré de plusieurs mauvais pas. La mule sur laquelle le scribe trottait, c'est lui qui la lui avait procurée, le chemin sur la plaine, qui à chaque pas les éloignait un peu plus du désastre et de la mort, lui seul le connaissait et pouvait l'y guider. Asral aurait été, sans lui, comme un oisillon abandonné par sa mère ; et il se faisait prier (« Sois bon » !) pour lui donner le peu qu'il demandait, qui n'était ni de l'argent ni un quelconque avantage mais le simple plaisir de comprendre, d'être éclairé !

Il avait honte.

« Je te demande pardon, souffla-t-il.

— Mais quel pardon… ! fit Ordjéneb, haussant les épaules avec un rire joyeux. Dis-moi plutôt que tu vas m'expliquer. D'accord ? Tu m'expliques ?

— D'accord. Laisse-moi trouver mes mots. » Asral réfléchit un instant, toussota et reprit : « Tu le relevais à juste titre, nous notons les comptes, les titres de propriété, etc., sur des tablettes d'argile qui, si l'on y porte le soin qu'il faut, se conservent longtemps. Pourquoi est-il bon qu'elles se conservent ?

— Parce qu'on pourrait avoir à y regarder un jour ?

— En effet. Tu sais par exemple que les dettes…

— Eh, les dettes, murmura le montagnard assombri.

— Les dettes, à Sir, restent dues jusqu'à la troisième génération. Voilà pourquoi chaque famille, dans sa cave, garde ces titres de créance, ainsi que les actes établissant que tel terrain, telle maison lui ont été cédés à bail.

— Bien sûr. Ce sont des choses à savoir.

— Mais tu admettras que ce savoir, purement pratique, est donné une fois pour toutes, sans autre enjeu ; c'est un savoir que l'esprit n'a plus à pénétrer ni à examiner, un savoir mort.

— Oui, approuva Ordjéneb, pensif. Comme les pierres.

— Quelles pierres ?

— Mais les pierres qu'on voit dans Sir, qui sont debout sur les places, ou au milieu des rues.

— Les stèles ? » Asral battit des paupières, troublé. Les stèles d'Anouher, un savoir mort, que l'esprit n'avait plus à pénétrer ni à examiner ? Jamais il ne se l'était formulé aussi crûment. « C'est un rapprochement audacieux, mais il est valable ; j'y repenserai quand j'aurai plus de temps. Maintenant, peux-tu deviner pourquoi nous ne gravons pas dans la pierre ni dans la terre les Écritures sacrées ?

— Parce que vous devez y penser tout le temps ?

— Eh oui. Non seulement y penser, mais y appliquer notre esprit, les faire nôtres. En les copiant…

— Ne dis rien, ne dis rien ! En les copiant, vous faites revivre la parole d'Anouher. Et vous la notez sur une chose fragile, parce que c'est la parole qui ne doit jamais mourir, pas le rouleau. C'est ça ?

— Un membre du haut collège ne le tournerait pas autrement.

— Alors j'ai compris tout seul, en répondant à tes questions ! » De joie, le Lalliti jeta son bonnet en l'air ; et Asral, gagné par son allégresse, éclata de rire en battant des mains.

Puis son rire se figea. Derrière Ordjéneb, un cavalier se profilait sur la crête du talus, bientôt rejoint par une ligne d'hommes casqués dont les lances griffaient le ciel.

28

Le cavalier n'était autre qu'Esdiros : cette fois, impossible de s'y tromper. C'étaient bien son visage, son rire bref, et c'était bien sa voix nasale qui lançait à présent :

« Mais quelle surprise. Nous qui croyions venir à la rencontre d'un fugitif aux abois et avions même une escorte pour le défendre d'éventuels poursuivants, voilà que nous le trouvons en train de folâtrer. Est-ce la situation de ta ville, la fille chérie du sort, qui te fait autant rire, ô Asral ? »

L'ignoble personnage, songea l'interpellé, s'efforçant de jouer l'indifférence.

« Tes espions sont rapides, ô Esdiros ; plus rapides que moi. Une telle hâte me flatte. S'ennuierait-on, dans la ville de la liberté, pour qu'un mince événement comme ma visite soit guetté aussi impatiemment ?

— Drôle, apprécia Esdiros du bout des lèvres. Mais assez ri. Notre Surcommandant m'a autorisé à venir t'accueillir. C'est une grâce qu'il te fait. Veuille monter sur la belle jument blanche que voici : tu ne vas pas entrer dans Hénab juché sur une mule qui, hier encore, tirait des charretées de purin.

— Eh bien, si, fit Asral avec une courtoise inclinaison du buste, et une intense satisfaction. C'est précisément ainsi que j'entrerai dans Hénab. Je suis un homme humble, et votre… quel était ton mot ? votre Surcommandant m'autorisera sans doute à vouloir le rester. »

Les cavaliers descendirent le talus, Asral, sur sa mule, prit la droite d'Esdiros en faisant signe à Ordjéneb de se placer derrière, et l'escorte vint se reformer autour d'eux. Ils cheminèrent de cette façon tandis que le soleil montait vers le zénith, franchirent les deux ravins, serpentèrent entre les saules, arrivèrent enfin devant le fleuve et le pont menant à la ville, l'autre ville de la plaine.

« Trompettes », ordonna Esdiros, le bras levé. Vingt fantassins embouchèrent leur instrument, une sonnerie sur trois tons amena aux fenêtres du faubourg quelques têtes curieuses.

… En effet, ce n'était pas beau. Ces maisons du faubourg étaient cubiques et grises, et surtout désagréablement neuves pour un œil siriote. Même le pont était laid, massif, beaucoup trop large pour le cortège qui venait de s'y engager pendant que les gardes, à coups de fouet, repoussaient pour la forme les rares piétons présents. On eût dit que ce pont – ces ponts, il y en avait trois, constatait maintenant Asral arrivé au milieu de l'eau – avaient été conçus pour le pullulement des générations à venir, par prévoyance, ou par présomption. Le résultat était affligeant. Aucun sens de la mesure, de l'harmonie. Et ces quartiers qui se répandaient ici et là comme un seau qui déborde, atroce !…

Ils arrivaient sur l'autre rive. Esdiros tira sur sa bride et se tourna vers lui.

« Nous y sommes. Ô Asral, sois le bienvenu à Hénab. »

Le scribe lui jeta un coup d'œil en biais. Le ton d'Esdiros n'était plus ironique, il avait même pris une nuance solennelle. De l'hospitalité, enfin ? Non, c'était autre chose, c'était plus que cela : l'Hénavite était fier, mais oui, il était fier de ce qu'il avait à lui montrer.

« Je te remercie.

— Une estafette vient de m'annoncer que le Sur-commandant pourrait te recevoir dans l'après-midi. Me feras-tu le plaisir, Asral, de descendre d'abord chez moi et de t'y restaurer ? Je suis gentiment logé, ton garde a dû te le dire.

— Mais comment donc », fit Asral pris de court. Et il ajouta, effleurant ses lèvres de sa main : « Je te suis fort obligé.

— Allons, allons, pas de manières, détends-toi ! fit Esdiros avec ce ricanement qui avait le don d'irriter le scribe. Tu es à Hénab, homme, tu n'es plus dans la ville d'Anouher. Personne ici ne te cherchera des poux sur la tête, personne n'ira te chicaner parce que tu as changé trois mots au texte des sacro-saintes lois – tu vois, j'ai eu le temps de regarder un peu ce que ton garde appelle la Seconde Copie. C'est intéressant, ton travail. Enfin, c'est amusant. Est-il possible qu'à Sir on s'étripe pour de telles arguties, au point que tu aies eu besoin de nous confier ça comme la prunelle de tes yeux ? »

Choqué, Asral restait muet.

« Oui, reprit Esdiros, je vais peut-être t'étonner mais ici, à Hénab, on peut dire ce qu'on veut.

— À propos d'Anouher ?

— À propos de tout. Nous sommes libres. Libres, grâce à vous qui nous avez chassés. Mais je ne devrais pas dire "vous", tu es des nôtres maintenant, Asral fils d'Ingdibal. Chassé, toi aussi ! »

Le scribe frissonna. Ils avaient obliqué dans une large avenue transversale, plantée de jeunes arbres, bordée de maisons cossues. Pourquoi cet accablement, ce sentiment de désolation ? Il allait retrouver sa Seconde Copie, c'était là l'essentiel. Mais comment vivre ici, dans ces rues sans ombre, sans passé, avec des Esdiros pour seuls compagnons ? L'intonation sur laquelle il avait dit « les sacro-saintes lois » ! Il n'y tiendrait jamais.

« Vous ne les observez donc pas ?

— Quoi donc ?

— Les lois d'Anouher, souffla Asral, conscient de l'absurdité de sa question.

— Bien sûr que si. Nous sommes tous d'anciens Siriotes, à un degré ou à un autre. Et puis une ville, n'est-ce pas, ne peut se maintenir sans lois. Mais disons que nous les avons… considérablement simplifiées.

— Ah.

— Voilà mon petit chez-moi, donne-toi la peine d'entrer. Je vais nous faire préparer un en-cas pendant qu'on te conduira à un appartement où tu pourras te changer, te rafraîchir. – Considérablement simplifiées, oui. Que chacun fasse son bonheur et sa fortune comme il l'entend, pourvu qu'il ne lèse pas son voisin, n'attente pas à sa vie, ne lui prenne pas sa femme. Tu vois ? C'est enfantin. »

Ils étaient parvenus dans la première cour, où un poisson en bronze vomissait de l'eau dans une vasque de marbre rose. Une dizaine de domestiques accourut et, très vite, Asral ne sut plus où il en était. On l'emmenait, on le déchaussait, on le portait dans un bain, on lui passait une robe de brocart qui n'était ni à son goût, ni à sa taille, on prétendait le raser en laissant sur son menton, à l'Hénavite, un rectangle de poils ; soudain il s'insurgea.

« Je ne veux être servi que par mon garde, le Lalliti. Disparaissez. Je m'en expliquerai auprès du maître de maison. »

Tous se retirèrent avec des courbettes et des sourires affables, Ordjéneb entra, Asral se laissa tomber sur la couche monumentale d'où il détailla sombrement cette chambre d'un confort inusité et presque perturbant : les miroirs au plafond, les candélabres, les brûle-parfums sous les fenêtres, devant lesquels lui vint, irrésistible, le soupçon que cette ville fluviale devait être infestée de moustiques. Et il dit à voix basse :

« Je déteste cet endroit. »

Déjà on frappait à la porte. Un bel éphèbe au teint cuivré, aux yeux fendus en amande, lui apportait la Seconde Copie sur un coussin de velours rouge. Asral le lui prit des mains, claqua la porte dans son dos et revint s'asseoir. Il défit la cordelette d'un rouleau, puis d'un autre, lut ici un bout de phrase, là un verset ; quand le majordome d'Esdiros vint le chercher, le lit était jonché de mots d'Anouher, et le scribe, lui, avait complètement oublié l'heure.

Dans la grande salle, le maître de céans était assis sur un sofa, les bras sur le dossier.

« Entre, ô Asral, prends place. Ingoun va te servir du vin de dattes, et nous allons trinquer. »

Les murs disparaissaient sous des fresques, des draperies ; la table basse, octogonale, était surchargée de mets, d'ustensiles et de flacons. Asral saisit la coupe qu'on lui tendait, trempa ses lèvres, murmura :

« Tu es bien installé ici, je t'en fais compliment.

— Eh oui, je l'admets, je me débrouille, énonça Esdiros, la nuque renversée. Voilà treize ans que je suis attaché au service du palais, et notre Surcommandant est un homme qui sait montrer sa gratitude.

— Quel est au juste ton titre, à la cour ?

— Je suis (il se racla la gorge) conseiller privé aux affaires extérieures d'Hénab. Je supervise les négociations avec les tribus des montagnes, les traités de paix, les alliances, ce genre de choses. Un métier délicat, qui exige du tact. Et qui m'amène à voyager souvent. Ça ne plaît guère à mes épouses, bien sûr, mais bah… comme tu vois, elles n'ont pas à se plaindre. – Sers-toi donc, mange, ne te gêne pas. »

Il vida sa coupe, s'essuya les lèvres de la main. Asral, mal à son aise, regardait autour de lui ; dans un miroir, il aperçut une jolie fille qui, derrière une portière, se pinçait les joues pour rehausser leurs couleurs, lissait sur ses hanches sa longue jupe étroite, puis se lançait à travers la pièce d'un petit pas pressé. Parvenue au centre, elle tourna la tête vers leur table et s'exclama, les doigts en éventail :

« Oh, mon maître est revenu !

— Bien sûr que je suis revenu. Je ne partais que deux jours, je te l'avais dit.

— Oh ! mon maître n'est pas seul », ajouta-t-elle, feignant de remarquer seulement la présence d'Asral ; et de cacher ses yeux derrière son bras relevé, tandis que sa bouche réprimait un sourire.

« Que voulais-tu ? Tu vois bien que je suis occupé. »

Le bras s'abaissa d'un cran, faisant briller le filigrane d'un bracelet.

« Seconde épouse dit que mon bracelet est trop gros pour une jeune femme, et que je ne dois pas le porter. Je lui ai dit : C'est mon maître qui me l'a donné, ne le porterai-je pas ? Et elle m'a dit…

— C'est bon, j'irai lui parler tout à l'heure. »

Madame Esdiros baissa les yeux, ramena une de ses nattes en travers de sa bouche, la mordilla d'un air chagrin.

« Et j'irai te parler aussi, après, acheva son époux, la voix pâteuse. Allez allez, laisse-nous maintenant. » Une œillade satisfaite, et les petits pas pressés volèrent vers la sortie.

« Aliouta, ma cinquième. Épousée le mois dernier. » Il avala quelques légumes farcis, croqua une pistache, et expliqua sur le ton de la confidence : « C'est une petite Drinahi qu'on m'a offerte au cours d'une transaction. Je ne te dis que ça !

— Exquise », balbutia Asral. Pour se donner contenance il attrapa une écuelle, qui s'avéra en or massif, ainsi qu'une cuiller. Les nourritures colorées, apprêtées – carottes taillées en boutons de rose, pigeons laqués de vert, pâtés de viande safranée pétrie en forme d'écrevisses dont des baies inconnues figuraient les yeux – lui parurent étrangement fades. C'était peut-être l'effet du vin de dattes, auquel il n'était pas habitué. La tête lui tournait un peu.

« Au fait (il reposa sa coupe), en toute sincérité maintenant, qu'as-tu pensé du procès de Zetmah ?

— Du procès ? fit Esdiros qui l'examinait avec un demi-sourire. Mais tu oublies, mon ami, que je n'y étais pas.

— C'est vrai, c'est vrai », dit Asral, confus et irrité. Il aurait voulu demander à Esdiros de ne pas l'appeler « mon ami », mais comment tourner cela ? Il n'était pas son ami et ne le serait jamais, c'était une certitude que chaque instant rendait plus forte. La répulsion physique qu'il avait dès le début éprouvée pour l'Hénavite ne faisait que grandir, et s'aggraver du pénible sentiment de sa propre ingratitude – car enfin, cet être abject lui faisait bon accueil, lui ouvrait sa demeure, faisait tout, à sa manière, pour qu'Asral se sente chez lui.

Il déglutit une bouchée trop grosse, toussa, et brusquement sa langue dit, sans que sa volonté y soit pour rien :

« Sais-tu, ô Esdiros, j'ai découvert à force de recherches… enfin je crois… j'ai des raisons de croire que le Père de nos lois, qu'Anouher a été tué.

— Ah oui ? lâcha son hôte, écartant un instant sa coupe de ses lèvres et le fixant au-dessus. C'est une idée déconcertante. Tué, par qui ?

— Je ne sais pas encore très bien. Par… une partie de la ville, je veux dire de Sir. Par tous ceux qui ont ensuite falsifié sa mémoire, ses écrits. »

Esdiros termina sa rasade, expira bruyamment, et objecta :

« Dans quel but l'auraient-ils fait ?

— Mais, parce qu'il disait ce que personne ne voulait entendre, adressait à son peuple un message trop exigeant.

— Ha. Oui. Peut-être. De toute manière, c'était il y a longtemps. » Sa main gauche descendit du dossier pour asséner une tape sur le genou d'Asral, et il rit. « Toujours à remâcher de vieilles histoires, hein ? Tu es encore un vrai Siriote, toi. Tu verras, ça te passera. Plus vite que tu ne penses. Allez, reprends du vin de dattes. C'est du meilleur, je le fais spécialement venir des flancs du mont Todzé. »

Asral déclina, fut resservi de force, prit soin de ne pas toucher à sa coupe. Il n'avait déjà dit que trop de bêtises. Quel besoin avait-il d'aller raconter à… Mais un officier entrait dans la salle, se penchait vers Esdiros, lui délivrait à l'oreille un message chuchoté.

« Très bien, parfait. Vite, vite, mon ami, le Surcommandant t'accorde une audience. Il serait malséant de le faire attendre, tu termineras ta collation plus tard. Allons, voyons ! »

Sa voix avait changé, nota Asral en se mettant debout. Elle avait pris une diligence presque fiévreuse, et ses prunelles verdâtres ne tenaient plus en place.

« Tu es prêt ?

— Non. J'exige d'avoir avec moi Ordjéneb sher-Djénebi, qui m'accompagne toujours.

— Mais le Surcommandant…

— Tu lui expliqueras, coupa Asral, surpris de sa propre audace. Tes fonctions incluent celles de diplomate et de truchement, n'est-ce pas ? Tu lui exposeras que je voulais garder ma mule, et que je voulais mon Lalliti avec moi. » Et il conclut plus fermement encore : « De la part d'un Siriote, ces bizarreries ne sauraient l'étonner. »

29

Et à Sir, que se passe-t-il ? On voudrait bien le savoir, n'est-ce pas ? Mais – c'est une expérience centrale de la vie humaine – on n'a pas toujours ce qu'on veut ; et quand on l'a, il arrive que ce ne soit pas du tout, mais pas du tout ce qu'on attendait.

À Sir, donc, les choses ont beaucoup changé. Une centaine de fellahs, désormais, s'active dans la fosse. D'ailleurs on ne peut plus guère parler de fosse : tout le site est creusé, gratté, déblayé, avec des toiles tendues pour abriter les fresques des précipitations, ou plutôt des rayons du soleil (le climat de cette région jadis fertile est devenu plus qu'aride), si bien que c'est l'îlot de terre intacte au centre qui paraît un relief, une dernière citadelle non prise mais déjà grignotée sur les bords, sapée par de nouvelles excavations.

Sur cet îlot est dressée une tente ouverte. Nous y apercevons les membres de l'expédition prussienne financée par Frédéric-Guillaume, ainsi que plusieurs dignitaires ou potentats locaux. Difficile de distinguer les uns des autres au premier regard, car les savants venus du Nord ont entre-temps adopté le costume indigène : nous ne voyons que tarbouches aux couleurs vives, manteaux à larges manches, visages burinés, et il nous faut plusieurs secondes pour localiser les mèches rousses de l'ingénieur Krauss, le lorgnon du Dr. med. Wohlfahrt. Tout ce monde devise, assis en tailleur sur les nattes disposées par terre, pendant que le glouglou d'un narguilé meuble les silences de la conversation.

Au milieu, le professeur Neumann. Il s'exprime avec feu, se relève parfois, d'un bond plein de souplesse, pour extraire d'un coffre un document, montrer aux visiteurs, au bout de son doigt tendu, un autre point des fouilles. Admiratifs et résignés, ses assistants n'interviennent ici et là que pour confirmer ses dires, ajouter un détail. Ces dix-huit mois passés au grand air et pour assouvir sa passion n'ont laissé d'autre trace sur l'émérite qu'une ride joyeuse au coin des yeux, et un teint de pain d'épice : il semble avoir trouvé à Sir la fontaine de jouvence, il les enterrera tous, c'est évident.

Mais voilà que la délégation se retire, avec force saluts et remerciements : il apparaît que le personnage en manteau bleu n'est rien de moins que le gouverneur de la province, les autres, des dignitaires de la ville voisine, qui ne s'appelle plus Hénab, et peu importe son nouveau nom.

« Professeur, c'était un plaisir. Nous sommes charmés de cette visite si instructive. Et – laissez-moi vous redire à titre privé ce que je vous notifiais de la part de mon souverain – tous nos vœux vous accompagnent pour l'anniversaire de Sa Majesté le roi de Prusse, que vous fêtez aujourd'hui. Nos devoirs, hélas, nous obligent maintenant à prendre congé. »

Une fête d'anniversaire ? Mais oui : l'arche supérieure de la porte des Buffles, là-bas, est surmontée d'un drapeau sur lequel une aigle couronnée retient dans ses pattes une épée et un sceptre. Et près de nous, assis sur une petite caisse, un autre Européen (nouveau venu sur le site, ou alors nous n'avons pas encore été présentés) immortalise la scène au crayon et à l'aquarelle. Tout cela finira en gravures coloriées dans les bazars de Berlin, dans des intérieurs de petits employés qui en régaleront leurs yeux, le soir, en mangeant leur soupe ; pour une raison inconnue, cette idée nous amuse beaucoup.

« Allons, mes enfants, au travail. Les célébrations sont une belle chose, mais il ne sera pas dit que nous aurons passé la journée à ne rien faire. Krauss, où en êtes-vous de votre plan ? »

Les trois se penchent sur la grande feuille étalée sur la table à tréteaux. Ce n'est plus l'ébauche des commencements, où l'on n'apercevait qu'un vague tracé de remparts, un bout d'aqueduc, un rectangle figurant les vestiges des thermes. C'est une carte grouillante de détails et de légendes soigneusement calligraphiées : *Temple du Dieu Taureau*, *Temple de la Déesse Oiseau*, *Place des Sacrifices*, *Temple d'Ertouss et d'Annati* (*ou : Panthéon*, a ajouté une autre main en dessous – pas d'allégations hâtives, nous tâtonnons encore), *Temple [dieu inconnu]*... Ces messieurs semblent avoir une affection particulière pour les temples, les temples païens, de préférence peuplés d'idoles monstrueuses au culte sanguinaire. L'attrait du fruit défendu, sans doute ; il se trouve que, sur les trois, deux sont fils de pasteurs.

Et nous de rire. Ce qu'ils ont appelé *Temple [dieu inconnu]*, c'est la Haute Maison.

Mais nous avons tort de rire. À leur place, et sur la base de connaissances aussi embryonnaires, qu'y comprendrions-nous ? Les malheureux n'ont même pas encore parfaitement déchiffré l'alphabet siriote, lisent « Ertouss » et « Annati » là où il faut lire bien sûr : Ertout et Annato. Tel est le destin des pionniers et des innovateurs. Ils découvrent, se donnent du mal, vont dans des contrées sauvages grattouiller ce qui, jusque-là, n'intéressait personne, et après leur mort, d'autres viennent compléter leurs intuitions et rectifier leurs erreurs, et eux n'existent plus.

Ils font ce qu'ils peuvent, et le font plutôt bien. Cette carte tracée à la main est un chef-d'œuvre de précision topographique. Tout ce qui est concret y est exact, seules les interprétations reflètent ce qu'ils aimeraient voir plutôt que ce qu'ils voient. Et ce qu'ils aimeraient voir, à l'évidence, ce sont d'abord des temples, beaucoup de temples. Et parions que bientôt, ils vont trouver des rois.

« Il faudra ajouter l'emplacement des stèles, avant que nous ne les fassions enlever, remarque le docteur Wohlfahrt. La stèle d'Anouher III et celle que vous appelez la stèle d'Anouher Ier, professeur, quoique pour ma part, j'aie des doutes, avec tout le respect que je vous dois. »

Qu'est-ce que nous vous disions ?

« Wohlfahrt, nous avons déjà eu cette discussion, et votre entêtement m'est incompréhensible. Il est clair au contraire, d'après l'étude des matériaux, d'après l'utilisation différente qui est faite du burin, que ces stèles ne peuvent être contemporaines. Quand allez-vous entendre raison ?

— Permettez, professeur. Il me semble bien, à moi, que ces deux stèles représentent la même personne. Pourquoi une cité aussi vaste pour l'époque, et d'une telle richesse culturelle, n'aurait-elle pas eu simultanément deux écoles différentes, deux méthodes de gravure ?

— Absurde. Tout parle d'unité à Sir : il n'existe sans doute pas, dans l'histoire de l'Orient antique, de culture plus homogène et plus monolithique. » *Je suis forte, je suis une, un seul grand corps de pierre…* Ô Sir, tu mentais, mais comme tu mentais bien ! puisque tes mensonges en imposent encore après des millénaires, et à des esprits pourtant scientifiques, rompus au doute, et peu portés à s'en laisser conter. « Deux écoles ? Les souverains siriotes avaient leurs sculpteurs officiels, point à la ligne. Si ces deux stèles diffèrent dans leur technique, c'est qu'elles sont de deux règnes distincts.

— Mais les ressemblances, troublantes, entre les deux figures représentées ?

— Elles n'indiquent qu'une chose : c'est que les Siriotes attachaient bien plus d'importance à la fonction royale qu'à l'individu qui l'incarnait. S'ils avaient pu se donner pour souverain un être immortel, ils l'auraient fait. À défaut, leurs conventions iconographiques soulignaient la continuité de la fonction : sur ces deux stèles, la posture est la même, les traits du visage peu marqués, l'œil gauche couvert – un symbole qu'il nous reste encore à comprendre. Mais dès à présent, nous pourrions formuler en ces termes la devise politique des Siriotes : *Que rien ne change.* En dehors de quelques rares périodes de troubles, cette civilisation devait se signaler par une extraordinaire stabilité. »

Emporté par son sujet, le professeur Neumann est déjà en train de prononcer son compte rendu solennel devant l'Académie royale des sciences. Mais voilà qu'il remarque sur les pommettes de son assistant deux taches rouges qu'y a laissées la vexation d'avoir été contredit et réfuté. Phtisie, pense-t-il soudain avec un serrement de cœur. Et c'est donc *sotto voce* qu'il conclut, sur un ton d'affectueuse complicité :

« Vous verrez, docteur. Nous trouverons d'autres stèles, et je suis prêt à parier avec vous qu'elles figureront un homme assis, l'œil voilé, le sceptre abaissé vers le sol en signe de domination absolue : le peuple étant comme un sol sous ses pieds, un sol sans autres aspérités que la volonté qu'il lui dicte…

— Quant à l'interprétation des emblèmes du pouvoir, vous savez bien, professeur, que je suis d'accord avec vous, marmonne Wohlfahrt avec un reste de rancune.

— Dites même que vous m'avez considérablement aidé à y voir clair, mon ami. Je me félicite chaque jour d'avoir à mes côtés un orientaliste de votre trempe. »

Le docteur rougit encore, de plaisir cette fois. Ah, ces deux-là, s'égaye mentalement Krauss, qui a suivi leur prise de bec avec philosophie – il s'en produit chaque jour depuis qu'ils sont ici.

« Et ce que nous ont appris les nombreuses tablettes de la cote 47 et 52 ne fait que corroborer nos hypothèses, poursuit Neumann. La civilisation siriote est centrée sur l'image, parce que l'image offre aux yeux une signification immuable : elle résume une vision du monde et, plus important encore, elle la *fige*. L'écriture à Sir ne sert donc que des buts pratiques : comptes, listes, inventaires successoraux, où pourtant il s'agit encore de figer un état de choses ; de pérenniser la propriété, de contrôler les divers aspects du quotidien afin d'en éliminer tout aléatoire, toute fluctuation. »

Après les stèles, les tablettes. Ayons une pensée émue pour Ordjéneb sher-Djénebi Lallit en-Jaïneha, puisqu'il est tout à fait invraisemblable qu'un homme aussi obscur, après quatre ou cinq mille ans, ait laissé sur cette terre une trace digne d'intérêt – digne d'intérêt pour des archéologues épris de grands mythes et de grands règnes. Salut à toi, Ordjou !

« Que rien ne change, que tout demeure stable, appuie Wohlfahrt d'un ton songeur. Oui, professeur, vous avez bien saisi là l'esprit de Sir. Qu'allons-nous faire de ces tablettes, à propos ? Est-il utile de les transporter ? Monsieur Krauss, qu'en pensez-vous ? »

L'ingénieur quitte des yeux la carte qu'il complétait discrètement. Sa plume a déjà noté, ici : *Stèle d'Anouher*, et là : *Stèle d'Anouher* – prudent, il a laissé les chiffres « I » et « III » au crayon.

« À mon avis, commence sa voix un peu rauque d'homme qui n'aime guère parler, il serait superflu de les rapporter toutes. Sa Majesté, à ce que j'ai compris, attend des pièces monumentales, et celles dont le gouverneur a eu la générosité de nous faire cadeau suffiront amplement. Néanmoins, j'ai pensé qu'une sélection de tablettes en bon état pourrait y être jointe à titre documentaire. Aussi en ai-je mis de côté une dizaine, chacune illustrant un domaine d'activité particulier.

— Parfait, parfait », murmure le professeur, hochant la tête sous son turban. Une fois de plus, l'ingénieur a accompli sans mot dire ce que lui-même projetait de faire, et précisément de la façon dont il l'aurait fait. Il en reste toujours un peu décontenancé. Avec son mutisme, son calme, son sens pratique, Krauss est pour sa fièvre antiquisante une sorte de quinquina.

« Et votre aquarelle, monsieur Borowski, acceptez-vous de nous la montrer ? »

À vingt pas derrière eux, le jeune dessinateur relève la tête, range son pinceau dans un petit godet, s'approche pour déposer sur leur table l'œuvre qu'il vient de terminer. La vue est celle que nous avions sous les yeux il y a une heure : la porte des Buffles, le drapeau, et sous la tente, bien au centre, le gouverneur de la province s'entretenant avec notre professeur radieux.

En dessous, un titre en belle cursive : *« 15 octobre 1847. Oumar pacha rend visite à Karl Philipp Neumann sur le site archéologique de Sir. »*

15 octobre 1847. Bon anniversaire, Majesté, et puisse votre règne se poursuivre sans heurts !

30

Revoici notre Asral en selle, et longeant une avenue tout aussi large que la première, plantée des mêmes arbrisseaux. Pavé lisse, perspectives droites et, au bout, le Surcommandant qui l'attend. Asral retient sa mule, hèle Ordjéneb qui marchait derrière lui.

« Où étais-tu, pendant ma collation ?

— J'ai fait un tour en ville.

— Et alors ? »

Le montagnard détourne les yeux :

« Leur pain est bon, mais eux, je ne les aime pas beaucoup. »

Asral voudrait des précisions, mais déjà Esdiros le rappelle à l'ordre.

« Pousse donc ta mule, ô Asral ! Tu vas nous mettre en retard. » Et quand le scribe l'a rejoint, il reprend avec animation : « Je me réjouis que tu rencontres si tôt notre Surcommandant. Tu vas voir, c'est un homme très simple, très populaire. Tu l'apprécieras. »

Asral, qui en doute fort, essaie de faire bonne contenance.

« Je suis heureux moi aussi de rencontrer celui qui vous gouverne, et jouit chez vous d'une telle popularité. Qui l'a choisi, au fait ? Pardonne ma question, vos mœurs me sont mal connues.

— Qui l'a choisi ? Mais, les Hénavites. Sans long débat, d'ailleurs. Jamais Surcommandant n'a été acclamé à une telle unanimité. Il faut dire que ses concurrents n'étaient pas à la hauteur. Tandis que lui !... Sa clientèle était déjà énorme, une bonne part de la ville. Quant aux autres, ils n'ont eu qu'à se féliciter de leur choix. Des jeux chaque semaine, une grande fête à chaque solstice, des travaux publics qui ont donné de l'ouvrage à ceux qui n'en avaient pas... Tu as peut-être aperçu le chantier du nouveau pont, à ton arrivée ? »

Un quatrième pont ? Je rêve, s'effare le scribe.

« Oui, achève Esdiros avec une note de déférence, notre Surcommandant est un homme fortuné. »

L'avenue s'élargit encore, la foule se fait plus dense. Des cavaliers la surveillent, un sabre courbe à la ceinture, le casque étincelant. Asral constate maintenant qu'un petit détachement les suit à distance, et qu'un second leur ouvre la voie. Ce ne sont pas des soldats d'Hénab, ils ne sont pas vêtus comme l'escorte d'hier. Dans des rues adjacentes, on en distingue d'autres qui patrouillent sur la voie.

« Et ces hommes casqués, qui sont-ils ?

— La garde prétorienne de notre Surcommandant. Dès son entrée en fonction, il en a fait doubler les effectifs. Ce n'était pas de trop.

— Tu m'as pourtant dit qu'il est très populaire.

— Il l'est. Mais tu connais les hommes, ô Asral. Quelque mal qu'on se donne pour eux, il y a toujours dans le tas des fauteurs de troubles, le monde est ainsi fait. »

Dans le tas, s'agace le Siriote en exil. Il ne se fera jamais à ces tournures vulgaires, à cette brutalité qui imprègne ici toute chose.

« Tiens, regarde. » Un convoi de prisonniers aux fers est en train de se ranger sur le trottoir pour leur laisser la place, sous les coups de pommeau d'autres gardes prétoriens. « Quelle honte. Cette engeance est une insulte à l'esprit d'Hénab, où tout est pourtant permis, sinon nuire à son prochain. Mais quoi ! nous n'avons pas, nous, le recours de les expédier à Sir. Vous n'en voudriez pas. »

Il ricane et cherche le regard d'Asral, mais celui-ci est occupé à scruter, au bout de l'esplanade, des objets qu'il n'identifie pas. En arrivant plus près, il tressaille : ce sont deux rangées de pals sur lesquels se dessèchent des corps contorsionnés. Des gypaètes sautillent autour, se perchent sur une épaule, un crâne, tandis que de jeunes Hénavites s'amusent à leur jeter des pierres, comme font les enfants de Sir avec les oiseaux de chez eux – mais ces chairs fouillées, ces orbites vides, ces rires quand une pierre, par accident, détache un lambeau de corps !...

« C'était il y a deux semaines, explique Esdiros, d'un ton où perce enfin un léger embarras.

— Je vois, dit Asral, ravalant sa salive. Et... vos juges prononcent-ils souvent de telles peines ?

— À vrai dire, ce ne sont pas nos juges qui s'occupent de ça. Ils ont déjà trop à faire avec les dossiers de droit privé. Tu n'imagines pas la place que prennent ces choses, dans une ville principalement vouée au commerce. Il faut beaucoup de temps pour remettre d'accord deux associés qui ne s'entendent plus, débusquer les dols, les faillites frauduleuses... Sans parler de toutes les plaintes pour dommages matériels, les demandes de réparation, etc. Un véritable casse-tête. »

Asral attend la suite, qui ne vient pas. Ses yeux sont involontairement ramenés aux suppliciés et il frissonne.

« Mais alors, qui s'en occupe ?

— Ah, fait Esdiros avec un petit rire. Eh bien, le Surcommandant. Malgré ses nombreuses obligations, il passe une heure chaque matin à rendre la justice, après son premier repas. Les juges devraient lui être reconnaissants de cette initiative, car ils ne savaient plus où donner de la tête ; et puis, dans ce genre d'affaires où l'ordre public est en jeu, qui, n'est-ce pas, pourrait être plus compétent que son représentant suprême ? » Un silence. « Il fait ça très bien. Bon, cette fois-ci il a vu rouge, parce que les six voleurs s'en étaient pris à son trésor personnel. Et ce, avec une impudence rare : bris d'une clôture palatine, coups et blessures sur un garde prétorien (le pauvre homme y est resté), soustraction d'espèces et d'objets précieux portant son sceau. Aussi je comprends sa colère. Le voler, lui ! Un homme si généreux ! »

Asral lance tout bas à Ordjéneb, par-dessus son épaule :

« Marche à côté de moi. »

Cependant l'avenue devient place, une place barrée par l'énorme parallélépipède blanc du palais. Ornements ronds, portes carrées, fenêtres triangulaires : l'édifice est une ode à la géométrie. De nouveau des trompettes retentissent, les visiteurs mettent pied à terre, un capitaine vient les accueillir sur le parvis et les conduit à l'intérieur.

Mais, alors qu'Asral ajuste déjà sa robe, passe machinalement une main sur son crâne rasé – il redoute cette audience, difficile de le nier –, voilà qu'on les fait entrer dans une petite salle sombre, et qu'Esdiros est tiré à l'écart par deux officiels qu'il semble bien connaître. Ils chuchotent, longuement, le conseiller privé jette de loin à son hôte des coups d'œil indéchiffrables, argumente à voix basse, dans quel guêpier me suis-je fourré, regrette Asral, que se passe-t-il, à la fin ? C'est presque un soulagement lorsque Esdiros revient lui annoncer :

« Le Surcommandant, hum, ne peut te recevoir. Un contretemps imprévu. Ce sera pour demain, j'espère. Ou pour après-demain. Mais en tout cas bientôt, sois-en assuré. »

Alors que le scribe se dirige déjà vers la sortie, il fait un bond nerveux pour lui barrer le passage : « Par ici, par ici ! Le capitaine nous autorise à emprunter une issue latérale. Un raccourci, qui nous permet d'éviter quelques formalités. »

Lesquelles, c'est ce qu'Asral aimerait savoir. Il leur faut, en revanche, attendre un long moment dans une arrière-cour, le temps probablement qu'on leur amène leurs bêtes depuis la cour d'honneur par laquelle ils étaient entrés.

Ce côté du palais est moins grandiose : la vue donne sur une profusion de taudis, des ruelles crasseuses où des Hénavites tirent des charrettes à bras. Par-dessus le fossé d'enceinte, enfants et jeunes filles dévisagent les trois hommes avec une morne curiosité. Asral s'abstient de commentaires. Il n'en peut plus, il se sent saturé d'étonnements, de dégoûts et d'énigmes : qui le Surcommandant reçoit-il à sa place, quels autres visiteurs les empêche-t-on de croiser ? Et voilà qu'une nouvelle fois sa langue dit tout autre chose que ce qu'il avait en tête :

« N'as-tu pas un frère à Sir, un membre du haut collège ?

— Je n'ai pas de frère », coupe Esdiros avec sécheresse.

Leurs bêtes sont enfin là. Ils remontent en selle, passent le pont-levis donnant sur la chaussée ; alors seulement le conseiller privé ajoute : « Je suis mécontent. Notre Surcommandant est un homme intelligent, mais mal entouré. Les imbéciles !... Enfin. Asral, mon ami : je t'invite à revenir chez moi et à y passer les quelques jours nécessaires à l'obtention d'une nouvelle audience. Car elle aura lieu, je t'en fais le serment.

— Allons, allons, murmure Asral qui n'a rien demandé et ne sait que dire. Je me réjouis de prolonger mon séjour dans ta maison, vraiment. Mais, si tu n'as rien contre, j'aimerais rentrer par un autre chemin.

— À quoi bon ? Les autres quartiers sont sans intérêt, et leurs rues sont étroites. Tu en retirerais peu de plaisir. Pourquoi ne pas t'en tenir à ce qu'Hénab offre de mieux ? »

Son ton est sans appel, Asral cède. À quoi bon, en effet ? Il sait déjà tout ce qu'il doit savoir de cette ville, et quant au reste, il n'a même plus envie de l'imaginer. C'est sans un mot qu'il suit son nouvel hôte, qu'il détourne la tête, sur l'esplanade, pour ne pas voir les voleurs empalés. De retour au logis, il se déclare las, demande à prendre son repas dans son appartement.

Le repas est presque froid lorsque Asral trouve enfin l'énergie de s'attabler, et Ordjéneb, qui le sert, n'en mène pas large. Si encore le maître lui disait : Pourquoi m'as-tu fait venir ici, dans cette géhenne où seul le pain est bon ? Mais il ne lève même pas la tête, et ses soupirs, entre deux bouchées, sont de ces soupirs qui découragent toute conversation.

Cette nuit-là, dans sa chambre trop claire, trop spacieuse, et effectivement bourdonnante de moustiques, le scribe ne dort pas : il ajoute, de mémoire, un livre entier à la Seconde Copie.

31

Et les jours passent. Oui, il arrive qu'on se dise : « Je n'y tiendrai jamais ici », que l'on continue de se dire à chaque instant : « Je n'y tiendrai jamais », et pourtant tous ces instants deviennent des heures et les heures, des journées, et l'on est toujours là.

Ce n'est pas de l'accoutumance, ce n'est pas de la résignation, c'est une sorte de sidération : Asral reste pétrifié dans son horreur première, et le temps s'écoule sans lui. La seule chose qui ait progressé est sa tâche de copie ou plutôt de traduction, mais elle a vite atteint ses limites : après le livre retrouvé de mémoire, la première nuit, dans un état de lucidité exceptionnelle, le scribe a dû constater que le suivant ne lui revenait que par bribes, et il a renoncé.

Il ronge son frein, s'ennuie. Esdiros s'absente sans arrêt pour de mystérieuses missions, ses femmes n'offrent à leur hôte qu'une distraction médiocre. Seconde épouse est une harpie, Quatrième épouse un oiseau sans cervelle, Première épouse une vieille femme qui ne sait parler que de ses petits-enfants ; pour Cinquième épouse, la vie commence le soir, quand son maître grimpe dans son lit, et finit avec l'aube. On ne voit pas Troisième épouse, en visite chez sa mère dans un hameau de la plaine.

Fuir, à nouveau ? Même retranché dans son monde intérieur, dans sa forteresse de mots, Asral sent bien que c'est impossible. S'il s'écoutait, il serait déjà loin ; mais il a un rôle à jouer, des décisions à prendre. Des milliers de Siriotes comptent sur lui, *l'homme de qui tout est venu*. Que faire, dans l'immédiat ? Qu'avaient en tête les Hénavites en lui donnant asile ? Tirer seulement prestige de cette éclatante défection, ou offrir à Asral une alliance, un soutien militaire ? Et où en sont les choses à Sir ? Esdiros, qui doit bien le savoir, ne lui en dit rien. Peut-être que le « parti du vrai Anouher » (car c'est ainsi qu'Asral le désigne en son cœur) est en difficulté, traqué, cerné dans un dernier faubourg pendant qu'ailleurs les juges ont écrasé la révolte dans le sang. Peut-être qu'au contraire il l'emporte, ou pourrait l'emporter si on l'y aidait un peu… Mais s'allicr avec Hénab, même pour sauver une cause juste, est-ce légitime, est-ce même prudent ? Quel avantage l'horrible Surcommandant serait-il capable d'en tirer ?

Voilà ce que ressasse jour après jour Asral, désœuvré, dans le seul lieu de la ville qu'il supporte : un pavillon sur une légère éminence, dans les jardins d'Esdiros, où subsistent miraculeusement quelques arbres centenaires et où personne ne vient, parce qu'il est délabré. Asral en aime les banquettes branlantes et leurs coussins qui sentent un peu le moisi. Depuis le seuil, en se mettant sur la pointe des pieds, on discerne à l'horizon la masse sombre de Sir.

Il est là, ce matin, lorsque Esdiros vient frapper un petit coup au chambranle.

« Tu as une visiteuse, ô scribe palatin. » Son sourire déplaît à Asral, mais qu'est-ce qui, chez l'Hénavite, ne lui déplairait pas ?

« Une visiteuse ? Eh bien, qu'elle entre », parvient-il à répondre. Quelle n'est pas sa surprise quand se découpe, dans l'encadrement de la porte, l'aimable silhouette de la révérende Shaïnata ! Il se lève, salue, son pouls s'affole – enfin du nouveau –, et il se dépêche de lancer à son hôte :

« Tu peux nous laisser. »

Esdiros se retire sur un claquement de langue que la grande prêtresse sanctionne d'un sourcil relevé, et, après un regard circulaire à la pièce, elle s'assied avec précaution sur le seul siège qui ne lui paraît pas trop menaçant pour la blancheur de sa robe. Discrète, une note de musc et d'ambre se mêle à l'odeur âcre des étoffes imprégnées d'humidité.

« Ô Shaïnata, tu ne sais quel plaisir c'est pour moi d'être en présence d'une Siriote !

— Merci, cher Asral. Je suis heureuse, moi aussi, de te trouver ici en lieu sûr, et en bonne santé.

— Tu es trop aimable. Mais ne parlons pas de moi. Comment se porte Sir, voilà ce que je brûle de savoir.

— Comment se porte Sir, hélas ! mal. Très mal. La ville est coupée en deux…

— Encore, murmure Asral.

— Ou plutôt en trois, poursuit la révérende après un regard interrogateur. Les juges, leur armée et leurs corps francs se sont retranchés dans les quartiers qui environnent le palais. Une autre zone proche de la porte des Lions reste sous leur contrôle mais, malgré plusieurs tentatives, ils n'ont pas réussi à faire leur jonction.

— Mais alors…

— Ne te réjouis pas trop vite, ô Asral. Certes les juges sont affaiblis, désunis (certains, figure-toi, proposaient par compromis de te faire entrer au haut collège), mais en face, leurs adversaires le sont plus encore. Il y a ceux pour qui l'urgence est de reconquérir tout le territoire de la ville, et ceux qui voudraient d'abord installer un directoire pour appliquer dans les zones libres tes mesures de réforme. »

Asral va l'interrompre mais elle enchaîne :

« Car, disent-ils, va-t-on faire se battre les Siriotes, s'ils ne savent pas pour quoi ? Il y a aussi ceux qui ne veulent lutter qu'au côté d'hommes pensant comme eux, et ceux qui veulent rassembler sur un large mot d'ordre, pour vaincre d'abord, quitte à convaincre ensuite. Ceux-là seraient même prêts à passer des accords avec la fraction des tanneurs qui s'est retournée contre les juges, trop conciliants selon eux – mais comment faire fond sur de tels alliés, qui nous assassineraient demain ?

— En effet, acquiesce le scribe, cherchant en vain la question qu'il avait sur le bout de la langue un moment plus tôt. Et que font les potiers, les vanniers, les tisserands ?

— Les potiers, les vanniers… Tu ne m'as pas bien comprise. La situation est indémêlable, entièrement nouvelle, les choses n'ont plus rien à voir avec ce que tu connaissais. Nous continuons de dire par commodité “les tanneurs”, “les potiers”, mais sache que cela ne correspond plus à aucune réalité professionnelle. Chaque corps de métier s'est subdivisé en plusieurs tendances, les tendances similaires ont fusionné, si bien que “les potiers”, ce sont à présent les partisans de l'application immédiate des réformes, qui étaient effectivement majoritaires dans la confrérie des potiers, mais qui aujourd'hui comptent dans leurs rangs bien des hommes qui n'ont jamais modelé de la terre, ni prononcé de serment corporatif en ce sens. Ceci, pour ne te donner qu'un exemple.

— Je comprends, oui, ment Asral qui ne s'y retrouve guère.

— Et puis, il y a les femmes.

— Quelles femmes ?

— Les femmes qui ont quitté la ville avec leurs enfants. Comme tu t'en doutes, les premières à le faire ont été *celles qui ne vont plus au lavoir* et leurs nombreuses prosélytes.

— Je te demande pardon, ô Shaïnata : je ne vois pas du tout de quoi tu parles.

— C'est vrai, tu étais déjà retenu comme témoin… Pendant ta captivité, alors que les esprits bouillonnaient en ville, quelques femmes ont refusé d'aller laver leur linge menstruel au palais. D'autres n'ont pas tardé à les imiter. Convoquées et interrogées par les juges, qui s'étonnaient de tant de retards simultanés, elles ont dit qu'elles y retourneraient, quand on leur aurait montré les lois d'Anouher qui le leur prescrivaient. Bref, quand elles sauraient lire.

— Inutile, lâche Asral, et la révérende ouvre de grands yeux. J'ai lieu de croire que les lois sur la pureté des femmes sont apocryphes, et qu'Anouher n'y était pour rien.

— Ah, fait Shaïnata songeuse. Reste que *Nul ne doit regarder Anouher sinon*, etc., et qu'elles auraient dû s'abstenir, à mon sens, d'une telle provocation. Je me réjouis cependant de ce que tu viens de m'apprendre, car je dois te dire que nous autres dames de la Haute Maison, nous leur avons apporté notre soutien. Enfin, notre soutien… Leur requête était formulée avec impertinence, et nous n'allions donc pas leur donner ouvertement raison devant les juges. Mais nous avons proposé un moratoire sur les sanctions prévues, et aucune n'a été inquiétée. Après le début des troubles, leur groupe est devenu une véritable armée ; la semaine dernière, ce sont plusieurs centaines d'entre elles qui ont déserté la ville avec leurs enfants, et rien n'a pu les persuader de revenir.

— Mais que veulent-elles ?

— C'est ce que sont allés leur demander des parlementaires. Ils n'ont pu pénétrer dans leur camp, installé sur des îles dans les marais proches du mont Drina, mais une porte-parole leur a adressé une déclaration qui a été prise en note par les greffiers, et a fait grand bruit dans Sir. »

La grande prêtresse tire de sa large manche une tablette que le scribe prend en main, troublé d'y sentir encore la chaleur de sa peau.

Nous les épouses, les mères, nous portions vos enfants, nous les soignions quand ils étaient malades, nous cuisions les fèves et l'orge pour eux, nous leur cousions des vêtements. Et vous trouviez que c'était peu de chose, et nous étions petites à vos yeux.

Voilà, nous avons quitté Sir, et là où nous sommes, nous ferons cela aussi : soigner, coudre, nourrir. Nous vous laissons vous battre pour votre ville, mais vos fils et vos filles ne seront plus avec vous ; et vous verrez peut-être que ce que nous faisions n'était pas peu de chose. Car sans nous, Sir est une ville sans descendance, sans les femmes Sir un jour sera une ville sans habitants, et vous, vous vous serez battus pour rien.

Ainsi vous parlent les épouses, les mères, pour que vous les entendiez.

Asral lit jusqu'au bout, hoche la tête, rend pensivement la tablette.

« Suite à cette déclaration, tant de femmes les ont rejointes que l'on a dû poster des sentinelles aux portes encore libres, pour mettre fin à cet exode.

— Mais, réfléchit Asral, c'est épouvantable, ce que tu me racontes là. Un camp de femmes et d'enfants isolés dans la plaine, sans armes, sans protection, pendant qu'autour une guerre civile fait rage ?

— Ne t'inquiète pas trop d'eux, ô Asral. Outre que les îles sont difficiles d'accès – on n'y parvient qu'en barque, par un labyrinthe de canaux – les femmes en question semblent très capables de se défendre. Un détachement de soldats palatins a, paraît-il, tenté de les ravir, sans doute pour monnayer leur vie auprès de tes partisans. Seuls trois sont revenus : criblés de flèches, attachés par les pieds à la queue de leurs chevaux, et aussi morts qu'on peut l'être. Non, Asral, ce n'est pas le sort de ces fugitives qui devrait te préoccuper, mais celui de Sir même. Asral, cher Asral, entends-moi, entends-nous : la ville a besoin de toi ! Seules ta présence et ta parole peuvent la sauver, concilier les partis antagonistes. Ô servant d'Anouher ! accède à notre prière et reviens, reviens régner !

— Régner ? »

La prêtresse s'est laissée tomber à ses genoux, sa jupe blanche en corolle autour d'elle.

« Mais enfin, proteste Asral, mon but n'est que de faire connaître le vrai Anouher, de rétablir ses lois dans leur authenticité. Ce n'est pas une tâche de souverain, c'est une tâche… d'érudit. J'interprète, je tâtonne, j'avance dans les ténèbres ; qui sait si j'aurai jamais fini ?

— Nous t'aiderons, chuchote Shaïnata. Tu nous éclaireras de ta sagesse, et nous exécuterons tes volontés. »

Elle baise une fois, deux fois la main du scribe, comme une suppliante ; la retourne et en baise la paume, lentement, intensément.

« Révérende, articule Asral. Révérende, que fais-tu ! »

Décollant à peine ses lèvres, elle le regarde en dessous.

« Je te montre ce que les Siriotes éprouvent pour toi, ô scribe. Tu es aimé de tout un peuple, et n'en fais-je pas partie ? »

Moi, régner, c'est absurde ! songe Asral. Je pensais, oui, revenir me mettre au service du parti du vrai

Anouher, en scribe que je suis. Mais s'ils ont besoin de moi, s'ils réclament plus, ne le leur donnerai-je pas ? Quel dédain de ma part, quelle présomption de leur dire : Non, je ne puis, cette tâche n'est pas pour moi…

« Et Djinnet. Où est Djinnet ? lance-t-il subitement au milieu de son désarroi.

— Pauvre, pauvre Djinnet, murmure la prêtresse en redressant le buste. Il est toujours captif, et plus sévèrement gardé que jamais. Quelquefois des soldats palatins l'exhibent en haut du rempart, pour narguer ceux des nôtres qui tiennent leurs positions devant la porte des Cigognes…

— Il vit, donc.

— Il vit encore. »

Asral se lève, cherche des yeux les formes de Sir à l'horizon.

« Je vais y réfléchir, révérende.

— Fais vite. Nous t'en prions, fait Shaïnata qui se lève à son tour. Je vais me retirer maintenant, et rejoindre de l'autre côté du fleuve la délégation qui m'accompagne. Leur dirai-je d'avoir bon espoir, ô Asral ?

— Peut-être. Je ne sais. Enfin… oui. Dis-leur cela.

— Anouher soit loué ! Nous enverrons un détachement sur la route d'Hénab, pour t'accueillir quand tu nous reviendras. Cher Asral – elle joint les mains et s'incline très bas – à bientôt. Non, non, ne me raccompagne pas. »

Abasourdi, Asral est resté très longtemps sur le seuil de son refuge avant de redescendre vers la maison. Quand Esdiros, le croisant en chemin, lui a demandé :

« C'était qui, ce beau morceau ? », il s'est contenté de hausser les épaules, sans répondre.

Et de retour dans son appartement, il s'est assis devant les rouleaux de la Seconde Copie, les a machinalement disposés sur le coussin de velours rouge, dans un ordre, puis dans un autre, puis dans un autre encore ; c'est ainsi occupé qu'Ordjéneb l'a surpris.

« Maître bien-aimé, n'as-tu pas reçu une visite de Sir ?

— Tout à fait.

— C'était… une des dames, non ?

— L'une d'elles, je dirais même : la plus haut placée. »

Ordjéneb toussote :

« Pardonne, je vois bien que tu es en train de réfléchir, mais… que disait-elle, quelles sont les nouvelles de Sir ? C'est que j'ai des connaissances là-bas, tu comprends. Je me fais du souci pour elles. »

Il a pensé « elle », se réjouit que cela ne s'entende pas.

« Les nouvelles ? Elles sont bonnes, et mauvaises. Notre camp est supérieur en nombre, mais il est divisé. Gravement divisé. Et puis, de nombreuses femmes ont quitté la ville en proie aux combats, pour s'installer dans la plaine. Et elles affirment qu'elles ne reviendront pas tant qu'on ne les aura pas entendues. Leurs enfants sont avec elles.

— Aïe, aïe ! gémit le montagnard. Et il n'y a personne pour les défendre, à part leurs fils, des petits garçons ?

— D'après la révérende, qui est un esprit rassis et pragmatique, elles ne sont pas en danger. Pour l'instant.

On est trop occupé à se battre dans Sir pour aller leur chercher noise. Mais tous ces désordres sont bien alarmants. Je le prends comme un signe, le signe que… »

Il se tait, se retourne vers la table, passe pensivement la main sur les rouleaux.

« Ordjéneb, la révérende m'a fait comprendre que sans moi, Sir est perdue. Tous là-bas veulent que je revienne régner, et rétablir les lois d'Anouher dans leur originaire pureté. *Le peuple t'aime ! Nous t'aiderons !* Voilà ce qu'elle disait. »

Le garde se frotte le menton.

« Et qu'est-ce que tu vas faire ?

— Ce que je vais faire ? murmure Asral en regardant de nouveau le montagnard en face. Eh bien… dans l'immédiat, en attendant, je pensais… je pensais t'apprendre à lire.

— À moi ? M'apprendre à lire ? s'écrie Ordjéneb avec un rire stupéfait.

— Mais oui. On m'a bien appris à lire, à moi, et ta tête n'est pas faite autrement que la mienne. Je te tiens même, sans flatterie, pour un homme fort intelligent.

— Mais, mais, je ne suis pas fait pour ça !

— Nul ne sait d'avance ce pour quoi il est fait. Si je te disais, Ordjéneb, que cela me rendrait service ? »

Il rit encore, le Lalliti, et son grand corps se dandine d'une jambe sur l'autre. Asral, Asral, vas-tu devoir te mettre à ses genoux et lui baiser la main ?

« Si ça te rend service… Mais pourquoi, voilà ce qu'il faut que tu m'expliques !

— Je voudrais qu'un être en qui j'ai toute confiance reçoive de moi le message d'Anouher, son vrai message. Afin de me seconder. »

Le montagnard baisse les yeux. Il vient de repenser au rêve qu'il avait fait lors de sa première nuit dans la maison d'Asral, quand le Père des lois lui était apparu pour lui demander d'être *ses yeux, sa tête, son bras.* Mais au lieu d'en éprouver de la joie, comme à l'époque, il se sent pris d'une étrange tristesse ; et il répond, la voix nouée :

« D'accord. Je serai celui-là.

— À la bonne heure ! s'exclame Asral. Dans ce cas, ne perdons pas de temps. Prends un siège et viens à côté de moi. Tu es le premier qui apprendras à lire dans la Seconde Copie, n'en es-tu pas content ?

— Très content. Oh oui, le maître, je suis très, très content !

— Alors écoute-moi. Les lettres se divisent en voyelles et en consonnes. Les voyelles sont les cinq lettres qui peuvent se chanter, comme ceci. » Il lance une suite de vocalises, Ordjéneb l'imite. C'est bien plus amusant qu'il n'avait cru, et moins difficile. « Les treize autres, ce sont les consonnes, celles qui ne se chantent pas. Je vais suivre l'usage de l'école des scribes, et t'enseigner d'abord les consonnes.

— Pourquoi ?

— Parce qu'elles sont le squelette de la langue, tandis que les voyelles, elles, n'en sont que la chair.

— Ah oui. Et des hommes maigres, il y en a, tandis que des hommes sans os, ça n'existe pas !

— Tout juste. »

Ainsi se passent le reste de la journée, et la suivante, et Asral en oublie complètement qu'*il n'y tiendra jamais ici*. Osera-t-on le dire ? Pendant qu'il prodigue ses leçons à son nouvel élève, un élève qui s'avère décidément rapide et vif d'esprit, il oublie même l'audience promise avec le Surcommandant, il oublie que Sir est en guerre et qu'on l'y attend pour y régner, il oublie tout : il est heureux.

32

Elle était agenouillée au bord de l'eau, Djili, comme si souvent, et le cœur un peu lourd. Était-ce son destin, serait-elle jamais autre chose qu'une femme agenouillée au bord de l'eau ?

Au moins, elle ne lavait pas. Ce n'était pas son jour de lessive, d'ailleurs cette petite anse bordée de sable n'était pas celle qu'on avait choisie pour laver le linge – l'anse pour les lessives était de l'autre côté de l'île, où il y avait plus de courant.

Dans cette anse-ci, on venait faire sa toilette, parce qu'elle était abritée par un écran de roseaux et exposée au sud, et qu'on y avait moins froid en se séchant. Si les beaux jours pouvaient venir, se disait Djili encore frissonnante. Si les beaux jours pouvaient venir, se disaient-elles toutes à chaque moment de la journée. Passe encore de se nourrir de poissons pêchés dans le marécage et d'oiseaux pris à la glu – mais ce froid qui traversait vêtements et couvertures, qui faisait grelotter les petits, maigrir les mères, ce froid, plus que les cavaliers de Sir, plus que les espions d'Hénab, était leur ennemi. Pourtant l'hiver était passé ; c'était un froid de printemps, de terres humides, celui qu'on ressent quand on habite dehors, malgré des tentes, des parois de roseaux tressées pour arrêter le vent.

Ce froid de printemps, et la nourriture rare, au goût de vase (même la chair des oiseaux en était imprégnée), et tout ce qui, ici, était difficile, dangereux, leur faisait penser, la nuit quand elles ne dormaient pas : Combien de temps encore. Combien de temps tiendraient-elles. Mais jamais elles ne l'avouaient à voix haute, et parmi elles, aucune n'était partie. Retourner là-bas, avec les combats de rue, les viols ? Retourner là-bas sans avoir été entendues ? Plutôt mourir, se disaient-elles. Et mourir, un peu de faim, un peu de froid, c'est bien ce qui était en train de leur arriver.

Djili s'était séchée, rhabillée, il ne lui restait plus qu'à démêler ses cheveux, ce qui n'était pas une mince affaire, cependant, car ces cheveux étaient longs, opulents, et elle n'avait pour les coiffer qu'une planchette entaillée de grosses dents à un bout et de plus fines à l'autre. Le peigne descendait dans les mèches humides, butait sur des nœuds, et elle tirait, sans douceur. Allait-elle se traiter comme une petite fille, comme Shéra quand il fallait la coiffer, à petits coups précautionneux, pour qu'elle ne pleure pas ?

Et parce qu'elles étaient en train de mourir un peu, de faim, de froid, parce que tout ici était si dur, si vide, elles chantaient. Elles chantaient en lavant le linge, en rinçant les plats, elles chantaient en berçant les nouveau-nés, en ramassant du bois pour leurs maigres feux de camp, elles chantaient, à plusieurs, en plein air, ce qui était interdit à Sir, sauf dans le cadre des confréries et en des occasions déterminées. Elles chantaient en chœur, c'est-à-dire que l'une, soudain, relevait la tête pour lancer les premières notes d'une complainte, celles d'à côté (tout en se disant : En voilà une qui chante pour s'empêcher de penser) se joignaient à elle, et de proche en proche, bientôt, sur un bout de l'île, tout le monde chantait.

Et ça vous empoignait les tripes, et vous sentiez votre voix qui tremblait en se mêlant aux autres, à toutes ces voix que l'on poussait pour s'empêcher de penser. Il aurait pu être triomphant, ce chœur de tant de voix, mais au milieu des roseaux, des tourbières, le son ne portait pas. Écrasé sous le soleil (ce soleil qui chauffait peu mais donnait aux visages, à tout le paysage, un éclat blanc et nu), il s'élevait à peine, comme fatigué, de sorte qu'elles pouvaient croire, quand l'air vibrait à l'horizon et qu'on ne savait pas bien où s'arrêtaient les eaux, où commençait le ciel, que c'étaient leurs chansons qui flottaient encore là, entre eaux et ciel, sans vouloir s'envoler.

Elle aurait pu chanter, Djili, en démêlant ses cheveux, son filet de pêche plié à côté d'elle parce qu'elle devait ensuite aller pêcher comme chaque matin. Mais chanter seule, sans personne à côté d'elle pour l'appuyer de la voix, ce n'était pas une chose à faire. Autant écouter le silence, le murmure du vent dans les roseaux, le « ploc » d'une grenouille sautant du haut d'une pierre, le froufrou d'un grand oiseau qui soudain, tout près d'elle, s'essorait. – Et sa main allait toujours plus lente dans les mèches domptées, et machinalement elle retournait le peigne pour passer au côté fin, et de nouveau il fallait tirer et se faire un peu mal, ses gestes qu'elle voyait reflétés dans l'eau en reprenaient quelque chose de plus décidé, de plus volontaire, et tant mieux. Car il ne lui plaisait guère, son reflet trouble à la surface de l'eau, ce visage blême, ces yeux baissés. Est-ce toi, Djili la courageuse ? Est-ce là ton reflet sur ces ondes stagnantes qui nous entourent de toute part, qui sont à la fois notre rempart, nos nourricières, et notre malédiction ?

« Pourquoi es-tu avec nous, toi ? » lui avait demandé un jour une des femmes, une qu'elle n'aimait pas beaucoup. Et elle : « Qu'est-ce que tu me reproches, commère, est-ce que je ne prends pas ma part de ce qu'il y a à faire ici ? »

Elle aurait d'ailleurs pu dire : « plus que ma part », car souvent elle devançait l'appel quand il fallait se répartir des tâches, résoudre un problème. Ses avis étaient donnés d'une voix calme, mais toujours écoutés, elle gardait la tête froide, apaisait d'un mot les querelles, trouvait l'idée que toutes attendaient et qui redonnait espoir. « Pourquoi es-tu avec nous », c'était malveillant, et c'était sot : le camp des femmes, sans Djili et une poignée de ses pareilles, n'aurait pas tenu longtemps. Et elle n'avait pas peur quand il fallait prendre son arc et tirer, et ses enfants non plus n'avaient pas peur, ils aidaient, travaillaient, dénichaient du bois pour le feu et les tentes, ils étaient des adultes en petit, elle était fière d'eux.

Ainsi elle lui avait cloué le bec, à la commère, et pourtant cette réponse n'en était pas une, elle le savait. Les autres étaient ici pour échapper au mépris de leurs hommes et à leurs commandements, mais elle, la veuve, pourquoi était-elle là, de qui voulait-elle se faire entendre ?

Un froissement de branches, à côté d'elle. C'était Shéra, les pieds nus dans la vase, souriante mais pâle, si pâle, comme ils devenaient tous.

« Amma, tu es seule ? Tu as fini ta toilette ?

— Presque, petite fleur. En tout cas, je suis habillée.

— Alors je vais les chercher. Il y a des grands là-bas, des amis de Nasri, qui veulent te montrer quelque chose. »

La frêle silhouette disparut derrière les roseaux, et le peigne, lentement, inutilement (voilà un long moment déjà qu'il n'y avait plus de nœuds à forcer, plus rien à démêler), reprit sa course sinueuse. Pourquoi était-elle là ? Parce que les marais étaient plus près d'Hénab et qu'à Hénab se trouvait un montagnard à qui elle avait donné sa main ? Ou au contraire parce qu'il ne la savait pas là, ne viendrait pas l'y chercher, parce qu'elle avait peur, oui, peur d'elle-même, peur de lui, peur d'avoir besoin de lui, et qu'elle préférait manquer de tout, avoir froid, avoir faim, plutôt que d'avoir besoin de lui ?

Mais un reflet qui vous faisait entrevoir ça, surtout un reflet au teint verdâtre, aux yeux cernés, la tête penchée vers l'épaule dans l'attitude d'une pleureuse (même si ce n'était que pour peigner plus facilement les mèches tombant du front), un reflet qui vous parlait ainsi, ça ne méritait qu'une chose, décida-t-elle, et elle lança son filet.

Le miroir de l'étang se brisa en vaguelettes, le filet remonta ruisselant de gouttes, avec un bruit de succion.

« Tu as attrapé quelque chose, amma ?

— Eh non. Je croyais voir une carpe, mais je me suis trompée. »

La petite bande était là, quatre ou cinq garçons et filles qui montraient avec fierté à Djili des joncs plus légers qu'ils avaient trouvés dans un coin de l'île, et une nouvelle méthode pour les empenner.

« C'est bien, c'est bien. Fabriquez-en beaucoup, il nous en faut toujours. »

Et elle se leva pour les suivre, tournant le dos à l'eau redevenue lisse qui ne devait plus refléter que le blanc cru du ciel. Là-devant, au milieu des tentes, un chœur était parti qui entraînait sur son passage de nouvelles voix, celles de femmes invisibles dans les hautes herbes où elles grattaient la terre, au pied de saules dont elles coupaient les branches, ou accroupies auprès d'un feu.

Les enfants se retournèrent vers elle, comme pour lui demander : Et toi, tu ne chantes pas ? Alors elle rejoignit le chœur. D'une voix claire, mais pas assez forte pour faire taire en elle toute pensée.

Ils sont si pâles, si amincis, et nous sommes plusieurs déjà à avoir attrapé les fièvres… Combien de temps encore, combien de temps survivrons-nous ici ?

Elle sauta à la tierce, lança son chant aussi haut qu'elle pouvait.

Combien de temps encore, qui sait, remua une dernière pensée au fond d'elle… Au moins nous leur aurons appris à dire non.

33

Asral dormait encore, il rêvait. De quoi rêvait-il ? C'était obscur et indéfinissable, il lui semblait *être* lui-même un bout de texte, une phrase qu'il voyait écrite, devant lui, et qu'il n'arrivait pas à déchiffrer. Par ailleurs, on frappait à la porte. Et ces coups étaient comme les efforts de son entendement pour parvenir au sens, sans résultat.

« Allons, ce n'est pourtant pas si compliqué ! » grommela-t-il ; et sa propre voix l'éveilla. Il se mit sur son séant. On frappait en effet à la porte de sa chambre, cette porte qu'il verrouillait toujours le soir, sans bien savoir pourquoi. De l'autre côté, Esdiros lui criait quelque chose.

« Que me veux-tu ? Il fait nuit noire.

— Ô Asral, ouvre-moi, je te prie. C'est important. »

Il marcha jusqu'à la porte en se frottant le visage, ouvrit. Esdiros habillé de pied en cap, les traits tirés, se tenait là avec Ordjéneb en houppelande ; dans la maison on entendait des pas rapides, des pleurs de femme.

« Habille-toi vite et viens, le temps presse.

— Que se passe-t-il ? Le Surcommandant aurait-il décidé de m'accorder une audience, à l'heure qu'il est ?

— Il s'agit bien de ça !… Prends ce qui est à toi, prends ta Copie, ta mule, et va-t'en, si tu tiens à la vie. Je m'en vais moi aussi avec ma maisonnée. Mes adversaires à la cour ont finalement eu gain de cause, on vient de me l'apprendre. Hénab se prépare à marcher sur Sir pour soutenir vos juges – une monumentale erreur, si tu veux mon avis. Me voilà en disgrâce. Et toi, Asral, toi que j'estimais tant, toi dont la collaboration aurait pu nous être si précieuse, il faut que tu partes avant que les gardes prétoriens ne te trouvent chez moi. Ils sont peut-être déjà en route. »

Cette fois, Asral était tout éveillé. Il s'habilla en un clin d'œil, fourra la Seconde Copie dans son étui, laissa le reste, qui lui importait peu. Au fond, réfléchissait-il, il n'était pas surpris. On l'avait lanterné tout en menant double jeu, voire abusé dès le départ – il lui était indifférent de savoir qui, et jusqu'à quel point Esdiros lui-même…

Il rejoignit dans la cour Ordjéneb qui l'attendait entre leurs deux mules. On distinguait aussi une grosse carriole dans laquelle des servantes achevaient d'installer des enfants en bas âge, et une autre, fermée, dont Esdiros écarta le rideau pour y passer la tête.

« Où est Cinquième épouse ? l'entendit-on lancer à l'intérieur.

— Elle a filé de son côté, avec tous ses bijoux, répliqua une voix aigre. J'avais bien dit à mon maître que c'était une fille de rien, pourquoi ne pas m'avoir écoutée ?

— Ça suffit, hein, ce n'est pas le moment ! »

Furieux, humilié, il tira le rideau d'un coup sec, recula d'un pas.

« Bonne chance, ô Asral. Et adieu, dit-il en montant à cheval derrière les carrioles qui s'ébranlaient.

— Adieu, mon ami. »

Non, Esdiros ne serait jamais son ami, mais il avait mérité de recevoir ce nom ne serait-ce qu'une fois. Car, tout bien réfléchi, il n'était pour rien dans ce retournement, sa fuite le prouvait. Et il aurait pu trahir l'illustre Siriote pour obtenir son propre retour en grâce, mais ne le faisait pas. Quels que fussent ses défauts, quelque dégoût qu'il inspirât au scribe, il s'était montré loyal, on ne pouvait le contester.

« Maître bien-aimé, il faut partir », le pressa Ordjéneb ; un peu plus tard, ils se mettaient en selle, remontaient l'avenue, gagnaient le fleuve au grand trot. Le pont en construction leur parut le plus sûr, car le plus à l'écart de la route de Sir. D'ailleurs, si ses planches provisoires pouvaient supporter le poids de deux mules, seul un général dément aurait conçu l'idée d'y faire passer une cohorte entière.

Sur l'autre rive, Asral se retourna. La ville était encore plongée dans le silence, rien ne bougeait. C'est à peine si une lueur grise lisérait les arêtes des toits, les mâts des gabarres amarrées dans le port.

Adieu, Hénab, pensa-t-il. Et il pensa aussi : J'espère ne jamais te revoir.

Alors ils s'élancèrent sur la plaine, droit devant eux, droit vers le mont Lallit et sa calotte de neige qui se dessinaient peu à peu dans le jour montant. Ils étaient convenus de décrire une large boucle afin d'éviter l'armée d'Hénab, si l'offensive était pour ce matin.

« Et le détachement qui nous attend sur la route de Sir, qu'adviendra-t-il de lui ? s'inquiéta soudain Asral quand, parvenus à distance de la ville, ils purent ralentir le pas.

— Nous le verrons de loin peut-être, et nous lui donnerons l'alerte, répondit Ordjéneb. Ne t'en fais pas, le maître !

Lui-même n'y croyait guère. Si l'armée d'Hénab marchait sur l'autre ville pendant que celle des juges tentait une percée par la porte des Cigognes, il ne donnait pas cher de sa peau, au détachement. Quant à le voir de loin, avec tous les ravins qu'il y avait dans cette partie de la plaine, et la végétation sur les sommets, c'était bien improbable.

Et avec ça ils avançaient à peine, obligés qu'ils étaient de descendre, de remonter, de contourner de gros rochers ou des buissons touffus. Encore heureux qu'ils aient le soleil levant pour les orienter : en plein midi, ou sous un ciel couvert, Ordjéneb se serait rapidement perdu. Chaque fois qu'ils parvenaient à escalader une butte, c'était le mont Lallit qu'ils avaient sous les yeux, tous leurs efforts pour rectifier leur cap semblaient contrariés par une force inconnue.

« On dirait que mon vieil oncle à la tête blanche me rappelle chez nous, plaisanta-t-il.

— Quel oncle », marmonna le scribe, et un nouveau silence s'installa.

Ils avaient mis pied à terre, pour ménager leurs mules ; Asral marchant derrière, la tête baissée vers les cailloux de la piste, et Ordjéneb devant.

« Maître vénéré, et si tu me suivais dans mes montagnes ?

— Tu oublies qu'on m'attend à Sir, et qu'on m'y veut pour roi.

— Nous reviendrons ensuite. Je trouverai d'autres Lalliti pour nous escorter. Pour l'instant c'est dangereux, tu le vois bien. Des armées sont en marche, des batailles vont se livrer. Que ferons-nous tout seuls, coincés entre les lignes ?

— Tu me disais déjà cela quand il a fallu quitter Sir, et regarde où nous en sommes. Non, non, cette fois rien ne m'empêchera d'aller là où est ma place. Comprends-tu ? »

Ordjéneb, qui comprenait, ne répondit pas.

Ah, et puis il aurait fait ce qu'il pouvait. Le maître, il l'aimait, il était à son service ; pour lui, ça passait avant tout. Maintenant, si le maître lui-même voulait retourner à Sir, où se trouvait Djili (au milieu du chaos, du danger peut-être ; qui sait comment elle s'en sortait avec ses deux petits), eh bien il n'allait pas se plaindre. Il ne demandait pas mieux.

Ils escaladaient à nouveau une colline – la dixième, la quinzième, Ordjéneb ne savait plus. Ce qu'il voyait en revanche, c'est que le maître peinait ; n'avançant plus que poussé par la certitude de faire son devoir, d'aller *là où était sa place*.

« Alors reposons-nous, au moins. Là-haut, sur les pierres du sommet. Moi, j'ai bien besoin de souffler un peu ! »

Asral admit sans broncher ce pieux mensonge. Ils gravirent lentement la côte et, arrivés en haut, enfin, ils découvrirent Sir, bien plus proche qu'ils n'osaient espérer, Sir retranchée derrière ses murailles mais visible, accessible et (aurait-on pu croire) faisant signe vers eux.

« Enfin », soupira le scribe. Ils attachèrent leurs mules, s'assirent sur les pierres, et exposèrent leur front en nage à la brise qui s'était levée.

Ordjéneb, les yeux clos, entendait près de lui les branches d'un buisson qui chantaient, agitées par le vent. Se pouvait-il qu'il y ait sur terre des choses si douces, pendant qu'au même moment des armées manœuvraient et affûtaient leurs lances, qu'on empalait des voleurs, qu'on mettait le feu à des granges où s'étaient réfugiés des vieux et des petits enfants ? *« Mais oui... Mais oui... »*, chantaient les branches, et le Lalliti, touché, rouvrit les yeux. Il vivait, ce buisson, il ployait, se relevait avec les mouvements doux et nonchalants d'un animal au soleil. Comment une chose aussi aléatoire que les à-coups du vent pouvait-elle suggérer l'idée d'une émotion, d'une volonté propres ? On aurait dit que le buisson s'étirait en souriant.

« Nous y sommes presque, Anouher soit loué », murmura le scribe qui, lui, contemplait sa ville, le menton dans sa main ; et le montagnard eut un rire silencieux.

« Pourquoi ris-tu ?

— Je viens de me souvenir qu'en arrivant chez vous, moi, je croyais qu'Anouher c'était quelque chose, et pas quelqu'un. »

Asral, sans répondre, continuait de regarder devant lui. Et soudain Ordjéneb s'aperçut qu'il ne cillait plus, que sa poitrine avait cessé de se soulever.

« Maître ? Maître bien-aimé ?

— Répète-moi ce que tu as dit à l'instant.

— Oh !… Pardonne, je ne voulais pas manquer de respect. Mais tu vois, le premier jour, au marché, j'entendais "Anouher" par ci, "Anouher" par là, alors j'ai demandé ce que c'était Anouher. Et ils m'ont frappé. Voilà pourquoi j'avais des bleus au front, quand tu m'as pris à ton service. Depuis, bien sûr, j'ai…

— Tais-toi, s'écria le scribe qui s'était levé et, les bras dans le dos, marchait de long en large. C'est renversant, renversant, je ne puis le croire – et pourtant, cela expliquerait tout.

— Quoi, tout ?

— *Le peuple institua Anouher* : ne sentais-je pas qu'il y avait là un usage inhabituel ?… Comme je regrette, Ordjéneb, comme je regrette de ne pas t'avoir demandé plus tôt ce que tu entends par *instituer* ! »

Le Lalliti le dévisageait avec stupeur.

« *Ils dirent qu'ils ne pouvaient livrer Anouher, car Anouher était en chacun d'eux*. Et moi qui n'y voyais qu'une belle image ! C'est une réponse de génie, tout simplement, et qui révèle un art de jouer sur les mots, une ironie dont, je me demande pourquoi, nous supposions toujours nos ancêtres dépourvus.

— Maître, s'excusa Ordjéneb, vraiment, je ne sais pas de quoi tu parles. »

Asral se campa devant lui et énonça, en détachant chaque syllabe : « Les Siriotes, réunis en assemblée. Voilà ce qu'est Anouher !

— Je ne connais pas ce mot, *assemblée*.

— La réunion d'un grand nombre de personnes qui débattent des affaires communes et prennent des décisions en exprimant leurs voix, la main levée.

— Comme le conseil des oncles, chez nous, au village ?

— Probablement. Sauf que, dans ce cas-ci – et il se retourna vers Sir pour la considérer d'un œil neuf, aiguisé par une curiosité un peu inquiète –, dans ce cas-ci, ce n'étaient pas quelques anciens, mais tout le peuple qui se prononçait de cette manière sur les questions publiques. »

Incrédule, Ordjéneb le regardait. Peut-être qu'il n'avait pas bien compris ?

« Tu veux dire qu'Anouher, c'était votre peuple ?

— Mais oui.

— Tu veux dire… Attends : tu veux dire que c'est votre peuple qui a écrit vos lois ?

— Écrit, peut-être pas, mais élaboré, oui. Du moins à l'origine. »

Le montagnard se tapa dans les mains. Tout cela lui paraissait formidablement drôle et réjouissant. Comme une bonne nouvelle, voilà : une bonne nouvelle qu'on lui aurait apprise.

« Anouher partagea le grain, Anouher fit fermer les temples puis les rouvrit pour y soigner ceux qui étaient malades… Voilà ce qui fut *institué* pendant l'année de la grande peste, dans la partie de la ville que les seigneurs avaient fermée. Comment ai-je mis tant de temps à voir ce qui était pourtant là, sous mes yeux ! »

Le scribe cherchait à retenir le cours de ses pensées qui s'emballaient, en vain. Des passages entiers de l'Écriture défilaient dans sa mémoire, comme si les rouleaux, tournoyant sur leurs axes, s'étaient eux-mêmes emballés. Il revoyait telle phrase, tel mot qui lui avait fait ressentir un frisson d'excitation incompréhensible, d'autres devant lesquels il était resté accablé – des ajouts apocryphes, comprenait-il maintenant, rédigés à l'époque où était retombé un voile d'oubli sur l'audacieuse innovation ; où Sir, en effet, avait tué Anouher, étouffé ce nouveau-né en sanctifiant son nom, et en perdant de vue ce qu'il désignait.

Source de toute loi est Anouher : oh non, ce n'était pas énoncer l'évidence, redire ce que tout le monde savait déjà. C'était une exhortation, une mise en garde, le pressentiment d'un danger…

« Sir, oh, Sir, qu'as-tu fait ! » s'écriait Asral face à la ville qui l'appelait au loin, et le voulait pour roi. Et il se désolait à l'idée que certaines choses lui resteraient à jamais inconnues ; qu'il n'apprendrait sans doute jamais comment, en combien d'années, par quelle aberration (mais oui) un peuple devenu libre s'était docilement laissé dépouiller de ce qu'il avait de plus précieux.

Ordjéneb l'arracha à sa transe en lui touchant le bras.

« Mais alors, la demeure, c'est bien un enclos où se bousculent les chèvres !

— Que dis-tu ?

— La demeure d'Anouher, c'est bien un endroit où il y a beaucoup de monde, où on se dispute, où chacun donne son avis ?

— C'est exactement ça, exulta le scribe. D'ailleurs je pense au commandement *Nul ne doit regarder Anouher*, ou plutôt *se tenir en face d'Anouher*. Vois-tu ce qu'il implique ? que tous doivent être *dans* l'assemblée, et aucun *devant*, à l'exception de "ceux qui prennent note", et qui sont tout bonnement les greffiers. Quand je pense que j'y étais presque, et que ma lecture littérale n'a pas suffi à me tirer d'erreur ! *Vous remettrez chaque année vos lois devant vos yeux...* Les deux commandements étaient également absolus, et n'avaient rien de contradictoire, rien du tout ! Ici, l'assemblée de Sir ; en face, les greffiers...

— Tu emploies beaucoup de mots que je ne connais pas, sourit le montagnard. Les greffiers ?

— Mais tu as dû en voir, pendant le procès de Zetmah. Ce sont ces scribes assis devant la barre, qui mettent par écrit ce qui se dit pendant les débats, en cas de future contestation.

— Ah oui, je me souviens. Il y avait les juges, il y avait Zetmah, le président des tanneurs et les hommes qui parlaient pour eux ; et puis il y avait ceux-là, assis par terre, qui écrivaient sur leurs genoux les paroles dites... »

Lui aussi, bientôt, il pourrait écrire sur ses genoux les paroles dites, se souvint-il avec fierté. Mais il n'accorda à cette idée qu'un bref instant. Penser à sa petite personne alors qu'il s'agissait de choses si essentielles, qui concernaient tant de gens !

« Alors dis-moi si je t'ai bien compris : tous doivent être dans l'assemblée et aucun devant, ça signifie, n'est-ce pas, qu'il ne doit pas y avoir de chef, pas d'oncle des oncles, comme au village, qui ordonne ce qu'on va faire ?

— Mais en effet, acquiesça Asral, frappé. Et Sir, qui a tué Anouher, a néanmoins préservé ce principe-là.

Les juges qui se sont peu à peu substitués aux greffiers ont confisqué le pouvoir, mais à aucun moment il n'a été décidé qu'un seul homme régnerait. »

… Jusqu'aujourd'hui, acheva-t-il mentalement, et il fut pris d'effroi. Aujourd'hui Sir souhaitait qu'un seul homme règne, et cet homme, c'était lui.

« Et *Anouher enverra des soldats, mais vous ne mettrez pas de soldats autour d'Anouher*, ça veut peut-être dire que l'assemblée formera une armée s'il le faut, mais qu'il n'y aura pas d'armée en dehors d'elle, des hommes payés pour ça et dont c'est le métier ? Comme les sbires du palais ? »

Le scribe, qui avait repris ses allées et venues sur un rythme frénétique, s'interrompit pour le fixer des yeux.

« Par le Borgne ! tu as raison. »

Puis il se mordit la lèvre, et un rire le secoua. « Mais quel borgne ? Il n'y a jamais eu de borgne, ni de bandeau d'ailleurs. *Un rideau cachait à l'œil la moitié d'Anouher, et Anouher était les deux moitiés…* Un rideau… Où ai-je vu récemment un rideau, ou pensé à un rideau ? »

Triomphalement il frappa dans ses paumes :

« Dans la salle du Sanctuaire, justement ! Cette rangée d'anneaux qui la coupait par le milieu, entre les deux noms d'Annato et d'Ertout… Annato, Ertout…

— Qui est-ce, Annato et Ertout ? intervint à mi-voix Ordjéneb qui avait peur de se tromper encore. Car ce sont bien des personnes, n'est-ce pas ?

— Ce sont un dieu et une déesse. La salle du Sanctuaire, vois-tu, devait être un ancien temple qui porte encore leurs noms, mais je ne sais pourquoi, il me semble qu'il y a là-dedans autre chose… Tt, mon idée m'échappe. »

Il se tut et, pendant qu'ils méditaient chacun de son côté, un coup de vent souleva un nuage de terre sèche qui leur piqua les yeux.

« Le temps tourne, observa le scribe en examinant le ciel.

— Oui, fit son garde de sous son bras relevé. Mais attends, attends. *Annato*, ça commence comme *Anouher*. Et *Ertout*, ça commence comme…

— Comme *Anouher* finit. » Ils échangèrent un regard. « Ordjéneb, j'y suis ! AN-WH-ER. AN-nato, ER-tout, et entre les deux, le son WH qui est la racine de *vide* ou de *voile* : notre fameux rideau. Serait-ce possible ? *Anouher était les deux moitiés*, cela signifierait que… que l'assemblée de Sir réunissait hommes et femmes. La salle du Sanctuaire n'a peut-être jamais été un temple : Ertout désignait simplement l'élément féminin de la ville, Annato l'élément mâle. »

À vrai dire, cela le troublait encore plus que tout le reste.

« Les hommes d'un côté, les femmes de l'autre, *et Anouher était les deux moitiés*… Eh oui. J'aurais dû attacher plus d'importance au fait que le sexe d'Anouher, dans nos usages, semblait parfois flottant. Les potiers ne l'appellent-ils pas “notre Mère” ? Quant aux dames de la Haute Maison, nos prêtresses… ah, il faudrait que je relise le verset qui décrit leurs fonctions, je suis sûr qu'on peut l'interpréter dans un sens tout autre. Leur collège serait la trace, le vestige de cette assemblée où siégeaient aussi les femmes, “cachées à l'œil” par un rideau. Mais pourquoi un rideau, par tous les démons, voilà ce que je ne saisis pas !

— Ça commence à souffler fort, nota Ordjéneb en se rapprochant des mules qui renâclaient au bout de leur longe, leurs grands yeux reflétant avec alarme les nuages amoncelés. Il vaudrait mieux redescendre à flanc de colline et nous mettre à l'abri. Pourquoi un rideau, hm. Peut-être pour que les garçons ne regardent pas les belles femmes, au lieu de penser aux choses qu'on discute ? »

Et il rougit.

« C'est possible, oui, fit Asral amusé. À moins que… Tu sais ce qu'il en est souvent dans les foyers, Ordjéneb. Ce rideau qui cache les femmes – belles ou laides – leur permet peut-être de voter comme elles l'entendent, sans que leur époux, leur père ou autre puisse ensuite leur en demander raison. »

Une nouvelle bourrasque lui coupa la parole et, cette fois, il ne la reprit pas. Il se sentait à court de mots, de déductions, submergé par l'énormité de sa découverte. Il avait donc fallu qu'il quitte Sir pour voir enfin l'évidence, songeait-il, bouleversé, en contemplant la ville qui au loin prenait des teintes jaunes, dans un dernier rai de soleil tombant d'un ciel de plus en plus couvert. Et il avait fallu qu'on lui demande d'être roi pour qu'il comprenne enfin ce qui faisait que la ville d'Anouher ne devait jamais, jamais s'en donner un. Se pouvait-il qu'il y ait dans l'existence d'aussi étranges détours ?

« Mais oui… Mais oui… », chantait le buisson secoué par des rafales, pliant, ondulant, comme quelqu'un qui rit et, de rire, danserait presque.

Et maintenant, pensa Asral en jetant à la ville un dernier regard plein d'attentes et d'une certaine appréhension – maintenant, il allait falloir qu'il leur explique tout ça.

34

Le vent soufflait. Il soufflait depuis des heures, aurait-on dit, même s'il était difficile d'estimer l'avancée des heures : sous cette lumière ambiguë qui n'était pas la nuit, mais dans laquelle on avait du mal à reconnaître le jour, le temps semblait suspendu, ou infiniment dilaté. Et le bruit, le bruit de ce vent était épouvantable, il vous rompait la tête, vous affolait, à ne plus savoir ce que vous faisiez.

Les trois éclaireurs, qui avaient d'abord essayé de monter une tente, avaient renoncé : pelotonnés les uns contre les autres, ils se cramponnaient au piquet (le seul qu'ils avaient réussi à planter), fermaient les yeux, évitaient d'ouvrir la bouche. Une bouche ouverte, c'était aussitôt un ouragan intérieur qui vous coupait le souffle, et l'âcre goût de la terre sèche crissant entre vos dents.

« Aaah… Oooh…, hurlait cependant celui du milieu.

— Qu'est-ce que tu dis ?

— Rochers… là-bas… »

On y voyait à peine, mais en effet, il y avait à quelques dizaines de pas la tache noire d'un groupe de pierres qui pouvait servir d'abri. Chacun reconnut à tâtons son bagage qui avait viré à l'ocre, de même que leurs visages, leurs vêtements, leurs mains – seuls les yeux luisaient encore de leur teinte naturelle dans ce voile de poussière qui recouvrait tout –, et ils se mirent en route, rampant tant bien que mal jusque derrière les rochers.

Les soldats d'une décurie y avaient déjà trouvé refuge et attendaient, lances posées au sol, mains tenant une toile au-dessus des têtes en guise de toit. Les éclaireurs eurent un rire (un de ces rires trop forts qui vous prennent au milieu de l'angoisse, du danger) en les voyant, eux aussi, poudrés d'ocre jusqu'à la racine des cheveux : étrange spectacle que ces corps monochromes parmi lesquels on distinguait encore des grands et des petits, des forts et des frêles, mais plus d'hommes mûrs ni de jouvenceaux, seulement des vieillards à la face parcheminée.

« La tempête nous a coupés de notre cohorte, expliqua l'un de ceux qui tenaient la toile. Pas la peine de la chercher tant que ça durera, on n'y voit pas le bout de son nez.

— Nous, on était partis en reconnaissance, mais pour l'instant... »

Au moins on s'entendait ici, même si le vent continuait de hurler. La décurie se serra, on tira sur la toile pour en céder un coin aux nouveaux venus.

« Merci », dit le plus abrité des éclaireurs, détachant de sa ceinture une gourde qui circula de main en main. Et l'on rit encore, à la vue des ravins blancs que traçait l'eau en coulant des commissures de lèvres, en sillonnant les cous.

« Ce n'est que partie remise, lança un costaud dans le groupe. Le décurion l'a dit juste avant le début de la tempête : ils sont tout près, on va peut-être se battre dans pas longtemps.

— Oui, ça ne m'étonnerait pas, opina l'éclaireur qui avait récupéré sa gourde. Il paraît qu'on a vu leur avant-garde sur la colline, là-bas.

— Sur la colline ? Impossible. Nous y étions tout à l'heure.

— Mais si. Je parle de la colline surmontée d'un bois de chênes-lièges, avec une ferme en contrebas. Et un grand acacia.

— C'est exactement là que nous étions au moment où ça s'est levé, protesta le costaud. Au-dessus de la ferme à l'acacia. Ils ne pouvaient pas y être !... »

Il se tut, car un de ses voisins lui avait envoyé un coup de coude. Sans le remarquer, l'éclaireur répliqua :

« Bien sûr que si. C'est vous qui vous trompez, ça ne pouvait pas être là que vous étiez. Parce que la ferme de l'Acacia, je la connais bien ; et la preuve... »

Là ce fut lui qui, battant des paupières, n'acheva pas sa phrase.

Sous la toile, des regards s'échangèrent et, dans cet instant de gêne et de flottement, le vent parut soudain siffler moins fort.

Les trois éclaireurs, peu à peu, reculèrent puis lâchèrent la toile, tandis que la décurie, incertaine, se redéployait en dessous. Puis l'un des trois se gratta la nuque et bredouilla :

« Bon, mais je crois que nous allons repartir, nous autres. On dirait que c'est en train de se calmer, non ? »

Il n'obtint pas de réponse.

Mais quand ils furent de nouveau à découvert, sous la bourrasque qui, narquoise, soulevait leurs tuniques avec une force redoublée, un homme de la décurie cria dans leur direction :

« Saluez mon cousin Nardouch, il est pâtissier à la porte des Crotales ! »

Un seul éclaireur se retourna pour lancer, pendant que les deux autres le tiraient en avant :

« Et vous, embrassez ma sœur Avita, dites-lui que nous lui avons pardonné ! Elle est partie chez vous, enceinte, il y a deux ans… »

Le vent emporta le reste, et sous la toile, chacun baissa les yeux pour éviter le regard de son voisin.

Mais un instant après, quelques silhouettes à cheval se dessinaient du côté opposé. Toute la décurie se mit au garde-à-vous en reconnaissant parmi elles, à sa cuirasse chamarrée et à son heaume cylindrique, un général.

« Qu'est-ce que vous me fichez là ? À quelle centurie appartenez-vous ? Le décurion, un pas en avant.

— Il n'y a pas de décurion avec nous, expliqua le costaud de tout à l'heure. Nous l'avons perdu pendant la tempête.

— Votre rattachement, alors ?

— Armée d'Hénab, sixième centurie du corps expéditionnaire des Nouveaux-Hénavites, ô général.

— Nisrit-am. Général Nisrit-am. »

Ça alors. Par-dessus la jugulaire du heaume, on aurait bien dit, en effet, la face replète de l'ancien cuisinier d'Asral. Ce flagorneur suant la peur des coups, général ? Une guerre civile, ça vous transforme un homme.

« En tant que membres de l'armée alliée, vous passez sous mes ordres, dans l'immédiat. Et les trois que je viens de voir filer, qui sont-ils ? Des déserteurs, c'est ça ?

— Ô général, nous ne…

— Vous êtes complices de leur désertion, si vous n'avez rien fait. Savez-vous que pour une chose pareille, je pourrais vous faire arracher la peau du dos ? »

Oui, c'était bien Nisrit-am.

« L'affaire aura des suites, vous pouvez me croire. En attendant, rangez-vous, lance au poing, et marche !… Il me faut de la place pour installer mon état-major et faire le point. » Et, à ses lieutenants : « Veillez à ce que l'infanterie soit déployée autour de nous, et le reste de la cavalerie sur les deux ailes. Nos corps francs ne sont là que pour couper la retraite à ces canailles, mais on ne sait jamais, et un mauvais coup est vite pris. L'armée palatine, l'armée de ceux qui combattent pour défendre le nom d'Anouher et l'honneur des juges a besoin de tous ses généraux. De tous ses généraux *vivants*. »

Ah, bon. C'était bien Nisrit-am, décidément.

Et pendant ce temps, à la ferme de l'Acacia, un détachement achevait de fouiller le groupe de bâtiments, tandis que le capitaine attendait sur le seuil.

Un soldat traversait la cour, arc-bouté contre la tempête.

« Le puits a été bouché, capitaine. Des pierres, des débris de meubles… Sinon, il n'y a personne dans les communs.

— Personne non plus là-dedans, déclara un second soldat qui ressortait du logis. Seulement des corps.

— Des soldats à nous ?

— Oh non. Il y a une jeune fille, par terre avec sa quenouille et son fuseau, et un homme plus vieux qui doit être son père. Égorgés. Ce n'est pas beau à voir.

— Un coup des Hénavites, sans doute… ceux que nous apercevions derrière la colline, tout à l'heure.

— Sûrement pas, capitaine. Ça remonte à quelques jours, d'après l'état des corps. En tout cas, la ferme est bien située pour parer une attaque. Si tu veux te rendre compte par toi-même, ô Moupim…

— Oui. Dans un instant. »

L'ancien fonctionnaire palatin s'était retourné vers la porte et semblait examiner avec attention quelques caractères gravés dans le chambranle. Mais, si son soldat avait su lire, il n'y aurait déchiffré que la banale formule « Anouher protège », qu'on trouvait sur quantité de vieilles maisons. Gagner du temps, pensait Moupim. Gagner du temps avant d'affronter encore une fois le spectacle de la mort. Il faudrait pourtant qu'il s'y fasse. Ils étaient en guerre, après tout, et c'est lui qui avait choisi de se mettre là.

Il n'était pas un homme d'action, non, mais il l'avait choisi.

Dans les premiers jours de la révolte, quand un petit garçon de la maison d'Asral était venu le trouver, il s'était dit, sans bien comprendre : Ma mission, la voilà, je garde la bibliothèque et je veille sur la chronique de l'année de la grande peste, puisque Asral me le demande. Mais ensuite son monde avait volé en éclats, le palais était devenu un camp retranché et ses occupants, des soldats malgré eux – soldats d'une cause qui n'était pas la sienne, il s'en était vite rendu compte.

Lui, son métier, c'était de veiller sur des textes, par amour pour la parole écrite et ce qu'elle représentait. Cette parole écrite perpétuant des êtres qui n'étaient plus depuis longtemps, et dont personne, sans lui et ses pairs, ne se serait souvenu, il était fier, lui, de la préserver. Il lui semblait ainsi remporter une petite victoire sur la mort, sur la nature ; car la nature, le sort des bêtes, c'était de crever sans laisser de trace ni de mémoire, après avoir mis au monde des petits tout pareils à soi.

Mais au palais, il n'en était plus question. On se moquait bien de la bonne tenue de la bibliothèque, celle-ci d'ailleurs restait déserte, on avait d'autres priorités : défendre les juges, l'ordre palatin. Ensuite il y avait eu cette escalade, les captifs qu'on passait au fil de l'épée, les femmes qu'on violait quand on en prenait une, Zetmah qu'un régiment de tanneurs était allé étrangler dans sa cellule avant de jeter sa dépouille du balcon d'honneur surplombant l'esplanade, en avertissement : voilà comment les rebelles seraient traités, le jour où les juges auraient repris le pouvoir.

Alors il s'était dit : Non, je n'ai rien à faire là. Mon métier, c'est de garder en vie ceux qui ne sont plus, je ne deviendrai pas un serviteur de la mort, je ne peux pas, je m'en vais.

Il n'avait pas eu de mal à soustraire la chronique de l'année de la grande peste : à la sortie de la bibliothèque, nul capitaine des gardes n'était là pour le fouiller. Une occasion en moins de risquer la mort, mais cela l'avait attristé. Et encouragé à partir. Ce à quoi il tenait n'avait plus aucune importance ici, pourquoi rester, vraiment ! Il s'était contenté d'enfermer le rouleau dans un tube de métal et de l'attacher sous ses vêtements, cousu dans une toile cirée, et depuis il le portait toujours là, sur sa poitrine, comme d'autres portent une amulette.

Il avait eu du mal, en revanche, à abandonner son poste et à semer ses poursuivants sans y laisser sa peau. Tellement de mal que personne dans le camp adverse ne s'était permis de mettre en doute sa loyauté, comme il l'avait craint : des fonctionnaires palatins rejoignant les rebelles, il n'y en avait pas tant. Mais on lui avait fait fête, au contraire. Le beau-frère d'Asral !... À cause de son instruction, à cause de sa carrure aussi, on l'avait tout de suite nommé capitaine, et il n'avait pas su refuser. Lui, il aurait préféré servir dans l'intendance : les chiffres, les comptes, l'administration, ça le connaissait. Et il savait, lui, que son physique de colosse cachait un cœur doux et sensible, pas du tout ce qu'il fallait pour mener des hommes à la bataille et leur donner l'ordre de tuer, de se montrer sans merci – mais comment reculer ? On lui avait fait confiance, il avait choisi de dire oui.

« Allons-y », murmura-t-il, et il suivit son soldat à l'intérieur, où les autres étaient déjà en train d'empiler des sacs de grain pour réduire les fenêtres en meurtrières, se postaient, carquois dans le dos, prêts à tirer dès que la poussière retomberait et qu'on y verrait enfin.

« Qu'est-ce qu'on fait d'eux ? » demanda un archer en désignant les corps. Ils gênaient, à vrai dire, étendus au milieu de la salle dans des flaques de sang bruni, le père face contre terre, la fille sur le dos, ses grands yeux noirs ouverts, la main dérisoirement serrée sur la laine qu'elle filait.

« Poussez-les contre l'évier et étendez un drap sur eux, nous n'avons pas le temps de leur donner une sépulture », soupira Moupim.

Mais avant d'aller à la fenêtre inspecter le terrain, il se baissa vers le fuseau pour détacher, de ses gros doigts, un petit brin de laine, une petite trace qu'il garderait de cette jeune fille dont il ne connaissait pas le nom. Afin que tu ne sois pas morte comme une bête, pria-t-il en pensée, sans rien laisser sur terre qui témoigne de ta vie, de tes travaux.

35

C'est un bruit qui se répand, plus qu'un bruit : une clameur, une clameur reprise par des centaines de voix :

« Asral est de retour ! Asral est parmi nous ! »

Les premiers à l'avoir aperçu n'en croyaient pas leurs yeux : sorti de la tempête, comme né d'elle, c'était bien leur scribe, leur pâle servant d'Anouher qui avançait là sur une petite mule grise, avec pour toute escorte un montagnard de belle taille, certes, mais sans même une arme à son côté.

Et dans les volutes de poussière, les derniers à-coups du vent qui retombait enfin, le mot a circulé, l'escorte s'est étoffée, entourant de cris joyeux Asral qui souriait, une main bénignement levée, l'autre serrant sur son cœur l'étui de la Seconde Copie.

« Oui, mes amis, je suis là ! lançait-il de loin en loin. Et je vous apporte, enfin, le vrai message d'Anouher. »

Sur le passage de ce cortège, l'espoir s'est mis à renaître, cet espoir qu'on commençait à perdre depuis que l'horizon au nord s'était bordé d'une ligne mouvante, depuis la nouvelle que le détachement sur la route d'Hénab avait été encerclé et réduit à néant. Asral était là, tout allait changer.

« Qui est-ce, à côté de lui ?

— Son garde.

— Il ferait un sacré centurion, celui-là. Regardez un peu ces bras, ces épaules !

— Centurion dans notre armée, un Lalliti ?

— Bah ! Nous étions tous des montagnards, avant qu'il y ait des villes… »

Mais de tels bruits ne connaissent pas de murs, et celui-ci a vite fait d'escalader l'enceinte de Sir ou d'en forcer les portes : la porte des Hyènes et celle des Crotales, la porte des Chacals et celle des Antilopes, la porte des Lions, la porte des Buffles, et enfin – seule à être tenue par l'armée palatine – la porte des Cigognes, au pied de laquelle Asral vient d'arriver.

Sur la muraille, des soldats palatins se massent, leurs têtes font autant de petits points noirs au-dessus des créneaux. Trop haut pour qu'on leur tire des flèches, mais pas assez pour les mettre à l'abri des huées :

« Où sont vos juges, ils se cachent ? Qu'ils se cachent bien, tous, au fond de leurs tanières ; car dans peu de temps, l'armée d'Asral aura repris le palais.

— … Et vous, vous serez taillés en pièces, malgré les Hénavites vos frères.

— Hou ! les chiens, qui s'allient avec ceux de là-bas ! »

D'autres têtes casquées apparaissent sur le rempart, des pointes de lances. Bientôt on y discerne aussi des toques carrées, des toges à rayures : les Quarante-Trois ont délégué devant Asral quelques-uns des leurs, en tenue d'apparat.

Un juge se penche au-dessus du parapet. C'est Innêdeth : on reconnaît, malgré la distance et le contre-jour, ses traits d'homme un peu gras.

« Scribe Asral, m'entends-tu ?

Et Asral, dressé sur ses étriers :

« Juge Innêdeth, je ne t'ai jamais aussi bien entendu.

— Alors va-t'en, blasphémateur, et n'entre plus jamais dans la ville d'Anouher, tu la souillerais. Nous t'avons mis au ban de Sir, nous avons tué ceux qui t'avaient aidé, comme nous tuerons tous ceux qui t'aideront encore. M'entends-tu, m'entendez-vous, vous autres qui êtes en bas ?

— Innêdeth, c'est toi qui souilles la ville d'Anouher par tes propos, riposte Asral, et son escorte l'applaudit. J'y entrerai parce que là est ma place, et parce que Sir m'attend.

— Tu n'y entreras pas, assène le juge de sa voix calme, tandis qu'une autre silhouette apparaît à son côté. Car si tu fais seulement mine d'y mettre un pied, nous jetterons dans le vide cet être qui t'est si cher. »

En bas, on plisse les yeux, on pose les mains en visière : c'est bien Djinnet que tiennent les gardes à côté d'Innêdeth, un Djinnet pâle, amaigri, aux pupilles agrandies par… non, ce n'est pas de l'épouvante, ce n'est pas de l'imploration, c'est encore autre chose, de plus intense et d'infiniment plus poignant, mais quoi ?

Un silence de plomb est tombé. On croirait que tous les Siriotes, à l'heure qu'il est, ont suspendu leurs gestes, leurs paroles, leur souffle, pour attendre la réponse du scribe.

Celui-ci reste figé dans la même position : les mains serrées sur sa bride, la nuque rejetée en arrière pour regarder en haut, les épaules droites. Mais ses yeux ne voient rien, et ses épaules si droites tremblent distinctement.

Atroce. Un meurtre. Ce serait un meurtre, pense-t-il (mais est-ce vraiment penser ? cette sensation nauséeuse que tout choix lui est impossible et qu'il doit pourtant en faire un, dans la minute, est-ce vraiment penser ?). C'est atroce, non, je ne peux pas faire ça… Pourtant, cette foule qui se presse derrière moi et s'est levée à mon appel, cette foule qui croit en moi, j'irais la décevoir ? L'œuvre qui me tient tant à cœur et pour laquelle j'ai déjà bravé tant de dangers, j'y renoncerais ? Non, je ne peux pas – ah, quelle abomination !

« Tu vois ? reprend Innêdeth toujours aussi calme. Allons, va-t'en, je ne dirais pas là d'où tu viens, je ne te le conseille pas, mais le plus loin possible. Et ne reviens jamais. Sir ne veut pas de toi ! »

Cet être que j'adore, qui est toute ma vie, il mourrait par ma faute, et en le sachant, pense toujours Asral (mais est-ce vraiment penser ? sonder les conséquences de ce choix impossible et n'en éprouver qu'une horreur grandissante à mesure qu'il les sonde, est-ce vraiment penser ?). Le dernier regard que je recevrais de lui, ce serait un regard de reproche, le regard humide de la bête qu'on livre au couteau du sacrificateur. Ce que je lirais dans ses yeux, ces deux lacs sombres : « Alors voilà ce qu'était ton amour ? Maintenant tu m'immoles, parce qu'on te l'a demandé ? » Oh, Djinnet !... Mais tant d'autres sont déjà morts par ma faute, morts pour moi. Et à présent je leur dirais, je dirais à leurs proches : Vos frères, vos fils sont morts pour rien car j'ai changé d'avis, je ne veux plus, je me retire, adieu, merci quand même ?

Il l'entend, cette foule. Il entend son silence derrière lui, autour de lui, sans oser la regarder, entend ici et là un soupir, d'angoisse ou de compassion peut-être, et voudrait pouvoir fermer ses oreilles, faire qu'elles n'entendent plus, de même que ses yeux en cet instant ne voient là-haut qu'un vide, un blanc, sur la crête du rempart.

Il se sent déchiré en deux, c'est comme si l'on passait un fer à travers sa chair vive, il n'a pas souvenir d'avoir jamais souffert autant. Ce qu'il avait enduré autrefois dans un accès de gravelle, l'opération qu'on avait tentée sur son aine pour extraire les deux ou trois petites pierres pendant que lui, lié, serrait les dents sur un bâton, pèse peu en regard de cette douleur présente. Il repense au vieux Manasser qui lui disait : « Mon fils, j'ai peur pour toi, mon fils, ne te rends pas plus malheureux que tu n'es déjà... » Ah, Manasser, comme tu disais vrai ! *Malheur* est un mot trop faible pour le martyre que j'endure. Manasser, Manasser, je ne regrette rien, mais comme tu disais vrai !

Et en cet instant où il revoit le visage affligé du vieil homme au-dessus de l'eau des bains, le sanglot qu'Asral retenait secoue sa poitrine, ses yeux se brouillent de larmes, et ce blanc, ce vide au-dessus du rempart devient un nœud de rayons scintillants...

Un grand cri dans la foule : Djinnet s'est arraché à la prise de ses gardiens et a grimpé sur le muret. On s'élance à sa poursuite mais il bondit, de créneau en créneau, atteint une échauguette, en escalade le toit hémisphérique avec l'agilité du désespoir, l'agilité d'un animal traqué qui doit sauver sa vie – mais est-ce vraiment sa vie qu'il veut sauver ? Djinnet, que veux-tu faire ? Djinnet, et tu te mets debout sur le faîte du toit, au-dessus de l'abîme ?

Les yeux d'Asral voient à présent, voient ce visage d'adolescent là-haut, si proche, si familier, dont il retrouve avec bouleversement chaque trait : l'ombre des cils sur la joue émaciée, la tempe d'une infinie délicatesse, le menton à la ligne pure…

« Djinnet ! »

Le captif lui offre l'eau noire de son regard avant de le ramener vers les soldats palatins, qui essaient d'escalader le toit et retombent lourdement sur le chemin de ronde, et il a un sourire, son tout dernier sourire d'enfant. Puis il écarte un peu les bras, entrouvre les lèvres et… Est-ce un rêve, est-ce vraiment son chant qui tombe ainsi, du haut du ciel, comme une pluie d'été ?

Tu as touché mon cœur, Asral
Fidèle servant d'Anouher
Tu as touché mon cœur

Ma bouche
Ne chante plus que pour toi
Mon âme
Ne veut plus rien que tu ne veuilles pas

Mon âme t'est ouverte
Asral, comme la ville t'est ouverte

Ne les écoute pas
N'entends que mon âme qui chante vers toi
Et veut ce que tu veux,
Et veut rejoindre la tienne

Il s'est jeté dans le vide et son corps gît déjà sur la terre du remblais, gracile, intact, sans blessure apparente – un faon, un faon aux membres brisés, se répète Asral, comme si cette image pouvait conjurer, abolir ce qu'il a devant les yeux. Tout s'est passé si vite que sous le rempart, ceux qui font cercle sans oser s'approcher croient encore entendre « la tienne... », « la tienne... », telle une lente arabesque descendant vers le sol.

Puis cet écho meurt, lui aussi, et dans les rangs des rebelles la colère gronde, éclate, se déchaîne en assaut : trois heures après, la porte des Cigognes est tombée à son tour.

36

C'est l'heure de la sieste sur le chantier des fouilles. Un soleil écrasant plombe le zénith, les ombres sont courtes, denses, et rares : les quelque deux cents fellahs ont dû se réfugier dans les excavations pour y prendre leurs quelques heures de repos méridien. Ils dorment, harassés, tandis qu'à cinq cents mètres des cordes arrimées à une sorte de traîneau attendent la reprise. Sur le traîneau, un énorme fauve ailé qu'ils sont apparemment en train de haler vers la ville moderne.

Ils ne sont pas au bout de leurs peines. Encore à demi enfoui, un autre monstre jumeau s'apprête – dans quelques jours, quelques semaines ? – à partir pour le même voyage. Ils doivent être contents, les deux compères : depuis quatre mille ans qu'à la porte des Lions ils se faisaient face sans s'être jamais quittés.

Sous la tente, dont on a baissé les portières pour conserver un peu de fraîcheur, tout est bien calme aussi. Le jeune Borowski somnole, un pinceau entre les doigts, Krauss et Wohlfahrt disputent une partie d'échecs à la table pliante. Krauss ferait presque peur : avec son foulard brodé retenu sur son crâne par un anneau de cuir, son regard féroce, sa barbe rousse qu'il a laissée pousser, il offre l'image de ce que pourrait être un pirate gibelin.

Mais il déplace une pièce, et sa physionomie redevient bonhomme : excellent coup. Voyons comment le docteur va se tirer de ce mauvais pas.

Il n'a pas bonne mine, le docteur. Ses pommettes luisent d'une rougeur qui ne doit rien au climat, et son visage est moins plein. De temps à autre il chasse, d'un geste agacé de la main, une mouche qui bourdonne pesamment au-dessus de leurs têtes. Tout laisse penser que cette partie dure déjà depuis des heures.

Elle ne durera plus : la portière s'écarte, une tête chenue s'y glisse, bientôt suivie d'un corps rabougri mais sémillant.

« Une lettre, mes amis ! Une lettre de Berlin ! »

Borowski ouvre des yeux affolés, Krauss fait un faux mouvement et culbute sa reine, Wohlfahrt, plus digne, se retourne à demi.

« Une lettre, professeur ?

— Mieux qu'une lettre : trente pages que m'adresse mon correspondant à la cour, avec toutes sortes de nouvelles et, par-dessus le marché, les plans de notre futur musée. J'exulte. »

Gagnés par son enthousiasme, ses trois collaborateurs se pressent autour de lui.

« Et ces plans, comment sont-ils ?

— Remarquables, admirables, on ne pourrait souhaiter mieux. Je n'aurais que quelques modestes retouches à y apporter… Vous alliez dire, docteur ? »

Wohlfahrt a eu un mouvement des lèvres qu'il n'explicite pas, mais que Krauss, lui, comprend parfaitement. Et une étincelle de gaieté s'allume dans ses yeux. À quoi, en effet, leur chef d'expédition n'aurait pas *quelques modestes retouches à apporter* ?

La table a été débarrassée de son échiquier, le professeur Neumann y étale des feuilles, son index virevolte et montre dix croquis à la fois.

« Ici, le rez-de-chaussée, et une esquisse de l'escalier monumental. Parfait. Quoique, ces deux colonnes torses… J'y verrais plutôt, moi, notre paire de lions, qu'en pensez-vous ? »

Hochements de tête approbateurs.

« Là, le premier étage. Salle des tablettes, salle de numismatique, salle des stèles… Oui. Tout cela est fort bien pensé. La décoration, en revanche, ne me satisfait pas. Ces motifs prétendument orientaux sont ridicules, on voit bien qu'en fait d'Orient le malheureux n'a jamais poussé plus loin que Raguse… »

Wohlfahrt toussote, Krauss se permet un clignement de paupières : c'est l'architecte désigné par Sa Majesté en personne que le professeur est en train d'étriller là.

« … Au lieu de ce fatras, je mettrais bien des fresques, voyez-vous, des fresques qui seraient réalisées, monsieur Borowski, à partir de vos aquarelles. Vue de la plaine sous tous ses angles, reconstitution des hauts lieux de la ville, dans leur splendeur, leur blancheur hiératique… N'est-ce pas ? »

Son geste du bras a mis en fuite la mouche, qui trouve enfin la fente de la portière et disparaît dans un bourdonnement épouvanté.

« Venons-en au second étage. Là, j'ai des réserves, de sérieuses réserves. Je pensais avoir soigné mes rapports bimensuels, mais nous n'avons pas été compris, vraiment pas. Tout est à refaire dans cette enfilade de pièces. C'est fragmenté, étriqué, rien ne donne l'idée de la monumentale unité de la civilisation siriote, il faudrait… »

Wohlfahrt tousse encore. Difficile de mettre cela sur le compte de l'objection diplomatique, cette fois, c'est une vraie quinte qui lui arrache des larmes et qu'il essaie vainement d'étouffer dans son mouchoir.

Il baisse, constate le professeur avec angoisse, il baisse de plus en plus, mon cher vieux camarade. Mais, en homme chez qui la tendresse se camoufle en brusquerie, il ne parvient qu'à décréter sévèrement :

« Wohlfahrt, vous devriez aller vous étendre.

— Je n'en ferai rien, professeur. Votre exposé m'intéresse énormément, et je ne voudrais en aucun cas manquer la suite.

— Je vous dis d'aller vous étendre !

— Et je vous dis, moi, que je suis docteur en médecine, et que je sais mieux que vous ce qu'il me faut. La poussière des fouilles m'a irrité les bronches, une simple inhalation ce soir en viendra à bout. »

Cela a été dit d'un ton bilieux qui, presque plus que la toux, est signe de maladie. Neumann en est conscient, mais n'en continue par moins sur sa lancée :

« Vous êtes têtu comme une mule, docteur.

— Venant de vous !…. »

Les adversaires se fixent avec fureur, aucun n'entend baisser les yeux ni s'excuser le premier, il va falloir que l'ingénieur s'en mêle.

« Vous nous parliez, professeur, des plans du second étage ?

— Oui. Où en étais-je ? Mal conçus, absolument ratés. Nous tenterons dès demain d'ébaucher une contre-proposition. Car enfin, ce second étage devrait être une apothéose, frapper par sa monumentalité. Je voudrais que le visiteur, dès l'entrée, découvre l'ensemble du panthéon siriote, du système étatique siriote, puisque ce sont une seule et même chose : un cosmos en miniature, englobant en lui tout les aspects de la vie sacrée et profane, publique et privée… Mon rêve, bien sûr, serait de reconstituer la ville entière, dans sa corporalité et son monolithisme, mais nous n'en sommes pas là. Pas encore. »

Un contremaître se présente à la portière, ramenant le professeur au sens des réalités : le travail de halage a repris, mais on bute sur un obstacle, des roches affleurantes qui gênent le passage du traîneau. L'ingénieur sort voir, expertise, conseille en peu de mots. Cinq minutes plus tard, le problème est réglé.

« Ah, Krauss, vous revoilà ! J'expliquais à vos confrères comment j'envisageais la distribution de l'espace, la plastique de cet étage si essentiel. Et, bien sûr, son style. Un principe : *aucune forme allogène*. Y compris dans les lampes d'éclairage, les moulures des fenêtres, le dallage du plancher. Ah, nous en sommes loin. Regardez-moi cette esquisse ! Une grecque en haut des murs, des caducées sur les montants de porte, des sphinges mamelues au sommet des pilastres… On croirait un bal populaire à Wedding. Non, trois fois non ! Ces antiquailleries de bastringue ne sont pas de mise dans notre musée. »

Voilà qui est brutalement exprimé mais juste sur le fond, même Wohlfahrt est prêt à en convenir.

« Il faudra peut-être, professeur, que vous… tempériez ces critiques. Mais c'est un fait : la civilisation et l'art de Sir offrent cette exception d'être parfaitement homogènes, comme s'ils avaient échappé au passage du temps.

— N'est-ce pas ? Et c'est là leur grandeur et leur beauté. Nulle trace d'une décadence, nulle trace de formes hybrides, abâtardies, de motifs syncrétiques comme on en voit dans tant d'autres empires de la région.

— Oui, appuie Krauss. Et c'est même une énigme qu'il nous reste à résoudre.

— Laquelle ? »

Tous les regards se portent vers le taiseux qui se renfrogne, mécontent de s'être lui-même mis sur la sellette.

« Eh bien, l'absence de tout vestige d'une culture tardive. C'est presque comme si cette civilisation avait cessé d'exister du jour au lendemain. »

Les prises de parole de Krauss ont cette double particularité d'être rares, et de réduire ses interlocuteurs à quia. Soudain, les quatre hommes ont eu la sensation physique de cette ville qui est là, sous leurs pieds, et garde jalousement le mystère de sa fin. *Cessé d'exister* : on ne s'y arrêterait guère en lisant ça dans un manuel d'histoire. Mais quand on se trouve sur place, qu'on ressent la présence de cette concentration humaine disparue dont ne subsistent que poudre, pierres et gravats, c'est autre chose.

Un petit vent froid passe sous la tente, Borowski se rapproche involontairement du groupe, le médecin frotte son lorgnon. Il n'est pas jusqu'au professeur qui ne soit impressionné, et c'est d'une voix un peu incertaine qu'il reprend :

« Je pencherais pour une invasion. L'écrasement par un empire rival, sans doute.

— Ou une altération du sol, suggère Wohlfahrt. Nous avons observé, en de nombreux points, une teneur anormalement élevée en sel. La désertification…

— Sottises ! Si tel était le problème, comment expliquez-vous que la ville voisine, elle, ait continué de prospérer, et ce jusqu'aujourd'hui ? »

Les joues du malade ont viré au brique.

« *Sottises ?* Ah, mais cela passe les bornes, à la fin. Je vous défends, vous m'entendez, je vous défends de me parler sur ce ton ! »

Krauss réprime un soupir : deux fois qu'il s'y colle en un après-midi.

« Wohlfahrt, vous connaissez comme moi le franc-parler de notre cher professeur…

— Mais oui, voyons, chacun ici sait que j'ai mes petits défauts et que je ne pense pas à mal. Quand cesserez-vous donc de vous montrer aussi absurdement susceptible ? Pour en revenir au sel, mon ami, souvenez-vous : c'est vous-même qui m'avez signalé, dans des sources anciennes, cette coutume de saler le territoire d'une ville vaincue pour le rendre à jamais stérile. Les guerres de la haute Antiquité étaient d'une âpreté que nous ne concevons même pas : il ne s'agissait pas de vaincre ou d'asservir, mais bel et bien d'annihiler. Voyez Akkad, voyez Carthage !

— Ou Sodome et Gomorrhe, jette Krauss.

— Hein ? Quoi ? Quel rapport avec ce que je viens de dire ?

— Pardonnez-moi, je suis passé du coq à l'âne. Je pensais à une hypothèse que nous n'avons pas encore envisagée : celle d'un cataclysme.

— Un de ces brusques engloutissements, de ces "déluges de feu et de soufre" que les Anciens attribuaient à la colère divine… Oui, c'est possible. Encore que la région ne soit pas sismique, à notre connaissance. »

Borowski a eu l'idée de relever les portières. La chaleur entre, pesante, moins cependant qu'il y a une heure ou deux. Il sera bientôt temps pour eux de retourner à leurs moutons ; même au plus fort de l'été, les journées ne sont pas si longues dans ce pays.

En file indienne, le groupe sort à l'air libre, examine le site qui s'étend tout autour, accidenté de fosses, d'échafaudages et de piquets. Wohlfahrt tousse, le jour décline, le professeur se sent pris d'une mélancolie qui ne lui ressemble pas. Sa propre mort vient de lui apparaître non seulement comme une éventualité possible (ce qui serait déjà assez fâcheux) mais comme une certitude. Et il murmure :

« Eh oui. Un jour cette ville a été rayée de la carte, et nous ne saurons peut-être jamais pourquoi. »

37

L'aube se levait à peine et, dans un demi-sommeil, Asral pensa avec volupté qu'il allait pouvoir reprendre sa tâche quotidienne. Il en était, sauf erreur, à la deuxième section des Hymnes. Que lui importaient son emprisonnement, Zetmah, le procès ? Il avançait, à grands pas, et c'était l'essentiel.

Alors son regard s'attarda sur la fenêtre, et il nota avec surprise qu'elle n'avait plus de barreaux.

Bien sûr qu'il n'était plus captif du haut palais. S'il était là, cela lui revenait maintenant, c'est parce qu'à l'issue de son entrevue avec les chefs des factions rebelles, on avait décidé de le loger dans un appartement de juge, avant sa solennelle adresse aux Siriotes le lendemain matin.

C'est-à-dire aujourd'hui.

Et s'il avait conféré avec les chefs des factions rebelles, en plein cœur du palais, c'est parce que…

Il se redressa, pantelant. Djinnet. Djinnet sur le rempart, Djinnet lançant vers lui son chant et l'appelant de son nom, par deux fois (*Tu as touché mon cœur, Asral – Mon âme t'est ouverte, Asral, comme la ville t'est ouverte*), Djinnet sautant dans le vide… Il s'est donné à moi, par sa mort, vit le scribe avec une lucidité nouvelle. Il m'a aimé, enfin, et s'est donné à moi. C'était une pensée lumineuse, un fleuve chaud de bonheur qui le submergeait ; en même temps, cela n'effaçait pas l'atroce douleur, l'accablement qu'il ressentait dans chaque fibre de son être, comme si le poids entier du monde s'y était déposé.

Ne pas y penser, surtout pas, s'adjura-t-il en faisant l'effort de se lever, puis en passant machinalement ses vêtements de la veille – malgré le souvenir, dans un coin de son esprit, qu'on ait parlé pendant la conférence de l'habiller « plus dignement ». Retenir en lui ce fleuve de plénitude qui lui instillait une force, une volonté inconnues, et oublier le reste, pour l'instant. N'était-ce pas ce que Djinnet lui-même avait souhaité ? *Mon âme veut ce que veut la tienne,* n'était-ce pas une façon de dire à Asral : Fais ce qu'il faut, remplis ta mission, et si je dois être un obstacle au bien de la ville, à la victoire d'Anouher, que je meure, pour que prévale ta volonté ?

Le scribe alla s'asseoir devant la table où traînaient encore quelques objets : un sceau cylindrique à l'emblème du palais, un morceau de cire, la règle que les membres du collège tenaient en main lorsqu'ils prononçaient leurs sentences, pour signifier qu'elles n'émanaient pas de leur arbitraire mais s'alignaient fidèlement sur la Loi. Il y avait aussi, insolite, un flacon de clous de girofle. Le juge délogé (et sans doute mort à l'heure qu'il était, songea Asral sans plaisir) devait souffrir des dents.

Se renversant sur le dossier du siège, il revit sa rencontre avec les chefs de faction, la veille au soir, dans une salle du palais. Il y avait pénétré hagard ; depuis le matin il lui semblait avoir déjà vécu sept vies, sans un instant pour s'abstraire, revenir sur ce qui s'était passé. Et il y avait trouvé quelques hommes et deux femmes (Shaïnata et l'une de ses suivantes) visiblement en proie à la même ébullition. Ç'avait été pour eux une journée de combats et de victoire, avec la prise de la porte des Cigognes, d'abord, puis celle du haut palais ; mais rien n'était résolu encore, rien n'était gagné. Tous avaient les traits durs, les gestes tranchants, la parole brève qu'on a au milieu de l'action, dans un état d'urgence. D'ailleurs leurs premiers mots avaient été :

« Nous n'avons pas de temps à perdre. Sois le bienvenu, ô Asral : prends un siège et parlons. »

En fait, il s'était ensuite écoulé un long moment avant le début de la conférence. Car certains étaient retenus à l'autre bout de la ville par des combats d'arrière-garde, des problèmes d'ordre à rétablir, de sentinelles à poster pour surveiller l'avancée des Hénavites. Et ce délai forcé était vite devenu pesant. Ceux qui étaient déjà assis s'étaient relevés, discutaient à voix basse, adressaient des saluts à Asral sans l'aborder franchement, faute de savoir s'ils devaient ou non lui exprimer leurs condoléances pour son deuil, un deuil providentiel et dont chacun, au fond de soi, devait se féliciter.

C'est donc avec un certain soulagement que le scribe avait vu s'avancer vers lui une connaissance, un membre de la famille de potiers qui était venue un jour lui amener son aïeule. Il lui avait serré les mains avec effusion, comme à un témoin de cette époque où l'ardeur de la quête était déjà en lui, mais où le monde n'avait pas encore vacillé sur ses bases. Qu'elle était loin, cette époque-là !

« Et comment se porte-t-elle, votre vénérable ?

— Elle s'est éteinte, paisiblement, à la lune des gels. »

Et lui qui s'était promis d'aller lui dire un jour : Pardonne-moi, vénérable, car je ne t'ai pas crue ! Elle était peut-être la seule à lui avoir raconté quelque chose de vrai.

« Qu'elle repose dans la paix d'Anouher », avait-il murmuré.

Et là, s'entendant prononcer cette formule rituelle, il avait mesuré l'ampleur de sa tâche à venir. Ces gens qui ne se doutaient de rien et paraissaient savoir beaucoup mieux que lui ce qu'il convenait de faire, il allait devoir leur parler. Il pressentait déjà leur stupeur, leur incrédulité, se voyait en train de leur citer des passages des Écritures et de les réinterpréter – en quelques mots, alors que lui-même avait mis des mois à faire tout ce chemin. Il se sentait nerveux. Aussi avait-il enchaîné, pour masquer son inquiétude :

« Tu représentes ici, je suppose, la faction des potiers ?

— À vrai dire, non. J'appartenais à une tendance minoritaire parmi les potiers, mais à laquelle la plupart des tisserands se sont rangés par la suite. Notre faction est donc désignée comme la faction des tisserands. Le représentant des potiers, c'est celui que tu vois là-bas et qui parle avec la prêtresse Andô.

— Ah. Et quelle est donc la position des tisserands ? »

C'est alors que Shaïnata, d'un mouvement souple, s'était glissée entre eux.

« Cher Asral, l'heure n'est pas à te détailler nos multiples dissensions. Nous voilà enfin au complet, nous allons pouvoir commencer. Innêdoun, chef des vanniers, veux-tu exposer à notre futur roi comment nous avons prévu la journée de demain ?

— Un instant, révérende, je…

— Tout à fait, avait coupé le dénommé Innêdoun en se levant. Demain, à la quatrième heure, il a été prévu, ô Asral, que tu paraîtrais dans la salle du Sanctuaire pour une adresse solennelle aux Siriotes. Nous veillerons, bien entendu, à te vêtir plus dignement. Tu te montreras à eux, tu les harangueras, tu leur donneras courage pour la guerre qui s'annonce avec Hénab. C'est tout. Il suffit qu'ils se sachent enfin menés. Le reste, qui est fort important bien sûr, tes mesures de réforme, les nouvelles lois que tu vas donner à Sir, etc., cela peut attendre, je suppose que tu en conviens. »

Asral serrait les poings. C'est maintenant, pensait-il, c'est maintenant qu'il me faut dire ce que j'ai à leur dire, mais cette perspective lui paraissait aussi attrayante que celle de se jeter tout habillé dans un fleuve en hiver. Les quinze ou seize présents le fixaient d'un air interrogateur, qui se nuançait peu à peu de sourires amusés. On savait le servant d'Anouher lent à réagir, quelquefois même distrait, pour dire les choses crûment. Mais ces sourires se figèrent lorsqu'il laissa tomber :

« Non. Je n'en conviens pas. »

Puis il se mit debout et, d'une voix moins hésitante qu'il n'avait craint, il entama son discours; sans fléchir, sans dévier. Il ne voyait plus rien autour de lui, ni la salle d'audience, ni les visages de ceux qui l'écoutaient, ni les flambeaux que des huissiers venaient apporter dans le soir tombant, il parlait, parlait, comme naguère lorsque la cour lui avait demandé son avis sur le meurtre d'Abikim. Sa pensée était extraordinairement claire, il brossait, en traits vigoureux, l'épopée de sa découverte, ses étapes, sa marche inexorable, marche qui détruisait tant de choses sur son passage, mais apportait au reste une salutaire clarté; enfin son aboutissement, cette révélation qui éclairait et résolvait tout, et dont il ressentit encore, en la racontant, la joie éprouvée la veille.

Libéré, quelque peu las, il se rassit; et arriva la seule chose qu'il n'avait pas prévue. Au lieu de questions, d'exclamations, voire de cris indignés (car c'était jusqu'au nom d'Anouher que sa révélation faisait voler en éclats, et d'aucuns ici pouvaient y voir un sacrilège), les quinze demeuraient impassibles, comme si ce qu'il venait de dire n'avait pas la moindre importance.

Les flambeaux crépitaient, les doigts tambourinaient, des têtes se rapprochaient et des murmures s'échangeaient, mais rien de plus.

Finalement Shaïnata reprit la parole.

« Mon cher Asral, tout cela est bel et bon. Mais tu perds de vue que nous allons entrer en guerre; que nous sommes déjà en guerre. Il serait impensable, irresponsable de faire circuler en ce moment de telles idées dans la plèbe siriote…

— C'est d'Anouher que tu parles ! » gronda le scribe.

Assis à sa droite, le potier qui était maintenant tisserand et dont il ne retrouvait plus le nom lui tapota le bras :

« Allons, allons. Les remarques de la révérende sont marquées au coin du bon sens, il n'y a rien là qui doive te fâcher. Le peuple de Sir, comme nous, sera très heureux de ce que tu lui annonceras une fois la paix revenue. Mais en ces temps de tensions et de troubles, ce qu'il lui faut, c'est un chef devant lui. Un chef droit et probe dont il reconnaisse l'autorité, et que nous épaulerons.

— Je ne suis pas d'accord, répliqua Asral. Au contraire, il n'est pas de meilleures circonstances pour réinstituer Anouher. Anouher n'est-il pas né au cours d'un siège et d'une épidémie, dans une situation plus troublée, plus tendue encore que celle d'aujourd'hui ? » La voix lui manquait. *Ne les écoute pas, N'entends que mon âme qui chante vers toi…* La passion de la vérité, voilà ce que Djinnet avait aimé en lui, voilà ce qu'Asral devait préserver coûte que coûte, s'il ne voulait pas que ce sacrifice ait été fait en vain.

« J'ai voué ma vie à la recherche du vrai, mon premier geste public ne consistera pas à mentir aux Siriotes. Je m'y refuse catégoriquement.

— Leur mentir, certes, objecta Innêdoun. Mais dans leur propre intérêt, et pour quelques semaines, quelques mois au plus…

— Alors la vérité devrait attendre son heure, comme un malade dans l'antichambre d'un rebouteux ? »

Quelques rires saluèrent cette saillie, mais déjà ils s'éteignaient ; les visages étaient fermés, on entendait grésiller la mèche des flambeaux, et au milieu de cette pause, Asral subitement vit clair. Tu fais fausse route, tu perds ton temps, tu n'y es pas du tout. Oui, il faut parfois mentir, ne serait-ce que pour sauver la vérité. Sois habile, pour un temps, est-ce trop te demander ?

Et, ravalant sa honte et sa colère, il parcourut l'assistance du regard, cligna des yeux comme un homme qui s'éveille, eut un sourire confus.

« Pardonnez-moi. Il m'arrive, c'est vrai, de me laisser emporter par mes idées. Que voulez-vous ! elles sont le monde que j'habite, je suis un homme d'étude…

— Mais tu n'as rien à te faire pardonner, voyons, murmura Shaïnata après avoir consulté de l'œil les autres chefs de faction. Et tes idées, moins que tout. Nous les chérissons au contraire, nous les vénérons, tu le sais. Bientôt tu pourras t'y adonner en toute quiétude, doux Asral, pendant que nous nous chargerons de les mettre en pratique.

— Fais-nous confiance, renchérit Innêdoun, avec un long regard d'affection et d'encouragement.

— Pauvre Asral, ajouta la prêtresse Andô dont les yeux s'embuaient. Tu as vécu trop longtemps entouré d'ennemis.

— Ce n'est pas faux », souffla le scribe. Puis il releva la tête : « Mais ce temps-là n'est plus. Et vous avez raison. Un tel message ne doit pas être annoncé aux Siriotes sans préparation, et nous en déterminerons ensemble le moment opportun. Maintenant, reprenons l'ordre du jour.

— À la bonne heure », conclut la révérende, les yeux doucement baissés.

Et sans tarder on passa à d'autres questions : où déployer les troupes d'archers, que faire des captifs, quelle position adopter face au groupe des tanneurs dissidents. Ce n'est que tout à la fin qu'on allait brièvement revenir sur les détails de la cérémonie qui devait avoir lieu le lendemain matin.

C'est-à-dire aujourd'hui.

On frappait à la porte de l'appartement, Asral alla ouvrir : c'était Ordjéneb, les bras chargés et la mine un peu sombre, comme s'il n'avait pas bien dormi.

« Salut à toi, le maître. Mais, je vois que tu es déjà habillé. Les chefs de faction t'envoient de beaux vêtements et une tiare, tu ne comptes pas les porter ?

— Mais si, mais si. C'était en attendant. J'avais froid.

— Ah bon.

— D'ailleurs tu vas m'aider, puisque tu es là. Ces tenues de cérémonie sont parfois difficiles à mettre. Eh bien, qu'attends-tu donc ? »

Un long temps se passa, à peine ponctué par le froissement des étoffes, le petit bruit des agrafes, le cliquetis d'un collier.

« N'oublie pas la tiare, surtout. Et veille à ce qu'elle soit bien droite. Je ne voudrais pas me ridiculiser. »

Ordjéneb s'exécuta, puis dit en détournant les yeux :

« Tu veux sans doute que je t'apporte un bouclier de bronze, pour que tu puisses te voir ?

— Inutile. Je suis sûr que c'est parfait. » Et Asral, se rasseyant, prit en main le sceau de l'ancien juge. « Tu ne parais pas content, observa-t-il après un silence.

— Oh si, fit le montagnard d'une voix morne. Je suis content, très content pour toi. Je te l'avais dit, noble maître, j'étais sûr que ton travail t'apporterait la gloire. Ce sera une belle cérémonie. Je me réjouis d'y assister.

— Malheureusement, tu n'y assisteras pas.

— Quoi ?

— Non. Je m'en veux de te priver de ce beau spectacle, mais j'ai une mission à te confier. Une de plus. »

Ordjéneb avait relevé la tête :

« Quelle mission ?

— Les femmes. Les femmes qui se sont enfuies dans les marais près du mont Drina. Avant que la ville ne soit encerclée, assiégée peut-être, je voudrais que tu ailles les voir. Prudemment, hein, ne va pas prendre une flèche ! Tu leur diras qu'elles sont les premières à avoir compris le message que j'apporte à Sir. Tu leur diras qu'elles sont une moitié d'Anouher et qu'à ce titre nous avons besoin d'elles. Ici, sur la terre ferme, et non au bord de l'eau. Qu'elles reviennent, dès qu'elles le pourront ! »

Ordjéneb esquissait un sourire, le premier de la journée, mais ce sourire disparut lorsque son maître acheva :

« … Leur roi Asral le leur demande, et les a entendues. »

Piétinant sur place, les bras ballants, Ordjéneb fixa le dos du scribe qui avait reposé le sceau pour prendre la cire à cacheter. « Alors tu vas vraiment devenir leur roi.

— Mais oui. À moins qu'ils ne refusent, évidemment. »

Ordjéneb haussa les épaules. Il n'aimait pas qu'on se moque de lui ; pas de cette façon-là.

Asral avait approché la cire de la petite veilleuse qui avait brûlé toute la nuit et dont l'huile s'épuisait. Une odeur miellée se répandit, la cire se fit molle et malléable, il la pétrit, absorbé.

« Maître, à quoi rêves-tu ? Ils doivent t'attendre déjà. »

Asral était en train de se dire : Cette bonne odeur-là, Djinnet ne la connaîtra plus. Il m'a aimé, il s'est donné à moi, mais il ne la connaîtra plus. Inspirant profondément pour refouler son émotion, il expliqua :

« Je pense à cette cire qui sent si bon, et qui est si douce au toucher. Vois comme elle m'obéit et prend toutes les formes que je veux… Comme un roi faible gouverné par ses ministres », ajouta-t-il pour lui-même. Il aplatit la boule, y grava AN WH ER, pressa dessus son pouce : ne restait qu'une empreinte, qu'il étudia d'un air absent. Et il chuchota :

« Les rouleaux sont fragiles, mais un mot gravé dans la cire l'est plus encore.

— Et ce qui est le plus fragile est le plus vivant, glissa Ordjéneb, la voix tremblante.

— Ah, tu te souviens de cela ?

— Je me souviens de tout ce que tu m'as enseigné, appuya Ordjéneb avec une pointe de reproche, et une oreille très fine aurait entendu à la fin de sa phrase : “Moi.”

— Le plus vivant… Puisses-tu dire vrai. Puisse cette cire qui prend toutes les formes – celle-ci, et puis une autre, et puis une autre encore – être plus vivante que la pierre des stèles qui ne s'altère jamais. »

On frappait de nouveau à la porte : la prêtresse Andô venait voir si Asral était prêt.

« Quasiment. Veuille nous laisser quelques instants de plus, ô Andô. »

Il reprit la cire dans ses doigts, la huma encore, la remodela.

« Eh oui, chuchota-t-il, le monde est comme une cire. Ses formes changent et se succèdent, car il y a en lui une infinité de possibles, bien plus que l'esprit ne peut en concevoir. N'est-ce pas drôle ? Il fallait que je parvienne à ce point de ma vie pour m'aviser que la matière, par son infinité de formes, dépassera toujours l'esprit, aura toujours un temps d'avance sur lui… »

Sans bien comprendre, Ordjéneb frémissait ; et tout bas il lança, sur le ton de la prière :

« Maître !…

— Oui ? »

Jamais regard n'avait été si éloquent, mais l'exégète ne parut pas le déchiffrer. Triste, Ordjéneb haussa les épaules et murmura :

« Au moins, je t'attendrai.

— Que veux-tu dire ?

— Je vais partir, comme tu me l'as demandé. Mais d'abord j'attendrai, un peu. J'attendrai à la porte des Antilopes avec nos deux mules, jusqu'à la fin de la cérémonie.

— Pourquoi ? »

Les yeux au sol, Ordjéneb marmonna :

« Mais… tu sais bien. Si les Siriotes te refusent pour roi, comme tu viens de dire…

— C'est juste, fit Asral avec un amusement ému. C'est une bonne idée.

— Et si je ne te vois pas venir…

— Tout à fait ! Si tu ne me vois pas venir, tu sauras que je suis devenu leur roi. Mais n'attends pas trop. La route des marais serait peut-être coupée ensuite, et tu resterais bloqué. »

De nouveaux coups retentissaient contre le panneau.

« J'arrive », cria Asral. Et, assurant une dernière fois la tiare sur son crâne, il se dirigeait déjà vers la porte quand le Lalliti le retint par le bras :

« Mais les voyelles !

— Quoi, les voyelles ?

— Tu ne me les as pas encore apprises.

— Je le ferai, Ordjéneb, dit le scribe avant de détacher délicatement la main du montagnard. Je le ferai. Dès que nous nous reverrons. »

38

La salle du Sanctuaire était remplie comme elle ne l'avait jamais été. Tous, du plus petit jusqu'au plus grand, étaient venus depuis les quartiers proches, et ceux qui n'avaient pu entrer, massés sur l'esplanade, se faisaient décrire par le menu ce qui se passait à l'intérieur.

« Il est arrivé ?

— Non. Il paraît qu'il a mis longtemps à se vêtir, pour se montrer à nous plus beau.

— Ne poussez pas, derrière ! Ça ne sert à rien, vous n'en verrez pas mieux.

— D'ailleurs on dit qu'après son adresse solennelle il sortira saluer sur le balcon. Et que nous le verrons tous.

— Moi, je ne l'ai jamais vu. Ou peut-être que je l'ai vu, un jour, sans savoir que c'était lui. Aux bains, ou dans la rue… Si je m'étais douté !

— Chut. Taisez-vous. Ceux de devant disent qu'il est arrivé, et qu'il va commencer son discours. »

Asral était entré dans la salle, en effet, et le brouhaha cédait la place à une rumeur déférente.

C'est que le fils d'Ingdibal était méconnaissable. Deux surplis de brocart rebrodé de perles, superposés, couvraient ses épaules et encadraient de leur double encolure une chaîne d'or blanc qui avait remplacé, sur sa poitrine, l'insigne palatin des scribes. Sa robe de pourpre, tombant jusqu'à ses pieds, le faisait paraître plus grand. Et sa tiare, étincelante de pierreries, relevait de son poids la tête rasée qui en prenait, de loin, une expression de hauteur.

Assise dans une tribune avec les autres chefs de faction, la révérende Shaïnata lui adressa un sourire d'approbation auquel il répondit d'un geste discret de la main.

Plus près de lui, il aperçut Moupim qui s'était collé contre un mur, conscient que ses vastes épaules gêneraient partout ailleurs. Il souriait, lui aussi, mais Asral constata que ses traits étaient défaits, que ses yeux gardaient une sorte de fixité comme en laisse la vue de spectacles affreux. Ses mains, serrées sur la lanière de son carquois, ajoutaient à cette impression de malaise, elles semblaient trahir le fond de sa pensée : Que fais-je là, armé, dans cette salle du Sanctuaire où, de mémoire d'homme, aucun soldat n'avait jamais pénétré ? Où est passé le monde d'ordre et de règles que je connaissais, qui était toute ma vie ?

Il s'en fallait de beaucoup que Moupim soit ici le seul soldat. Une compagnie d'archers entourait les chefs de faction, deux autres étaient habilement postées de façon à isoler les rares tanneurs qui ne s'étaient pas ralliés aux juges, mais dont on craignait des éclats. Et puis, il y avait tous les volontaires qui avaient rejoint l'armée rebelle ou allaient la rejoindre, et portaient sur eux une arme de fortune : hache, gourdin, ou alors arc léger, de ceux dont on se sert pour tirer les oiseaux, à l'automne, dans les bosquets près de Sir.

Asral leva les yeux. Annato, Ertout, relut-il avec un coup au cœur au-dessus de cette forêt de têtes ; entre les deux inscriptions, le vide d'un invisible voile. Lequel aurait d'ailleurs été inutile aujourd'hui, car rares, bien rares étaient les femmes présentes. Asral ne les croyait pas si nombreuses à avoir rejoint les marais au pied du mont Drina.

Et sur cette pensée, qui était comme la dernière inspiration, lente et profonde, d'un athlète avant la course, il proféra :

« Peuple de Sir, je te salue au nom d'Anouher !... »

Oui, c'était bien la porte des Antilopes, notait Ordjéneb qui venait de déboucher à l'extérieur du rempart. Ces six bestioles qui se faisaient face par paires, le museau presque au sol, il ne voyait pas ce qu'elles pouvaient être d'autre, même si, de sa vie, il n'avait vu des antilopes se tenir dans une telle position. On aurait dit qu'elles se prosternaient devant le dieu soleil, les pattes avant légèrement écartées, l'échine basse. Comme si les bêtes, elles, se prosternaient ! songea le montagnard avec amertume, une amertume qu'il tentait de chasser depuis la veille, sans y parvenir.

Le maître l'avait déçu. Cruellement déçu. Ordjou attendait autre chose de lui, il attendait mieux. C'est qu'il y avait cru, lui, au message d'Anouher, à cette bonne nouvelle. Il y avait cru, en naïf qu'il était. – Et pourtant Djili m'a aimé, tout naïf que je suis, lui soufflait une autre voix à l'oreille ; elle m'a aimé, elle m'a donné sa main, elle m'a dit de m'enfuir parce qu'elle craignait pour moi. Mais il préféra ne pas écouter. S'il écoutait la petite voix, il enverrait promener cette mission confiée par un maître qui l'avait déçu, et il foncerait à la porte des Buffles, où il espérait que rien de grave n'était arrivé.

Il était déçu, il était malheureux. D'autant plus malheureux que, jusqu'au dernier moment, le maître – qu'il n'avait plus osé appeler « maître bien-aimé » ce matin – avait hésité, il en était presque sûr. Oui, quand il lui avait proposé de l'attendre, il avait bien vu qu'Asral comprenait que cela voulait dire : Ne le fais pas ! Ne deviens pas leur roi ! Par amitié pour moi, qui t'ai aidé, qui t'ai sauvé la vie, ne deviens pas leur roi, maître, au nom de tout ce que tu m'as appris ! Qu'est-ce que je vais devenir, moi, si tout ce que tu m'as appris, maintenant, tu n'y crois plus ?

Et si Asral l'avait compris, c'est que son cœur était encore proche du sien et qu'une partie de lui avait envie de répondre : Tu as raison, je ne le ferai pas, ce serait trahir Anouher.

Qui sait, peut-être qu'il n'était pas trop tard et qu'il allait encore changer d'avis ?

Le montagnard flatta pensivement sa mule, la gratta entre les oreilles, se retourna vers la haute porte où les six antilopes courbaient toujours la tête devant on ne sait quoi, un dieu, un souverain, un grand de ce monde ou de l'autre, et il haussa les épaules. Qu'est-ce qu'il était, lui, un berger de Jaïneh… Et il espérait que par amitié pour lui, un homme que toute une ville voulait pour roi allait renoncer à son trône ?

La mule d'Asral, il l'avait emmenée avec lui mais elle ne servirait pas, c'était clair maintenant. Ce serait clair, disons, quand l'ombre de ce petit arbre aurait atteint le pied de cette borne. – Là-dessus, pris de remords, il caressa aussi la mule d'Asral entre les deux oreilles, pour ne pas faire de jaloux. La pauvre, ce n'était pas de sa faute, à elle, si le maître l'avait déçu.

Et puis il s'étonna, car les paniers de part et d'autre de la selle n'avaient pas l'air d'être vides. Il se souvenait pourtant d'avoir vu le maître, la veille, en retirer toutes ses affaires. Ah mais, ça !... sursauta-t-il en découvrant à l'intérieur l'étui de la Seconde Copie. Qu'est-ce qu'elle faisait là, qui l'y avait mise ? Se pouvait-il qu'Asral l'y ait oubliée ? Oubliée, cette Copie qui jusque-là était la prunelle de ses yeux ?

« S'il l'a oubliée, alors, je ne sais même plus pourquoi j'attends », bougonna-t-il tout haut avant de refermer le panier. Mais il savait bien que c'était une comédie qu'il se jouait à lui-même, pour se rassurer. Cette copie qui brusquement se retrouvait là où elle n'aurait jamais dû être, ça le tracassait et, pour être tout à fait franc, ça ne lui disait rien de bon.

Cependant Asral s'était avancé vers le bord de l'estrade :

« D'aucuns me disent, peuple de Sir, que tu me veux pour roi.

— Oui, oui !

— Oui, règne sur nous, ô Asral ! Règne sur nous, et rétablis dans notre ville la vraie Loi d'Anouher ! »

Asral leva une main et, dans les acclamations qui s'apaisaient, on entendit une voix plus exaltée que les autres lancer encore :

« Nous aimerons notre roi, comme Djinnet t'a aimé. »

Bouleversé, l'orateur resta un moment sans mots.

« Votre affection me touche. Beaucoup. » Il s'éclaircit la gorge : « Mais il ne faudrait pas qu'elle vous aveugle. Êtes-vous si sûrs de me vouloir pour roi ? »

Il y eut des rires, des murmures attendris.

« Un modeste, notre Asral. Et comme tous les modestes, il aime se faire prier.

— Je vous l'avais dit ! Je le connais, moi. Un de ses eunuques était mon cousin issu de germain.

— Tout ça, c'est parce que vous ne l'avez pas assez acclamé. Allez, criez plus fort : Règne sur nous, règne… »

La révérende, d'une voix mélodieuse mais étonnamment ferme, coupa :

« Tu es parfait, Asral, nous en sommes tous persuadés. »

Le visage d'Asral, sous son étincelante tiare, était devenu grave – presque triste, notèrent ceux qui se tenaient le plus près.

« Tels que je vous vois réunis dans cette salle, vous n'en avez pourtant jamais eu, de roi. Savez-vous au moins pourquoi vous en souhaitez un ? »

Un vent de perplexité balaya la foule, puis le crieur de tout à l'heure répondit :

« Pour qu'il nous mène ! pour que notre ville soit une, à l'heure du danger. En ce moment les uns veulent ceci, les autres veulent ça…

— Et vous croyez peut-être qu'un roi fera en sorte que vous vouliez tous la même chose ? questionna l'homme en robe de pourpre. Un roi fera ce qu'il veut, lui, et voilà tout.

— Mais ce que tu veux est bon, ô Asral, interrompit vivement le chef de la faction des potiers, à l'avant de la tribune. Donne aux Siriotes ce qu'ils te demandent, voyons, entends-les qui t'appellent ! »

Il fit un grand geste du bras et la salle, à ce signal, cria d'une seule voix :

« Oui, Asral, entends-nous, mène-nous, sois enfin notre roi ! »

Le scribe la parcourut des yeux et, dans cette tempête d'enthousiasme, personne ne l'entendit lâcher entre ses dents :

« Peuple à la nuque raide, quand vas-tu te relever !... »

Trois cavaliers se tenaient au sommet de la dune d'Anouher, sur les flancs de laquelle brillaient des enseignes et des lances dressées.

Sous son heaume conique, celui du milieu scrutait la portion de plaine qu'il avait devant lui et, au-delà, les avant-postes de Sir, ses sentinelles, ses murs.

« Trop tôt », laissa-t-il tomber. Sa main lâcha sa bride pour aller à la recherche de noix d'arec concassées dont sa poche était pleine. Il en mâcha un morceau, pensivement, et, comme son voisin de gauche remuait sur sa selle, il grogna :

« Quoi ?

— Rien, ô Surcommandant. Je tenais seulement à te signaler qu'on observe un calme inhabituel dans la ville. Ils préparent quelque chose, peut-être.

— Ouais. Eh bien qu'ils préparent, qu'ils préparent. Nous sommes prêts, nous aussi. Quoi ? »

Le général qui avait parlé ne répondit que d'un sourire, en opinant du chef.

« Redites-moi avec précision où en sont nos troupes, à l'heure qu'il est. Non, pas toi, l'autre, pour changer. Vous savez bien que je déteste entendre trop longtemps la même voix.

— Alors, commença son voisin de droite qui transpirait un peu. Nous avons quatorze bataillons disposés au levant, huit au pied des collines entre ici et le mont Lallit, onze derrière toi. Nous attendons ton avis pour refermer le cercle et nous mettre en position de livrer un vrai siège.

— Pas maintenant », trancha le Surcommandant, avant d'envoyer au sol un jet de salive colorée. Et il observa comme pour lui-même :

« Riche idée que cette alliance avec les juges. Il était évident que nous devions soutenir le parti le plus faible et le moins nombreux. Ces pitres en toge n'avaient aucune chance, je l'ai vite compris. Dès lors, ils nous appellent et nous voilà. Ha ! Prêts à libérer leur ville, comme ils nous le demandent, c'est-à-dire à la raser, puisque leurs adversaires l'occupent presque entièrement. »

Son cheval s'agitait. Il resserra ses rênes dans sa main, renifla.

« Soutenir Asral, merci bien ! “Tu n'imagines pas la puissance que nous apportera Sir une fois tombée sous notre coupe : la plaine sera à nous !” Comme si j'avais envie de prendre sous ma coupe ce ramassis d'illuminés et de séditieux… Un vrai songe-creux, cet

Esdiros. Il aurait pu être nommé Siriote d'honneur.» Il eut un rire bref qu'Esdiros, pourtant, n'aurait pas désavoué ; le rire hénavite, sans doute. « Quoi ? »

Un des deux généraux avait esquissé un geste.

« Mais non mais non, je ne regrette rien. C'est tout ce qu'il méritait. »

Il cracha encore, regarda avec intérêt son crachat qui, tombé dans le sable, formait une petite boule.

« … Ce que je veux est bon, dites-vous. En êtes-vous certains ? Apprenez donc de moi ce que veulent les rois, vous qui n'en avez jamais eu et en demandez un. »

Innêdoun fronçait les sourcils, la révérende se tournait vers d'autres chefs de faction, mais Asral ne voyait que la foule devant lui, comme si elle avait été un seul corps, une seule âme, et que sa voix à lui coulât en elle comme en un vase précieux.

« Les rois veulent des domestiques, des concubines, ils prennent les fils et les filles de leur peuple pour les servir dans leurs palais. S'ils convoitent la femme d'un autre, ils la prennent, et si l'autre proteste, ils l'envoient à la guerre, tout devant, pour qu'il se fasse tuer.

— Voyons, servant d'Anouher, je suis sûre que tu ne nous prendras pas nos femmes, allez ! » s'esclaffa une matrone réjouie. Mais bien vite elle se tut, car personne ne riait.

« Les rois veulent du grain, des étoffes, des terres pour rétribuer ceux qui les servent, ils lèvent des impôts pour dorer leurs palais ; cependant leur peuple va nu, et il manque de pain.

— Mais toi, tes goûts sont simples, nous le savons bien, objecta quelqu'un dans l'assistance. C'est pour ça que nous t'aimons. »

Asral se tourna dans sa direction et, avant de répondre, laissa ironiquement briller aux lumières ses perles, ses gemmes, les maillons de son sautoir.

« En scribe que je suis, j'ai lu assez de chroniques anciennes pour savoir avec quelle rapidité changent les goûts d'un homme parvenu au pouvoir. Et les goûts de ceux sur qui il règne, ajouta-t-il un ton plus bas. En entrant dans la salle, n'en ai-je pas entendu parmi vous qui murmuraient : "Qu'il est beau ! Ainsi doit paraître un roi" ? »

Le silence s'était tendu. La forêt de têtes ondoyait, bouillonnait comme une houle, pendant qu'Asral voyait avec alarme se dessiner dans la tribune d'obscurs mouvements, des chefs de faction se lever à demi et se parler entre eux. Il pensa : Quelques instants, qu'on me laisse quelques instants encore… Et avec un tremblement dans la poitrine, il enchaîna :

« Les rois souvent cèdent à la colère, et nul n'est là pour arrêter leur main. Voulez-vous que sur nos places se dressent des gibets, des pals, comme j'ai vu à Hénab ? Est-ce cela que vous voulez ? »

La houle montait, Asral vibrait d'espoir, il sentait dans son cœur aussi monter une houle, et cette action de grâces : Sois béni, Djinnet, toi dont l'âme voulait rejoindre la mienne, sois béni, sois béni…

« Si tu ne règnes pas, pourtant, qui instituera sur nous la vraie Loi d'Anouher ? » lança encore une voix désemparée.

Là, le scribe ne se domina plus. Son œil s'enflamma, ses poings serrés se levèrent, ses surplis s'écartèrent sur son torse frémissant :

« Mais la vraie Loi d'Anouher, c'est précisément ce qui s'accomplit ici, en ce moment et par vous ! Et Anouher, Anouher, ne comprenez-vous pas ? Anouher, mais c'est… »

Tirée depuis la salle, une flèche, une seule, frappa au cœur et fit taire pour toujours celui qui avait accordé tant de valeur aux mots.

39

Ils sont là, les deux hommes, plantés devant le fleuve. Tous les deux grands et forts (l'un est énorme, même, au point que sa poitrine est bridée par la lanière trop courte de son carquois) et tous deux l'épaule basse, la langue lourde, l'œil éteint.

« Ce n'est pas mon métier », chuchote Moupim hors de propos. Quatre ou cinq fois déjà qu'il prononce cette phrase depuis qu'à la porte des Antilopes, alors que l'ombre léchait déjà le pied de la borne, Ordjéneb a vu surgir, au lieu de son maître, ce colosse hagard devant lequel lui est tout de suite venue à l'esprit cette image : Un grand chêne frappé par la foudre.

« Asral est roi ?

— Asral est mort », a répliqué le chêne avant de raconter à Ordjéneb, comme il pouvait, ce qui venait de se passer. Comme il pouvait, c'est-à-dire par bribes, en s'effondrant sans cesse, et surtout sans comprendre la scène qu'il racontait. Car cette scène – Ordjéneb frémissait en mesurant cela –, personne ne l'avait comprise. Personne ne pouvait la comprendre, sauf ceux qui y étaient directement impliqués.

Le montagnard ne l'a pas tiré d'erreur. À quoi bon ? Ce malheureux-là ne demandait pas à être tiré d'erreur, il ne demandait plus rien, ça se voyait. Tout ce qu'il a voulu savoir, c'est ce qu'était Ordjéneb à l'homme qui venait de mourir, et quand Ordjéneb lui a dit : « J'étais son premier garde », il y a eu une petite lueur dans ses yeux.

« C'est vrai, je te reconnais maintenant, a-t-il murmuré. Moi, j'étais son beau-frère. Et fonctionnaire palatin. Autrefois.

— Ah, tu dois être monsieur Moupim alors », s'est écrié Ordjéneb avec un élan un peu forcé, pour cacher le malaise ressenti à ce mot d'*autrefois*. Chez lui, au village, c'était un mot qu'employait seulement le conteur quand il allait se lancer dans une histoire des dieux. *« Autrefois la déesse oiseau était encore vierge, et n'avait jamais quitté le royaume des vents… »*

Les deux hommes sont partis ensemble, et maintenant ils sont là.

L'eau du fleuve est lente, grise. Des saules au bord y mirent des branches presque nues encore, le printemps ne s'est pas pressé. Mais quel printemps ? s'afflige Ordjéneb, sentant en lui une énorme tristesse, un désarroi comme il n'en a jamais connu. Mon maître, mon maître mort, assassiné. Et moi qui ai cru qu'il se reniait, qui lui en ai voulu ! Pourquoi, mais pourquoi ne m'a-t-il pas mis dans son secret ? Est-ce qu'il me croyait incapable de tenir ma langue, est-ce qu'il me croyait trop honnête pour ça ? Trop balourd ?

Peut-être. À cause de ça, nous nous serons quittés sur un mensonge, et moi avec de l'amertume au cœur. Je ne lui aurai même pas dit une dernière fois : Maître bien-aimé.

Il soupire, l'autre aussi, ils échangent un coup d'œil.

« Où vas-tu aller maintenant, monsieur Moupim ? »

Moupim hausse les épaules. En guise de réponse, il glisse une main sous sa tunique, en sort un petit paquet enveloppé de toile cirée, marmonne :

« Puis-je prendre un panier à une des mules ?

— Si tu veux », jette le montagnard déconcerté.

Le panier détaché, l'ancien fonctionnaire y dépose son paquet, maintenant Ordjéneb le voit qui retrousse sa tunique pour descendre sur la rive, entre les roseaux ; et là, à quelques brasses du bord, il se penche et, avec une grande délicatesse, confie son trésor au courant. « Qui sait ? murmure-t-il. Peut-être que quelqu'un le trouvera, et le gardera mieux que je ne saurais le faire. »

Et pour la première fois il sourit, mais Ordjéneb n'arrive pas à l'imiter. Pauvre monsieur Moupim.

« Où vas-tu aller maintenant ? redemande le montagnard.

— Je ne sais pas. Au fond, je pourrais me charger de ta mission, si tu m'expliques en quoi elle consiste. »

C'est tentant. Si Ordjéneb ne se dépêche pas, il lui sera impossible de repasser les portes de Sir. Il n'y a que moi, constate-t-il avec un amusement triste, pour avoir envie d'aller me fourrer dans une ville sur le point d'être assiégée. Incertain, il tapote l'encolure des mules qui renâclent – elles doivent sentir le grondement de l'armée d'Hénab en marche, et une odeur de mort. Une odeur de suie, aussi. Il y a le feu quelque part en ville, et Djili là-dedans… Que faire ? Oui, c'est tentant.

« Tt, tt, petites, n'ayez pas peur. On ne va pas rester ici. »

Il leur caresse les flancs, remet tant bien que mal d'aplomb le panier orphelin, et en se souvenant de ce qu'il y a à l'intérieur, il tressaille et comprend. La Seconde Copie ? Bien sûr qu'Asral ne l'a pas oubliée. Il l'y a remise exprès. Et s'il lui a menti, ce n'était pas qu'il le jugeait trop balourd, trop naïf, mais parce qu'il craignait… pressentait… – Il m'a éloigné de lui pour ne pas me mettre en danger. Parce que je lui étais cher, et parce qu'il me faisait confiance pour veiller sur la Seconde Copie. Moi, un berger de Jaïneh !

Au chagrin se mêle une note nouvelle de gratitude et de fierté qui ne le rend que plus fort, plus vibrant ; et c'est d'une voix nouée que le berger de Jaïneh tranche :

« Non, j'irai quand même, moi. C'est la dernière mission que m'a donnée mon maître, et je la remplirai. Ça me coûte beaucoup, mais je la remplirai.

— Je comprends.

— Mais ce que tu pourrais faire, ô Moupim, c'est rapporter les mules à la ferme de l'Acacia. Le paysan de là-bas nous les avait prêtées, il en a peut-être besoin.

— Non. Il n'a plus besoin de rien. »

Glacé, Ordjéneb cille et se hâte de dire :

« Prends-en une, alors, pour ton voyage.

— Ce n'est pas la peine. J'irai à pied.

— Alors adieu, monsieur Moupim ?

— Adieu, Premier-garde-d'Asral. »

Moupim n'a même pas demandé à connaître son nom. Ça lui est égal. Tout lui est égal, note Ordjéneb, peiné. Il le regarde qui s'éloigne le long du fleuve, massif et sans défense. De temps en temps il fait halte entre les saules et regarde la surface de l'eau, comme s'il espérait apercevoir une dernière fois le panier contenant tout ce qui restait de sa vie.

« Où est-elle, la Djili ? Eh, la courageuse !

— Derrière toi, je surveille le feu. Qu'est-ce que tu me veux, commère ?

— Toi, qui trouves toujours que nos enfants sont trop comme ci, pas assez comme ça ! Il faut voir ce qu'ils font, les tiens.

— Eh bien, quoi ?

— Quelqu'un est arrivé de Sir, un homme. On leur a dit, pourtant, que quand un homme venait, même seul, même les bras en croix pour montrer qu'il n'a pas d'arme, ils devaient se cacher puis venir donner l'alerte. Et eux, les deux petits parfaits, les deux petits de Djili la parfaite, qu'est-ce qu'ils nous font ? Au lieu de se cacher, ils poussent leur barque à l'eau pour traverser et aller s'amarrer devant l'homme, pour lui sauter au cou ! »

Djili accroupie prend le temps de tisonner les braises, de s'essuyer les mains.

« Ce n'est pas possible, dit-elle calmement. Ce n'est pas vrai.

— Pas vrai ? Ça, c'est la meilleure. Demande à Zaphora si ce n'est pas vrai, elle y était aussi. »

Djili se met debout.

« Zaphora ?

— Oui, c'est vrai. Mais...

— Un Lalliti, en plus ! En bonnet et en houppelande. Ils ont l'air de bien le connaître, dis-moi. Tu en recevais souvent chez toi, des Lalliti ? »

Djili a lâché son chiffon pour se boucher les oreilles.

« Ce n'est pas possible, non, ce n'est pas possible !

— Ne te mets pas en colère contre eux, Djili, s'interpose la gentille Zaphora. L'homme, le Lalliti, il est bien venu pour négocier, on dirait. Je viens justement te chercher pour que tu nous accompagnes, puisque tu le connais.

— Non ! Non !

— D'ailleurs il est déjà là, sur la pointe en face de l'île, avec tes deux petits. Tu les vois ? »

Comment les verrait-elle ? Ses mains ont quitté ses oreilles pour se plaquer sur ses yeux et elle continue de crier : Non, non, non, non !

Ses nerfs la lâchent, la Djili. Oh, elle n'est pas la première, on en voit tous les jours, surtout ces derniers temps. L'une se met à crier parce que son bébé, depuis des heures, ne veut pas dormir, l'autre réveille ses voisines la nuit pour leur dire qu'elle entend des hennissements dans les roseaux, des bruits ; une troisième déclare soudain qu'elle ne mangera plus, qu'elle n'en peut plus de ce goût de vase, qu'ils feraient mieux de tous se laisser mourir de faim et qu'on en finisse. On ferme les yeux, ça se passe, le camp n'en continue pas moins de tourner. Mais elle, Djili la dure ?

« Alors ça, jette la commère décontenancée.

— Laissons-la tranquille et allons-y », propose Zaphora. Elles vont se planter sur la rive, tendent leurs arcs et visent l'intrus. Pour la forme : il est évident qu'elles ne vont pas tirer, avec Shéra et Nasri qu'il a juchés sur une des mules, juste à côté de lui. Et la commère, d'une forte voix :

« Aurais-tu l'intention, Lalliti, de garder ces enfants en otages ?

— Hé, mais non ! s'offusque Ordjéneb. Je ne prends pas d'otages, moi. Je suis seulement venu vous porter un message, du maître scribe Asral.

— D'Asral ? Notre Asral ? Quel message ?

— Il vous disait, commence le gardien de la Seconde Copie qui cherche des yeux Djili (elle doit pourtant être là, si ses enfants y sont), il vous disait que vous aviez bien fait, et qu'il vous avait entendues, lui. Que vous étiez la moitié d'Anouher et que vous ne deviez jamais laisser personne l'oublier. Voilà ce qu'il disait. »

Elles baissent un peu leurs arcs et Zaphora observe :

« Il me semble que tu pleures, Lalliti. »

Ordjéneb s'essuie les yeux. Mon pauvre maître, vient-il de se souvenir. Lui qui me mettait en garde en me quittant : Ne va pas prendre une flèche !

« … Et il vous demandait de revenir, parce que Sir avait besoin de vous. Mais il est mort, et Sir brûle ; aussi moi, je vous conseille pour l'instant de ne pas y retourner. »

Les deux femmes accueillent en silence cette cascade de nouvelles.

« Et Djili, la blanchisseuse, elle n'est pas avec vous ? Peut-être qu'elle ne veut pas me voir ?

— Si, lance enfin la voix de Djili qui pousse les herbes hautes pour se montrer, pâle, un baluchon au bras et un sac sur l'épaule.

Prends une barque et conduis-moi de l'autre côté », chuchote-t-elle à Zaphora. Laquelle s'exécute sans un mot de commentaire. C'est une discrète, Zaphora, pas du genre à vous dire : Alors, c'est vrai que tu le connais ? Tu t'en vas avec lui ? Eh bien, eh bien !… Elle rame, avec adresse, et l'on n'entend que le bruit régulier des gouttes qui retombent dans l'eau. Djili, elle, ne regarde pas la rive, ne se retourne pas pour regarder le camp. Elle tient les yeux baissés sur une dame de nage, et bien malin qui pourrait dire à quoi elle est en train de penser.

« Bonne chance à vous toutes, fait-elle avant de descendre à terre. Et tiens, prends mon arc et mon carquois. L'arc est bon, il tire bien : vous en aurez sans doute plus besoin que moi. »

Elle saute sur la berge, se rapproche sans sourire du groupe qui l'attend. Ordjéneb ne sourit pas, lui non plus. Il lui prend des mains les bagages qu'il installe sur l'autre mule, et alors seulement prononce :

« Salut à toi, mère de Nasri.

— Salut à toi, Ordjéneb sher-Djénebi. »

Leur gorge est nouée, leurs yeux se cherchent et s'évitent, Ordjéneb entre les deux bêtes, une longe dans chaque poing, claque la langue et elles se mettent au pas.

« Tu veux retourner à Sir, mère de Nasri ?

— Plus jamais.

— Moi non plus. »

Ils doivent pencher la tête pour se voir, car il y a entre eux une mule, et les enfants montés dessus.

« Alors, allons à Jaïneh ? C'est dans la montagne, fait-il en souriant à ses deux cavaliers. Sous le mont

Lallit. Vous voulez bien, vous autres, que je vous emmène à Jaïneh ? »

Nasri acquiesce d'un air grave, Shéra sourit et ne dit rien.

Ils ne diront plus rien ou presque jusqu'à la tombée du soir, lorsqu'ils atteignent le pays de collines et de buissons qu'Ordjéneb connaît bien. Ne l'a-t-il pas traversé, l'avant-veille, avec son maître Asral ? Et n'est-ce pas sur ce petit sommet que leur destin, à tous deux, s'est scellé ? Soudain le courage lui manque, le chagrin le submerge ; il ne peut s'empêcher de se retourner dans la pente et de contempler sur la plaine nocturne Sir qui flambe, par endroits, au-dessus de ses murs noirs.

« Ordjéneb, murmure Djili. Ne te retourne pas. »

Sa main s'est avancée, enfin, sur l'encolure de la mule, et enfin il la prend.

« Ne regarde pas en arrière, viens. » Elle lui presse un peu les doigts. « Ordjou. »

Il pose un baiser sur son poignet, puis un autre, et puis, avec un gros soupir, il confie les rênes à Nasri :

« Mène-la, toi. Et toi, petite, prends la longe de l'autre mule, pour qu'elle marche à côté de vous. Vous nous chercherez un bon endroit pour dormir, en haut de la pente. »

Les silhouettes s'amenuisent sur la blancheur du chemin, la nuit tombe autour d'eux, et maintenant qu'ils sont seuls, le silence leur paraît plus dense.

« Tu m'as manqué, mère de Nasri.

— Ta voix, pleure-t-elle. Ta voix de l'autre côté de la grille. J'ai cru que mon cœur se déchirait.

— Ne pleure pas, fait-il, ému. Il n'y a plus de grille maintenant. Et je t'ai retrouvée. Tu te cachais de moi, là-bas, dans les marais ? Folle !... »

Ce n'est pas dit très méchamment, et d'ailleurs c'est vrai, plus vrai encore qu'il n'imagine. Alors Djili se met sur la pointe des pieds et lui dépose sur la bouche sa réponse. Il la trouve à son goût, cette réponse ; il la lui fait répéter une fois, deux fois, mais il y manque beaucoup de détails.

« Viens, viens donc t'asseoir en dessous de l'arbre, ici. »

Au pied de l'arbre l'herbe est douce, la terre retient un peu de la tiédeur du jour. Dans le noir, un grillon étonné se tait, ce qui donne soudain de l'importance au bruit de leurs respirations.

« Regarde, souffle Ordjéneb. L'étoile du berger.

— L'étoile brillante, le reprend Djili d'une voix de gorge, la voix de quelqu'un qui est couché sur le dos. Et il y en a d'autres : là, là, et là...

— Je les vois, mais laisse ta main, laisse-la sur mon cou. » Il soupire à nouveau, continue plus bas : « Il me semble que je n'ai jamais eu autant de peine, et que je n'ai jamais été aussi heureux. »

La nuit s'appesantit sur eux, un petit vent se lève qui fait bruisser l'herbe et les feuilles de l'arbre, réveille un parfum de fruit.

« Ordjou, mais, Ordjou, ils nous attendent !

— Ne t'inquiète pas, je les vois. Ils ont allumé un feu. » Une clarté en effet tremblote au sommet de la colline, masquée de temps à autre par une ombre qui passe devant. « Ils sont braves », ajoute Ordjéneb, et Djili entend qu'il sourit.

Le grillon s'est remis à chanter, d'abord timide, puis vaillant, lançant dans l'air nocturne des stridulations enthousiastes qu'il ne suspend parfois que pour reprendre de plus belle. Et les étoiles, au ciel, sont devenues si nombreuses qu'on ne peut plus les compter.

« Tu te relèves déjà, montagnard ? Attends un peu.

— Mais non, je reviens, ne bouge pas… Tiens, donne ta main.

— Qu'est-ce que c'est ?

— Mange, c'est pour toi. J'ai choisi le plus mûr, sur l'arbre.

— Mm, il est sucré, comme du miel… Je crois que je n'en ai jamais goûté d'aussi bon. »

Il attrape son poignet pour lui prendre une bouchée, avale et rit doucement :

« Pauvre petite fille des villes, toi ! Tu verras, à Jaïneh, je t'en cueillerai de meilleurs.

— Ah oui ? »

Il lui chuchote à l'oreille et elle rit à son tour :

« Je n'ai pas compris, tu me parles en lalliti.

— Je disais : Tous les jours. »

40

Ainsi recommencèrent les amours du rude Ordjéneb et de la belle Djili, à moins que ce ne soit l'inverse.

Et de route en piste, de piste en chemin, de chemin en sentier de chèvres, voilà qu'au bout de quelques jours et d'autant de nuits ils arrivèrent au dernier col avant le mont Lallit.

« Là en bas, c'est Jaïneh », déclara Ordjéneb devant la vallée, tout en épiant Djili à côté de lui. Si ça allait ne pas lui plaire ?

Sur les deux rives d'un torrent s'étageait le village, beige sous les roches roses, parmi des champs en terrasses bordés de petits murets ; certains dans l'ombre encore, d'autres déjà frappés par le soleil du matin. C'était un jour sans brume, diaphane, et même les sons montaient purs dans l'air frais : le choc d'un marteau sur une enclume, la corne d'un berger, l'appel d'une vieille qui nourrissait les poules.

« C'est beau », murmura Djili. Mais son visage restait soucieux, elle se mordait la lèvre, inquiète, sans doute, de l'accueil qu'ils allaient recevoir.

Ils entamèrent leur descente. Aux premiers champs, une troupe de petites filles qui dépierraient les aperçurent de loin et, retroussant leurs jupes, coururent vers les maisons avec des cris excités.

Eux, à cause de leurs mules, ils devaient suivre les lacets du chemin, et quand ils furent au moulin à l'entrée du village, quelques hommes étaient déjà là qui les attendaient.

L'un d'eux ressemblait à Ordjéneb. En plus vieux, en moins grand, et surtout avec une quantité de poils – il en avait, nota Djili, jusque dans les oreilles – qui donnait à toute son apparence quelque chose de rechigné.

« La paix soit avec toi, Frère aîné ! cria Ordjou. Et le salut à vous, ses gendres.

— La paix soit avec toi, fit le velu sans s'écarter du milieu de la route. Mais, tu étais banni. Est-ce que tu apportes l'argent pour me payer ta dette ?

— Mieux que ça : je vous apporte l'écriture », lâcha Ordjéneb avec un large sourire. Tout de suite, les gendres l'entourèrent :

« L'écriture, quelle écriture ?

— Les lettres, pour noter les paroles dites. » Il se gratta la nuque. « Enfin, une partie des lettres. Je n'ai pas eu le temps de les apprendre toutes. »

Ce furent des questions, des exclamations, des sourires polis à l'adresse de la femme et des enfants qui accompagnaient le voyageur.

« Alors nous pourrons noter les contrats de mariage, les actes de vente, sans devoir les apprendre par cœur et nous disputer quand l'un des deux ne se souvient plus ?

— Et l'oncle des oncles ne pourra plus dire : “Ce n'est pas ce que j'avais promis, j'avais promis ceci et ça", et il dit tout autre chose que ce qu'il avait dit la première fois ?

— Mais oui, répondit Ordjéneb. Nous pourrons même écrire l'histoire du village pour nos arrière-arrière-petits-enfants : *L'année des grandes pluies, Lalliout le bègue enleva une fille de Jaïahin et elle ne fut pas contente, et il ne fut pas content, et ils eurent sept garçons et filles qui, eux non plus, n'étaient jamais contents.*

— Huit, depuis ton départ », rectifia l'un des gendres, et tout le monde rit.

Seul Frère aîné qui marchait à l'arrière semblait contrarié. Pour finir, il rattrapa son cadet et le tira par la manche :

« Ce n'est pas juste. C'est envers moi que tu avais une dette, et tu la paies avec quelque chose qui va servir à tout le village.

— Ah, c'est vrai, reconnut Ordjéneb en échangeant un regard amusé avec Djili. Tu as raison. Peut-être que tu préfères une mule, alors ? Tu ferais une bonne affaire. La mule grise, la plus belle, pour deux brebis que je ne t'avais pas rendues.

— Deux brebis et deux petits. Tu me devais trente petits, il ne t'en est né que dix-huit.

— D'accord. Mais l'affaire reste bonne. »

Le frère jaugea la mule du coin de l'œil et se dépêcha de grommeler :

« Entendu. Tu la mèneras chez moi dès que tu auras repris vos bagages. Mais c'est bien parce que nous sommes nés du même père ! Je ne trouve pas ça très régulier. »

Entre-temps ils étaient parvenus sur la place du village où s'était réuni presque tout ce que Jaïneh comptait de femmes, d'hommes et d'enfants. À l'ombre des platanes s'alignaient sur un banc plusieurs vieillards qui, à leur vue, rapprochèrent leurs têtes surmontées de bonnets.

« Ordjéneb sher-Djénebi, je te salue, chevrota le plus âgé de tous. Il paraît que tu nous apportes l'écriture, et que tu as payé ta dette. C'est bien.

— Oncle des oncles, la paix soit avec toi. J'ai vu beaucoup de choses à Sir et à Hénab, des choses intéressantes que je vous raconterai, mais je suis très heureux d'être rentré chez nous.

— C'est bien, c'est bien », répéta le vieillard.

Cependant, derrière lui, une tante d'Ordjéneb se haussait pour mieux voir. Ses yeux se plissèrent sous l'ourlet de son foulard qu'elle portait noué serré dans la nuque, à la mode des montagnes, puis elle lança :

« Et cette femme que tu nous ramènes, avec sa marmaille, qu'est-ce que c'est ?

— Cette femme, c'est ma femme, répliqua Ordjéneb sans se démonter. Je l'ai épousée sous les étoiles. Une première fois à Sir, mais elle ne m'a pas cru, une seconde fois alors que Sir était derrière nous, et maintenant elle me croit. »

La tante, sortant des rangs, s'approcha de Djili qui ne disait rien, mais dont les sourcils se fronçaient. Elle l'inspecta minutieusement, depuis les pieds, chaussés de sandales trop fines, jusqu'à l'écharpe qu'elle écarta pour voir les cheveux en dessous.

« Elle ne me plaît pas !

— Je m'en doutais, Femme du frère aîné de mon père. Et elle te plaira encore moins quand tu la connaîtras. Parce que les femmes de Sir, elles sont terribles ! Quand elles ne sont pas contentes, elles s'en vont, elles prennent leurs enfants, et elles disent à leurs hommes : Nous ne cuirons plus pour vous, et vos maisons seront vides.

— Quelle est cette horreur ! » s'écria l'oncle des oncles.

Mais déjà la tante riait, d'abord tout bas, dans sa main, puis à gorge déployée. Et bientôt, sur la place, toutes les femmes l'imitèrent.

« Et les frères cadets, à Sir, que font-ils ? » questionna un garçon en qui Ordjéneb reconnut son cousin Lalliout, Lalliout le frisé. Et, se frottant gaiement les mains :

« Les frères cadets ? Assez souvent ils poignardent leur aîné, quand ils le trouvent trop bête pour mériter son droit d'aînesse. »

Des murmures montaient en dessous des platanes.

« Tu te moques ! cria quelqu'un.

— En tout cas, c'est ce que j'ai entendu. » Il abaissa les yeux pour ajouter, sur le ton de la réflexion : « Évidemment, ça leur serait facile. Car des frères aînés, il y en a peu, tandis que des cadets, hein, combien il y en a !... »

Suivit, sur toute la place, un complexe jeu de regards. Ordjéneb regardait le bout de ses doigts, les cadets regardaient Ordjéneb, les aînés regardaient les cadets ; c'est vrai qu'il y en avait beaucoup.

« Bien sûr qu'il se moque, lança en hâte un vieux plus sage que les autres. Est-ce qu'on a besoin de se poignarder, entre frères, quand on ne s'entend plus ? »

Mais les aînés ne l'entendaient pas de cette oreille. Ils s'étaient regroupés, se concertaient tout bas, finirent par désigner l'un d'eux qui apostropha Ordjéneb avec condescendance :

« C'est bien bon à toi d'être revenu nous instruire, le pouilleux. Tu n'as pas de champ, tu n'as pas de troupeau, mais tu nous offres tes avis, généreux que tu es ! Écoutez-le, ce grand voyageur qui nous revient riche d'une mule et des enfants d'un autre !

— Les gens t'écoutent d'habitude, parce que ton troupeau est grand, que ta maison est grande, et que tu leur fais des cadeaux, observa Ordjéneb. Moi je n'ai pas grand-chose, et pourtant ils m'écoutent aujourd'hui. Peut-être qu'ils aiment mieux ce que je leur dis ?

— Voyez-vous ça. Et dans le panier de ta mule, qu'est-ce qu'il y a ? Ton linge sale, sans doute ? »

Quelques rires isolés s'élevèrent.

« Pas du linge sale, non. Une chose très précieuse : la Seconde Copie d'Asral.

— C'est quoi ça, Asral, grogna Lalliout le bègue, qui n'était pas vraiment bègue, mais qu'on appelait ainsi pour ne pas le confondre avec Lalliout le frisé.

— Asral, c'était un grand Siriote qui est mort, tué par les siens, parce qu'il leur apportait un message trop difficile pour eux. »

On s'étonna :

« Trop difficile ? Trop difficile pour les gens de Sir, qui sont si malins ?

— Eh oui, c'est ça qui est terrible, soupira finement Ordjéneb. Si les Siriotes n'ont pas compris, nous autres, bêtes comme on est, qu'est-ce qu'on y comprendrait !

— C'est ce qu'on va voir, fit l'oncle des oncles, forçant sa faible voix. Explique un peu, quel était ce message ? Que leur disait-il, aux Siriotes, ton Asral ?

— *Vous êtes libres*, voilà ce qu'il leur disait. Mais eux, ils ne voulaient pas, alors ils l'ont tué. Pour qu'il se taise. »

Il y avait dans l'air quelque chose de nouveau. Les uns chuchotaient, d'autres réfléchissaient, les anciens sur leur banc se parlaient à l'oreille, pas tranquilles, et grattaient la poussière du bout de leur bâton. Puis l'un d'eux se mit debout.

« Prends garde qu'il ne t'arrive la même chose, gronda-t-il. Un quatrième de rang qui parle haut devant ses oncles, sur la place du village ? Que les chiens aboient après toi !

— Eh, fit Ordjéneb avec douceur. Ils aboieront. Et je ne parle pas haut, je vous raconte seulement une histoire qui vient de se passer.

— Raconte encore, demanda-t-on, et peu à peu le cercle entourant les anciens se défaisait pour venir se reformer autour de lui. Qu'est-ce qu'il leur disait d'autre, aux Siriotes, cet Asral qu'ils ont tué ?

— Il leur disait : "Celui qui viendra vous dire, *Vous êtes libres, donc faites ceci et ça, car je sais mieux que vous, moi, comment vous devez être libres*, celui-là vous apporte un message qui n'est pas le mien, et vous ne l'écouterez pas." « Il s'interrompit, le temps de se faire la remarque qu'en vérité, s'il l'avait peut-être pensée, le scribe n'avait jamais dit une chose pareille. Était-ce être malhonnête, ou au contraire se conduire en *homme fort intelligent* ?

« … C'est pour ça que moi, je ne vous dirai pas ce que vous devez faire. Ce que je veux bien, c'est vous expliquer.

— Oui, explique mieux, explique.

— Il leur disait que son seul message, c'étaient les lois, parce que ces lois étaient les leurs et qu'ils l'avaient oublié. Voilà ce que je vous apporte dans mon panier : les lois de Sir, copiées de sa main. »

La place du village se mit à vrombir comme par un jour de grande foire.

« C'est ça que tu nous apportes dans le panier de ta mule, les lois de Sir ! Toi, Ordjéneb sher-Djénebi ! !

— Les vraies lois, oui, celles que leur peuple s'était données. En se mettant ensemble, du plus petit jusqu'au plus grand, et en levant la main.

— En levant la main, du plus petit jusqu'au plus grand… même les femmes ? s'enhardit une femme.

— Oui.

— Et les anciens aussi ? s'inquiéta un ancien.

— Bien sûr que oui.

— Et ces lois, tu peux nous les lire ?

— Oui. Enfin, à peu près. Je peux lire les consonnes. Les autres lettres, celles qui se chantent, je ne les connais pas.

— Mais alors, comment ferons-nous ?

— J'en ai entendu de longs passages dans la bouche de mon maître, j'essayerai de me souvenir.

— Et quand tu ne te souviendras pas ? »

Ordjéneb, pour la dernière fois de cette histoire, se gratta l'arrière de la tête et, comme son maître Asral aurait naguère interrogé de l'œil les poutres du plafond, il interrogea les grandes feuilles des platanes en voûte au-dessus de lui.

« Eh bien, nous réfléchirons. Nous interpréterons ! » Le sourire lui revenait : « Ça ne devrait pas être si difficile. »

Diane Meur
dans Le Livre de Poche

La Vie de Mardochée de Löwenfels, écrite par lui-même n° 31713

Les noms sont souvent un destin : celui de Mardochée, ainsi baptisé selon le vœu imprudent d'un de ses aïeux lors de la troisième croisade, le mènera bien loin du duché familial. Dans le récit haut en couleur de ses apprentissages, on découvre un XIVe siècle très détaché des conventions du genre historique. Sans doute y voit-on se dérouler aventures de grand chemin, scènes de liesse et complots politiques ; sans doute y croise-t-on, parmi d'autres figures réelles ou inventées, maître Eckhart, Guillaume d'Ockam et Marsile de Padoue. Mais la fantaisie désinvolte de l'auteur triomphe toujours : les truands y sont bons pères de famille, les théologiens athées, les rejetons d'empereur républicains…

Les Vivants et les Ombres n° 31282

1821. En Galicie, alors rattachée à l'empire habsbourgeois, l'obscure famille Zemka reconquiert le domaine fondé par un ancêtre issu de la noblesse et s'engage fiévreusement dans la lutte d'indépendance de la Pologne. Pour retracer son ascension puis sa décadence, Diane Meur convoque une singulière narratrice : la maison elle-même qui, derrière sa façade blanche et son fronton néoclassique, épie ses habitants. Indiscrète et manipulatrice, elle attise les passions, entremêle les destins, guette l'écho des événements qui, des révolutions de 1848 aux tensions annonciatrices du désastre de 1914, font l'histoire de l'Europe. Les femmes surtout, condamnées à la réclusion dans la sphère domestique, la fascinent. L'une d'elles, enfin, va réussir à s'en aller…

Du même auteur :

La Vie de Mardochée de Löwenfels, écrite par lui-même, roman, Sabine Wespieser éditeur, 2002 (Le Livre de Poche, 2010).

Le Prisonnier de Sainte-Pélagie, roman jeunesse, Labor, 2003 (Mijade, 2010).

La Dame blanche de la Bièvre, roman jeunesse, Labor, 2004.

Raptus, roman, Sabine Wespieser éditeur, 2004.

Les Vivants et les Ombres, roman, Sabine Wespieser éditeur, 2007 (Le Livre de Poche, 2009).

La Carte des Mendelssohn, roman, Sabine Wespieser éditeur, 2015.

PAPIER À BASE DE FIBRES CERTIFIÉES

Le Livre de Poche s'engage pour l'environnement en réduisant l'empreinte carbone de ses livres. Celle de cet exemplaire est de :
400 g éq. CO_2
Rendez-vous sur www.livredepoche-durable.fr

Composition réalisée par Lumina Datamatics

Achevé d'imprimer en août 2015 en France par
CPI BRODARD ET TAUPIN
La Flèche (Sarthe)
N° d'impression : 3012691
Dépôt légal 1re publication : septembre 2015
LIBRAIRIE GÉNÉRALE FRANÇAISE
31, rue de Fleurus – 75278 Paris Cedex 06

31/7921/5